中国梦·湖湘情

Chinese Dream, Hunanese Love

微剧本创作与实践

张　睿◎著

湘潭大学出版社
XIANGTAN UNIVERSITY PRESS

图书在版编目（CIP）数据

中国梦·湖湘情 : 微剧本创作与实践 / 张睿著 . --
湘潭 : 湘潭大学出版社, 2023.9
ISBN 978-7-5687-1216-3

Ⅰ. ①中… Ⅱ. ①张… Ⅲ. ①剧本－创作方法 Ⅳ.
① I053-62

中国国家版本馆 CIP 数据核字 (2023) 第 158117 号

中国梦·湖湘情 ：微剧本创作与实践

张睿 著

责任编辑：李馨童
封面设计：李 平
出版发行：湘潭大学出版社
社　　址：湖南省湘潭大学工程训练大楼
电　　话：0731-58298960 0731-58298966（传真）
邮　　编：411105
网　　址：http://press.xtu.edu.cn/
印　　刷：长沙鸿和印务有限公司
经　　销：湖南省新华书店
开　　本：787 mm×1092 mm 1/16
印　　张：26.25
字　　数：440 千字
版　　次：2023 年 9 月第 1 版
印　　次：2023 年 9 月第 1 次印刷
书　　号：ISBN 978-7-5687-1216-3
定　　价：103.00 元

序

新媒体时代信息交互的多元化传播模式充分彰显了文艺的力量，在艺术创作的引领下，通过文艺作品凝聚人间真善美，激扬时代精气神，增强实现中华民族伟大复兴的精神力量，是当代文艺工作者笃行不怠，踔厉奋发的方向。2012 年 11 月 29 日，习近平总书记首次提出实现中华民族伟大复兴的中国梦。在此时代背景下，湖南艺术职业学院成立了“湘影湘声工作室”，孕育了《微电影创作》特色品牌课程，工作室负责人及课程主讲人张睿老师带领一批优秀的青年教师及学生代表，坚持以人民为中心的创作导向，深入挖掘湖湘文脉精神，历经十载潜心积淀，先后创作出了 300 余部展现时代风貌，引领时代风气，聚焦湖湘精神，弘扬湖湘文化的网络视听作品。这些作品先后获得了中组部、中宣部、国家广电总局、中国文联等部门的表彰，其获奖事迹还多次被共产党员网、中国网、人民网、央视网、湖南日报、红网等各级媒体展播、报道。2021 年《微电影创作》课程入选教育部课程思政示范课程，2022 年入选国家在线精品课程。依托“一室一课”逐步形成了“寻梦·湘味”“逐梦·湘声”“筑梦·湘情”“圆梦·湘人”等一系列特色鲜明的品牌，进一步擦亮了学院“湘影湘声”数字视频内容生产的金字招牌。

躬逢伟大时代，牢记使命担当。党的二十大擘画了以中国式现代化推进中华民族伟大复兴的宏伟蓝图，发出了为全面建设社会主义现代化国家、全面推进中华民族伟大复兴而团结奋斗的伟大号召。习近平总书记在二十届中共中央政治局常委同中外记者见面会上再次提出要奋力实现中华民族伟大复兴的中国梦。值此之际，锤炼十载，厚积薄发，张睿老师带领着师生们立足湖湘大地，以家国大梦对接个体小梦，从 300 余部网络视听作品中遴选出 12 部蕴含湖湘神韵，反映时代之声的精品佳作，经调整修订后形成微剧本，并配以插图式分镜头脚本，生动汇聚成了“中国梦·湖湘情”的华彩篇章。

统观这些作品，不仅仅是停留于文字之上的思想碰撞，而是均已完成了拍摄、制作、展映与推广的视听表达，为影视专业学生及广大读者提供了微电影剧本创作的专业性案例与现实性参考。作者在剧本创作过程中，锚定“以人民为中心”的创作导向，既有对过往岁月的怀念与铭记，又有对时代风貌的展示与观照。如《浮沉》中对革命年代湖湘女性思想觉醒的重点关照，《归途》中对湖湘人文风情真善美的遥观近问，《寻找张明》中对疫情期间湖湘基层人员的赞歌咏叹……在影视创作的过程中，他们注重将人民群众的朴素的思想、感情，以及具有湖湘特色的审美趣味与风俗民情体现在场景设计之中，围绕出现在湖湘人民群众日常生活中的代表性精神风貌进行细致呈现和深刻阐释。如《莲心》中以湖湘特色美食莲子为喻，写个人梦与家国梦的抉择与两全；《我和我的老师》中以湖湘红色文化故事为引，写家国历史对个人成长的深刻影响；《牧溪正逢春》中以湖湘精准扶贫典型人物为型，写个人命运与时代发展的同频共振……这些作品的取材、构思、人物、场景，均是“湘影湘声工作室”教师团队彰显民族复兴的主旋律，突出以人民为中心的主基调，展示美丽潇湘的主色调，进而形成对湖湘精神生动表达的有力体现。它于高校微电影创作教学而言是不错的专业范例，于专业微电影剧作人员及研究人员而言是技巧与经验的有力参照。该书的出版，亦对培养新时代影视人才，尤其是网络视听方向的编剧创作产生积极的影响。

回望“雄关漫道真如铁”的历史梦，那里有“心忧天下，勇于献身”的湖湘傲骨；迈入“敢叫日月换新天”的当代梦，这里有“苟利国家生死以，岂因祸福避趋之”的湖湘担当；走向“长风破浪会有时”的中国梦，必将有“敢为人先，开拓进取”的湖湘风貌。而这些于漫长历史风沙中形塑而成的人物故事，淬炼而出的文化精神，都将引领着本书创作者走到今天，迈向明天，记得来路，不忘初始。

吴月英（阿因）
中国电视艺术家协会原理事
湖南省文联原副主席
湖南广播电视台 国家一级导演
2022年12月28日于长沙

目　录

家国情怀

时代脉搏

心灵归途

家国情怀

（一）《等风来》文学剧本

1. 外景村头　日

一声“妈，妈”的喊叫声，打破了村庄的寂静，正值午时的村庄，砖瓦房上升起袅袅炊烟。

2. 外景　村庄小路　日

长发穿着裙子的年轻女孩欣怡，一边跑着一边焦急地喊着。

欣怡：妈。

和她一起的还有一个穿着白色衬衫的年轻小伙李昂，他和欣怡分开在岔路口，李昂也大声呼喊着。

李昂：文阿姨。

两个人不断奔走在乡村湿滑的石板路上，一声声呼喊着他们要找的人。两人找了很久满头大汗，依旧没有停下脚步，最后他们在岔路口撞见。一见面，欣怡就着急问李昂。

欣怡：找到了吗？

李昂喘着粗气摇头回答欣怡。

李昂：还没有。

欣怡焦急担忧的问李昂。

欣怡：怎么办？

看着着急的欣怡，李昂忽然之间想到了什么，随即就叫欣怡跟他走，说着拉起欣怡的手向另一个地方跑去。

李昂：哦，跟我来。

3. 外景　麦田　日

在麦田的深处，伫立着一座古塔，古塔背面错拥着几座房子，像在守护着古塔。

微风吹来，麦随风动，一位穿着旗袍，头发花白，却精神饱满的老妇人站在麦田远处静静的注视着眼前的古塔。

4. 外景　古塔　日

古塔的一角挂着一个铜铃，没有风吹过它就静静地悬挂在那里。当风一阵阵的吹来时，它随风飘荡发出阵阵悦耳的铜铃声。风来它动，风停它静。

5. 外景　麦田　日

古塔依旧静静的伫立在那里，老妇人看着古塔出神。

李昂和欣怡悄悄的来到了老妇人的身后。李昂和欣怡互相看了一眼对方，确认这正是他们要找的人，欣怡的母亲文佩。

文佩看着眼前的古塔，将她的思绪带回了很久以前。

6. 外景　拱桥　日（闪回）

在古塔不远处的拱桥上，穿着学生装，扎着两个麻花辫面容年轻的文佩独自站桥上，风吹动着衣裙的一角，显得动荡不安。她手里紧紧的握着一张黑白照片，照片上面是她与一个青年男子的合影，青年男子名叫智博。她站在拱桥上眺望着古塔的方向，像是会有什么出现一样。

在文佩焦急等待的时候，一位中年男子走了过来，向文佩鞠了一躬，并说道。

男子：小姐，走吧。

听见男子的劝告，文佩面露失望和不甘，向着她一直瞩目的地方高喊。

文佩：智博……（闪回完）

7. 外景　麦田　日

一声悠远的呼喊声“智博”将老年的文佩带回了现实。文佩忧伤的看着眼前古塔，手里还攥着一个绣花的手帕。她流泪低头看了看手帕，眼神中饱含着怀念。

8. 外景　麦田　日（闪回）

在一块压倒的麦田上，文佩和智博坐在上面。智博偷偷的从自己的裤兜里掏出一个绣花手帕，递到文佩的面前。

智博：文佩，给。

文佩开心的接过手帕，轻轻地抚摸了两下。

夕阳将麦田映衬成了一片金色的海洋。

文佩手里拿着智博送给她的手帕，边跑边转着手帕。

智博在身后追着她。

她时不时回头看看智博有没有追上来，就这样嬉戏打闹着。

9．外景　古塔　日（闪回）

智博和文佩两人坐在古塔窗边。两个人手里都拿着狗尾巴草，开心地交谈着什么，还时不时来回甩动着自己的腿，脸上充满了惬意的笑容。（闪回完）

10．外景　麦田　日

麦田传来虫鸣鸟叫，已是迟暮之年的文佩，看着手上的手帕，轻轻抬起头，面露微笑，再一次注视着远处的古塔。

身后的李昂和欣怡默默的看着眼前的一切，没有打扰她。

时间一分一秒的过去，文佩转身和找她的李昂、欣怡一起离开了这个地方。

11．外景　村庄小路　日

在布满野草的石阶小路上。欣怡搀扶着文佩，一步一步的踏上石阶。

李昂走在前面为她们带路。

文佩看着眼前的一切，停下了脚步。

李昂也停下来和欣怡一起疑惑的看着突然停下脚步的文佩。

文佩环顾了一下四周，思绪又一次被带到了有智博存在的时光里。

12．外景　村庄小路　日（闪回）

相同的乡间小路，穿着学生制服的智博与文佩，两人走在乡间的石阶小路上。智博走在前面停下，文佩伸手将行李箱递给智博，智博接过她手里的行李箱，然后拉起文佩的手一起朝前走去。（闪回完）

13．外景　村庄小路　日

文佩环顾着四周。

欣怡为了安慰她，轻轻地拍了一下她的背。

文佩的手里依旧拽着她一直不曾离手的手帕。

欣怡双手搀扶着她继续向前走去。

14．内景　诊所　日

文佩用手轻轻地推开虚掩着留有一条缝的破旧的木质大门。里面的一切都映入眼帘。庭院的台阶过道处有一个泥炉，地面被打扫的干干净净，柜台上被擦的一尘不染，房间的正中央放着一张木桌，墙上挂着三幅锦旗，房间的过道处有一张简易的木质单人床。

文佩与欣怡坐在诊所的木桌前，李昂端了一杯水递给文佩，文佩双手捧过水杯。

随即李昂给欣怡端水时，欣怡立马站了起来，客气地从李昂手里接过，坐了下来。

文佩仔细地打量着房间里的一切，此时水壶在炉子上冒着热气。

欣怡与李昂静静的谁也没说话，害怕打扰到此时已经陷入回忆的文佩，文佩好像听见了智博曾经呼唤她的声音。

15. 内景　诊所　日（闪回）

智博：文佩，文佩，药盒呢？

穿着白大褂，背着医药箱的智博焦急地喊着文佩，说着揭开挂着的门帘问文佩药盒在哪里。

此时同样穿着白大褂的文佩急匆匆从里屋跑出来，手里拿着药盒边跑边回应智博。

文佩：哎，来了，来了。

智博等不到文佩走近，就伸手拿文佩手里的药盒，催促文佩。

智博：快点快点。

智博从文佩手里接过药，就往外跑去，文佩也跟了去。（闪回完）

16. 内景　诊所　日

已是迟暮之年的文佩从回忆中走了出来，用她一双略显苍老的手，抚摸着桌子上同样显得陈旧的助听器和注射器的盒子，她抑制不住地双眼湿润。在另一个柜子上面放着一个同样具有年代感的医药箱。文佩走了过去抚摸着这个曾经智博背过的箱子。

17. 外景　村庄小路　日（闪回）

智博背着医药箱与文佩奔跑在乡间的小路上，边跑边回头看看紧跟在自己身后的文佩，叫她快一点。

智博：快，快。

就这样他们一刻也不停歇地跑到了一个村户家里。

18. 内景　村户家　日（闪回）

一位村民身体不适已经晕倒在地，智博和文佩赶紧上前去检查。智博翻看了村民的眼睛，然后为其诊脉，文佩在一旁打开医药箱。智博抬头问文佩要听诊器。

智博：听诊器。

文佩麻利地从医药箱内拿出听诊器给智博。

智博戴上听诊解开村民的衣服仔细地检查了起来。文佩在一旁焦急地看着智博与村民，想问情况如何却又不敢打扰，欲言又止只能等待。检查完了的智博立马取下听诊器，叫文佩拿救心丸。

智博：快，救心丸。

文佩快速地拿出救心丸，智博掰开村民的嘴，文佩喂村民服下。

智博顺着摸了摸村民的胸口为他顺刚刚服下的药。

此时村民恢复了意识，虚弱地抬起自己的手拍了拍为他顺药着的智博的手以示感激。

智博露出欣慰的笑容，与文佩二人相视一笑。

19．外景　小河边　日（闪回）

清澈的河水缓缓地流淌着，河水在夕阳余晖的映衬下显得波光粼粼，在路旁可以清晰的听见哗哗的流水声。

智博背着药箱和文佩两人并排走在回家的路上。

20．外景　石板桥　日（闪回）

智博走在小河上搭建的简易石板桥，文佩跟在后面。文佩在桥中央停了下来，智博扭头发现停下来的文佩又折返回去。两人在石板桥上坐了下来，智博将医药箱放在两人的中间。

文佩手里拿着两根狗尾巴草，低头面露忧伤，踌躇了半天开口问智博。

文佩：如果哪天我走了，你还会等我吗?

智博看着文佩不假思索语气坚定地回答。

智博：会啊，我会一直在这里等你。

听到智博的回答，文佩再一次低下了头。智博低了低头看着眼前的文佩问她。

智博：如果哪天你真的走了，你还会回来吗?

文佩沉默不语，只是拿起医药箱放在自己的腿上抚摸起来。（闪回完）

21．内景　诊所　日

文佩抚摸着放在柜子上的医药箱。

此时一个声音从门外传来，一个中年人站在诊所的门外叫了文佩一声。

村长：文医生。

文佩扭头看着站在门外的人，此人就是本村的村长。

村长坐在桌前，李昂为村长倒了一杯茶。

李昂：村长，您先喝杯茶。

说着李昂将水放在了村长面前，并坐在了村长的身边。

村长看了看坐在旁边的李昂，然后看着文佩激动地说。

村长：文医生，您终于从台湾回来了。都三十多年了，我心里一直愧对于您和徐医生。

22. 外景　村庄小路　日（闪回）

穿着正装，摆弄袖口走在路上的智博被抱着孩子的村长父亲拦住。

村长父亲一脸焦急。

村长父亲：哎，徐医生。

智博看见眼前的一幕问到。

智博：怎么了？

村长父亲边说边连忙蹲了下来，将孩子放在自己的腿上，叫智博诊治。

村长父亲：快，快，快，救救我孩子，被蛇咬了。

智博也赶忙蹲了下来问。

智博：伤口在哪儿？

村长父亲将孩子的腿抬起给智博看。

村长父亲：在这儿。

智博大概看了一眼就急忙回应让村长父亲把孩子给他。

智博：快把孩子给我。

村长父亲赶忙将孩子交到智博的手中。

村长父亲：唉，好。

智博抱起孩子，和村长父亲就朝前跑去。

村长旁白：当年，要不是徐医生……

23. 外景　河边　日（闪回）

智博跑了过来蹲下，急忙将草药塞进自己的嘴里嚼了两下，将草药敷在被蛇咬的伤口上，智博用手紧紧地按压着。

此时年幼的村长紧闭着双眼面露痛苦。

村长旁白：要不是他正好路过，我这条命早就没有了，可是我真没有想到……（闪回完）

24. 内景　诊所　日

村长满脸的愧疚与难过。

村长：就因为我，徐医生错过了和您最后的告别。

文佩静静地看着村长，听着他回忆着当年的事情。听着村长说完，文佩眼神暗了下来，双手紧紧地握住茶杯，回想起当初在拱桥的场景，那天的雷鸣声响彻了整个回忆。

25．外景　拱桥　日（闪回）

天空传来雷声，这时文佩手里拿着她和智博一起拍的合照站在拱桥上。

旁边的男子催促道。

男子：走吧，走吧小姐，司令已经在等了。

文佩听见男子的催促，伤心又不甘地朝远方大声呼喊，天空中的雷鸣声也越来越大。

文佩：智博……

26．外景　河边　日（闪回）

河水湍急的流淌着，流淌的声音显得十分急促。

27．外景　乡间小路　日（闪回）

智博满头大汗，气喘吁吁的拼命地骑着自行车，没有一刻的停留。

28．外景　拱桥　日（闪回）

文佩依旧地站在拱桥上，不停歇地向远处呼喊着智博的名字。

文佩：智博……

旁边的男子催促得更急了。

男子：走吧，走吧，小姐。

文佩心灰意冷，将手里握着的照片撕成了两半。随后，被男子强行拉走，但嘴里还是喊着智博的名字。被拉走时，撕掉的一半照片不小心掉在了地上，正好是有她的一半照片。

智博来到了约定的地方，环顾四周没有人，他用力地高喊。

智博：文佩，文佩……

没有一个人回答，只有身后的古塔静静地伫立在那里。风起吹动着野草随风飘荡。

智博依旧不死心地高呼着文佩的名字。

智博：文佩，文佩，文佩……

风也越吹越大，麦田被大风掀起麦浪。声音随着风被传到很远很远的地方，好像是想让已经离去的文佩能够听见这一声声的呼喊。顷刻间天气瞬息万变，天空也布满乌云。（闪回完）

29．内景　诊所　日

诊所的墙壁上挂着一个老旧的相框，里面夹着当年在拱桥上，文佩遗留的半张照片。

文佩仔细地端详着那半张照片，发现照片的右下角清晰地写着一个“等”字。她轻轻地抚摸着照片，眼眶亦然湿润。回顾了一圈相框里的其他照片，文佩依旧将自己的目光停留在那半张照片上，照片上的文佩年轻漂亮、笑容灿烂，仿佛也在默默地看着她一样。

30. 外景　麦田　日

李昂和欣怡坐在田埂上，看着不远处的古塔。

李昂回头看了欣怡一眼，打破两人之间的宁静，边说边望向古塔。看着眼前的古塔，李昂的思绪也被带到了他的师傅徐智博在的时候。

李昂：师傅经常带我去那。

31. 外景　麦田　日（闪回）

依旧是那片麦田，依旧是那座古塔。

（画外音）李昂：这塔是乡亲们为了祈福建的。

32. 内景　村民家　日（闪回）

在有点昏暗的屋子里，一位年迈的老人大声地咳嗽着。

智博背着药箱赶忙走了进来，放下药箱为村民医治。

（画外音）李昂：村里人都说，师傅就是这个塔。

33. 外景　小河　日（闪回）

智博背着药箱，卷起裤腿，淌过小河，累了停下自己的脚步，用手擦了擦自己脸上的汗。

（画外音）李昂：他一直守护着我们村。

34. 外景　田间小路　日（闪回）

穿着白大褂，腰背笔直，背着医药箱的智博独自一人走在田间小路上。

（画外音）李昂：这一守就是四十年。

在相同的田间小路上，年迈的智博穿着白大褂背着医药箱，只是已不似从前那样腰背笔直精神抖擞，一只手扶着有些弯曲的腰，艰难地走在路上，一个不小心倒在了路上。

（画外音）李昂：后来，师傅因为积劳成疾，倒在了去救人的路上。

35. 外景　麦田　日（闪回）

朝阳的光辉照耀着这一片麦田，依旧年轻的智博看着升起的太阳，手里拿着文佩留下的半张照片，久久没有离去。

（画外音）李昂：现在，师傅走了。

36. 外景　村庄小路　日（闪回）

李昂一把抓住自行车的车头，对着智博说到。

李昂：师傅我来推吧。

37. 内景　村民家　日（闪回）

李昂带着听诊器为村民检查完身体，对旁边询问的人露出了灿烂的微笑。

（画外音）李昂：我得守护好这个村子。（闪回完）

38. 外景　麦田　日

说完，李昂和欣怡望向远方，远处传来古塔一角挂着的铜铃发出的叮当声，深远而悠长。

39. 外景　古塔　日

黄昏已经悄然降临，蝉叫虫鸣声声入耳。古塔虽已快被黑暗包围，身后只有一点光亮的夕阳却映衬出古塔威严高大的轮廓。

40. 外景　村庄　日

一位老奶奶手里拿着一盏荷花灯被人搀扶着走在村庄的道路上。

一位老爷爷也同样拿着一盏荷花灯颤颤巍巍地从自家的大门走了出来。

文佩被欣怡和李昂搀扶着走在路上，三人手里分别拿着一盏荷花灯。

身后跟了一群村民，有的从不同的道路走来汇合在一起，每人手里都拿着一盏荷花灯。

41. 外景河边　夜

村民们手里拿着点亮的荷花灯站在一旁。

李昂和欣怡搀扶着文佩从小河的台阶上走了下来。

文佩将自己的荷花灯轻轻地放在水里，看着荷花灯漂走，好像漂到了那个智博还在的岁月里。

42. 内景　诊所　日（闪回）

诊所里的桌子前坐了两个老人，文佩与智博尽心尽力地为两位老人诊治着。

43. 外景　村庄小路　日（闪回）

智博抱着小孩，与村长父亲急匆匆地走在村庄的小路上。

44. 外景　小河　日（闪回）

智博累了停下了自己的脚步，用手擦了擦自己脸上的汗。

45. 外景　田间小路　日（闪回）

年迈的智博精疲力尽地倒在了田间小路。（闪回完）

46. 外景　河边　夜

村民们将一个个荷花灯放进了河里。

李昂也蹲下来将荷花灯放了进去，此时的他已经泪流满面。

荷花灯顺着河流漂向远方，散发着一点一点像星星般的光亮，汇成一条流动的星河。

李昂小心翼翼地将孔明灯点燃，看了看身旁的文佩，与欣怡三人一起放飞了孔明灯。孔明灯慢慢升向黑暗的夜空，为其带去一点光亮。

47. 内景　诊所　日

时间已经是一年以后，一切还是以前的模样。小诊所内，水壶在炉子上冒着热气，发出咕嘟咕嘟的声音。

忙碌的欣怡听见水沸腾的声音走了过来，蹲下来将水壶放在地上，把熬药的罐子放在了炉子上。放好药罐她顺手拿起放在旁边的箱子走到了桌子前放下。

此时的李昂正在给一位老人看病。

问诊桌子旁的墙上，挂着一个像框，里面有一张黑白照片，在照片中间有一条明显的粘贴过的痕迹，是文佩当初撕掉的照片，照片右下角清晰可见一个“等”字。照片里的文佩和智博坐在一起，显得青涩的面孔上洋溢着幸福的笑。他们在照片中再一次重逢。

48. 外景　麦田　日

文佩穿着白大褂站在田埂上的树下，深情地凝望着古塔。

一阵风吹过，远处传来铜铃的声音。风吹动着麦田发出飒飒的声响，与铜铃声、风声、虫鸣鸟叫声一起发出大自然独有的声音。

文佩正静静地看着古塔，忽然一只苍老的手缓缓地伸了过来，握住了同样不再白皙年轻的文佩的手。两只手就这样紧紧地握在了一起。文佩转头看向身边的人，发现是她记忆里那个年轻且富有朝气的智博。

穿着学生装的智博，看向自己身边同样穿着学生装扎着马尾的文佩，两人还是刚来村庄时的样子。

两人相视一笑，静静地感受风的轻抚，不约而同地望向他们头顶的天空。

49. 外景天空　日

天空在夕阳的映衬下，像是披上了一层红色的外衣。

（画外音）智博：如果哪天你真的走了，你还会回来吗？

（画外音）文佩：当风铃响起的时候，就是我回来的时候。

50. 外景　古塔　日

轻风拂过，悬挂在古塔一角的铜铃，发出一阵阵清脆悦耳的铜铃声，叮叮当当，随风飘散到远方。

（剧终）

（二）《等风来》分镜头剧本*

（50 场　189 镜）

1. 场外　村头　日

镜号	画面	内容描述	时长
1－1		正值午时，深灰色的砖瓦房上升起袅袅炊烟。	3S

2. 场外　村庄小路　日

镜号	画面	内容描述	时长
2－1	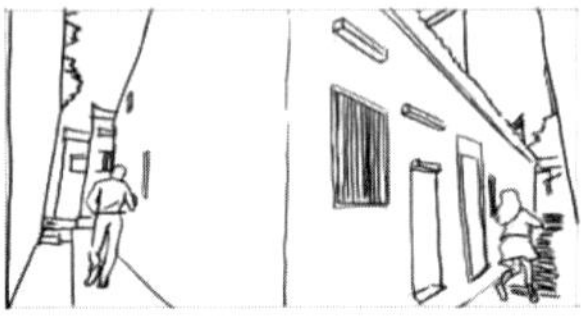	李昂和欣怡两个人不断奔走在乡村湿滑的石板路上，一声声呼喊着他们要找的人。	2S
2－2		李昂满脸焦急地呼喊着：文阿姨。	2S
2－3		欣怡脚步不停，边跑边呼喊着：妈。	2S

* 由于分镜头是拍摄文案，因此部分与原剧本有出入。

镜号	画面	内容描述	时长
2－4		李昂不断向小巷深处跑着，嘴里不停呼喊着。	2S
2－5		欣怡扒拉在敞开的门框边，向里探头呼喊着。	2S
2－6		欣怡急促的脚步跑过村庄的各个角落。	2S
2－7		李昂在小巷里穿梭着。	2S
2－8	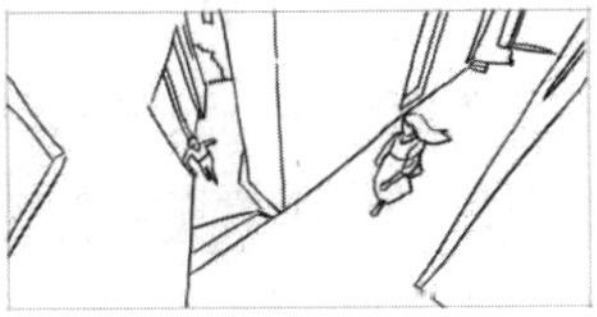	欣怡和李昂在岔路口迎面遇上。	2S
2－9		欣怡一脸慌张、满眼不安的看着李昂问道：找到了吗？	2s
2－10		李昂气喘吁吁地摇着头：还没有。	2S
2－11		欣怡焦急担忧地问李昂：怎么办？	2S

镜号	画面	内容描述	时长
2－12		看着着急的欣怡，李昂忽然之间想到了什么。	2S
2－13		李昂拉着欣怡的手向另一个方向跑去。	3S

3. 场外　麦田　日

镜号	画面	内容描述	时长
3－1		在麦田的深处，伫立着一座古塔，周围麦浪滚滚。	3S
3－2		麦随风动，一位穿着旗袍，头发花白，却精神饱满的老妇人文佩站在麦田远处静静地注视着眼前的古塔。	4S
3－3		文佩面对古塔，抬头凝望着，只余下背影。	4S

4. 场外　古塔　日

镜号	画面	内容描述	时长
4－1	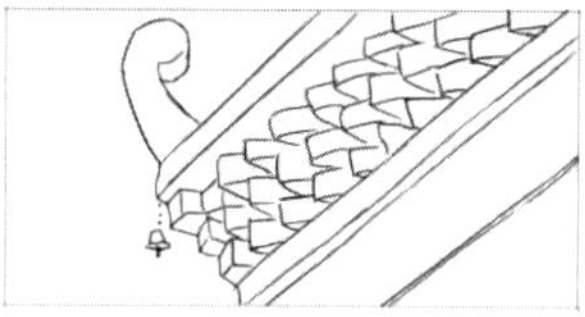	古塔上悬挂着铜铃，风吹来时便不停摆动，并发出清脆的响声。	3S

镜号	画面	内容描述	时长
4－2	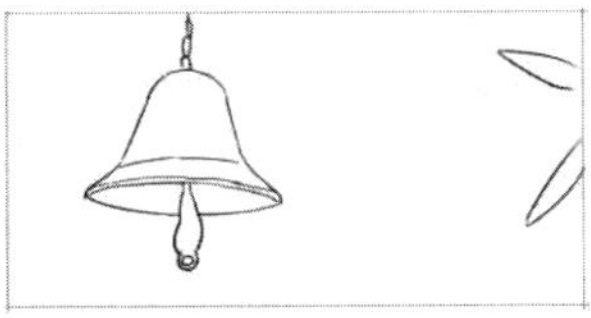	铜铃随风摇曳着。	5s

5. 场外　麦田　日

镜号	画面	内容描述	时长
5－1		古塔依旧静静地矗立在那里。	3S
5－2		老妇人看着古塔出神，李昂和欣怡出现在其身后。	3S
5－3		李昂和欣怡互相看了一眼对方，确认这正是他们要找的人，欣怡的母亲文佩。	3S
5－4		文佩看着眼前的古塔，将她的思绪带回了很久以前。	5S

6. 场 外 拱桥 日（闪回）

镜号	画面	内容描述	时长
6－1	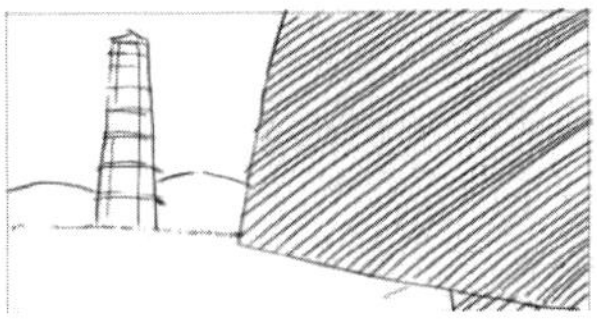	在古塔不远处的拱桥上，穿着学生装，扎着麻花辫，面容年轻的文佩独自站桥上，风吹动着衣裙的一角，显得动荡不安。	3S

镜号	画面	内容描述	时长
6-2		文佩手里紧紧地握着一张黑白照片，照片上面是她与智博的合影。	4S
6-3	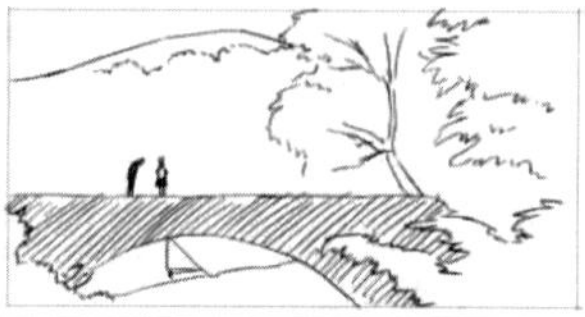	文佩站在拱桥上眺望着古塔的方向，好像是在等待谁。这时一位中年男子走了过来，向文佩鞠了一躬说道：小姐，走吧。	4S
6-4		文佩面露失望和不甘，向着她一直瞩目的地方高喊：智博！	5S

7. 场外　麦田　日

镜号	画面	内容描述	时长
7-1	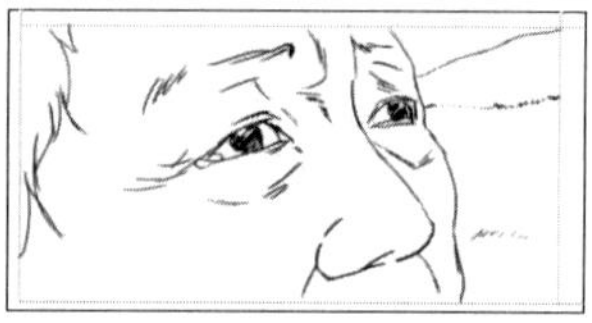	文佩忧伤地看着眼前的古塔，眼眶里噙满泪水。	3S
7-2		文佩手里攥着一个绣花手帕。	2S
7-3		文佩泪流满面，低头看了看手帕，眼中充满思念。	5S

8. 场外　麦田　日（闪回）

镜号	画面	内容描述	时长
8-1	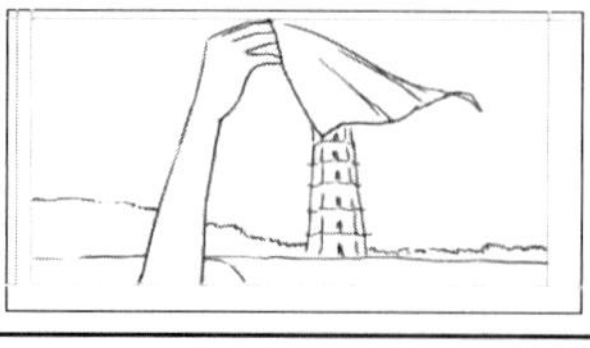	年轻的文佩手里拿着智博送给她的手帕，边跑边挥舞着。	2S

镜号	画面	内容描述	时长
8－2		智博在身后追着文佩。	2S
8－3		文佩和智博嬉戏打闹着向前跑。	2S
8－4		文佩和智博的脚步穿过麦田。	2S

9. 场外　古塔　日（闪回）

镜号	画面	内容描述	时长
9－1		智博和文佩两人坐在古塔窗边，两人手里都拿着狗尾巴草。	2S
9－2		文佩和智博两人甜蜜的背影。	2S
9－3		文佩摇着手里的狗尾巴草，和智博开心交谈。	2S
9－4		文佩和智博两人沉浸在欢乐的交谈中。	2S

10. 场外　麦田　日

镜号	画面	内容描述	时长
10－1		迟暮之年的文佩，轻轻抬起头，面露微笑，再一次注视着远处的古塔。	4S
10－2		身后的李昂和欣怡默默地看着眼前的一切。	2S
10－3		文佩转身和李昂、欣怡一起离开了这个地方。	4S

11. 场外　村庄小路　日

镜号	画面	内容描述	时长
11－1	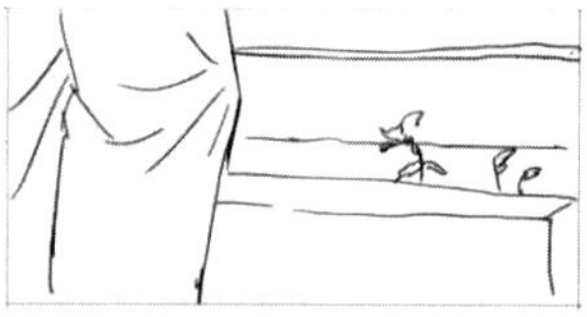	在布满野草的石阶小路上，欣怡搀扶着母亲文佩，一步一步地踏上石阶。	3S
11－2		李昂走在前面为她们带路。	3S
11－3		文佩看着眼前的一切，停下了脚步。她环顾了一下四周，思绪又一次被带到了有智博存在的时光里。	3S

12. 场外 村庄小路 日（闪回）

镜号	画面	内容描述	时长
12－1		相同的乡间小路，年轻的智博与文佩，走在石阶小路上。	3S
12－2		智博走在前面停下，转头望向文佩。	2S
12－3		文佩伸手将行李箱递给智博。	2S
12－4		智博接过她手里的行李箱，然后拉起文佩的手一起朝前走。	2S
12－5		智博和欣怡并肩而行的背影。	3S

13. 场外 村庄小路 日

镜号	画面	内容描述	时长
13－1		欣怡为了安慰文佩，轻轻地拍了一下她的背。	3S
13－2	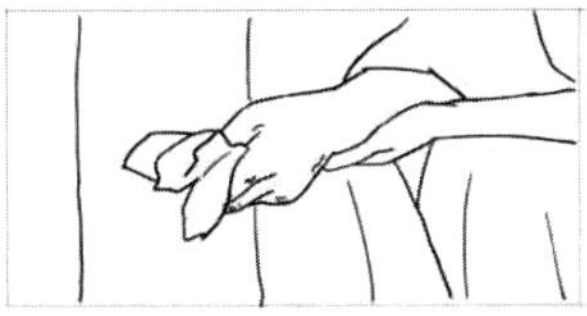	文佩的手里依旧拿着她的绣花手帕。	2S

14. 场内　诊所　日

镜号	画面	内容描述	时长
14－1	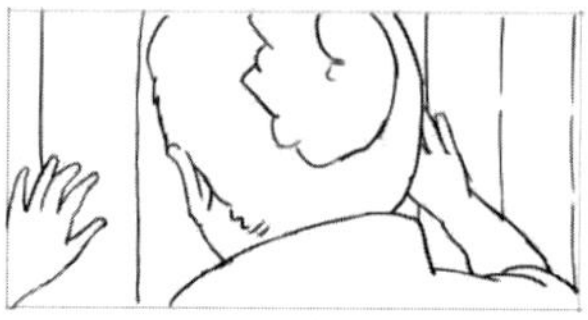	文佩用手轻轻地推开虚掩着留有一条缝的破旧的木质大门。	3S
14－2		欣怡和李昂站在文佩后面和她一起环顾着室内。	3S
14－3		庭院的台阶过道处有一个泥炉，中间放着一张木桌，墙上挂着三幅锦旗，过道处有一张木质单人床。	4S
14－4	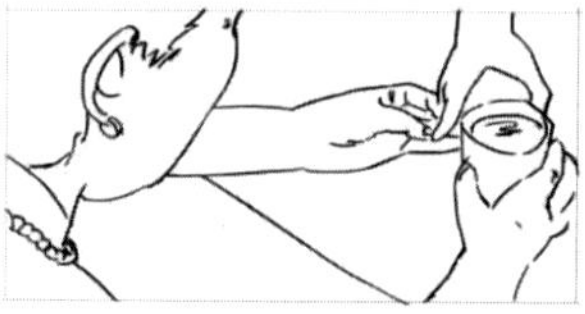	李昂端了一杯水递给文佩，文佩双手捧过水杯。	2S
14－5		李昂给欣怡端水。	2S
14－6		欣怡客气地从李昂手里接过水，坐了下来。	3s
14－7		欣怡环顾着四周。	2S
14－8		文佩仔细地打量着房间里的一切。	4S

15. 场内　诊所　日（闪回）

镜号	画面	内容描述	时长
15－1		穿着白大褂、背着医药箱的智博，揭开挂着的门帘，焦急地问文佩药盒在哪里。	3S

16. 场内　诊所　日

镜号	画面	内容描述	时长
16－1		迟暮之年的文佩从回忆中走了出来，满脸忧伤。	3S
16－2	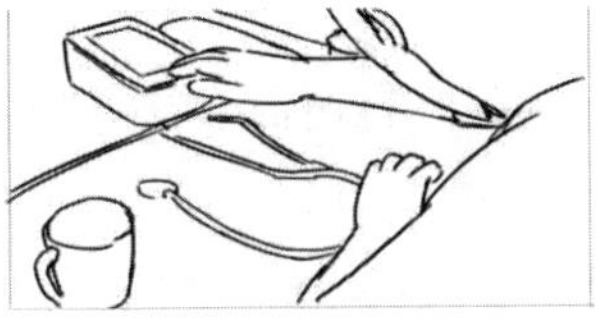	文佩一双略显苍老的手，抚摸着桌子上同样显得陈旧的助听器和注射器的盒子。	4S
16－3		文佩抑制不住地双眼湿润。	3S
16－4	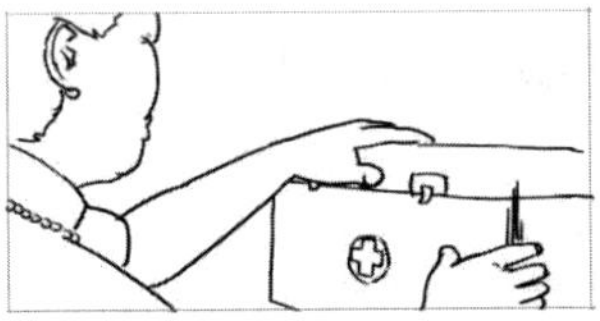	文佩抚摸着这个曾经智博背过的箱子。	4S

17. 场外　村庄小路　日（闪回）

镜号	画面	内容描述	时长
17－1		智博背着医药箱与文佩奔跑在乡间的小路上，边跑边回头看看紧跟在自己身后的文佩，叫她快一点。	3S

18. 场内　村户家　日（闪回）

镜号	画面	内容描述	时长
18－1		一位村民身体不适已经晕倒在地，智博和文上前去检查，智博翻看了村民的眼睛。	3S
18－2		智博为村民诊脉。	2S
18－3		智博抬头问文佩要听诊器。	2S
18－4		智博戴上听诊解开村民的衣服仔细地检查。	3S
18－5		文佩在一旁焦急地看着智博与村民。	2S
18－6		检查完了的智博立马取下听诊器，要文佩拿救心丸。	3S
18－7		文佩快速地拿出救心丸，喂村民服下。	3S
18－8		此时村民恢复了意识，虚弱地抬起自己的手拍了拍。	4S

镜号	画面	内容描述	时长
18－9		智博露出欣慰的笑容。	2S
18－10		智博与文佩二人相视一笑。	3S

19. 场外　小河边　日（闪回）

镜号	画面	内容描述	时长
19－1		清澈的河水缓缓流淌，河水波光粼粼。智博背着药箱和文佩两人并排走在回家的路上。	4S

20. 场外　石板桥　日（闪回）

镜号	画面	内容描述	时长
20－1		智博走在小河上搭建的简易石板桥，文佩跟在后面。	3S
20－2	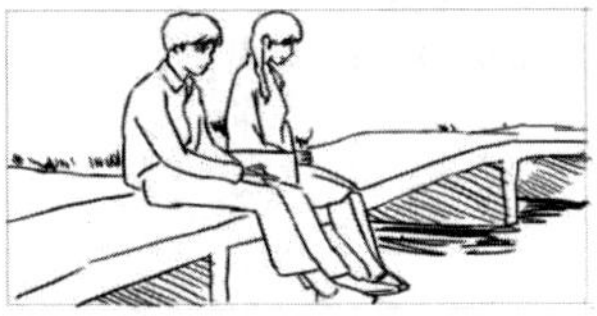	两人在石板桥上坐了下来。	3S
20－3	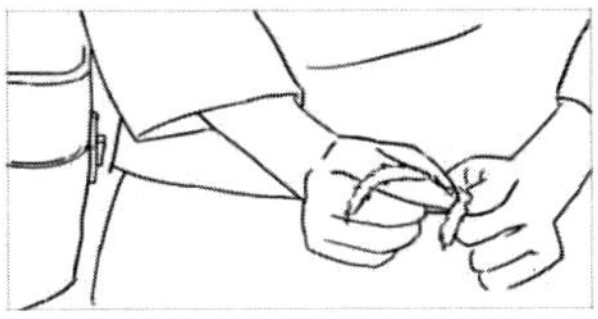	文佩手里拿着两根狗尾巴草。	2S
20－4	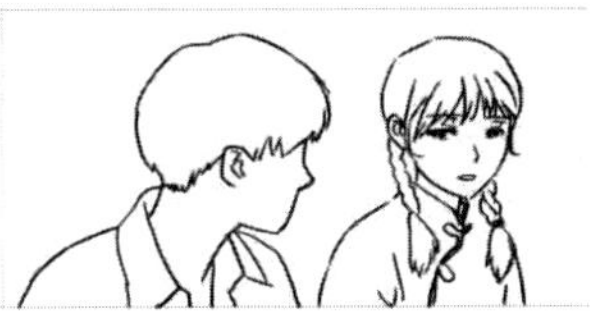	文佩面露忧伤，踌躇了半天开口问智博：如果哪天我走了，你还会在这里等我吗？	5S

镜号	画面	内容描述	时长
20－5		智博看着文佩不假思索、语气坚定地回答：会啊，我会一直在这里等你。	3S
20－6		听到智博的回答，文佩再一次低下了头。	3S
20－7		智博低了低头看着眼前的文佩问她：如果哪天你真的走了，你还会回来吗？	4S
20－8	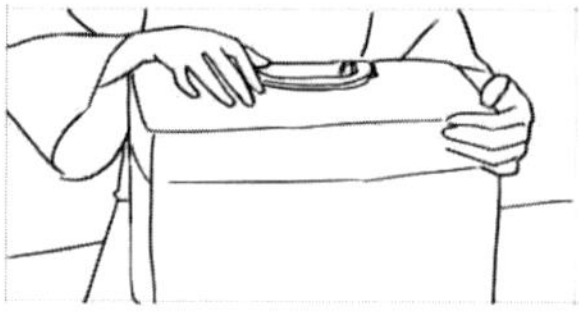	文佩沉默不语，只是拿起医药箱放在自己的腿上抚摸起来。	5S

21．场内　诊所　日

镜号	画面	内容描述	时长
21－1	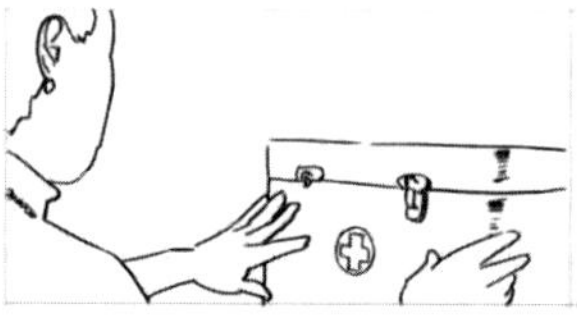	文佩抚摸着放在柜子上的医药箱。	3S
21－2		村长站在诊所的门外叫了文佩一声。文佩扭头看着站在门外的人。	3S
21－3	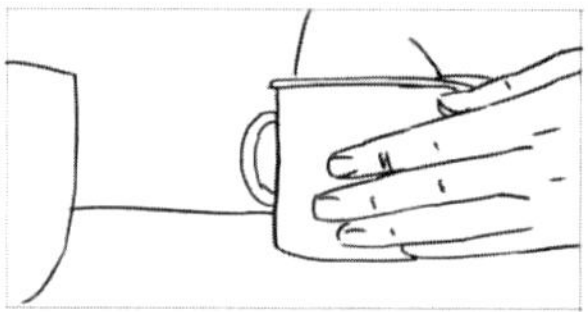	村长双手捧着茶杯。	2S

镜号	画面	内容描述	时长
21－4		村长看了看旁边的李昂，看着文佩激动地说：文医生，您终于从台湾回来了，我心里一直愧对于您和徐医生。	5S
21－5		文佩看着村长，跟随他一同开始回忆往事。	3S

22. 场外　村庄小路　日（闪回）

镜号	画面	内容描述	时长
22－1	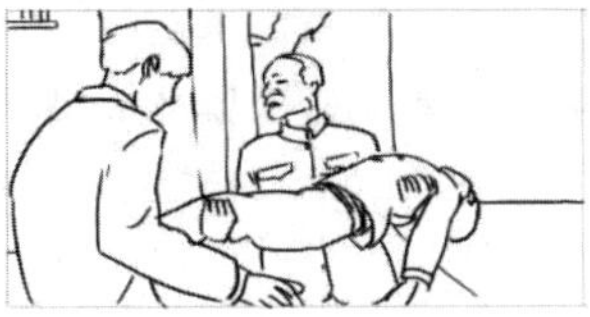	走在路上的智博被抱着孩子的村长父亲拦住，叫智博帮忙诊治。村长父亲一脸焦急。	3S
22－2	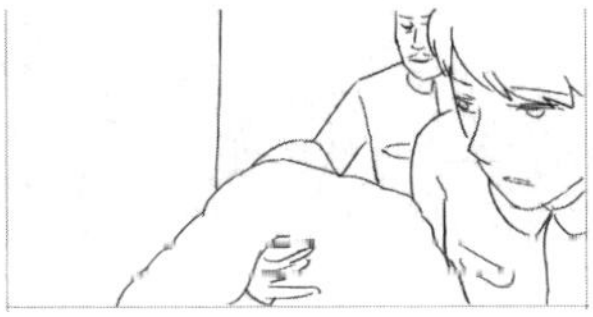	智博立马抱起孩子，和村长父亲朝前跑去。	3S

23. 场外　河边　日（闪回）

镜号	画面	内容描述	时长
23－1		智博跑了过来蹲下，急忙将草药塞进自己的嘴里嚼了两下。	3S
23－2	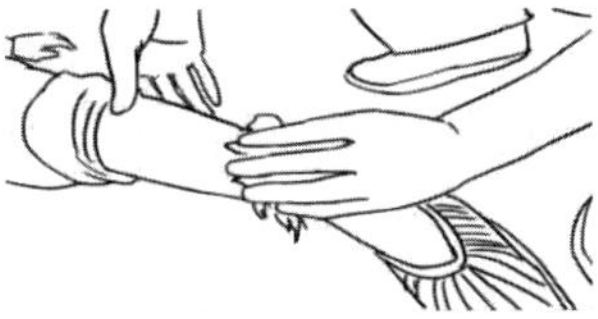	智博将草药敷在孩子被蛇咬的伤口上，用手紧紧地按压着。	2S

镜号	画面	内容描述	时长
23－3		此时年幼的村长紧闭着双眼面露痛苦。	3S

24. 场内　诊所　日

镜号	画面	内容描述	时长
24－1		村长满脸的愧疚与难过，文佩静静地看着村长，听着他的诉说。	3S
24－2		文佩眼神暗了下来，双手紧紧地握住茶杯。	2S
24－3		文佩回想起当初在拱桥的场景。	3S
24－4		文佩双手摩挲着茶杯。	3S

25. 场外　拱桥　日（闪回）

镜号	画面	内容描述	时长
25－1		年轻的文佩手里拿着她和智博一起拍的合照，站在拱桥上。	3S

镜号	画面	内容描述	时长
25－2		旁边的男子催促道：走吧，走吧，小姐，司令已经在等了。	3S
25－3		文佩听见男子的催促，伤心又不甘地朝远方大声呼喊：智博！	4S

26. 场外　河边　日（闪回）

镜号	画面	内容描述	时长
26－1		河水湍急地流淌着，声音显得十分急促。	3S

27. 场外　乡间小路　日（闪回）

镜号	画面	内容描述	时长
27－1		智博满头大汗，气喘吁吁地骑着自行车，拼命地往前赶。	2S
27－2		智博骑着自行车，没有片刻停留。	2S
27－3		自行车轮在小路上滚滚转动着。	2S

28. 场外　拱桥　日（闪回）

镜号	画面	内容描述	时长
28－1		文佩依旧地站在拱桥上，不停歇地向远处呼喊着智博的名字。	3S
28－2		文佩身边的男子一直在催促着。	3S
28－3		文佩心灰意冷，将手里握着的照片撕成了两半。	2S
28－4		远处拱桥上的文佩被男子强行拉走，但嘴里还是喊着智博的名字。	3S
28－5	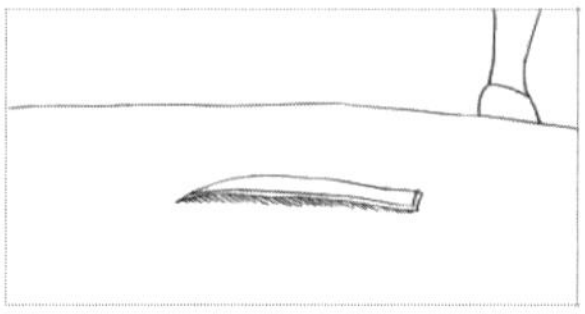	撕掉的一半照片不小心掉在了地上。	2S
28－6		地上掉的正好是有文佩的一半照片。	3S
28－7		智博赶到了约定的地方，环顾四周发现已经没有人了，他用力地高喊着文佩的名字。	5S
28－8	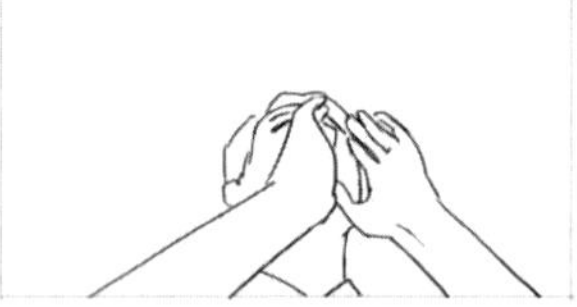	智博抬头高喊着。	3S

镜号	画面	内容描述	时长
28－9		麦子随风呼呼摇曳。	3S
28－10		芦苇随风不停摇曳。	3S
28－11	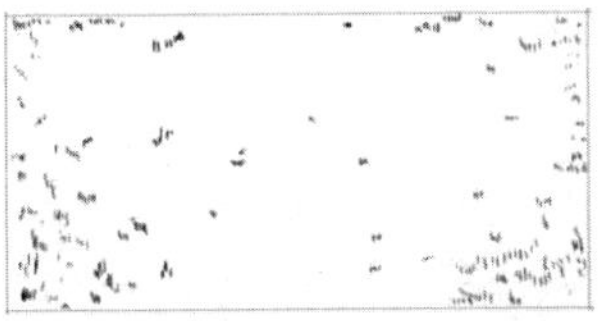	风越吹越大，大片麦田犹如滚滚波浪。声音随着风被传到很远很远的地方。	3S
28－12		古塔上的野草朝天生长，挂在角落的铜铃随风晃动着，发出清脆的声响。	6S

29. 场内　诊所　日

镜号	画面	内容描述	时长
29－1		诊所的墙壁上挂着一个老旧的相框，里面夹着文佩当年在拱桥上遗留的半张照片，文佩轻轻地抚摸着。	5S
29－2	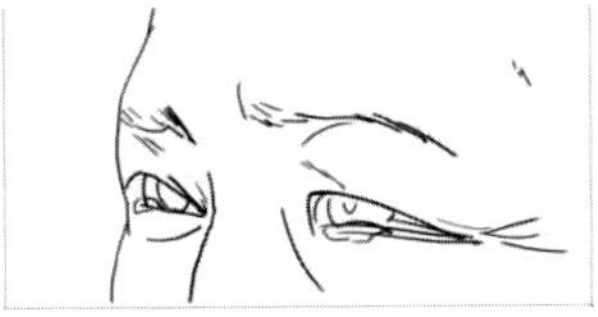	文佩端详着照片，眼眶湿润。	3S
29－3		照片上的文佩年轻漂亮笑容灿烂。照片右下角清晰地写着一个“等”字。	5S

30. 场外 麦田 日

镜号	画面	内容描述	时长
30－1		田埂上的狗尾巴草随风轻抚着。	3S
30－2		李昂和欣怡坐在田埂上，看着不远处的古塔。	3S
30－3		李昂看了欣怡一眼，边说边望向古塔。看着眼前的古塔，李昂的思绪也被带到了他的师傅徐智博在的时候。	6S

31. 场外 麦田 日（闪回）

镜号	画面	内容描述	时长
30－1		依旧是那片麦田，依旧是那座古塔。	3S

32. 场内 村民家 日（闪回）

镜号	画面	内容描述	时长
32－1	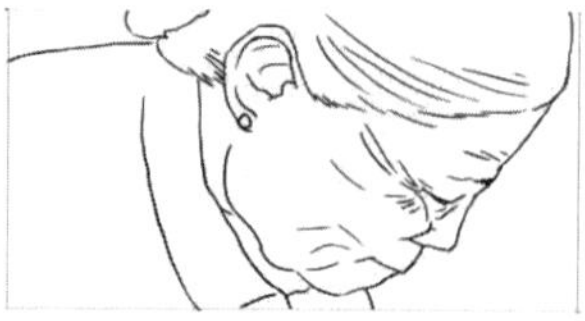	在有点昏暗的屋子里，一位年迈的老人大声地咳嗽着。	3S
32－2		智博背着药箱赶忙走了进来，为村民医治。	3S

33. 场外　小河　日（闪回）

镜号	画面	内容描述	时长
33－1		智博背着药箱，卷起裤腿，淌过小河。	3S
33－2		智博累了停下自己的脚步，用手擦了擦自己脸上的汗。	4S

34. 场外　田间小路　日（闪回）

镜号	画面	内容描述	时长
34－1		穿着白大褂，腰背笔直背着医药箱的智博独自一人走在田间小路上。	3S
34－2	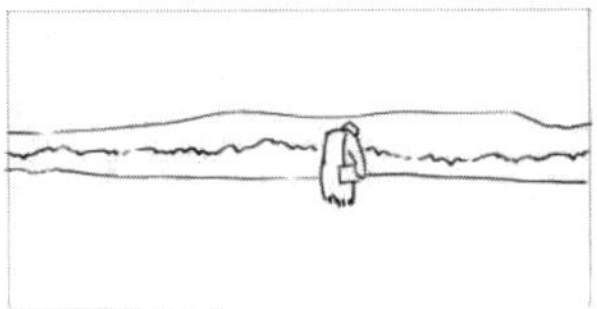	在相同的田间小路上，穿着白大褂，腰背弯曲，年迈的智博独自一人走在田间小路上。	3S
34－3	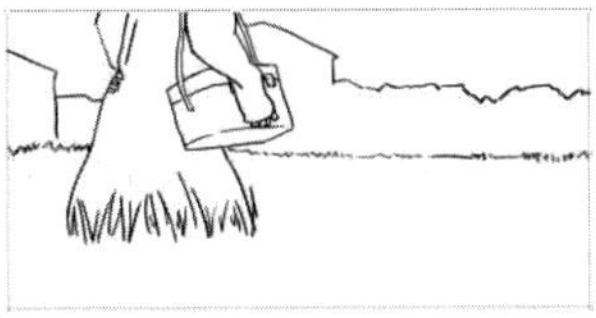	智博一只手扶着有些弯曲的腰。	3S
34－4	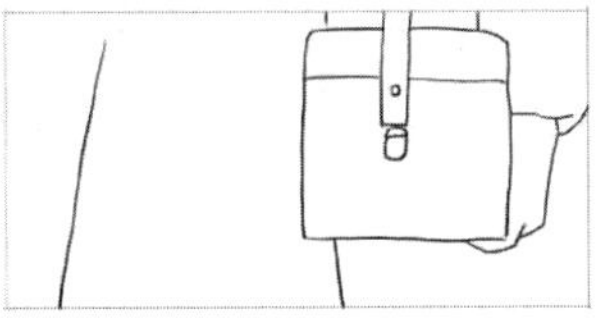	智博另一只手扶着医药箱。	3S
34－5	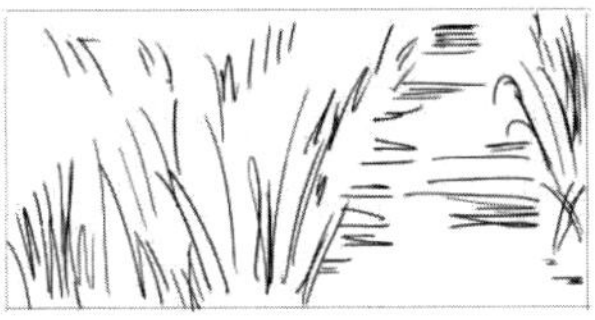	年迈的智博艰难地走在路上。	3S

镜号	画面	内容描述	时长
34－6		年迈的智博最终倒在了路上。	4S

35. 场外　麦田　日（闪回）

镜号	画面	内容描述	时长
35－1		朝阳的光辉照耀着这一片麦田，依旧年轻的智博看着升起的太阳。	3S
35－2		智博手里拿着文佩留下的半张照片。	3S
35－3		智博另一只手紧紧护着医药箱。	3S

36. 场外　村头小路　日（闪回）

镜号	画面	内容描述	时长
36－1		李昂一把抓住自行车的车头，对着智博说到：师傅我来推吧。	3S

37. 场内　村民家　日（闪回）

镜号	画面	内容描述	时长
37－1		李昂带着听诊器为村民检查完身体，对旁边询问的人露出了灿烂的微笑。	4S

38. 场外　麦田　日

镜号	画面	内容描述	时长
38－1		李昂希望和师傅一样能够好好守护这个村，说完便和欣怡望向前方，远处传来铜铃发出的叮当声，深远而悠长。	5S

39. 场外　古塔　日

镜号	画面	内容描述	时长
39－1		黄昏已经悄然降临，蝉叫虫鸣声声入耳。夕阳西下，远处的古塔显得威严而肃穆。	5S

40. 场外　村庄　日

镜号	画面	内容描述	时长
40－1		一位老奶奶手里拿着一盏荷花灯，被人搀扶着走在村庄的道路上。	3S
40－2		一位老爷爷也同样拿着一盏荷花灯，颤颤巍巍地从自家的大门走了出来。	3S
40－3	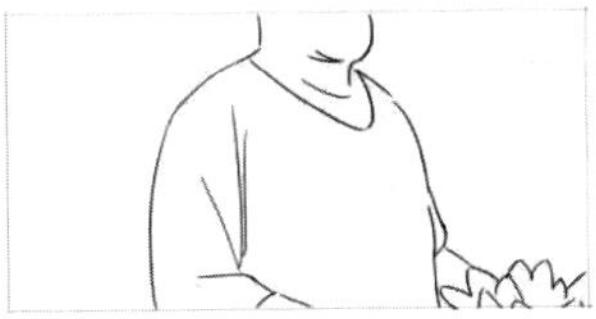	另一位村民捧着荷花灯走出来。	3S
40－4		文佩被欣怡和李昂搀扶着走在路上，三人手里分别拿着一盏荷花灯。	4S

镜号	画面	内容描述	时长
40－5		三人的背影从路口走过。	2S
40－6		三人身后跟了一群村民。	4S
40－7		村民从不同的道路走来汇合在一起，每人手里都拿着一盏荷花灯。	3S

41. 场外　河边　夜

镜号	画面	内容描述	时长
41－1		村民们手里捧着点亮的荷花灯站在一旁，李昂和欣怡搀扶着文佩从小河旁的台阶上走了下来。	5S
41－2		文佩低头看着手里的荷花灯。	2S
41－3		文佩将自己手中的荷花灯轻轻地放入水里。	3S

42. 场外　诊所　日（闪回）

镜号	画面	内容描述	时长
42－1		诊所里的桌子前坐了两个老人，年轻的文佩和智博尽心尽力地为其诊治着。	3S

43. 场外　村庄小路　日（闪回）

镜号	画面	内容描述	时长
43－1		智博抱着小孩，与村长父亲急匆匆地走在村庄的小路上。	3S

44. 场外　小河　日（闪回）

镜号	画面	内容描述	时长
44－1		智博累了，停下了自己的脚步，用手擦了擦自己脸上的汗。	3S

45. 场外　田间小路　日（闪回）

镜号	画面	内容描述	时长
45－1		年迈的智博扶着自己的医药箱。	2S
45－2		智博摇摇晃晃地走在田间小路。	3S
45－3		智博精疲力尽地倒在了田间小路。	3S

46. 场外　河边　夜

镜号	画面	内容描述	时长
46－1		村民们将一个个荷花灯放进了河里。	4S

镜号	画面	内容描述	时长
46－2		李昂也蹲下来将荷花灯放了进去，此时的他已经泪流满面。	3S
46－3		荷花灯漂浮在水面上。	3S
46－4		数盏荷花灯聚在一起。	3S
46－5		荷花灯顺着河流漂向远方，散发着一点一点像星星般的光亮。	3S
46－6		荷花灯汇成一条流动的星河，在河面上闪烁着。	6S
46－7		李昂小心翼翼地将孔明灯点燃。	3S
46－8		文佩和女儿看着眼前的孔明灯。	3S
46－9		李昂看了看身旁的文佩。	3S

镜号	画面	内容描述	时长
46－10	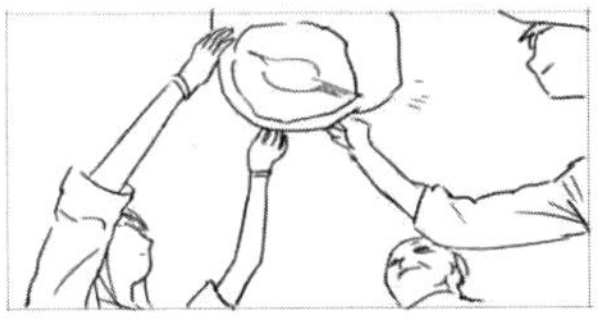	三人一起放飞了孔明灯。	3S
46－11	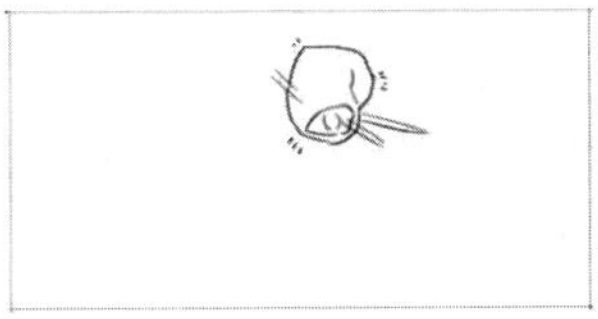	孔明灯带着他们的祝福，慢慢升向黑暗的夜空。	6S

47．场内　诊所　日

镜号	画面	内容描述	时长
47－1		诊所内，水壶在炉子上冒着热气，发出咕嘟咕嘟的声音。忙碌的欣怡听见水沸腾的声音走了过来，拿起水壶。	5S
47－2		欣怡把熬药的罐子放在了炉子上。	3S
47－3	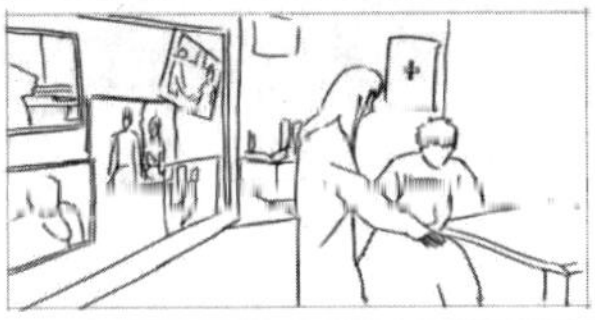	李昂正在给一位老人看病，问诊桌子旁的墙上，挂着一个像框，里面有一张黑白照片。	4S
47－4		照片中间有一条明显的粘贴过的痕迹。照片里的文佩和智博坐在一起，脸上洋溢着幸福的笑。他们在照片中再一次重逢。	6S

48．场外　麦田　日

镜号	画面	内容描述	时长
48－1		文佩穿着白大褂站在田埂上的树下，深情地凝望着古塔。	3S

镜号	画面	内容描述	时长
48－2	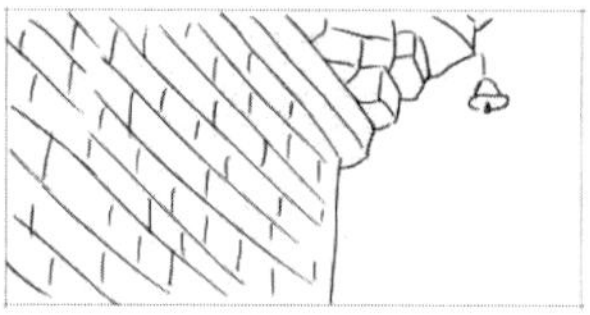	一阵微风吹过，远处传来铜铃的声音。	3S
48－3	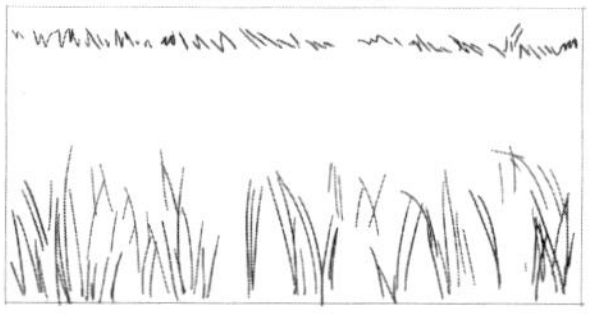	风吹麦田，麦浪此起彼伏的，发出沙沙的响声。	3S
48－4	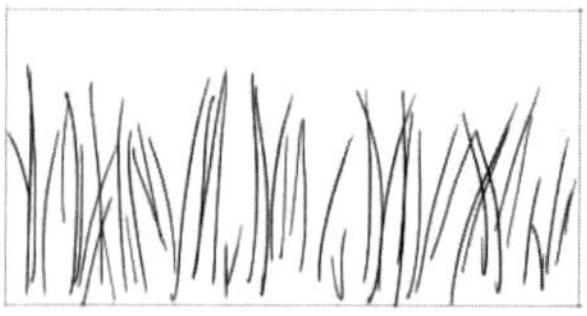	麦穗上还携着露珠。	3S
48－5		狗尾巴草随风摇曳着。	3S
48－6		芦苇随风舞动着。	3S
48－7	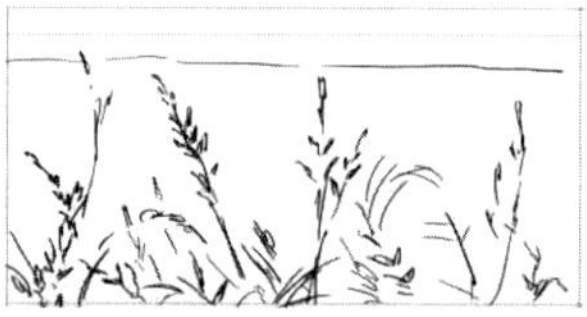	野草也在风中摇曳着。	3S
48－8		远处的古塔矗立在麦田中，不断传来铜铃声。	3S
48－9	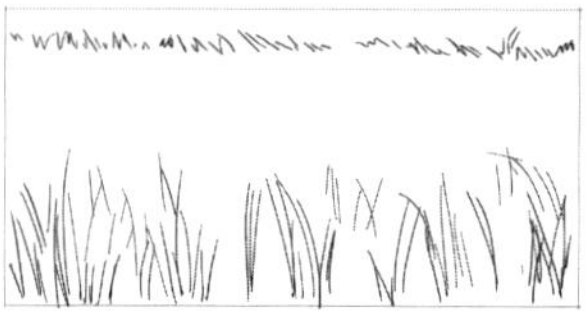	风越来越大，麦穗掀起一阵阵浪花。	2S

镜号	画面	内容描述	时长
48－10	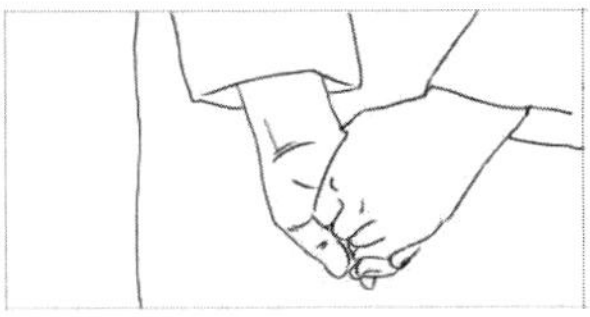	忽然一只苍老的手缓缓伸了过来，紧紧地握住了文佩的手。	5S
48－11		文佩转头看向身边的人。	3S
48－12		出现在文佩眼前的是她记忆里那个年轻且富有朝气的智博。	3S
48－13		年轻的智博转过头，缓缓地看向远方。	3S
48－14	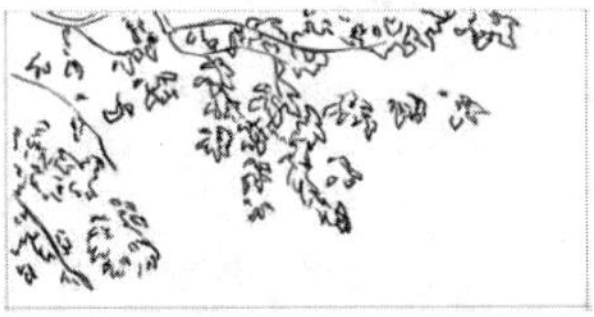	智博的视线划过树梢。	2S
48－15		镜头缓缓从天空中摇下来，年轻的智博身边，站着的是年轻的扎着马尾的文佩，两人相视而笑，静静地感受风的轻抚。	8S

49. 场外　天空　日

镜号	画面	内容描述	时长
49－1		天空在夕阳的映衬下，像是披上了一层红色的外衣。 （画外音）智博：如果哪天你真的走了，你还会回来吗？ （画外音）文佩：当风铃响起的时候，就是我回来的时候。	8S

50. 场外　古塔　日

镜号	画面	内容描述	时长
50 - 1	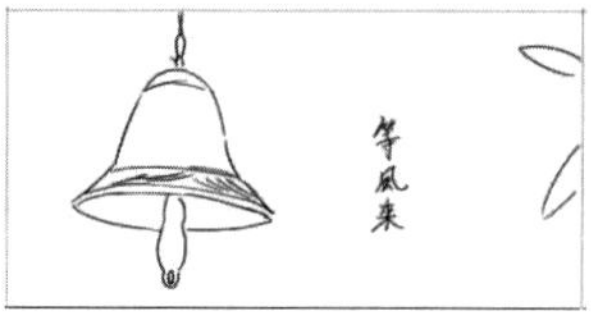	轻风拂过，悬挂在古塔一角的铜铃，发出一阵阵清脆悦耳的铜铃声，叮叮当当，随风飘散到远方。	8S

（三）《浮沉》文学剧本

1. 外景　伍厚德堂　日

朱墙环绕，绿柳周垂，白石为栏。院中游廊相衔，山石点缀，抬首便可看见大堂中央高悬着“伍厚德堂”的匾额。

2. 内景　伍厚德堂　日

窗明几净的餐厅里，镂空的雕花窗棂射入斑斑点点的细碎阳光，唱片机里传出清越婉转的女声。

林曼珍挽着发髻，身穿一袭墨绿色旗袍，手拿银色珠串小包，踏着光影一步一步走上楼梯。精致小巧的祖母绿耳饰随着她的步伐左右摇曳，朱红的狮形雕像在房顶吊灯的照射下显得肃穆庄重。

林曼珍推开彩绘玻璃门，走进了包厢。

3. 内景　包厢　日

包厢的角落里坐着一位身穿黑色长衫的男人，他东张西望地似乎在找什么人，在看到林曼珍走进来时立马定了定神，整理了一下衣领。

林曼珍来到男子对面，从容优雅地解下旗袍外披，将其置于座椅靠背，眉眼微抬地看着坐在对面正低头把玩着串珠的男子。

4. 外景　深巷　日

灰墙土瓦的深巷里，林婉君扎着双马尾辫，挎着装满鲜花的竹篮在高声叫卖。

林婉君：卖花了，卖花了……

伴随着林婉君清脆的叫卖声，几名日本兵端着枪，步伐急促地奔往深巷。

林婉君对他们的到来浑然不知，依旧高声地叫卖。

林婉君：卖花了……

深巷的另一端，一位身着枣红色中山装的中年男人边跑边回头张望，尽管早已气喘吁吁，但一刻也不敢停歇。

5. 内景　包厢　日

唱片机里的女声恰似燕语呢喃，在包厢中轻轻地萦绕。

林曼珍开口问男子：事情办好了吗?

男子皱了皱眉，抿着嘴回答道：林小姐，这个事儿可不好办哪。

林曼珍低垂着眼眸，抬手摸了摸自己的耳坠问道：怎么?

男子：您瞧，现在满城都是日本人，眼看就要打仗了。

6. 外景　深巷　日

巷子里突然传来一声呵斥：站住!

中年男子惊闻，瞬间瞪大了双眼，弯腰扶墙稍做停留后继续奔跑。

7. 内景　包厢　日

林曼珍抬手轻捂嘴唇，假意轻咳两声。

男子立马露笑，讨好地回应道：嘿，不过既然是您托我，那这事我无论如何也得办好。

男子说着从口袋里掏出一张车票，双指压着推到林曼珍面前。

林曼珍刚想伸手去拿，被男子打断：哎。

男子将票揽向自己，两根手指依旧死死压着：现在局势这么紧张，这个票，当官的都弄不到。

林曼珍杏眼圆睁，回头拿起自己的旗袍外披。

男子见状连忙做出要钱的手势：要不，您再多给点儿?

林曼珍眉毛一挑，轻蔑地哼了一声，随即从手提包里拿出一个小钱袋放在桌子上。

男子起身拿起钱袋在手里颠了颠，嬉皮笑脸地说：林小姐就是大方，不愧是咱城里的名角儿!

男子说完，双手将车票送到林曼珍跟前。

林曼珍接过车票仔细检查了一番后放进了自己的手包。

8. 外景　深巷　日

挎着竹篮卖花的林婉君沿着巷子走着，迎面忽然出现几名日本兵从她身边迅速跑过。林婉君被吓得停在原地，待她回过神时，日本兵早已跑远。

9. 内景　包厢　日

林曼珍被窗外的骚动吸引，她透过包厢窗户的缝隙向外眺望，隐约看见林婉君朝着日本兵的方向追了过去。

林曼珍转身下楼，高跟鞋踩在楼梯木地板上发出“嗒嗒”的声音。

10．外景伍厚德堂　日

林曼珍快步走出伍厚德堂正门，身影消失在车水马龙的街道上。

11．外景　深巷　日

林婉君躲在墙后，双手抓着墙沿，探出脑袋偷看，惊讶地发现眼前被日军抓住的中年男人正是自己的父亲林峰。

林婉君咬紧下嘴唇，攥着拳头，想冲上前。

日军长官佐藤武雄腰间别着一柄长刀，一手提着枪，一手揪着林峰的头发。

佐藤武雄：你们中国有句古话叫作“识时务者为俊杰”，你不过是个跑腿送信的，聪明的话，就把共产党的名单交出来！

佐藤武雄说着，用枪管顶住林峰的下巴，目眦尽裂，咬牙切齿。

林峰虽被逼跪在地，但一脸无畏地朝佐藤武雄吐了一口唾沫。

佐藤武雄气急败坏，将林峰踹倒在地。

佐藤武雄：敬酒不吃吃罚酒！

躲在墙后的林婉君将这一切看在眼里，眼眶通红但不敢上前。

佐藤武雄抬脚踩在林峰背上，枪口对准他的脑袋。“砰”的一声枪响，脚下的林峰瞬间不再挣扎。

林婉君终于忍不住，哭喊着正要奔向林峰之际，被身后的一双手捂住了嘴，强行拖走。

12．外景　湖边　日

夕阳的余晖洒落在静谧的湖面上，一片波光粼粼之中没有鱼儿，也没有水鸟，只有大片墨绿色的水草随着暗流上下浮动。

林曼珍和林婉君两人谁也没有说话。林婉君默默地从衣服里掏出一条手帕，仔细端详，轻轻摩挲。

13．内景　林婉君家　日（闪回）

林峰伏在林婉君耳边说着悄悄话，说完后，拉起林婉君的手郑重地将手帕托付给她。（闪回完）

14．外景　湖边　日

林婉君颤抖地抚摸着林峰生前交给她的手帕，眼泪就像断线的珍珠沿着脸颊徐徐坠下。她眼前的湖面被残阳浸染成血红色，忽然平静的水面被一阵阵涟漪打破。

林曼珍带着哭腔轻轻叫了一声：婉君，你我姐妹一场，却同为天涯沦落人。我，我也是亲眼看着爹娘死在日本人的乱枪之下！

15. 外景　郊外　日（闪回）

伴随着沉闷的枪响，一群无辜的百姓陆续应声倒下。

站在树后的林曼珍梳着麻花辫，一身学生装束，正欲将手中的花别在自己的耳畔，忽然听到枪声。

林曼珍眼睁睁地看着父母被日军屠杀，她绝望地哭喊着：妈，爸……（闪回完）

16. 外景　湖边　日

林婉君抬手轻轻拍了拍林曼珍，林曼珍回过头一脸同情地看向她。

林曼珍：你的苦，姐姐都懂。

林婉君哭着看向眼前的湖面，悲痛地说：国不将国，家不成家，国仇家恨，婉君愿以死相报！

听了林婉君的话，林曼珍若有所思地看向湖面的浮萍：有草生碧池，无根水上荡，脆弱恶风波，微微哭惊浪。这乱世求生已是难事，国仇家恨我等女辈又可奈何……

眼见林婉君泪水止不住地往下流，林曼珍手忙脚乱地从包里翻出手帕替林婉君擦拭。夹在包里的车票也随即飘落，掉在了林婉君脚边。

林婉君揉揉眼睛，捡起地上的车票。哽咽着问林曼珍：姐姐，你要走了？

林曼珍看着眼前梨花带雨的林婉君，心头一阵悲痛，重重地点点头。

林婉君望向已被残阳染红的浮萍，开口说道：曼珍姐，我爹说我们虽生若浮萍，可沉与浮，只在一念之间。

听完林婉君的话，林曼珍若有所思地看着眼前的湖水。残阳依旧，浮萍依旧，两人静坐着。

17. 内景　戏院化妆间　日

纱幔低垂，戏服立在角落，铜镜置于木制的梳妆台上。

林婉君：姐，我来给你梳。

林曼珍：好。

林曼珍坐在梳妆台前，透过铜镜看林婉君为自己梳头。

18. 内景　戏院　日

戏院门口的小二热情地招呼着：各位客官里面请。

戏院内人声鼎沸。有衣着高贵的富人端坐其上，也有衣衫褴褛的穷人穿梭其中。很多人都伸着头，似乎在等待些什么。

墙壁上挂满了木质的曲目牌：荆钗记、拜月记……

“锵锵锵锵咦噌——”，全场骤然鸦雀无声。

一袭红衣俏女迈着扭捏的碎步出场了，她先是用手在脸上遮遮掩掩，之后在原地兜起了圈子，白色的大褂随着她的动作飘荡开来。颜色艳丽的油彩妆面反衬得她的柳般细目和樱桃小嘴格外显眼。两个眼珠羞答答地转着，口中的戏词慢慢地吟唱。

坐在台下穿着便装的佐藤武雄一脸赞赏，时不时用手打着节拍，忽然大吼：好！

台下随即响起一阵如雷的掌声。

一双眼睛在竹帘后面直勾勾地盯着佐藤武雄，他却全然不知。直到他不经意瞟向竹帘时，那一双眼睛快速地躲了回去。

19．内景　戏院化妆间　日

若有若无的吟唱声从远处传来。林婉君悄悄来到林曼珍的梳妆台前，从怀里掏出一个信封，小心地压在林曼珍的首饰盒下。放完信后，林婉君便头也不回地离开了。

信封露出的一角写着：曼珍姐亲启。

20．内景　戏院　日

林婉君挎着花篮来到了戏台前，远远地朝看台上瞟了一眼，径直走上看台，边走边叫卖。

林婉君：卖花啦，卖花啦，老爷要花吗？

观众都醉心于表演，无人买花，林婉君见状径直来到了佐藤武雄的身后。

林婉君：老爷要花吗？

佐藤武雄头也不回地摆摆手。

林婉君转身从花篮中小心翼翼地掏出一把刀，手微微颤抖地靠近佐藤武雄，随即猛地刺向他。

佐藤武雄迅速闪躲并顺势将林婉君手中的匕首打落在地，匕首在他的手上划出了一道口子。

林婉君见刺杀不成，转身拼命逃跑。

佐藤武雄站起来，拔出腰间的佩枪，对着林婉君的后背开了一枪，林婉君应声倒地。

林婉君的竹篮跌落在地，鲜花一朵朵撒了出来，几缕残破的花瓣随风飘荡。

窗外的天空风卷云涌，暴雨将至。

看戏的人们听到枪声后发出尖叫，抱着头拼命四处逃窜。

人群散去，台上身穿戏服的林曼珍看着眼前的一切，脚上犹如灌了铅般沉重。她慢慢走近，悲痛万分地蹲下来轻抚林婉君的脸。

21. 内景　戏院化妆间　夜

雨水沿着屋檐一滴滴地落下，砸在泛着青苔的石阶上。

化妆间里已经脱下戏服、卸下浓妆的林曼珍抽泣着看着林婉君留给她的信。

信上写道：曼珍吾姐，见信如吾。婉君有一事相求，爹爹临终嘱托吾未能完成，现将手帕交与姐。里面有着重要信息，望姐姐相助，将其送于火车上断指之人手中，婉君此生幸得姐姐怜爱，愿来生再报……

林曼珍读完信后拿起梳妆台前的绣花手帕垂眼呆望着。一抬头仿佛又看见镜子中林婉君正笑着为她梳头，此时她忘了哭，泪中带笑地看着曾经在她身后那鲜活动人的林婉君。

晃神之间，镜中的林婉君早已不见，此时林曼珍才回过神来，哭得越发伤心。

22. 内景　林曼珍家　日

林曼珍拿起偷偷藏在家中花瓶底下的毒药，用小拇指轻轻刮起些许粉末，随后毅然决然地拿起身旁的行李箱走了出去。

23. 外景　火车站　日

火车站中日军来回地巡逻。

拎着行李的林曼珍坐在长椅上紧张地朝人群中张望，看见巡逻的日本兵走来，她连忙站起朝火车走去。她裹了裹自己的披肩，在转身要上火车时，却被另外两个日本兵拦住了去路。

日军甲：小姐，例行检查，请跟我们走一趟。

林曼珍惊恐地看着他们，步步后退。

两个日军步步紧逼，脸上挂着不怀好意的笑。

24. 外景　火车站角落　日

林曼珍被逼到一个角落里无路可退，靠着墙壁无助地边喊边举起自己藏毒的手指。

林曼珍：你们不要过来，再过来我就……

就在这时，一个戴帽子的男子手持一把锋利的匕首从后突袭，将其中一个日本兵刺死。

林曼珍吓得魂飞魄散，她死死地用手捂住自己的嘴巴，生怕发出一点儿声响。

另一个日本兵还没反应过来就已经被刀狠狠地扎破了心脏。

林曼珍见状，立马惊慌失措地拽着箱子逃离现场，奔向了火车。

25. 外景　火车站　日

蒸汽火车冒着滚滚白烟，车即将要开动了。

火车上下出口都有日军把守，林曼珍将证件和车票递给日军检查无误后，急忙登上车厢。

26. 内景　车厢　日

惊魂未定的林曼珍跌跌撞撞地上了火车，车厢里萦绕着日本歌曲。

林曼珍在车厢里慌乱张望，不小心和迎面走来的日本兵相撞，手帕不为人知地掉落在地。

林曼珍：对不起！

林曼珍说完就匆匆往车厢内走去。她拿着手中的票看了看周围，找到自己的座位坐下，喘了几口粗气，拍了拍胸口，试图让自己镇静下来。

列车服务生走过来为林曼珍倒了一杯红酒：小姐，请慢用。

车厢内日本歌曲依旧播放着，林曼珍心情复杂地望向车外。正当她低头沉思时，一个陌生男子一言不发地坐在了她的对面。林曼珍吓得大气都不敢出，紧张地看着对面的陌生男子。

男子面容清秀，眉宇之间透出一股冷峻和沉稳。他警惕地朝周围看了看，将断了指的手放在了桌上，示意林曼珍看他在桌上写字。

林曼珍疑惑地看去，男子在她面前用手指写了一个“绣”字。

林曼珍想起林婉君信中的话，立刻明白了这个男子的身份，她低头在包中翻找手帕，却一无所获。

林曼珍焦急又为难地看向男子，起身沿原路低头寻找。

27. 内景　车厢门口　日

林曼珍在车厢门口发现了手帕，忙弯腰去捡。当她的手触碰到手帕的瞬间，手帕被另外一只带着刀伤的手捡了起来。

林曼珍抬头望向来人，霎时呆住，眼前的人正是佐藤武雄。

佐藤武雄冲着林曼珍邪魅一笑：曼珍小姐，你好！

林曼珍紧张地拽了拽自己的旗袍披肩，眼见佐藤武雄将手帕递来，林曼珍伸手想要拿回的时候，佐藤武雄却突然缩回，拿着手帕对林曼珍咿咿呀呀地唱了起来。

佐藤武雄唱道：请问小娘子家住哪里？姓甚名谁？

林曼珍计上心头，她看向佐藤武雄，边摆起身段边唱了起来：家住在中都城，鼓楼街，哎……王氏瑞兰，女裙钗，哎……

林曼珍边唱边偷瞟着与自己接头的男子，男子一脸担忧地看着她。

佐藤武雄看了看窗外，对着林曼珍回唱道：这么大的雨，你没有雨伞，怎么走得，这把伞还是你用吧……

佐藤武雄将手帕双手递给了林曼珍。

林曼珍小心翼翼地将手帕拿了过来，顺势行了一个谢礼唱道：多谢君子。

一曲唱罢，车厢之内尽是满堂彩，佐藤武雄十分高兴。

一个日本士兵走了过来在佐藤武雄耳边低语。

林曼珍低头注意到佐藤武雄手上的刀伤，眼睛里瞬间起了杀意。

日本士兵汇报完，佐藤武雄说道：原来如此，我知道了（日语）。

林曼珍看着佐藤武雄假装惊讶又关切地问道：佐藤先生，您怎么受伤了？

林曼珍说着，用藏毒的纤纤素手拂过佐藤武雄的伤口，佐藤武雄疼得将手缩了回去。

林曼珍向佐藤武雄道歉：对不起，把您弄疼了。

佐藤武雄笑着说：没事，曼珍小姐，在下先告辞了。

佐藤武雄弯腰与林曼珍告辞，林曼珍微笑颔首回应。

28. 外景　火车站台　日

火车汽笛鸣起，白烟喷涌而出，即将出发。

29. 内景　公务车厢　日

车厢中到处插着日本国旗。佐藤武雄忽然神色痛苦地捂住胸口，口吐鲜血栽倒在地。

旁边的日本兵都慌了神，一边叫着佐藤武雄，一边不停地摇晃着他的身体。

30. 内景　车厢　日

男子接过林曼珍给他的手帕，紧紧握在手中。

林曼珍将车票压在酒杯下，转身向车厢门口走去。

31. 外景　火车站台　日

林曼珍拎着行李箱朝着列车相反的方向，毅然决然地走远。

32. 一组镜头 (闪回)

林曼珍父母被日军乱枪打死的惨景。

林峰被打死的惨景。

林婉君被打死的惨象。（闪回完）

33. 外景　湖边　日

林曼珍走在湖边，眉头紧锁。看着水中随风浪浮沉，任命运摆布的浮萍就恍若看到了自己，不由心生感慨。

（画外音）林曼珍：爹娘，林叔，婉君妹。曼珍昔日自怜，恶波惊浪之中苟且偷生，虽生犹死无根漂零。此刻，我终明白汝等之信仰，苟利国家生死以，岂因祸福避趋之！今望一池浮萍，水波自荡，尔等精神已让此草生根扎土，吾等力微愿做尘埃入土埋根。曼珍回程之刻，信笃步定，愿与万千同胞齐进退，誓与生我之土共存亡！

阳光透过树枝的缝隙斑驳地照射在湖面上，微风轻拂下，湖面显得波光粼粼。

林曼珍走在河边，仿佛看见了林婉君站在身旁，她笑靥如花。

夕阳西下，这一瞬间定格成了一幅画。

（剧终）

（四）《浮沉》分镜头剧本

（33 场　250 镜）

1．场外　伍厚德堂　日

镜号	画面	内容描述	时长
1－1		庭院中游廊相衔，山石点缀，大堂中央高悬着“伍厚德堂”的匾额。	3S

2．场内　伍厚德堂　日

镜号	画面	内容描述	时长
2－1	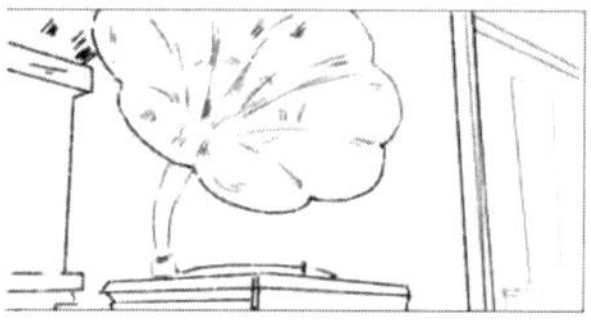	窗明几净的餐厅里，唱片机里传出清越婉转的女声。	2S
2－2		精致小巧的祖母绿耳饰随着林曼珍的步伐左右摇曳。	2S
2－3	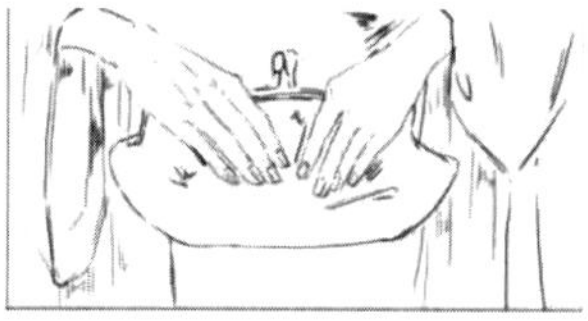	林曼珍身穿一袭墨绿色旗袍，手拿银色珠串小包踏着光影。	2S
2－4		林曼珍一步一步走上楼梯，朱红的狮形雕像在房顶吊灯的照射下显得肃穆庄重。	3S

镜号	画面	内容描述	时长
2－5	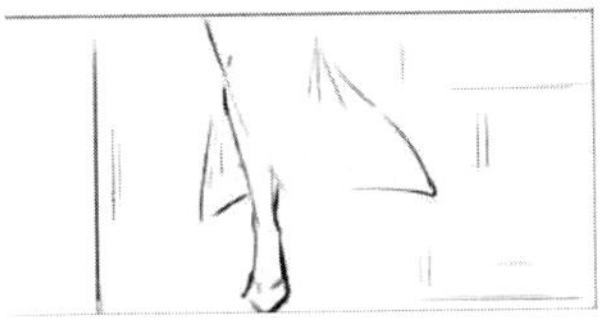	林曼珍走进了包厢。	2S

3. 场内　包厢　日

镜号	画面	内容描述	时长
3－1		包厢尽头坐着一位身穿黑色长衫的男人，他东张西望，似乎在找着什么人。	3S
3－2		林曼珍来到男子对面，从容优雅地解下旗袍外披。	2S
3－3		林曼珍眉眼微抬地看着坐在对面正低头把玩着串珠的男子。	3S

4. 场外　深巷　日

镜号	画面	内容描述	时长
4－1		灰墙土瓦的深巷里，林婉君扎着双马尾辫，挎着装满鲜花的竹篮在高声叫卖。	3S
4－2		伴随着林婉君清脆的叫卖声，几名日军端着枪快步前行。	1S

镜号	画面	内容描述	时长
4－3		几名日军步伐急促地奔往深巷。	1S
4－4	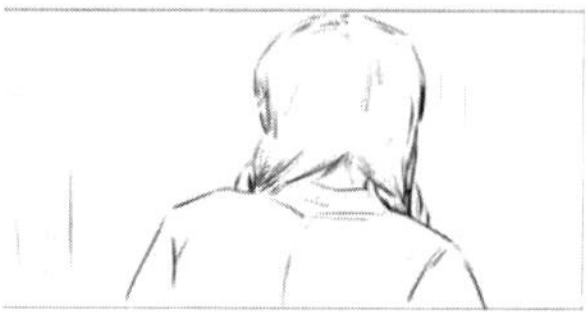	林婉君高声叫卖。	2S
4－5	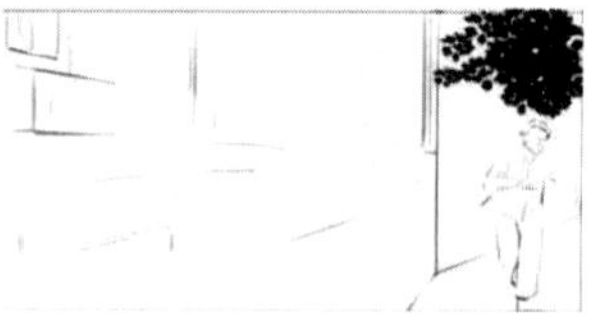	深巷的另一端，一位身着枣红色中山装的中年男人边跑边回头张望。	2S
4－6		男人早已气喘吁吁，但一刻也不敢停歇。	2S

5. 场内　包厢　日

镜号	画面	内容描述	时长
5－1		林曼珍开口问男人：事情办好了吗?	2S
5－2		男人皱了皱眉，抿着嘴回答道：林小姐，这个事儿可不好办哪。	3S
5－3		林曼珍低垂着眼眸。	1S

镜号	画面	内容描述	时长
5－4		林曼珍抬手摸了摸自己的耳坠问道：怎么？	2S
5－5	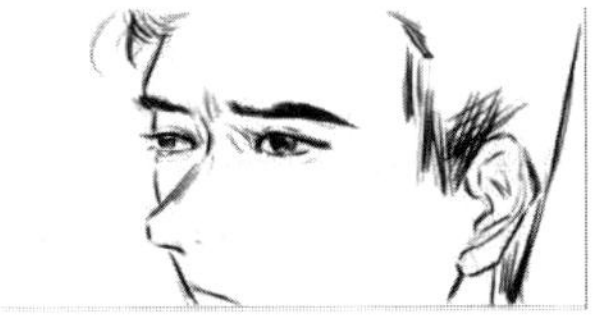	男人回答道：您瞧，现在满城都是日本人，眼看就要打仗了。	3S

6. 场外　深巷　日

镜号	画面	内容描述	时长
6－1		几名日军正在巷子里追赶中年男子。	2S
6－2		中年男子弯腰扶墙稍做停留后继续奔跑。	2S

7. 场内　包厢　日

镜号	画面	内容描述	时长
7－1		林曼珍假意轻咳两声。	2S
7－2	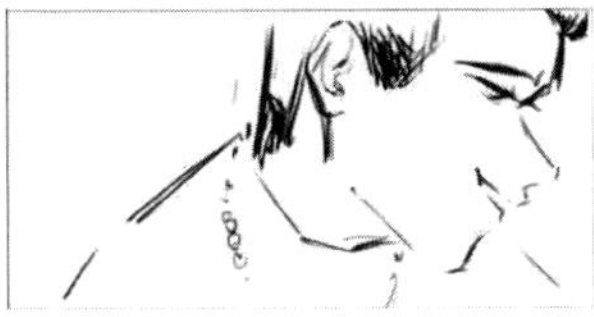	男人听闻立马露笑讨好地回应道：嘿，不过既然是您托我，那这事我无论如何也得办好。	4S
7－3		林曼珍望着男子。	2S

镜号	画面	内容描述	时长
7-4		男子说着从口袋里掏出一张车票，双指压着推到林曼珍面前。	2S
7-5		林曼珍刚想伸手去拿，就被男人打断：哎。	1s
7-6		男子又将票揽向自己。	2S
7-7		男子两根手指依旧死死压着：现在局势这么紧张，这个票，当官的都弄不到。	3S
7-8		林曼珍杏眼圆睁。	2S
7-9		男人望着林曼珍。	2S
7-10		男子见状连忙做出要钱的手势：要不，您再多给点儿？	2S
7-11		林曼珍眉毛一挑，轻蔑地哼了一声。	2S

镜号	画面	内容描述	时长
7－12		林曼珍随即从手提包里拿出一个小钱袋。	2S
7－13		男人看着林曼珍。	2S
7－14		林曼珍把小钱袋扔在桌子上。	2S
7－15		男人伸手拿起钱袋。	2S
7－16		男子拿起钱袋在手里颠了颠。	2S
7－17		男子嬉皮笑脸地说：林小姐就是大方，不愧是咱城里的名角儿！	3S
7－18		男子说完，双手将车票送到林曼珍跟前。林曼珍接过车票仔细检查了一番。	3S

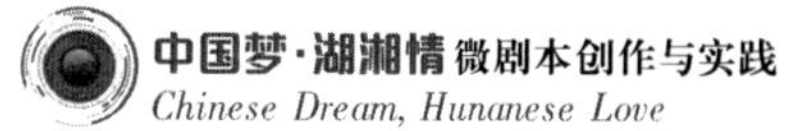

8. 场外　深巷　日

镜号	画面	内容描述	时长
8－1		挎着竹篮卖花的林婉君继续沿着巷子边走边叫卖。迎面忽然出现几名日本兵从林婉君身边迅速跑过。	3S

9. 场内　包厢　日

镜号	画面	内容描述	时长
9－1		林曼珍被窗外的骚动吸引，她透过包厢窗户的缝隙向外眺望，隐约看见林婉君朝着日本兵的方向追了过去。	3S

10. 场外　伍厚德堂　日

镜号	画面	内容描述	时长
10－1		林曼珍转身下楼，快步走出伍厚德堂正门。	2S

11. 场外　深巷　日

镜号	画面	内容描述	时长
11－1		林婉君躲在墙后，双手抓着墙沿，探出脑袋偷看。	2S
11－2		林婉君惊讶地发现眼前被日军抓住的中年男人正是自己的父亲林峰。	2S

镜号	画面	内容描述	时长
11－3		林峰被逼跪在地。	1S
11－4		日军长官佐藤武雄望着林峰。	1S
11－5	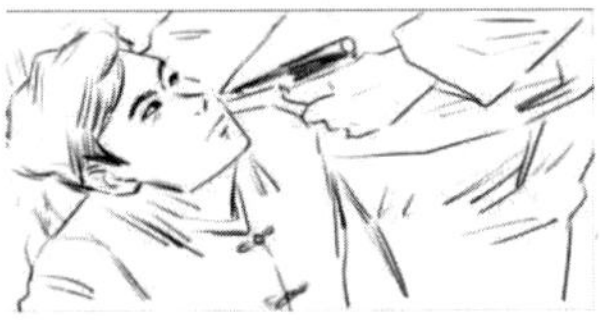	佐藤武雄一手提着枪，一手揪着林峰的头发说：聪明的话，就把共产党的名单交出来。但林峰始终不肯屈服。	3S
11－6		躲在墙后的林婉君将这一切看在眼里。	2S
11－7		林婉君眼眶通红，想冲上前。	2S
11－8		佐藤武雄急败坏地将林峰踹倒在地。	2S
11－9	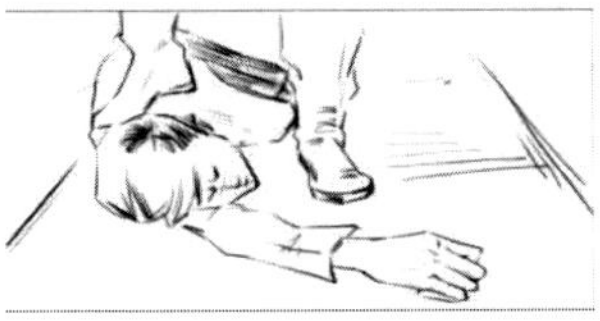	佐藤武雄抬脚踩在林峰背上。林峰挣扎着，一脸无畏地朝佐藤武雄吐了一口唾沫。	3S
11－10		佐藤武雄气将枪口对准他的脑袋。	2S

镜号	画面	内容描述	时长
11-11		随着“砰”的一声枪响，林峰被打中了脑袋。	1S
11-12		林峰又被打了几枪。	2S
11-13		林婉君终于忍不住，哭喊着正要奔向林峰之际，被身后的一双手捂住了嘴。	3S
11-14		林婉君被林曼珍强行拖走。	3S

12. 场外 湖边 日

镜号	画面	内容描述	时长
12-1		夕阳的余晖洒落在静谧的湖面上，大片墨绿色的水草随着暗流上下浮动。	2S
12-2		林婉君默默地从衣服里掏出一条手帕，仔细端详，轻轻摩挲。	6S
12-3		林婉君流泪。	3S

13. 场内　林婉君家　日（闪回）

镜号	画面	内容描述	时长
13－1		林峰伏在林婉君耳边说着悄悄话，林婉君侧耳仔细听。	2S
13－2		林峰拉起林婉君的手郑重地将手帕托付给她。	3S
13－3		手部特写。	2S

14. 场外　湖边　日

镜号	画面	内容描述	时长
14－1		林婉君颤抖地抚摸着林峰生前交给她的手帕，眼泪就像断线的珍珠沿着脸颊徐徐坠下。	3S
14－2		她眼前的湖面被残阳浸染成血红色，忽然平静的水面被一阵阵涟漪打破。	2S
14－3		林婉君哭泣。	2S
14－4		林婉君看着手帕。	3S

镜号	画面	内容描述	时长
14－5		林曼珍带着哭腔：婉君，你我姐妹一场，却同为天涯沦落人。我，我也是亲眼看着爹娘死在日本人的乱枪之下！	5S

15．场外　郊外　日（闪回）

镜号	画面	内容描述	时长
15－1		伴随着沉闷的枪响，林曼珍的父母应声倒下。	2S
15－2		站在树后的林曼珍梳着麻花辫，一身学生装束，正欲将手中的花别在自己的耳畔，忽然听到枪声。	3S
15－3		林曼珍眼睁睁地看着父母被日军屠杀，她绝望地哭喊着：妈，爸……	3S

16．场外　湖边　日

镜号	画面	内容描述	时长
16－1		林婉君抬手轻轻拍了拍林曼珍，林曼珍回过头一脸同情地看向她。	3S
16－2		林曼珍将林婉君的手放在自己的手心紧紧攥着：你的苦，姐姐都懂。	3S

镜号	画面	内容描述	时长
16-3		林婉君哭着看向眼前的湖面，悲痛地说：国不将国，家不成家，国仇家恨，婉君愿以死相报！	4S
16-4		听了林婉君的话，林曼珍若有所思地看向湖面的浮萍。	3S
16-5		一片片浮萍漂浮在水面上，随风摇动着。	2S
16-6		林曼珍望着湖面说道：有草生碧池，无根水上荡，脆弱恶风波，微微哭惊浪。	6S
16-7		两人静静地望着眼前的湖面，林曼珍继续说道：这乱世求生已是难事，国仇家恨我等女辈又可奈何……	5S
16-8		眼眶湿润的林曼珍说完看向林婉君。	3S
16-9		林婉君低头哭泣。	3S
16-10		林曼珍见状，手忙脚乱地从包里翻出手帕替林婉君擦拭。夹在包里的车票也随即飘落，掉在了林婉君脚边。	3S

镜号	画面	内容描述	时长
16－11		林曼珍为林婉君擦拭眼泪。	3S
16－12		林婉君低头擦拭着眼泪。	3S
16－13	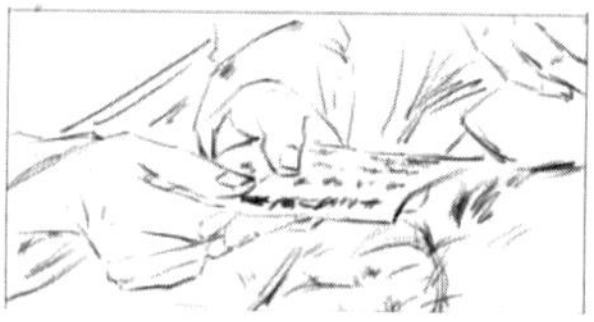	林婉君发现掉落的车票，随即捡起。	3S
16－14		林婉君哽咽着问林曼珍：姐姐，你要走了？	3S
16－15		林曼珍看着眼前梨花带雨的林婉君，心头一阵悲痛，重重地点点头。	3S
16－16		湖面的浮萍被残阳染红，随着波澜飘飘荡荡。	2S
16－17		林婉君望向浮萍，开口说道：曼珍姐，我爹说我们虽生若浮萍。	3S
16－18		林婉君继续说道：可沉与浮，只在一念之间。	3S

镜号	画面	内容描述	时长
16－19		听完林婉君的话，林曼珍若有所思地看着眼前的湖水。	2S
16－20		两人就这样静静地坐着。	2S
16－21		浮萍依旧。	2S
16－22		残阳依旧。	2S

17. 场内　戏院化妆间　日

镜号	画面	内容描述	时长
17－1		纱幔低垂，戏服立在角落，铜镜置于木制的梳妆台上。林曼珍坐在梳妆台前，透过铜镜看林婉君为自己梳头。	5S

18. 场内　戏院　日

镜号	画面	内容描述	时长
18－1		戏院内人声鼎沸。	2S

镜号	画面	内容描述	时长
18－2		墙壁上挂满了木质的曲目牌：拜月记……	3S
18－3		“锵锵锵锵咦噌——”，全场骤然鸦雀无声。	3S
18－4		坐在台下穿着便衣的佐藤武雄沉醉其中。	3S
18－5		店小二给佐藤武雄倒茶。	2S
18－6		佐藤武雄认真看戏。	2S
18－7		佐藤武雄的手时不时跟着戏曲打着节拍。	2S
18－8		佐藤武雄完全沉浸在精彩的戏曲之中。	2S
18－9		佐藤武雄看戏入了迷。	3S

镜号	画面	内容描述	时长
18－10		台上酣畅淋漓，台下如痴如醉。	3S
18－11		一双眼睛在竹帘后面直勾勾地盯着佐藤武雄，他却全然不知。直到他不经意瞟向竹帘时，那一双眼睛快速地躲了回去。	4S
18－12		戏台上表演十分精彩，台下随即响起一阵如雷的掌声。	2S

19．场内　戏院化妆间　日

镜号	画面	内容描述	时长
19－1		林婉君悄悄来到林曼珍的梳妆台前，从怀里掏出一个信封，小心地压在了林曼珍的首饰盒下。	4S
19－2		信封露出的一角写着，曼珍姐亲启。	2S
19－3		林婉君放完信后便头也不回地离开了。	3S

20．场内　戏院　日

镜号	画面	内容描述	时长
20－1		林婉君挎着花篮来到了戏台前，远远地朝看台上瞟了一眼。	3S

镜号	画面	内容描述	时长
20－2		林婉君径直走上看台。	2S
20－3		林婉君缓缓地走上楼。	2S
20－4		林婉君边走边叫卖。	2S
20－5		戏台上正唱得热乎，观众都醉心于其中。	4S
20－6		见无人买花，林婉君见状径直来到了佐藤武雄的身后。	3S
20－6		林婉君从自己的花篮中小心翼翼地掏出一把刀，手微微颤抖地靠近佐藤武雄，随即猛地刺向他。	4S
20－8	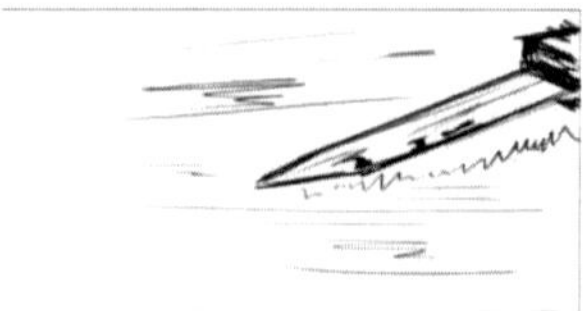	佐藤武雄迅速闪躲并顺势将林婉君手中的匕首打落在地。	2S
20－9		林婉君见刺杀不成，转身拼命逃跑。	2S

镜号	画面	内容描述	时长
20－10		佐藤武雄猛地站起来。	1S
20－11	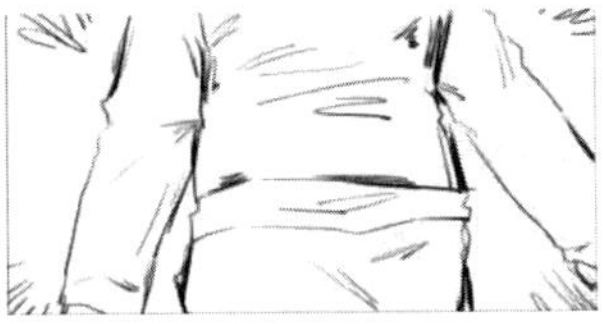	佐藤武雄愤怒地朝着逃跑的林婉君怒吼。	1S
20－12		佐藤武雄眼神里充满杀气。	2S
20－13	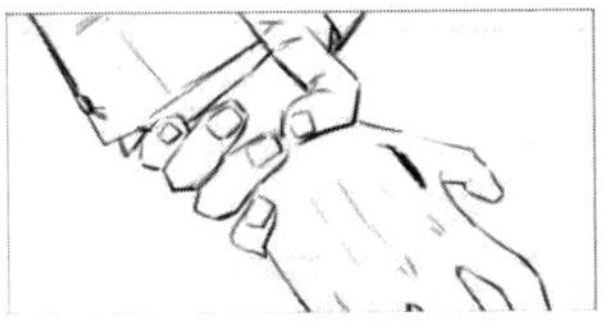	匕首在佐藤武雄的手上划出了一道口子。	1S
20－14		佐藤武雄站稳后，立马拔出腰间的配枪。	2S
20－15		佐藤武雄对着林婉君的后背开了一枪。	2S
20－16		手枪特写。	1S
20－17		林婉君中枪。	2S

镜号	画面	内容描述	时长
20－18		天空风卷云涌，暴雨将至。	2S
20－19		林婉君的竹篮跌落在地，鲜花一朵朵撒了出来，几缕残破的花瓣随风飘荡。	5S
20－20		人群散去，林曼珍看着眼前的一切，脚上犹如灌了铅般沉重。她慢慢走近，悲痛万分地蹲下来轻抚林婉君的脸。	6S

21. 场内　戏院化妆间　夜

镜号	画面	内容描述	时长
21－1		雨水沿着屋檐一滴滴地落下，砸在泛着青苔的石阶上。	2S
21－2		已经脱下戏服、卸下浓妆的林曼珍，在首饰盒下发现了林婉君留给她的信。	3S
21－3		林曼珍抽泣着看着林婉君留给她的信。	3S
21－4		林曼珍伤心地看信，信中林婉君有事相托。	8S

镜号	画面	内容描述	时长
21－5	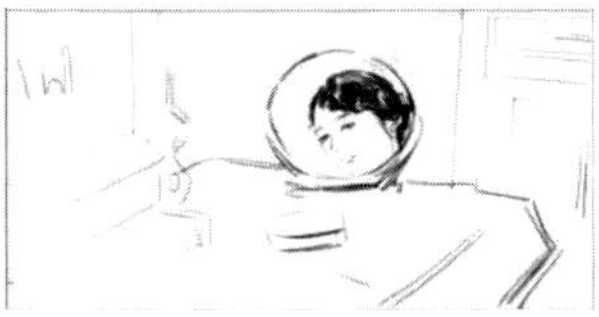	林曼珍读完信后拿起梳妆台前的绣花手帕垂眼呆望着。	3S
21－6		林曼珍仔细触摸着手帕，似乎发现了什么。	3S
21－7		林曼珍一抬头仿佛又看见镜子中林婉君正笑着为她梳头，此时她忘了哭，泪中带笑地看着曾经在她身后那鲜活动人的林婉君。	6S
21－8		晃神之间，镜中的林婉君早已不见，此时林曼珍才回过神来，哭得越发伤心。	3S

22．场内　林曼珍家　日

镜号	画面	内容描述	时长
22－1		林曼珍拿起偷偷藏在家中花瓶底下的“毒药”。	3S
22－2	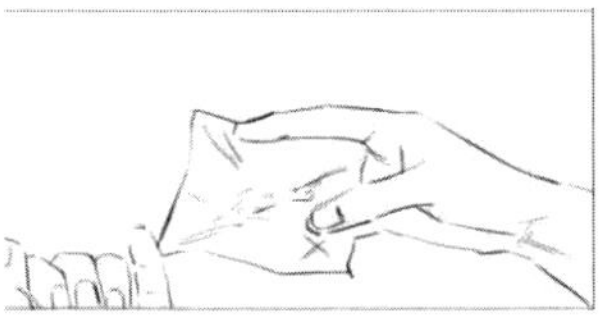	林曼珍用小拇指轻轻刮起些许粉末。	2S
22－3		林曼珍毅然决然地拿起身旁的行李箱走了出去。	3S

23. 场外　火车站　日

镜号	画面	内容描述	时长
23－1		长沙火车站站台。	2S
23－2		火车站中日军来回地巡逻，过路旅客纷纷驻足弯腰朝日军鞠躬。	2S
23－3		拎着行李的林曼珍坐在长椅上紧张地朝人群中张望。	3S
23－4		林曼珍看见巡逻的日本兵走来，她连忙站起朝火车走去。	2S
23－5		两名扛枪的日军押着一个老百姓从林曼珍的眼前走过。林曼珍谨慎地停住前进的脚步，鞠了鞠躬，头也不敢抬。	2S
23－6		眼看两人走远，她松了一口气，裹了裹自己的旗袍披肩。	2S
23－7		林曼珍转身要上火车。	2S
23－8		林曼珍被另外两个日本兵拦住了去路，要求进行检查。	3S

镜号	画面	内容描述	时长
23－9		林曼珍惊恐地看着他们。	2S

24．场外 火车站角落 日

镜号	画面	内容描述	时长
24－1		林曼珍步步后退。	2S
24－2		两个日本兵步步紧逼，脸上挂着不怀好意的笑。	2S
24－3		林曼珍被逼到一个角落里无路可退，吓得脸色发白。	3S
24－4	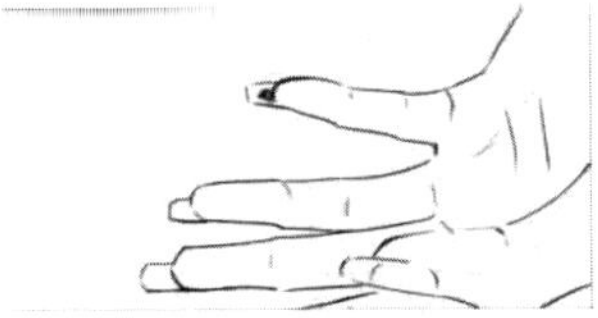	林曼珍靠着墙壁无助地边喊边举起自己藏毒的手指。	2S
24－5		就在这时，一个戴帽子的男子手持一把锋利的匕首从后突袭，将其中一个日本兵刺死。	2S
24－6		带帽男子和另一个日本兵打斗。	1S

镜号	画面	内容描述	时长
24－7		打斗中，带帽男子手中的匕首被日本兵打掉。	1S
24－8		带帽男子捡起匕首，迅速刺向日本兵的心脏。	1S
24－9		日本兵断气。	2S
24－10		林曼珍吓得魂飞魄散，立马惊慌失措地拽着箱子逃离现场。	2S
24－11		林曼珍见状奔向火车。	2S

25．场外　火车站　日

镜号	画面	内容描述	时长
25－1		蒸汽火车冒着滚滚白烟，即将要开动了。	2S
25－2		火车上下出口都有日军把守，林曼珍将证件和车票递给日军检查无误后，急忙登上车厢。	3S

26. 场内　车厢内　日

镜号	画面	内容描述	时长
26－1		惊魂未定的林曼珍跌跌撞撞地上了火车，四处张望，寻找自己的座位。	2S
26－2		林曼珍不小心和迎面走来的日本兵相撞，手帕不为人知地掉落在地。	2S
26－3		林曼珍匆匆往车厢内走去。	2S
26－4		林曼珍拿着手中的票看了看周围。	2S
26－5		林曼珍找到自己的座位坐下。	2S
26－6		林曼珍坐下喘了几口粗气，拍了拍胸口，试图让自己镇静下来。	3S
26－7		列车服务生走过来为林曼珍倒了一杯红酒。	3S
26－8		林曼珍心情复杂地望向车外。	2S

镜号	画面	内容描述	时长
26－9		正当林曼珍低头沉思时，一个陌生的戴帽男子一言不发地坐在了她的对面。她吓得大气都不敢出。	4S
26－10		戴帽男子面容清秀，眉宇之间透出一股冷峻和沉稳。	2S
26－11		林曼珍紧张地看着对面的陌生戴帽男子。	2S
26－12		戴帽男子警惕地朝周围看了看，将断了指的手放在了桌上。	2S
26－13		戴帽男子示意林曼珍。	2S
26－14		林曼珍疑惑地看去。	2S
26－15		戴帽男子左手断了一截食指。	2S
26－16		林曼珍看着戴帽男子的手。	2S

镜号	画面	内容描述	时长
26－17		戴帽男子在她面前用手指写了一个“绣”字。	5S
26－18		戴帽男子抬头看向林曼珍。	2S
26－19		林曼珍忽然想起婉君信中的话，顷刻间明白了这个男子的身份。	3S
26－20		戴帽男子看向林曼珍。	2S
26－21		林曼珍低头在包中翻找手帕，却一无所获。她焦急又为难地看向戴帽男子。	2S
26－22		林曼珍起身沿原路低头寻找。	2S

27. 场内　车厢门口　日

镜号	画面	内容描述	时长
27－1		在车厢门口的地上，林曼珍发现了手帕。	2S

镜号	画面	内容描述	时长
27－2	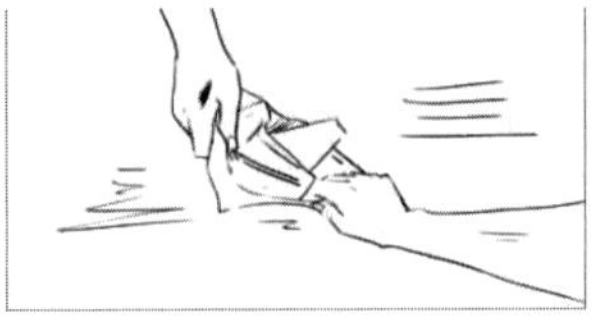	林曼珍忙弯腰去捡。当她的手触碰到手帕的瞬间，手帕被另外一只带着刀伤的手捡了起来。	3S
27－3		林曼珍抬头望向来人，霎时呆住，眼前的人正是佐藤武雄。	3S
27－4		林曼珍紧张地望着佐藤武雄。	3S
27－5		火车外面的天空乌云密布。	2S
27－6		戴帽男子远远地观看着。	2S
27－7	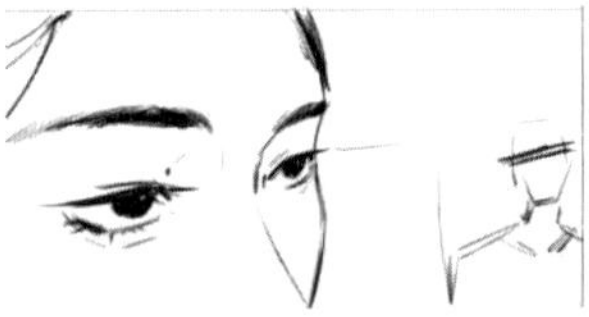	林曼珍眼神里透露着紧张。	2S
27－8		林曼珍紧张地拽了拽自己的旗袍披肩。	2S
27－9		佐藤武雄冲着林曼珍邪魅一笑：曼珍小姐，你好！	2S

镜号	画面	内容描述	时长
27－10	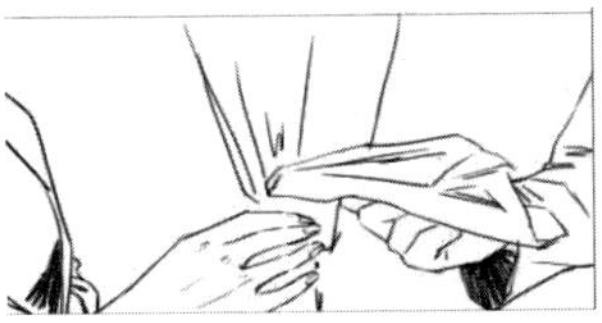	佐藤武雄将手帕递来，林曼珍伸手想要拿回。	2S
27－11		佐藤武雄却突然将手缩了回来。	3S
27－12		林曼珍惊恐万分。	2S
27－13		佐藤武雄拿着手帕对林曼珍咿咿呀呀地唱了起来：请问小娘子家住哪里？姓甚名谁？	5S
27－14		林曼珍看着眼前的场景忽然计上心头。	3S
27－15		佐藤武雄望着林曼珍。	2S
27－16	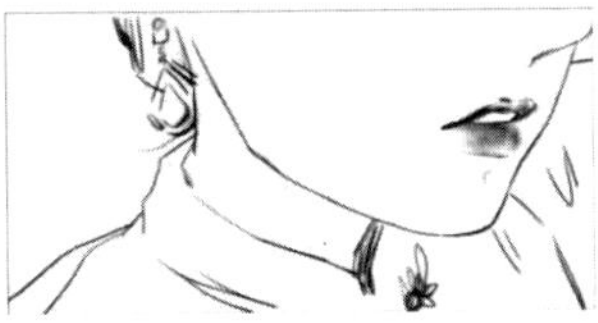	林曼珍动了动嘴唇，唱起了戏来。	3S
27－17	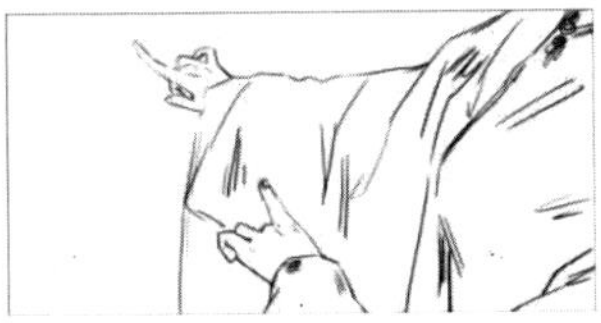	林曼珍一边唱着，一边摆起了身段。	2S

镜号	画面	内容描述	时长
27－18		林曼珍唱戏：家住在中都城，鼓楼街。	4S
27－19		林曼珍唱戏：哎……王氏瑞兰，女裙钗，哎……	4S
27－20		林曼珍边唱边用眼睛偷偷瞟着与自己接头的男子。	2S
27－21		戴帽男子一脸担忧地看着林曼珍。	2S
27－22		佐藤武雄看了看窗外的天气，对着林曼珍回唱道：这么大的雨，你没有雨伞，怎么走得，这把伞还是你用吧！	5S
27－23		佐藤武雄唱着将手帕双手递给了林曼珍。	3S
27－24		林曼珍顺势行了一个谢礼。	3S
27－25		林曼珍小心翼翼地将手帕拿了过来。	3S

镜号	画面	内容描述	时长
27－26		林曼珍谢礼唱道：多谢君子。	3S
27－27	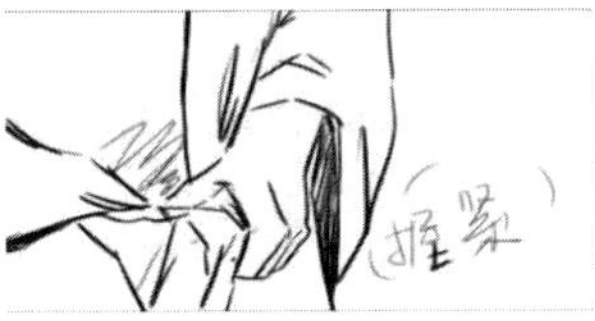	林曼珍将手帕紧紧拽在手中。	2S
27－28	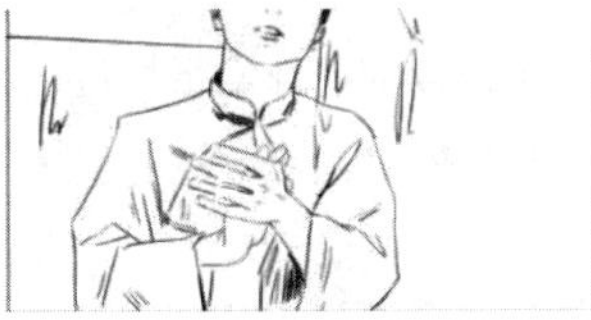	一曲唱罢，车厢之内尽是满堂彩。	2S
27－29		众人拍手叫好，佐藤武雄十分高兴。	2S
27－30		一个日本士兵走了过来在佐藤武雄耳边低语。	2S
27－31		林曼珍低头注意到佐藤武雄手上的刀伤，眼睛里瞬间起了杀意。	2S
27－32		佐藤武雄手上伤痕特写。	2S
27－33	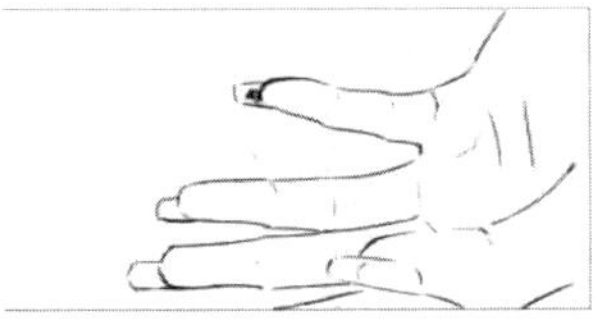	林曼珍看了看自己藏在指甲里的毒药。	2S

镜号	画面	内容描述	时长
27－34		日本士兵汇报完，佐藤武雄说道：原来如此，我知道了。	3S
27－35		林曼珍看着佐藤武雄假装惊讶又关切地问道：佐藤先生，您怎么受伤了？	2S
27－36		林曼珍说着，用藏毒的纤纤素手拂过佐藤武雄的伤口，佐藤武雄疼得将手缩了回去。	2S
27－37		林曼珍向佐藤武雄道歉：对不起，把您弄疼了。	2S
27－38		佐藤武雄笑着说：没事，曼珍小姐，在下先告辞了。	3S
27－39		佐藤武雄弯腰与林曼珍告辞。	3S
27－40		林曼珍微笑颔首回应，转头看了一下戴帽男子。	3S
27－41		戴帽男子也眼神坚定地看着林曼珍。	2S

28. 场外　火车站台　日

镜号	画面	内容描述	时长
28－1		乌云逐渐散去。	2S
28－2		火车汽笛鸣起，白烟喷涌而出，即将出发。	3S

29. 场内　公务车厢　日

镜号	画面	内容描述	时长
29－1		佐藤武雄忽然神色痛苦地捂住自己的胸口。	3S
29－2		佐藤武雄猛地口吐鲜血倒地身亡。	3S

30. 场内　车厢　日

镜号	画面	内容描述	时长
30－1		戴帽男子接过林曼珍给他的手帕，紧紧握在手中。	3S
30－2		林曼珍看向车窗外。	3S

31. 场外　火车站台　日

镜号	画面	内容描述	时长
31－1		车窗外的天空散去阴霾，太阳慢慢显露出来。	2S
31－2		林曼珍离开了车厢，拎着行李箱走在火车站台。	2S
31－3		林曼珍朝着列车相反的方向，毅然决然地走远。	3S

32. 场内　一组镜头　(闪回)

镜号	画面	内容描述	时长
32－1		日军杀了林曼珍爹娘。	2S
32－2		林曼珍爹娘惨死在日军乱枪之下。	2S
32－3		佐藤武雄气将枪口对准林峰的脑袋。	2S
32－4		随着“砰”的一声枪响，林峰被打中了脑袋。	2S

镜号	画面	内容描述	时长
32－5		林婉君中枪。	2S
32－6		林婉君倒地身亡。	2S

33. 场外　湖边　日

镜号	画面	内容描述	时长
33－1		风轻轻吹拂着树叶。	2S
33－2		林曼珍坐在湖边，眉头紧锁。	3S
33－3		湖面的浮萍随风摇荡。	2S
33－4		林曼珍看着水中浮萍随风浪浮沉，不由心生感慨：今望一池浮萍，水波自荡，尔等精神已让此草生根扎土，吾等力微愿做尘埃入土埋根。	8S
33－5		阳光透过树枝的缝隙斑驳地照射在湖面之上，微风轻拂下湖面显得波光粼粼。	3S

镜号	画面	内容描述	时长
33－6		天清气朗，和风送暖。	3S
33－7		林曼珍提着行李箱回程，信笃步定，愿与万千同胞齐进退，誓与生我之土共存亡！	3S
33－8		林曼珍忽而听到身后有人唤她，她蓦然转身。	2S
33－9		林曼珍仿佛看见了林婉君站在身旁，她笑靥如花。夕阳西下，这一瞬间定格成了一幅画。	5S
33－10		最终，林曼珍坚定地向前走去。	3S

（五）《彼岸一片深蓝》文学剧本

1. 外景　日　泳池

凌云穿着蓝色泳衣站在跳台，她的双肩上下轻颤着，脚尖轻盈地点踩着跳板，纵身一跃，坠入池中，刹时溅起阵阵水花。池水好似一面棱镜，让阳光细碎的散落其中，与蓝色的水波交织在一起。凌云的视线变得模糊，她觉得自己仿佛变成了一条灵动的鱼，在这如梦似幻的光影照耀下，肆意翻滚，翩若惊鸿。

（画外音）收音机：2001 年 10 月 11 日，我国海军航空兵飞行员凌风跑向战机，紧急升空，对非法进入我国领空的敌军侦察机跟踪监视。不料敌机突然转向，将凌风战机的垂直尾翼打成碎片，战机坠落，凌风跳伞失踪……14 个昼夜，近 10 万人不间断搜寻，依然没能在茫茫大海中找寻到他的身影。

2. 内景　草丛　日（闪回）

儿时凌云模糊的视线中，父亲凌风的背影在不远处的草丛中若隐若现。凌云循着与自己齐平的草丛缓缓向前摸索，试图不断靠近眼前若即若离的父亲，艰难蹒步走到父亲跟前的凌云看着父亲壮硕的身影若有所思，身着航空军服的父亲举起了凌云儿时的口琴，吹响了歌曲《故乡》的舒缓旋律。

（画外音）收音机：凌风烈士的生命，也永远地定格在 33 岁，他用忠诚，飞完了生命的最后航程。中央军委授予凌风“海空卫士”荣誉称号。

曲毕，父亲凌风走向草丛深处，儿时凌云紧随其后。（闪回完）

3. 外景　泳池 日

记忆是一闪而过的，凌云的身体突然在水中悬停了，仿佛时间霎那静止，只剩下蓝色的水波。

（画外音）收音机：20 年来，凌风烈士的牺牲就像一根刺扎在我们心中，时刻提醒我们，在捍卫国家领土主权完整和民族尊严面前，我们真切地感受到，从来都没有“退一步海阔天空”……

突然，一块时钟扑通摔落下来，在水中缓缓向下，伴随着那些梦幻的光影，沉在了池底。

4. 内景　考场　日

白墙上的时钟发出滴答滴答声。

这是一处空军学院招聘的考场，凌云端正地坐着，面带微笑地看着对面的考官。

考官：同学，我看资料上写着你的父亲是……

考官的声音变得逐渐微弱。

凌云的笑容逐渐沉了下来。这时耳边嗡嗡声响起，勾起了她那段漫长的回忆。

5. 内景　凌云家　夜

深夜，墙上的时钟滴答地响着，今天却显得格外刺耳。

凌云将自己蜷缩在沙发上，抬头看着时钟，又透过鱼缸望着门口的方向，仿佛在焦急地等待着什么。耳边一直回响多年前母亲给自己的生日承诺，心里却似乎已经有了答案。

（画外音）母亲阮元：只要你乖乖吃饭，快点长大，等到你 18 岁的一年，他一定会回来陪你过一个有意义的生日。

门锁转动，母亲阮元打开房门放下蛋糕，点亮了过道的廊灯，望向起身的凌云，欲言又止。

门口与客厅短短几米的距离，仿佛是十八年的遥遥相望和等候，凌云从暗处起身，去到门口，抱住了自己的母亲，她们紧紧相拥，轻轻啜泣。

母亲阮元捋了捋凌云的头发，拿出一把老式房门的钥匙，缓缓交入凌云手中。

（画外音）凌云：2016 年 10 月 10 日，今天你没来，我预料到当妈妈关上门的那一刻，我眼中的光熄灭了，果然一切都只不过是糊弄小孩的玩笑。除此之外，妈妈还给了我一片冰冷的钥匙，里面似乎装满了关于你的秘密。此刻我终于开始相信在没有光的地方黑夜也是一盏灯。

6. 内景　凌云家　日

翌日一早，凌云看着桌上的房门钥匙，不禁面露难色，思绪又回到了童年那段无忧无虑的时光。

7. 内景　儿时凌云家　日（闪回）

小凌云歪着头皱着眉，一边举着父亲送给自己的弹壳项链细细地看，一边断断续续地与隔壁房间正在叠衣物的母亲闲聊。

小凌云：妈妈，你说爸爸为什么要送我一条弹壳项链呢？

母亲随意地一边收拾衣服，一边说着准备好的说辞。

母亲阮元：那是你爸爸在执行任务时特意给你做的生日礼物。

这个答案让小凌云倍感疑惑，继续追问。

小凌云：那为什么爸爸不亲自送给我呢？我都快记不清他长得什么样了。

墙上挂着的是小凌云凭想象画下的全家福。

小凌云将弹壳项链小心翼翼地收藏在铁盒中，将铁盒放下后，看着远方，回想着父亲在自己儿时模糊记忆中的细碎形象。

母亲阮元听到后一愣，痛苦的回忆如排山倒海般地袭来，理性告诉她不能让女儿起疑，强压着自己的情绪，一字一句地回答着凌云的问题，明明已经准备好的说辞却总是读不顺溜。

母亲阮元：因为，因为他在很远、很远的地方执行一项秘密任务，所以不能亲自给你。

母亲阮元强忍着泪水，声音有些哽咽。

母亲阮元：不过他说了，只要你乖乖吃饭，快点长大。等到你 18 岁那一年。他，一定会回来陪你过一个有意义的生日。

强撑着说完的母亲阮元情绪涌起，眼角泛红，眼泪忽然收不地往下落。

听到了母亲的承诺，正在摆弄玩具的小凌云有些激动地回头，朝着隔壁房间母亲的方向说道。

小凌云：那我一定好好吃饭，乖乖长大，好让爸爸早点回来，好不好？

母亲阮元的情绪接近崩溃，匆匆擦去眼泪，快速收敛着情绪，点头回应一个字。

母亲阮元：嗯！

此刻，表面看似恢复平静的母亲忘记了手中的既定动作，呆呆地望着窗外出神，耳边传来了熟悉的旋律。

小凌云饶有兴趣地吹着新买的口琴，搭在凳子上的脚一下一下来回摆动着。

不一会儿，小凌云被窗外的风景吸引住了，她放下口琴，抬头望向窗外。

8. 外景　古塔　日（闪回）

在群山环抱之下，一座古塔静谧地挺立于绿树丛中，让人诧异的是塔顶上长着一棵状如伞盖的参天大树，塔树相依，甚为壮观。百年古塔巍然伫立，默默守护着一方平安。

小凌云将父亲凌风送的弹壳项链小心翼翼地摆放在佛塔树的塔洞中，眼神无比虔诚。

（画外音）小凌云：听大人们说，在这个塔里放上最喜欢的东西，你想见的人就一定会出现。

小凌云抬头看向塔顶的古树，仿佛在期待着某种神灵般的回应。（闪回完）

9. 外景　古塔　日

古塔下破旧的铁盆里不断燃烧着写满字迹的信纸，信纸上摆放着那条熟悉的弹壳项链。

从家中离开的成年凌云呆坐于地，目光绝望地望着火盆，烧不掉的回忆不时涌上心头。

（画外音）凌云：2008 年 7 月 23 日晴，今天街上好喜庆，他们说北京马上就要举办奥运会，广场上别人的爸爸牵着他呢，好像每个人的手上都有一面红色的旗子，爸爸我也想要，不过没关系，今天妈妈送给了我一条那个项链，这是我们 18 岁的约定……

10. 内景　奶奶家　日

高压锅里炖着菜，凌云和奶奶挤在狭小的厨房一起包饺子，奶奶看着一脸心事的凌云问道。

奶奶：怎么，跟你妈吵架了？

凌云低头不语，沉默地包着饺子。

金黄的光从侧面照进来，透过房间的窗格，映在俩人的中间。

奶奶抬头看着凌云。

凌云放下手中的动作，急忙否认。

凌云：没有。

两人继续忙活着手中的饺子，心照不宣地沉默着，客厅里的收音机却一直在播报。

（画外音）收音机：据本台报道，近日凌风烈士的墓前出现了一封信，是来源于上海某大学，署名为您跨越 20 年的战友，写信的人名叫张媛，是一名大三的学生，曾参军入伍，服役于南部战区海军航空兵某部，而他服役的单位恰恰也是海空卫士凌风曾经的部队。历史正用巧合书写着两代军人在精神与信念上的无缝传承，而今日也正是凌风烈士牺牲的第十五个年头。2001 年 10 月 11 号，我国海军航空兵飞行员凌风跑向战机紧急升空，对非法进入我国领空的敌军侦察机……

餐桌上，奶奶跟凌云沉默地吃着饭，俩人心事重重。

凌云在收音机里听到了熟悉的名字，抬头看向正在吃饭的奶奶，欲言又止。

当奶奶抬头时，凌云却又马上低头，不知道自己该说些什么。心事重重的俩人被卷入了一阵沉默。

突然，奶奶关掉了收音机，叹了口气，给凌云夹起了菜，和蔼地说道。

奶奶：来，多吃点，以后上了大学呀，就吃不着了。

俩人对视，凌云显得有些拘谨。

奶奶抿了抿唇，心情多少有点复杂。

奶奶：吃。

凌云再次看向奶奶，这次索性放下碗筷，低头看着手中紧握的钥匙，递给了奶奶。

老旧的钥匙在白色桌布上发出摩擦声响，奶奶低头拿起了钥匙，望着凌云微微一笑，不禁感慨。

奶奶：时间过得真快啊，一转眼就成大姑娘了。

奶奶摇了摇头，感慨着时光飞逝，陷入沉思。

凌云蓦然看向奶奶，眼神里充满着渴望，急切地想要寻找一个答案。

凌云：奶奶，您说我应该去看看吗？

奶奶用关切的眼神看着凌云，眉头微蹙着，语重心长地说道。

奶奶：有些事啊，你别怨你妈，那个时候你才这么点大，我们都觉得先不告诉你比较好。还有你爸爸，那天他执行任务之前给我打了电话，第一个提到人的就是你，说是给你写了一封信，他嘱咐我，你现在还小，什么也不懂，等你长大一点。再把信给你。

一旁的凌云满脸都是错愕的神情。

奶奶回忆着过往，眼中满是泪光。

奶奶：还说如果万一他没能回来，叫你妈妈再婚，孩子还小，不能没有家啊。

温暖的阳光从窗户洒进来，载满岁月印记的窗帘带着光影随风摆动，这触动心灵的风景，总能在一瞬间勾起人内心最深处的回忆。

奶奶：一晃，这么多年过去了，好像什么都忘了，又好像一切都还在。

奶奶家中阳台的晾衣架上，仍然挂着凌风年少时的海魂衫。

回想起倔强的少年凌风，奶奶布满皱纹的脸上渐渐流露出一抹淡淡的微笑。

奶奶：你爸呀，从小就是个倔小子，调皮捣蛋得很，老家附近有个空军基地，白天经常有战机飞过，这臭小子只要一听到声响，鞋都不穿就往外跑。在田里一直追，一直追……

11. 外景　田野　日（闪回）

穿着海魂衫的少年凌风奔跑在田野的小路上，追逐着天上那遥不可及的梦想，嘴上还不停呼喊着。

少年凌风：妈，我要做飞得最高的那个人！

随着飞机轰鸣声渐行渐远，少年凌风不再追逐，气喘吁吁地停下了脚步，抬头望向飞机掠过天空留下的痕迹，眼中充满着耀眼的光芒和前所未有的坚定。（闪回完）

12. 内景　奶奶家　日

奶奶倚着日渐斑驳的蓝色窗户，窗外，是凌云远去的背影。凌云回头，眼神坚定，像极了曾经的凌风。

厨房的砧板上，整齐划一地摆放着奶奶包好的饺子。

13. 内景　父亲房间　日

一个大大的福字，贴在父亲房间的老木门上，凌云推开房门，一束强光散射在凌云身上。

凌云缓缓走进父亲的房间，来到桌前，拉开窗帘，阳光瞬间铺满整个房间。

凌云仔细端详着墙上和柜子上陈列的飞机模型和荣誉勋章，片刻之后，凌云坐在了父亲的桌前，看着书桌玻璃面板下压着的照片。

父亲凌风的英姿在泛黄的照片上依然清晰可见，往日的丝丝回忆此刻涌上凌云的心头。

凌云拿起桌上的合照，思绪万千，隔着相框，抚摸着父亲凌风那既熟悉又陌生的面庞。端详许久后，凌云缓缓放下相框，查看了一番桌上的老物件，从一个黑色皮套里拿出了父亲当年的口琴。凌云循着记忆，吹响了一曲《故乡》，此刻的她，彷佛找寻到了灵魂的归属。

曲毕，凌云将口琴放下，紧紧捏在手里。

凌云低头沉思，忽然被眼前这爬满岁月痕迹的抽屉吸引住了，她缓缓地拉开抽屉，看见里边整齐地摆放着一本印有党徽的红色日记本。凌云拿出日记本翻看，里边是父亲凌风当年的入党誓词：我只想以一名共产党员的身份严格要求自己，为党和人民的利益贡献自己的一切，甚至生命。凌云再翻开几页，发现一封信件夹藏在日记里，她好奇地打开信件，信件抬头写着致吾爱妻。

（画外音）凌风：昨日我飞高空特技，俯冲到了一万五千米拉起。忽然间，座舱里安静得发奇，连我的心跳声都难以听见。元元，我超音了。M 速超过了 1，声音消失了，这是怎样一种奇妙的感觉啊。只有空调机里飘出轻轻一两点雪花，只有升降速度表还在打转，只有云儿极速地向下跑去。然而一切都是静静的，现在我飞的是歼 6 战机，属于重型战斗机。每当我走近并走上这飞机，心中总会有一种莫名的自豪感。是的，元元。我的理想，我的梦已经实现了。成功原来每夜都压在我的枕头底下，此刻，我是幸福的。当然更幸福的是我拥有了你，拥有了你的心……

父亲浑厚而富有磁性的声音在房间里回荡，屋内的一切看起来是那样的闪耀。父母年轻时、凌云幼时的照片都微微泛黄，压着照片的玻璃板也格外透亮，象征着荣誉的奖章颜色依旧鲜艳，父亲衣柜里的外套摆放得井井有条，父亲当年驾驶的战机模型在阳光下显得熠熠生辉。整个房间在母亲的精心打理下，一切如昨，彷佛父亲从未离开一般。

凌云坐在父亲的床边，床上的被子被叠成了整齐划一的豆腐块模样。凌云看向床头，充满好奇地打开了放在此处的录音机。

录音机：呼叫 81192，这里是 553，我奉命接替你执行巡航任务。

81192 收到，我已无法返航，请继续前进。

凌云有些愣住，手指不受控制地再次按下播放键。

录音机：81192 收到，我已无法返航，请继续前进。

凌云有些无措，再次按下播放键，一遍遍听着父亲的声音。

录音机：81192 收到，我已无法返航，请继续前进……

录音机声音回荡在空旷的房间，就像父亲与凌云俩人对话。

录音机中的声音结束，阳光下的房间变得寂静无声。充斥着父亲气息的房间紧紧包裹着凌云，十几年的思念在此刻再也按捺不住，最终爆发出来。此时的凌云低着头，泣不成声。

（画外音）凌云：2013 年 5 月 8 日，爸爸，我马上就要升高中了，学习的压力也越来越大了。今天语文考试作文的题目是《我的父亲》，很抱歉，我写不出来。2016 年 9 月 30 日，爸爸，马上就是我的生日了，我有些紧张，与你 18 岁的约定就快要兑现了。今天窗外的大树上来了一群小鸟筑巢，还有 10 天，你也要回家了。2016 年 10 月 10 日，今天你没来，我预料到了。当妈妈关上门的那一刻，我眼中的光熄灭了。2016 年 10 月 12 日，推开房门走进眼前的一切，便如同走近你。我的父亲，从今天开始，我不恨你了。

此刻，父亲驾驶的战机模型沐浴在阳光之下，像是披上了一层金色的铠甲，闪耀着不朽的光芒。

14. 外景　古塔　日

巍峨古塔与繁茂古树交相辉映，相得益彰，在阳光的照耀下晕染出丝丝暖意，绽放出生命的壮美，让人心生敬畏。

凌云再次来到古塔边，小心翼翼地将父亲驾驶的战机模型摆放在古塔洞中，静望片刻后，便转身离去。

15. 外景　海边　日

天刚破晓，眼前的一切还有些灰蒙蒙的，海浪轻轻拍打着岸边的沙滩，海鸟于空中低鸣齐飞。

凌云来到父亲当年跳伞牺牲的海边，呼吸着眼前的一切，踱步走向海岸线。

凌云褪去鞋靴，用脚上的每一寸肌肤努力感受着细软的沙滩和温暖的海浪。行走片刻的她停下脚步，看向一望无际的海平面，拿出了父亲留下的口琴，轻轻地吹响了歌曲《我的天空》。

阳光于海面升起，泪花在凌云的眼眶中打转。

远处劳作的海轮，传来了几声悠远的低鸣。

16. 内景　考场　日

凌云被面试教官的声音从回忆中拉了回来。

考官：同学，同学，请问歼 5 战机的机炮上有多少发子弹?

凌云颅内的啸叫声逐渐散去，回过神来，顿了一会。

凌云：257 发。

考官面带疑惑：那还有一发在哪里?

此刻，凌云突然感觉父亲凌风就在现场，两人语气坚定，没有一丝的犹疑，异口同声地应答道。

凌云、凌风：如果最后机炮子弹告罄，而目标敌人仍然对祖国与人民有威胁，我和我的座机，就是最后一发子弹。

17. 内景　父亲房间　日

老家父亲房间的桌上，摆放着被凌云翻开的日记和父亲凌风留给女儿的信笺，信纸上的字里行间，流露出的是凌风对女儿浓浓的深情和寄语。

而被翻开的日记首页，清晰有力地写下了凌风当年的誓言：如果最后机炮子弹告罄，而目标敌人仍然对祖国与人民有威胁，我和我的座机，就是最后一发子弹。

微风中，桌面上的一切温软记忆，沐浴在昏黄的阳光之中。

18. 外景　大海　日

深蓝辽阔的海平面，时而平静如镜，时而波涛汹涌。

远处时不时传来轮船的低鸣和此起彼伏的海浪声响。

（剧终）

（六）《彼岸一片深蓝》分镜头剧本

（18 场　129 镜）

1. 场外　泳池　日

镜号	画面	内容描述	时长
1－1	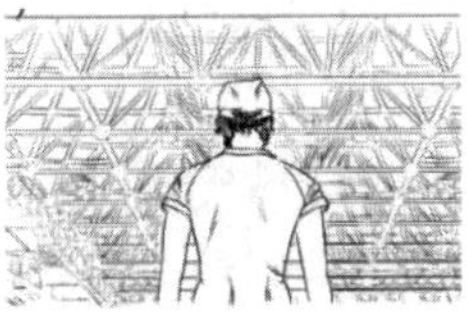	凌云穿着蓝色泳衣站在跳台，她的双肩上下轻颤着。	3S
1－2		凌云脚尖轻盈地点踩着跳板。	1S
1－3	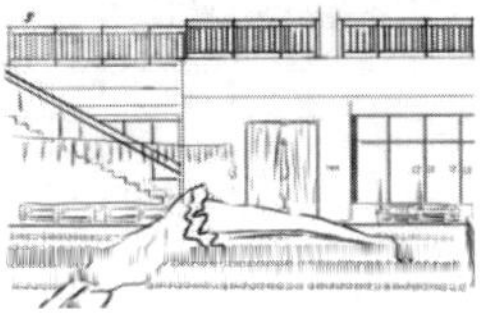	凌云纵身一跃，坠入池中。	2S
1－4	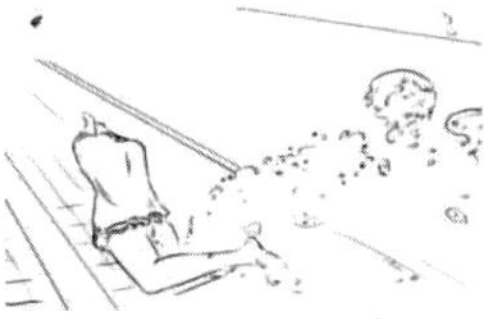	刹时溅起阵阵水花。	2S
1－5	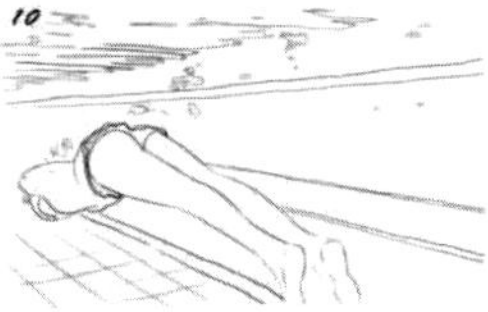	凌云觉得自己仿佛变成了一条灵动的鱼。	2S
1－6		在这如梦似幻的光影照耀下，凌云肆意翻滚，翩若惊鸿。	2S

2. 场外　草丛　日（闪回）

镜号	画面	内容描述	时长
2-1		儿时凌云模糊的视线中，父亲凌风的背影在不远处的草丛中若隐若现。	2S
2-2		凌云循着与自己齐平的草丛缓缓向前摸索，艰难踱步走到父亲跟前的凌云看着父亲壮硕的身影若有所思。	3S
2-3	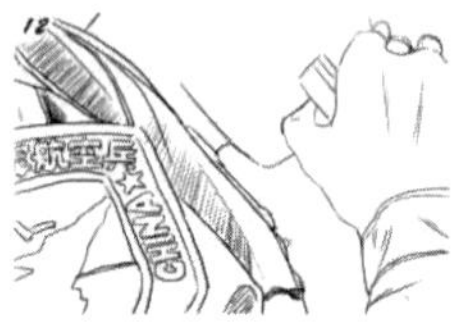	身着航空军服的父亲凌风举起了凌云儿时的口琴，吹响了歌曲《故乡》的舒缓旋律。	4S

3. 场外　泳池　日

镜号	画面	内容描述	时长
3-1		记忆是一闪而过的，凌云的身体突然在水中悬停了，仿佛时间霎那静止，只剩下蓝色的水波。	2S
3-2		突然，一块时钟扑通摔落下来。	2S
3-3		时钟在水中缓缓向下，伴随着那些梦幻的光影，沉在了池底。	3S

4. 场内　考场　日

镜号	画面	内容描述	时长
4－1		白墙上的时钟发出滴答滴答声。这是一处空军学院招聘的考场，凌云端正地坐着，面带微笑地看着对面的考官。	3S
4－2		考官的声音变得逐渐微弱：同学，我看资料上写着你的父亲是……	3S
4－3		凌云的笑容逐渐沉了下来。这时耳边嗡嗡声响起，勾起了她那段漫长的回忆。	3S

5. 场内　凌云家　夜

镜号	画面	内容描述	时长
5－1		深夜，墙上的时钟滴答地响着，今天却显得格外刺耳。	2S
5－2		凌云将自己蜷缩在沙发上，抬头看着时钟。	3S
5－3		凌云转身又透过鱼缸望着门口的方向，仿佛在焦急地等待着什么。	3S
5－4		门锁转动，母亲阮元打开房门放下生日蛋糕，点亮了过道的廊灯，望向起身的凌云，欲言又止。	3S

镜号	画面	内容描述	时长
5-5		凌云从暗处起身，看着母亲，心里却似乎已经有了答案。	3S
5-6		凌云走到门口，抱住了自己的母亲。	4S
5-7		她们紧紧相拥，轻轻啜泣。	3S
5-8		母亲阮元拿出一把老式房门的钥匙，缓缓交入凌云手中。	3S
5-9		凌云看向手中的钥匙。	2S
5-10		母亲阮元捋了捋凌云的头发，心疼地看着凌云。	4S
5-11		生日蛋糕静静地躺在桌上。	3S

6. 场内　凌云家　日

镜号	画面	内容描述	时长
6-1		翌日一早。凌云家桌上的小鱼儿在水瓶中游来游去。	3S

镜号	画面	内容描述	时长
6－2		昨晚母亲阮元给的那把钥匙还摆放在桌上。	2S
6－3		凌云看着桌上的房门钥匙，不禁面露难色，思绪又回到了童年那段无忧无虑的时光。	3S

7. 场内　儿时凌云家　日（闪回）

镜号	画面	内容描述	时长
7－1		小凌云一边举着父亲送给自己的弹壳项链细细地看，一边问母亲：妈妈，你说爸爸为什么要送我一条弹壳项链呢?	3S
7－2		母亲阮元在隔壁房间随意地一边收拾衣服，一边说着准备好的说辞：那是你爸爸在执行任务时特意给你做的生日礼物。	3S
7－3		这个答案让小凌云倍感疑惑，继续追问：那为什么爸爸不亲自送给我呢? 我都快记不清他长得什么样了。	3S
7－4		墙上挂着的是小凌云凭想象画下的全家福。	2S
7－5		阮元听到后一愣，痛苦的回忆如排山倒海般地袭来：因为他在很远、很远的地方执行一项秘密任务，所以不能亲自给你。	4S

镜号	画面	内容描述	时长
7-6		母亲阮元强忍着泪水，声音有些哽咽：不过他说了，只要你乖乖吃饭，快点长大。	3S
7-7		小凌云一边听母亲说话，一边仔细地端详着弹壳项链。	2S
7-8		母亲阮元情绪涌起，眼泪忽然收不地往下落：等到你 18 岁那一年。他，一定会回来陪你过一个有意义的生日。	4S
7-9	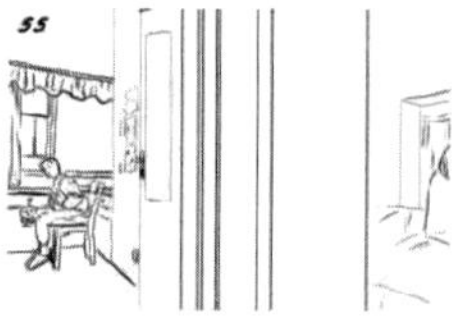	小凌云有些激动地回头，朝着隔壁房间母亲的方向说道：那我一定好好吃饭，乖乖长大，好让爸爸早点回来，好不好？	4S
7-10		母亲阮元的情绪接近崩溃，匆匆擦去眼泪，快速收敛着情绪，点头回应一个字：嗯。	6S
7-11	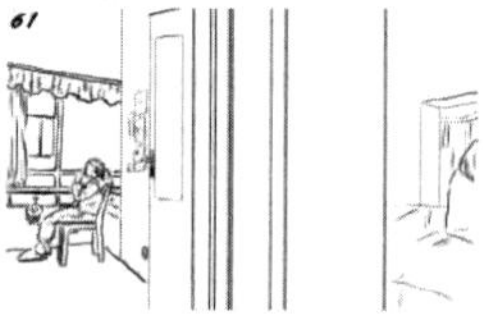	小凌云饶有兴趣地吹着新买的口琴，搭在凳子上的脚一下一下来回摆动着。	6S

8. 场外　古塔　日（闪回）

镜号	画面	内容描述	时长
8-1		一座佛塔的顶上长着一棵状如伞盖的参天大树，塔树相依，甚为壮观。百年古塔巍然伫立，默默守护着一方平安。	3S

镜号	画面	内容描述	时长
8－2	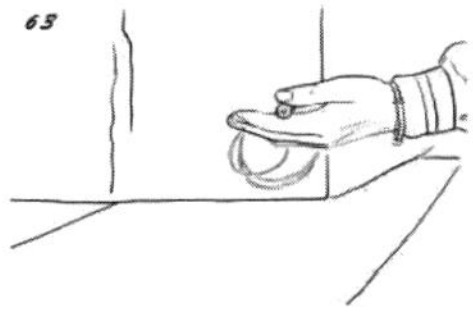	小凌云将父亲送的弹壳项链小心翼翼地摆放在佛塔树的塔洞中。	3S
8－3		小凌云显得无比虔诚。	2S
8－4		小凌云抬头看向塔顶的古树，仿佛在期待着某种神灵般的回应。	4S

9．场外　古塔　日

镜号	画面	内容描述	时长
9－1		古塔下破旧的铁盆里不断燃烧着写满字迹的信纸，信纸上摆放着那条熟悉的弹壳项链。	3S
9－2		成年凌云呆坐于古塔边。	2S
9－3		成年凌云目光绝望地望着火盆，烧不掉的回忆不时涌上心头。	6S

10．场内　奶奶家　日

镜号	画面	内容描述	时长
10－1	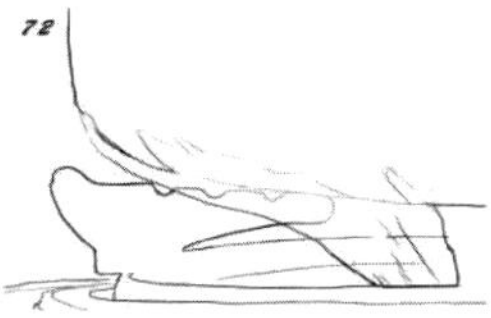	炉火慢慢地烧着。	2S

镜号	画面	内容描述	时长
10－2	 73	高压锅里正炖着菜。	2S
10－3	 74	凌云和奶奶挤在狭小的厨房一起包饺子，奶奶看着一脸心事的凌云问道：怎么，跟你妈吵架了？	3S
10－4	 75	凌云低头不语，沉默地包着饺子。	2S
10－5	 77	奶奶抬头看着凌云。	2S
10－6	 78	凌云放下手中的动作，急忙否认。	2S
10－7	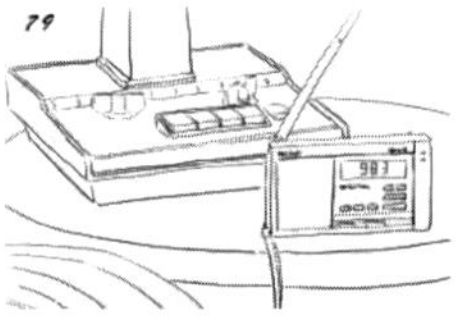 79	客厅里的收音机一直在播报着凌风烈士的新闻。	3S
10－8	 86	餐桌上，奶奶跟凌云沉默地吃着饭，俩人心事重重。突然，奶奶关掉了收音机。	6S
10－9	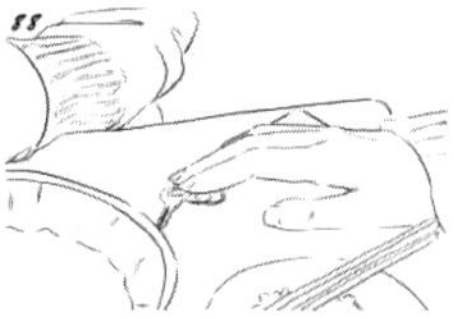 88	凌云再次看向奶奶，这次索性放下碗筷，低头看着手中紧握的钥匙，递给了奶奶。	4S

镜号	画面	内容描述	时长
10－10	 91	奶奶低头拿起了钥匙。	2S
10－11	 92	奶奶望着凌云微微一笑，不禁感慨：时间过得真快啊，一转眼就成大姑娘了。	3S
10－12	 94	奶奶摇了摇头，感慨着时光飞逝，陷入回忆。	2S
10－13	 95	凌云蓦然看向奶奶，眼神里充满着渴望，急切地想要寻找一个答案：奶奶，您说我应该去看看吗?	4S
10－14	 98	奶奶关切地看着凌云，语重心长地说道：你别怨你妈，那个时候你才这么点大，我们都觉得先不告诉你比较好。	6S
10－15	 10	奶奶眉头微蹙着：你爸爸，那天他执行任务之前给我打了电话，第一个提到人的就是你。	5S
10－16	 99	一旁的凌云满脸都是错愕的神情。	2S
10－17	 100	奶奶望着凌云：说是给你写了一封信，他嘱咐我，你现在还小，什么也不懂，等你长大一点。再把信给你。	5S

镜号	画面	内容描述	时长
10-18		奶奶回忆着过往，眼中满是泪光：还说如果万一他没能回来，叫你妈妈再婚，孩子还小，不能没有家啊。	5S
10-18		温暖的阳光从窗户洒进来，载满岁月印记的窗帘带着光影随风摆动，这触动心灵的风景总能勾起人内心最深处的回忆。	3S
10-19		奶奶家养的鸟儿叽叽喳喳地叫着。奶奶感叹道：一晃，这么多年过去了。	3S
10-20		奶奶继续感叹：好像什么都忘了，又好像一切都还在。	3S
10-21	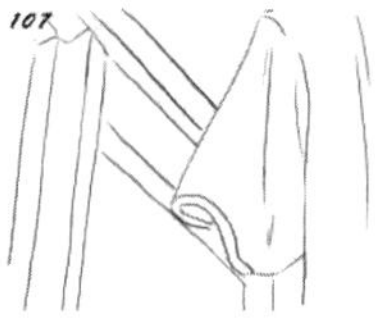	奶奶家中阳台的晾衣架上，仍然挂着凌风年少时的海魂衫。	2S
10-22		回想起倔强的少年凌风，奶奶布满皱纹的脸上渐渐流露出一抹淡淡的微笑。	2S
10-23		凌云仔细地听着奶奶说：你爸呀，从小就是个倔小子，调皮捣蛋得很，老家附近有个空军基地，白天经常有战机飞过。	6S
10-24		奶奶继续回忆着：这臭小子只要一听到声响，鞋都不穿就往外跑。在田里一直追，一直追……	6S

11. 场外　田野　日（闪回）

镜号	画面	内容描述	时长
11－1		穿着海魂衫的少年凌风奔跑在田野的小路上。	3S
11－2		少年凌风追逐着天上那遥不可及的梦想。	3S
11－3		少年凌风一边奔跑着，一边嘴上还不停呼喊着：妈，我要做飞得最高的那个人！	5S
11－4		少年凌气喘吁吁地停下了脚步，抬头望向飞机掠过天空留下的痕迹，眼中充满着耀眼的光芒和前所未有的坚定。	5S

12. 场内　奶奶家　日

镜号	画面	内容描述	时长
12－1		奶奶倚着日渐斑驳的蓝色窗户。窗外，是凌云远去的背影。	3S
12－2		凌云回头，眼神坚定，像极了曾经的凌风。	3S
12－3		厨房的砧板上，整齐划一地摆放着奶奶包好的饺子。	2S

13. 场内　父亲房间　日

镜号	画面	内容描述	时长
13－1		凌云来到老家父亲房间门口。	2S
13－2		一个大大的福字，贴在父亲房间的老木门上，凌云推开房门，一束强光散射在凌云身上。	3S
13－3		凌云仔细端详着墙上和柜子上陈列的飞机模型和荣誉勋章。	4S
13－4		凌云缓缓走进父亲的房间，来到桌前。	2S
13－5		凌云拉开窗帘，阳光瞬间铺满整个房间。	4S
13－6		凌云看着桌上摆放着的一切，父亲凌风的英姿在泛黄的照片上依然清晰可见，往日的丝丝回忆此刻涌上凌云的心头。	3S
13－7		片刻之后，凌云坐在了父亲的桌前，拿起桌上的合照，思绪万千。	3S
13－8		凌云隔着相框，抚摸着父亲那既熟悉又陌生的面庞。	3S

镜号	画面	内容描述	时长
13－9	 132	端详许久后，凌云缓缓放下相框。	2S
13－10	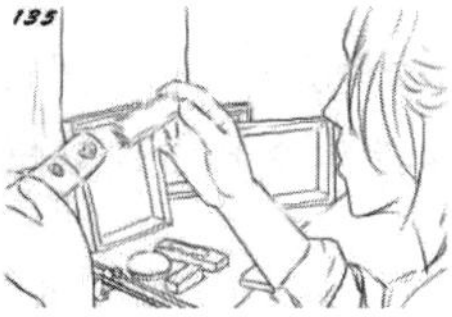 135	凌云查看了一番桌上的老物件，从一个黑色皮套里拿出了父亲当年的口琴。	4S
13－11	 136	凌云循着记忆，吹响了一曲《故乡》，此刻的她，彷佛找寻到了灵魂的归属。	8S
13－12	 134	曲毕，凌云将口琴放下，紧紧捏在手里。	3S
13－13	 137	凌云低头沉思，忽然被这爬满岁月痕迹的抽屉吸引住了，她缓缓拉开，看见里边摆放着一本印有党徽的红色日记本。	3S
13－14	 138	凌云拿出日记本翻看。	3S
13－15	 141	日记本里面写着父亲当年的入党誓词。	3S
13－16	 144	凌云再翻开几页，发现一封信件夹藏在日记里。	3S

镜号	画面	内容描述	时长
13－17		她好奇地打开信件。	3S
13－18	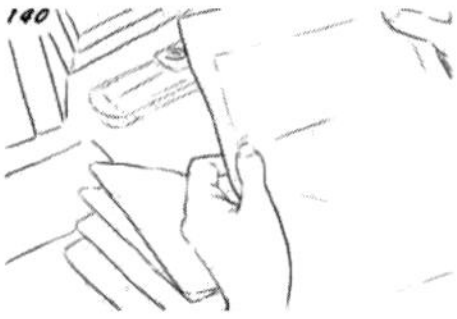	信件抬头写着致吾爱妻。信件字里行间充满着父亲对母亲的想念和实现梦想后的喜悦。	6S
13－19		父亲浑厚而富有磁性的声音在房间里回荡，父母年轻时、凌云幼时的照片都微微泛黄，压着照片的玻璃板也格外透亮。	5S
13－20	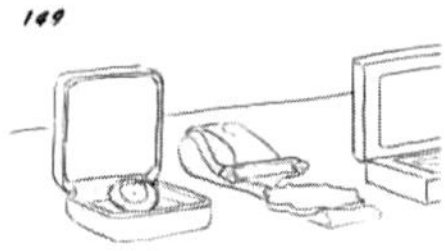	父亲那象征着荣誉的奖章颜色依旧鲜艳。	4S
13－21		父亲衣柜里的外套摆放得井井有条。	4S
13－22	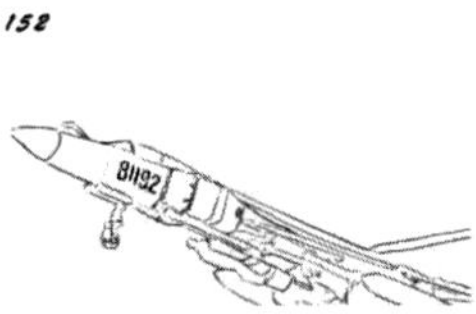	父亲当年驾驶的战机模型在阳光下显得熠熠生辉。	4S
13－23		凌云仔细地读着父亲的信件，被其深深感动。	6S
13－24		凌云来到了父亲的床边，充满好奇地打开了父亲床头的录音机。	3S

镜号	画面	内容描述	时长
13－25	 162	凌云仔细地聆听着录音机里的声音：呼叫81192，这里是553，我奉命接替你执行巡航任务。	4S
13－26	 164	凌云坐在床头，听到录音机里父亲熟悉的声音：81192 收到，我已无法返航，请继续前进。	4S
13－27	 165	凌云有些愣住，手指不受控制地再次按下播放键。	8S
13－28	 169	凌云有些无措，再次按下播放键，一遍遍听着父亲的声音。录音机声音回荡在空旷的房间，就像父亲与凌云俩人对话。	8S
13－29	 154	凌云十几年的思念在此刻再也按捺不住，最终爆发出来。此时的凌云低着头，泣不成声。	4S
13－30	 170	父亲驾驶的战机模型沐浴在阳光之下，像是披上了一层金色的铠甲，闪耀着不朽的光芒。	3S

14. 场外　古塔　日

镜号	画面	内容描述	时长
14－1	 68	巍峨古塔与繁茂古树交相辉映，相得益彰，在阳光的照耀下晕染出丝丝暖意，绽放出生命的壮美，让人心生敬畏。	3S

镜号	画面	内容描述	时长
14－2		凌云再次来到古塔边，小心翼翼地将父亲驾驶的战机模型摆放在古塔洞中，静望片刻后，便转身离去。	5S

15. 场外　海边　日

镜号	画面	内容描述	时长
15－1		天刚破晓，眼前的一切还有些灰蒙蒙的，海浪轻轻拍打着岸边的沙滩，海鸟于空中低鸣齐飞。	3S
15－2		凌云来到父亲当年跳伞牺牲的海边。	3S
15－3		凌云静静感受着眼前的一切。	3S
15－4		凌云褪去鞋靴，踱步走向海岸线。	2S
15－5		凌云用脚上的每一寸肌肤努力感受着细软的沙滩和温暖的海浪。	3S
15－6		凌云行走片刻，停下了脚步。	3S

镜号	画面	内容描述	时长
15-7		凌云看向一望无际的海平面。	3S
15-8		凌云手里握着父亲留下的口琴。	2S
15-9		凌云拿起口琴，轻轻地吹响了歌曲《我的天空》。	4S
15-10		凌云一边吹着口琴，一边注视着大海。	6S
15-11		阳光于海面缓缓升起，远处劳作的海轮，传来了几声悠远的低鸣。	6S
15-12		泪花在凌云的眼眶中打转。	4S

16. 场内　考场　日

镜号	画面	内容描述	时长
16-1		凌云被面试教官的声音从回忆中拉了回来：同学，同学，请问歼5战机的机炮上有多少发子弹？	3S

镜号	画面	内容描述	时长
16－2		凌云颅内的啸叫声逐渐散去，回过神来，顿了一会：257 发。 考官面带疑惑：那还有一发在哪里？	5S
16－3		此刻，凌云突然感觉父亲凌风就在现场。	3S
16－4		凌云、凌风两人语气坚定，没有一丝的犹疑：如果最后机炮子弹告罄，而目标敌人仍然对祖国与人民有威胁。	3S
16－5		凌云、凌风异口同声地应答道：我和我的座机，就是最后一发子弹。	5S

17. 场内　父亲房间　日

镜号	画面	内容描述	时长
17－1		父亲房间的桌上，摆放着父亲的日记和留给女儿的信笺，字里行间流露出的是凌风对女儿浓浓的深情和寄语。	5S
17－2		微风中，桌面上的一切温软记忆，沐浴在昏黄的阳光之中。	5S

18. 场外　大海　日

镜号	画面	内容描述	时长
18－1		深蓝辽阔的海平面，时而平静如镜，时而波涛汹涌。	5S
18－2		远处时不时传来轮船的低鸣和此起彼伏的海浪声响。 出片名：彼岸一片深蓝。	5S

（七）《勿忘心安》文学剧本

1. 内景　房间　夜

入夜色，拂微凉，风轻轻吹开窗的纱幔，月色洒下一团朦胧光晕，缕缕雨丝落于窗前，空气中透着几分清凉与冷冽。

矮旧的茶桌上放着一份白纸黑字的协议书和两盏热气氤氲的旧茶杯，一只手不紧不慢地端起身前的茶杯，低头轻轻吹散杯中的水汽后，皱了皱眉，立即甩手将其丢到了桌角。随后，他下巴微抬，眼角轻斜地看了眼站在对面的男人，沉声问道。

日本人：考虑得怎么样了，中国人？

那低沉而缓慢的人声与茶杯撞击着桌角的脆响交织在一起，就像一柄有力而尖锐的剑，带着寒光迅速向艾琳舅舅飞来。他本能地将头埋在胸前，双手交握着却仍止不住地轻颤，豆大的汗珠从额间渗出，口将言而嗫嚅道。

艾琳舅舅：不是，不是我不愿意，只是……

日本人没等艾琳舅舅说完，冷哼一声，站了起来，眼神凌厉地盯着他质问。

日本人：那就是不愿意为天皇陛下效劳咯！

艾琳舅舅闻言，立马曲着腿往后退，同时慌乱地摆着双手。

艾琳舅舅：不是！不是！

日本人愤怒地拍案而起，拔出佩剑直指艾琳舅舅颈间。

日本人：混蛋，是要赔上人命你才知道厉害吗？

艾琳舅舅瞥了眼近在咫尺的剑锋，不自觉地咽了咽口水，声音颤栗地回答。

艾琳舅舅：太……太君饶命，我签，我签！

日本人嘴角露出一丝奸笑，将剑插回剑鞘，把协议推到艾琳舅舅面前。

艾琳舅舅双手颤颤巍巍地接过协议，在日本人的目光注视下，按下了鲜红的手指印。

2. 外景　校园莲桥　日

蝉鸣声声，池水汩汩，碧叶田田，菡萏亭亭，池中净植宛若谦谦君子，不蔓不枝芳满园。

艾琳和李青捧着书站在池边，她们时而细嗅缱绻的荷香，时而近观滚圆的露珠，轻拨错落的碧伞。忽然，对面莲桥上一位站在人群中高谈阔论的少年吸引了她们的目光。

李青：诶，艾琳，你看，秦国民，读书社的社长。

艾琳抬眼向李青手指的方向望去，只见秦国民站在莲桥的正中央，阳光洒落在他洁白的衬衫上，闪闪光点上下跳动，仿佛万物都铺上了一层甜美的朦胧。

李青十分好奇，拉着艾琳就往对面莲桥上走。

秦国民：同学们，今天读书社讨论的话题是“国家兴亡 匹夫有责”，我认为我们大学生要始终同祖国的命运休戚与共，肩负责任，行胜于言，步履不停，灯塔长明。

杨滔听后点点头，立马站起来发表自己的观点。

杨滔：是的，要真正做到“国家兴亡 匹夫有责”，我们就要把重心放在自己的专业上，是热爱，是奉献，更是责任。

李青闻言深表赞同，她从艾琳身边走上前，有感而发。

李青：说的好！有责任有担当，青春才会闪闪发光。

李青激情澎湃的话语，赢来了众人的欢呼。艾琳也若有所思，大方主动地走上前来。

艾琳：大家说的都很对，但我觉得“国家兴亡 匹夫有责”是四万万同胞共同的责任，而不是我们一小部分人认同就够了。因此，我们要争当带头人，去唤起其他人的责任与勇气，做到上下一心。

艾琳话音刚落，众人先是一片寂静，随即纷纷点头附和。

秦国民目不转睛地看着艾琳，嘴角挂着温柔的微笑。

秦国民：今天研讨会很精彩，之前都是我们这些男生在发表自己的观点，没想到女同学们在家国天下事上会有这么深的感悟，让我们为她们鼓鼓掌吧！

众人连连鼓掌叫好。

艾琳越过人群，朝着国民会心地一笑。

3. 外景　学校草坪　日

盛暑将去，日光渐柔，草木苓茏，花枝萑蓑。

一袭粉紫色长裙的艾琳正在草坪上和同学跳舞，她纤肢亭亭，笑靥盈盈，罗裙翻飞，翩翩似蝶，如步花间。

此时，秦国民正与同学边讨论着课堂内容边从走廊经过，无意间瞥见窗外这一幕，不由自主地停下了脚步，如痴如醉地凝望着艾琳，神色间难掩欣赏与爱慕之情。

4. 外景　岳麓山　日

夏日尚留余温，秋意款款而来，仿如一夜，绿叶换黄妆，秋风挑染红。岳麓山上的丹枫万叶，似锦如霞，读书会的成员们围坐在树下畅所欲言。

秦国民站立在人群中央侃侃而谈。

秦国民：我们的起点并不决定我们的终点，我们的命运是由我们的行动决定的。

说到这秦国民与艾琳目光汇集，但艾琳却眼神躲闪，低着头用手慌乱地拨弄着脸颊边的碎发。

杨滔：是的，家庭出身并不能决定我们的未来。

众人附和，纷纷起身发言。

李青：我们的思想、行为、言语、信念、理想，是可以通过后天去塑造的。艾琳，你说是不是？

艾琳看了眼李青，又看了眼秦国民，轻轻点头，便不再回应。

秦国民接着李青的话总结道。

秦国民：所以说，成功成材依靠的都是每个人的自我行动力，当我们有了自己坚定的理想信念时，便可冲破一切桎梏。

说完，秦国民再次看向艾琳。此时，一阵风将艾琳的发丝吹起，右边脸颊上的掌印赫然呈现在他眼前，比这漫山遍野的枫叶还红得令人刺目。

5. 外景　学校林荫道　日

破晓时分，艾琳独自一人漫步在幽静的林荫小道上，树叶被风撩拨着并发出阵阵声响，时而沙哑，时而浑厚，散发出一种忧郁而低沉的气息。艾琳抬头仰望天空，任凭清风拂过她的脸庞，丝丝凉意已在心里晕开。

此时，秦国民碰巧路过，看见不远处的艾琳，想起她脸上那令人心疼的伤，急匆匆地跑了过去。

秦国民：艾琳！

艾琳应声回首，发现是秦国民，赶紧挤出一个微笑。

艾琳：国民。

秦国民定睛一看，艾琳脸上旧伤未愈又添新伤，他忍不住询问艾琳究竟发生了什么。

秦国民：艾琳，你这是怎么了？

艾琳摇摇头，只一声轻叹，便转身往前走着。

艾琳：国民，你看这小径前些日还花繁叶茂，今日便稀红萧瑟。人生是不是也如这夏花般，转瞬即逝。

艾琳说完，在一处空地坐了下来。

秦国民紧随着艾琳，坐下来回应道。

秦国民：艾琳，人生虽如夏花般转瞬即逝，但我们也要在盛放时不屈不挠，璀璨如火，在枯萎时不卑不怯，清骨傲然。你，始终是我心目中那朵最美的夏花。

秦国民说完便深情地看向艾琳。

艾琳听完瞬间眼角湿润，她回过头坚定地说。

艾琳：那你能不能什么都不要问，把手给我？

秦国民虽然十分疑惑，但还是把手缓缓伸向艾琳。

艾琳低头看向秦国民的手，在他手心里一笔一划地写下了两个字“心安”。

秦国民心生疑惑。

秦国民：心安？

艾琳看着国民的双眼温柔地说道。

艾琳：我心安处是故乡，你若信我，就要心安。

可艾琳越是这样说，秦国民越是难以心安。但他见艾琳如此坚决，便只好对着她点头示意，不再追问。

6. 外景　吹香亭　日

吹香亭坐落于岳麓山脚下，亭中悬挂着“吹香亭”牌匾，一座石桥将亭子与塘岸连接在一起，古朴雅致，荷香满亭。

读书社众人正聚在此处一起畅谈。

这时，李青捧着书走过来，和众人打招呼，熟络地加入其中。

李青：嘿，我说我们每次到读书社都是高谈阔论国家兴亡、人生理想，今天咱们能说些有趣的话题吗？

秦国民看见李青，立刻环顾四周，但并未看见艾琳的身影。

读书社众人都附和着。

众人：对啊对啊，说点有趣的呀，我们来说点课外的吧。

秦国民未见艾琳出现，有点心不在焉，直到李青叫他才应答。

李青：大社长，大社长！

秦国民回过神。

秦国民：行，咱们说点其他的吧。

李青看出了国民的心思，故意打趣地说道。

李青：大社长，你今天有点不大对劲呀！你不是一向最有主见的吗？莫非是今天有些人没来，你心慌意乱了吧？

秦国民有些害羞，连忙回应。

秦国民：没有没有，那你们说，说点什么……

众人都望着秦国民笑。

秦国民腼腆地笑着，若有所思地望向远方。

7. 外景　教学楼走廊　日

秦国民拿着书本走出教学楼，经过走廊，看到走廊另一头李青与艾琳正在交谈着。

李青满脸疑惑。

李青：艾琳，你昨天怎么没去读书社呀？昨天我们讨论的话题可有趣了。

艾琳神色焦急。

艾琳：青儿，我有事，我先不跟你多说了。

说完，艾琳立刻转身离开，步履显得十分匆忙。

李青不解地看着艾琳离去。

李青自言自语。

李青：诶……我话还没说完呢。

秦国民见状，眉头一皱，也起身加快步伐，悄悄跟在艾琳身后。

8. 外景　小巷　日

秦国民一路紧跟艾琳，看见她拐弯走进了一个小巷。秦国民盯着巷口，略带犹豫后，又赶紧加快脚步，朝巷口走去。他刚要拐弯进入，巷子里突然传来了男人的声音。

艾琳舅舅：艾琳，你也知道，舅舅创办这个工厂也很不容易，你难道想舅舅的心血，就这么毁于一旦吗？这一大家子可都是靠我在支撑着呀！

秦国民怕被发现，躲在了拐角处的一棵大树后面，静观其变。

艾琳抬头望向舅舅，带着哭腔说道。

艾琳：这个家靠你在支撑？这个家明明是你拿我一辈子的幸福去换来的，你良心何在？

见艾琳如此反驳自己，舅舅恼怒道。

艾琳舅舅：良心？你跟我讲良心，好，你想想，是谁在你父母双亡的时候把你抚养长大？你如果还听舅舅的话，就答应我，嫁给田中先生。

听到这，秦国民似乎明白了什么，他一手紧紧攥住衣角，嘴巴抿成一条直线。

艾琳叹息道。

艾琳：舅舅，我知道，这些年您抚养我成人很不容易。您供我吃穿不愁，还送我上学堂，我非常感激您。可如今国难当头，您不但不帮自己人，还迎合着日本人，这样的行为就等于是日本人的走狗！

艾琳舅舅勃然大怒。

艾琳舅舅：够了！我……

艾琳舅舅转身就准备给艾琳一耳光，可手举过艾琳头顶，他又犹豫了片刻，最终长叹一声，将手攥成拳头狠狠地砸向了艾琳身后的灰墙。

艾琳双目怒视着舅舅，丝毫不曾动摇。

艾琳舅舅：舅舅也不想啊，我也恨不得杀了日本人啊，可是我不敢啊。

艾琳舅舅一手撑着墙，一手捂住眼睛，无奈地摇摇头。随后转头面向艾琳，边扇自己耳光边说。

艾琳舅舅：是舅舅没出息，没本事，可是我不能眼看着自己的工厂就这样活生生地被日本人强占，现在只有你能帮舅舅了啊。

说完他趁势双腿跪地，双手拽着艾琳衣袖，仰着头苦苦哀求。

艾琳舅舅：就当舅舅求你了，行吗？为了这个家，你帮帮舅舅，帮帮舅舅！

艾琳于心不忍地偏过头去，思索片刻后，抬手擦干眼中的泪水，蹲下身拉舅舅起来。

艾琳舅舅赶忙站起来问道。

艾琳舅舅：你这是答应了？

艾琳嘴唇轻颤，说不出半个字，痛苦地闭上眼睛，微微点头。

秦国民躲在树后看着眼前发生的一切，他眉头紧锁，喘着粗气，愤怒与心疼填满胸口，却又无处发泄。

艾琳舅舅面露喜悦，长吁了一口气，边说边拉着艾琳往回走。

艾琳舅舅：走，跟舅舅回家！

秦国民见状赶紧边跑边朝着艾琳呼喊。

秦国民：艾琳！艾琳！

秦国民的突然出现，让艾琳顿感意外。

艾琳：国民！

艾琳舅舅被眼前的男人惊讶道。

艾琳舅舅：你是谁？

秦国民：艾琳，你不能走，你的幸福应该由自己掌握，不能屈服于家庭强权，更不能屈服于日本人……

艾琳舅舅气愤地用手指着秦国民，对身后的跟班们说。

艾琳舅舅：把这爱管闲事的小子给我往死里打！

两名身材魁梧的打手从舅舅身后走出来，抓住秦国民便是一顿拳脚相加。

眼见着秦国民被打得鼻青脸肿，艾琳使劲挣脱舅舅的手，痛哭出声。

艾琳：舅舅，你快让他们停手别打了，别打了……

舅舅根本没有理会艾琳的哀求，强拉硬拽地带着艾琳离开。

秦国民被打趴在地上，满身是血，但他仍然声嘶力竭地呼喊着艾琳的名字，艰难地伸出手，想抓住她渐行渐远的身影。

9. 内景　艾琳舅舅家　夜

秋风所至，藤蔓垂首，天地肃清。艾琳身着白色睡衣，单手托着下巴，独自倚靠阁楼窗前，沉默不语。

一缕清冷的月光透过窗棂，洒在艾琳的脸上，清晰可见一颗颗晶莹剔透的泪珠缓缓从眼角滑落，滴入灰砖砌成的窗台上，留下浅浅水痕。

忽然，脚步声渐起，阁楼门锁被打开，艾琳舅舅手中端着一碗热粥，推门走了进来。

艾琳舅舅：艾琳，肚子饿吗？你成天不吃饭可不行，快来喝口粥。

艾琳舅舅边说边将粥放在小桌上，来到了艾琳身边。

艾琳舅舅：不是舅舅非要锁你在家里，舅舅是怕，你要不答应嫁给那个田中先生，到时候全厂上下几千号人都得跟着遭殃啊！

艾琳缓缓抬头看了眼桌上的粥，双手捧起碗，放到嘴边喝了一小口。这是她平日里最爱的桂花红豆粥，香甜可口，就像她从前的生活一样。一想到这，艾琳不由自主地又红了眼眶。

忽然，她深吸一口气，放下粥碗，抬手拭去泪水，眼神坚定地看向舅舅，平静又低沉地说道。

艾琳：舅舅，既然我答应你嫁给日本人，就不会反悔。

艾琳舅舅闻言，暗自窃喜，瞥了一眼艾琳后，又假装万般无奈地说道。

艾琳舅舅：哎，其实舅舅这么做，也不是为了自己一人，都是为了大家。

艾琳正襟危坐，神色严肃地看向舅舅。

艾琳：可是，舅舅，我有一个条件。

艾琳舅舅满脸疑惑。

艾琳舅舅：条件？

艾琳舅舅说着突然站了起来，犹豫片刻说道。

艾琳舅舅：除了让你回学校，其他什么条件我都答应你。

艾琳沉默不语，转头望向窗外，在夜色的映照下，她的脸上仿佛凝结了一层薄薄的寒霜，显得分外冰冷而沉重。

10．外景 校园林荫道 日

初冬清冽的风，将洒落指间的金黄化作斑斓的叶，好似少女长长的舞裙，在校园的小道间翩然，点缀一整日阳光。

秦国民心神恍惚地走在小道上，于这光景中仿佛回望到昔日艾琳乘风起舞的倩影。

彼时艾琳步履匆匆，左右环视，一脸焦急地四处找寻着秦国民的身影。

小道拐角处，艾琳忽然看见了那个熟悉的背影，只是好像不再如初见时那样挺拔昂扬。

艾琳瞬间双目泛红，声音颤抖地喊道。

艾琳：国民！

秦国民闻声顿住脚步，猛然回头，脸上难掩欣喜之色。

秦国民：艾琳！

两人立刻朝着对方跑去，紧紧相拥。

秦国民轻轻抚摸着艾琳苍白憔悴的脸庞，内心万般自责，柔声问道。

秦国民：你舅舅还打你吗？

艾琳没有回答，她把秦国民从上到下地打量了一番后，反问道。

艾琳：你的伤好了吗？

秦国民赶忙回道：我不要紧，你能回来就好。

艾琳微笑着点了点头。

两人手牵着手，一起沿着小道漫步，看着眼前这条熟悉的林荫小道，不禁心生感慨。

秦国民：离我们上次来这里，已经过去很久了，如今这里遍地是落叶枯枝，曾经的春花灿烂，都已化作尘泥。

秦国民说到这里，踌躇了一会儿，叹息道。

秦国民：对于你，我怕也是物是人非。

听到这话，艾琳迟疑了一下。

艾琳：诗里说，花是“零落成泥碾作尘，只有香如故”。我认为，人的一生就如同这花儿一样，虽生死有命，但求一生无悔地绽放。

秦国民紧紧拽着艾琳双臂，激动地说道。

秦国民：是啊，花开花落自有时。正因为这样，我们才要在年轻的时候，尽己所能的去争取幸福，实现理想。

艾琳抬头凝视着秦国民，眼神里透露出真挚而炽热的光辉。

艾琳：国民，我们的理想都是一样的，你答应我，无论我做了什么你都要理解，我都是为了这个家，这个国。

秦国民深情地望着艾琳。

秦国民：我知道，你……

艾琳：国民，自古仁义两难全，我希望你能完成我们的理想。

说完，艾琳便托起秦国民的手，在他手心里一笔一划地写下了两个字“勿忘”。

秦国民满脸疑惑。

秦国民：勿忘?

艾琳紧握着秦国民双手，微微点了点头。

秦国民顿时似乎领悟到了什么，将艾琳紧紧抱入怀中。

艾琳强忍着不让眼泪滴下来，让它默默流在心底。

11. 外景　田中私宅　夜

冬雪初盛，飞花翩然，点点寒凉，落在檐角瓦缘。房外喜庆的音乐与欢呼的人声此起彼伏，一片热闹。

12. 内景　田中私宅　夜

房内门窗上都贴满了大红喜字，雕花木床上挂着红色幔帐，铺着一席红色被褥，左右两边的紫檀木架上两支红烛正在燃烧。丝丝凉风透过窗户缝隙吹进房内，烛火随之摇曳晃动，好像随时会熄灭。

艾琳身着凤冠霞帔端坐于床边，大红色缎底上的龙凤与祥云在烛光的衬映下依稀可见。忽然，门外响起沉重且踉跄的脚步声，艾琳赶紧整了整衣袖。

门猛地被推开，田中先生满脸通红，摇摇晃晃地走了进来。他一脸谄笑地坐在艾琳身边，粗暴地掀开她头盖，口中嘟嘟囔囔，尽是胡言乱语。

田中先生：哎哟，漂亮的花姑娘……

艾琳看着酒醉的田中先生，嘴角上挂着一丝不易察觉的冷笑。

艾琳：田中先生，如果我不愿意嫁给你会怎样?

田中先生怔了一下，随即站起来，微昂着头，用手指着艾琳说道。

田中先生：这可由不得你！你们中国有句古话叫做“人为鱼肉，我为刀俎”，现在你和你的国家就是任我们大日本帝国宰割的鱼肉！

说完，田中先生放声大笑，然后转过头凑近艾琳的脸，想要亲她。

艾琳突然从衣袖下抽出一把剪刀，趁其不备猛然扎向田中先生胸口。

田中先生顿时鲜血直流，仰头倒向床榻。他刚想开口呼救，就被艾琳用枕头死死地捂住。

艾琳：田中先生，我们中国还有句古话叫做“苟利国家生死以，岂因祸福避趋之”，你好好记住了！

眼见田中先生渐渐不再挣扎，艾琳才气喘吁吁地松开手中的枕头，拔出剪刀，跌跌撞撞地走到桌前坐下。

红烛烧得正旺，金黄的光亮透过镂空的雕花木床将艾琳的剪影投射到墙上。只见她举起手中的剪刀，将刀尖对准自己，停顿片刻后奋力插向胸口，随即猝然倒下。

红烛被撞倒在地，火苗顺着地面一路烧到床前，刹那间便吞噬了整个房间。

13. 外景　田中私宅　夜

屋外的雪如花、如绒、如烟、如幻，轻轻扬扬地飘落。

忽然，熊熊烈火冲破门窗，火舌直窜天际，宛如黑夜中的一盏明灯，将洁白的大地照得透亮。

14. 内景　学校教室　日

"砰"的一声，教室门突然被人从外面用力地推开。

教室里正在低头看书的同学们都吓了一跳，集体抬头朝门口看去。

李青一手捂着胸口，一手扶着门框，气喘吁吁，脸色苍白。

秦国民见状立马拧紧眉头，缓缓起身，内心有种不祥的预感。

李青满脸悲痛，迈着沉重的脚步走向秦国民。

李青：艾琳她，她……在新婚之夜和日本人同归于尽了！

秦国民闻言跌坐在椅子上，久久不语。忽然，他握紧拳头狠狠砸向课桌，低着头双肩止不住的颤抖，喉咙里发出幽咽的哭声。

15. 外景　岳麓山　日

冬去春来，光景流转。如洗的碧空，宛如一幅长卷，远处是云霭如水墨般点染，近处又见树枝探出几分新绿。

岳麓山青色渺渺，草木葳蕤，鸟儿以繁枝作伞，翅羽掠过，惊起花间雨露，带来蓬勃的生机。

16. 外景　岳麓山爱晚亭　日

岳麓山下爱晚亭巍然伫立，亭前的曲涧鸣泉倒映着嫩绿新芽与融融暖阳，热血青年们正聚集于此纵谈家国天下事。

秦国民立于高台之上，慷慨激昂地演说。

秦国民：同学们，到了我们应该觉醒的时候了！国家日渐衰亡，然而我们却依然麻木！现在帝国主义已经骑到我们头顶来了，然而我们又在做些什么呢？我们是选择沉默，还是选择举起我们的双手奋力反击呢？

秦国民一番义正辞严的话语引起了台下众人深思。

秦国民：我们的同学艾琳就是为了抵抗日本人的欺辱，从而牺牲了……

说到此处，秦国民有些哽咽，沉默了几秒后，他继续说道。

秦国民：难道我们这些活着的人不该为了她，为了我们的亲人朋友，为了我们的祖国去奔走，去抗争吗?！怎么去抗争？这就要靠我们新一代的青年！

青年学子们群情激奋，热血沸腾。

众人：对！我们要抗争到底！抗争到底！

秦国民激情澎湃的演讲引起了青年学子们的强烈共鸣，大家纷纷响应，汇聚成一股股气势磅礴的音浪。

爱晚亭畔，声声入耳，句句入心，响彻山际，波荡四方。

17. 外景　校园　日

初夏来临，嘉木余荫，芳草如积，校园里虽一片寂静，但青春与热血的气息依旧奔涌不停。

18. 外景　街巷　日

以秦国民、杨滔为首的青年学子们扛着校旗，举着横幅，走上街头，奔走呼号，掀起了一场声势浩大的示威游行。

众人激愤高呼。

众人：外争国权，内惩国贼！誓死力争，还我青岛……

李青则带领大批女同学挎着放满袜子、毛巾、牙粉、香皂等国货的竹篮，走进小巷，向大家宣传抵制日货的道理。

突然警哨声响起，大批军警向游行队伍冲了过来。

面对军警，学生们毫无惧色。秦国民、杨滔率先冲在前面，与警方对峙搏斗。

双方冲突越来越激烈，同学们却依然前赴后继，一个倒下了另一个就替上去。

此时的秦国民早已伤痕累累，他的双手被反压在背后，头被摁在了地面，不得动弹。恍惚间，他透过混乱的人群，仿佛看见了艾琳站在长街的尽头朝自己微笑挥手，听见了艾琳在自己耳边轻轻柔柔地说。

艾琳：国民，勿忘，心安……

秦国民顿时泪满盈眶，口中大喊。

秦国民：勿忘国耻，方可心安！

19. 外景　校园莲桥　日

清晨的校园，漫天红蜓恣意飞舞，娇嫩的荷一点一点绽开笑颜，一群英气的少年于莲桥上伫立。

秦国民率先开口，打破了沉默。

秦国民：谢谢大家来送我，此次负笈出洋虽艰险重重，但唯有求学报国，才是我心安之归处。咱们就此别过，待我归国之时，再与你们共襄伟业。

众人：保重！保重！

秦国民坚定地点了点头，提起脚边那只行四角早已磨得发白的旧皮箱，迎着晓风，阔步前行。

20．外景　岳麓山　日

一轮朝阳冉冉升起，金色的光芒洒向大地。

眼前，那永远挺拔的是少年的身姿，也是坚定的理想。

远方，那高高矗立的是巍峨的山峰，更是不灭的信仰。

（剧终）

（八）《勿忘心安》分镜头剧本

（20 场　152 镜）

1. 场内　房间　夜

镜号	画面	内容描述	时长
1－1	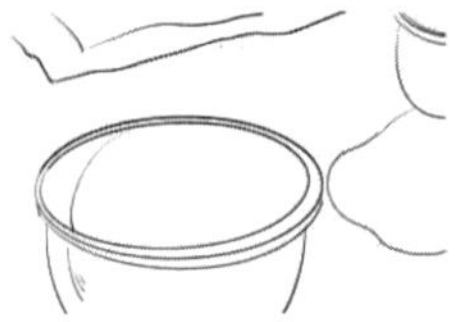	矮旧的茶桌上放着一份白纸黑字的协议书和两盏热气氤氲的旧茶杯。	3S
1－2		日本人不紧不慢地端起身前的茶杯，低头轻轻吹散杯中的水汽后，皱了皱眉。	2S
1－3	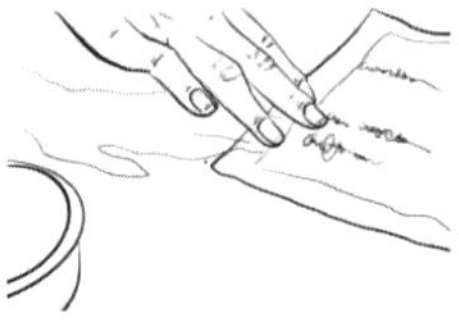	日本人立即甩手将协议丢到了桌角。	2S
1－4	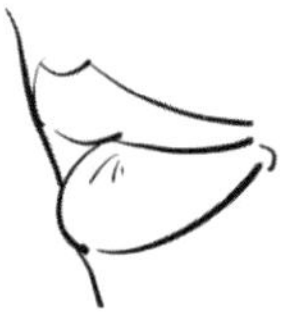	日本人下巴微抬，嘴角微微上扬，沉声问道：考虑得怎么样了，中国人？	3S
1－5	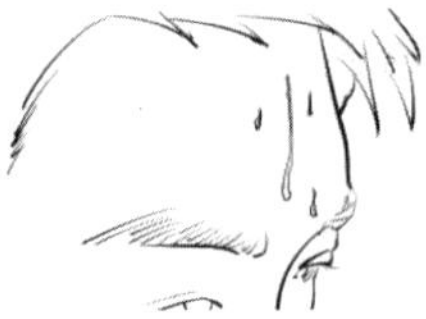	豆大的汗珠从艾琳舅舅额间渗出，口将言而嗫嚅道：不是，不是我不愿意，只是……	4S
1－6		日本人没等艾琳舅舅说完，冷哼一声，眼神凌厉地盯着他质问：那就是不愿意为天皇陛下效劳咯！	4S

镜号	画面	内容描述	时长
1-7		艾琳舅舅紧张得双手不停颤抖，缓缓将茶杯端起说道：不是！不是！	3S
1-8		日本人愤怒道：混蛋，是要赔上人命你才知道厉害吗？	2S
1-9		艾琳吓得直冒冷汗，舅舅声音颤栗地回答：太……太君饶命，我签，我签！	3S
1-10		日本人眼角露出一丝奸笑。	2S
1-11		艾琳舅舅双手颤颤巍巍地接过协议，在日本人的目光注视下，按下了鲜红的手指印。	3S

2. 场外　校园莲桥　日

镜号	画面	内容描述	时长
2-1		蝉鸣声声，池水汩汩，碧叶田田，菡萏亭亭，池中净植宛若谦谦君子，不蔓不枝芳满园。	3S
2-2		艾琳和李青捧着书站在池边，她们时而细嗅缱绻的荷香，时而近观滚圆的露珠，轻拨错落的碧伞。	3S

镜号	画面	内容描述	时长
2-3		忽然，对面莲桥边一位站在人群中高谈阔论的少年秦国民吸引了她们的目光。	2S
2-4		一群读书社少年正在学习讨论。	2S
2-5		秦国民站在人群中间，阳光洒落在他洁白的衬衫上，闪闪光点上下跳动，仿佛万物都铺上了一层甜美的朦胧。	3S
2-6		李青十分好奇，拉着艾琳就往对面走。	2S
2-7		读书社众人正在热火朝天地讨论着。 艾琳和李青在一旁认真地聆听着。	8S
2-8		艾琳若有所思，大方主动地走上前来，发表自己的观点。	5S
2-9		众人连连鼓掌叫好。秦国民目不转睛地看着艾琳，嘴角挂着温柔的微笑。	3S

3. 场外　学校草坪　日

镜号	画面	内容描述	时长
3-1		盛暑将去，日光渐柔，草木苓茏，花枝萑蒀。	2S

镜号	画面	内容描述	时长
3－2		一袭粉紫色长裙的艾琳正在草坪上和同学跳舞。	3S
3－3		此时，秦国民正与同学边讨论着课堂内容边从走廊经过，无意间瞥见窗外这一幕，不由自主地停下了脚步。	3S
3－4		艾琳纤肢亭亭，笑靥盈盈，罗裙翻飞，翩翩似蝶，如步花间。	6S
3－5		秦国民如痴如醉地凝望着艾琳，神色间难掩欣赏与爱慕之情。	4S

4．场外　岳麓山　日

镜号	画面	内容描述	时长
4－1		夏日尚留余温，秋意款款而来，仿如一夜，绿叶换黄妆，秋风挑染红。岳麓山上的丹枫万叶，似锦如霞。	3S
4－2		岳麓山上读书会的成员们围坐在树下畅所欲言。	3S
4－3		秦国民站立在人群中央侃侃而谈。	6S

镜号	画面	内容描述	时长
4－4		秦国民与艾琳目光汇集，但艾琳却眼神躲闪。	3S
4－5		艾琳低着头用手慌乱地拨弄着脸颊边的碎发。	3S
4－6		秦国民继续发表自己的看法。	6S
4－7		说完，秦国民再次看向艾琳。	2S
4－8		此时，一阵风将艾琳的发丝吹起，右边脸颊上的掌印赫然呈现在秦国民眼前，比这漫山遍野的枫叶还红得令人刺目。	4S

5. 场外　学校林荫道　日

镜号	画面	内容描述	时长
5－1		破晓时分，艾琳独自一人漫步在幽静的林荫小道上，树叶被风撩拨着并发出阵阵声响，时而沙哑，时而浑厚。	3S
5－2		艾琳抬头仰望天空，任凭清风拂过她的脸庞，丝丝凉意已在心里晕开。	3S

镜号	画面	内容描述	时长
5－3		此时，秦国民碰巧路过，看见不远处的艾琳，想起她脸上那令人心疼的伤，急匆匆地跑了过去。	2S
5－4		秦国民定睛一看，艾琳脸上旧伤未愈又添新伤，他忍不住询问艾琳究竟发生了什么。	5S
5－5		艾琳摇摇头，只一声轻叹，便转身往前走着。	6S
5－6		两人说着便在一处空地坐了下来。	6S
5－7	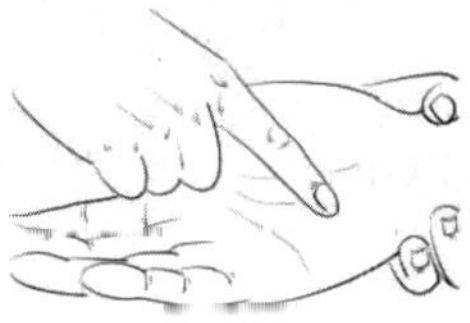	艾琳低头看向秦国民的手，在他手心里一笔一划地写下了两个字“心安”。	5S
5－8		秦国民尽管难以心安，但他见艾琳如此坚决，便只好对着她点头示意，不再追问。	5S

6. 场外　吹香亭　日

镜号	画面	内容描述	时长
6－1		吹香亭坐落于岳麓山脚下，亭中悬挂着“吹香亭”牌匾，一座石桥将亭子与塘岸连接在一起，古朴雅致，荷香满亭。	3S

镜号	画面	内容描述	时长
6－2		李青捧着书走过来，和众人打招呼，熟络地加入其中，并建议大家今天谈论些有趣的话题。	5S
6－3		秦国民看见李青，立刻环顾四周，但并未看见艾琳的身影，有点心不在焉。	2S
6－4		李青看出了国民的心思，故意打趣地说：大社长，你今天有点不大对劲呀！莫非是今天有些人没来，你心慌意乱了吧？	5S
6－5		秦国民有些害羞，连忙回应：没有没有，那你们说，说点什么……	3S
6－6		众人都望着秦国民笑。	2S
6－7		秦国民腼腆地笑着，若有所思地望向远方。	2S

7. 场外　教学楼走廊　日

镜号	画面	内容描述	时长
7－1		微风吹过，树叶发出沙沙的响声。	2S

镜号	画面	内容描述	时长
7－2		艾琳在校园里迈着匆忙的步子。	2S
7－3		艾琳低头步履匆忙的身影。	2S
7－4		忽然，艾琳被迎面而来的李青叫住了。	2S
7－5		李青疑惑地问道：艾琳，你昨天怎么没去读书社呀？昨天我们讨论的话题可有趣了。	4S
7－6		秦国民拿着书本走出教学楼，经过走廊，看到走廊另一头李青与艾琳正在交谈着。	3S
7－7		艾琳神色焦急：青儿，我有事，我先不跟你多说了。	2S
7－8		说完，艾琳立刻转身离开。	2S
7－9		艾琳步履显得十分匆忙。	2S

镜号	画面	内容描述	时长
7－10		秦国民见状，眉头一皱。	2S
7－11		秦国民也起身加快步伐，悄悄跟在艾琳身后。	2S

8. 场外　小巷　日

镜号	画面	内容描述	时长
8－1		艾琳行色匆匆。	2S
8－2		艾琳脚步匆促。	2S
8－3		艾琳拐弯走进了一个小巷。	2S
8－4		秦国民一路紧跟着艾琳。	2S
8－5		秦国民也走向小巷。	2S

镜号	画面	内容描述	时长
8-6		秦国民刚要拐弯进入，巷子里突然传来了男人的声音。	3S
8-7	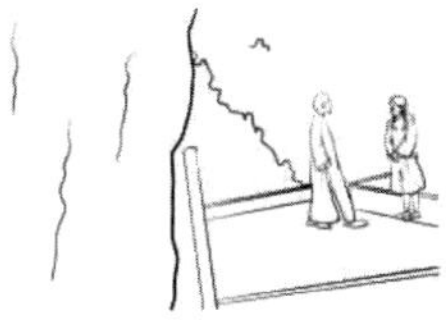	艾琳舅舅正和艾琳在说话。 秦国民怕被发现，躲在了拐角处的一棵大树后面，静观其变。	3S
8-8		艾琳舅舅劝说艾琳嫁给田中先生。	5S
8-9		听到这，秦国民似乎明白了什么，他一手紧紧攥住衣角，嘴巴抿成一条直线。	2S
8-10		艾琳反驳惹得艾琳舅舅勃然大怒，艾琳舅舅准备给艾琳一耳光，可手举过艾琳头顶，他又犹豫了片刻，最终长叹一声。	6S
8-11		艾琳舅舅见状趁势双腿跪地，双手拽着艾琳衣袖。	5S
8-12		艾琳舅舅仰着头苦苦哀求艾琳同意。	5S
8-13		艾琳于心不忍地偏过头去，委屈地流泪。	4S

镜号	画面	内容描述	时长
8 – 14		艾琳无奈之下微微点头，蹲下身拉舅舅起来。	4S
8 – 15		秦国民躲在树后看着眼前发生的一切，他眉头紧锁，喘着粗气。	2S
8 – 16	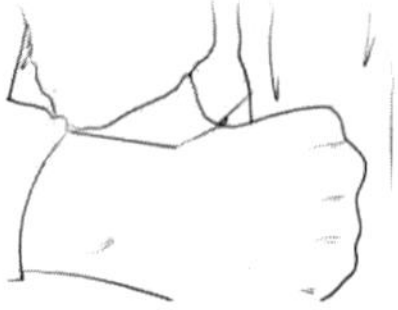	秦国民愤怒与心疼填满胸口，他攥紧了拳头狠狠地锤向身旁的树干。	2S
8 – 17		艾琳舅舅面露喜悦，长吁了一口气，边说边拉着艾琳往回走。	4S
8 – 18		秦国民见状赶紧跑上前阻拦，不料却遭到艾琳舅舅手下毒打。	3S
8 – 19		眼见着秦国民被打得鼻青脸肿，艾琳向舅舅苦苦哀求。艾琳舅舅没有理会，强拉硬拽地带着艾琳离开。	4S
8 – 20		秦国民被打趴在地上，满身是血，但他仍然声嘶力竭地呼喊着艾琳的名字，艰难地伸出手，想抓住她渐行渐远的身影。	5S

9. 场内　艾琳舅舅家　夜

镜号	画面	内容描述	时长
9－1		秋风所至，藤蔓垂首，天地肃清。	2S
9－2		月光清冷，艾琳独自坐在阁楼窗边，沉默不语，脸庞可见留下的浅浅泪痕。	3S
9－3		忽然，脚步声渐起。	2S
9－4		阁楼门锁被打开。	2S
9－5		艾琳舅舅手推门走了进来，看望艾琳。	5S
9－6		艾琳正襟危坐，神色严肃地看向舅舅，希望让她再见一面秦国民。	5S
9－7		艾琳舅舅突然站了起来，犹豫片刻说道：除了让你回学校，其它什么条件我都答应你。	5S
9－8		艾琳沉默不语，转头望向窗外，在夜色的映照下，她的脸上仿佛凝结了一层薄薄的寒霜，显得分外冰冷而沉重。	4S

10．场外　校园林荫道　日

镜号	画面	内容描述	时长
10－1		初冬清冽的风，将洒落指间的金黄化作斑斓的叶，好似少女长长的舞裙，在校园的小道间翩然，点缀一整日阳光。	2S
10－2		秦国民心神恍惚地走在小道上。	3S
10－3		彼时艾琳步履匆匆，左右环视。	2S
10－4		艾琳一脸焦急地四处找寻着秦国民的身影。	3S
10－5		小道拐角处，艾琳忽然看见了那个熟悉的背影。	2S
10－6		艾琳瞬间双目泛红，声音颤抖地喊道：国民！	3S
10－7		秦国民闻声顿住脚步，猛然回头，脸上难掩欣喜之色：艾琳！	3S
10－8		两人立刻朝着对方跑去，紧紧相拥。	3S

镜号	画面	内容描述	时长
10－9		秦国民轻轻抚摸着艾琳苍白憔悴的脸庞，内心万般自责。	6S
10－10		艾琳深情地望着秦国民。	3S
10－11	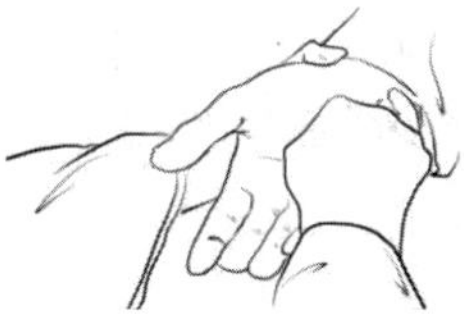	艾琳轻轻托起秦国民的手，在他手心里一笔一划地写下了两个字“勿忘”。	6S
10－12		秦国民满脸疑惑：勿忘?	3S
10－13		艾琳微微点了点头。	2S
10－14		秦国民顿时似乎领悟到了什么。	3S
10－15		艾琳抬头凝视着秦国民，眼神里透露出真挚而炽热的光辉。	3S
10－16		秦国民将艾琳紧紧抱入怀中。	2S

镜号	画面	内容描述	时长
10－17		艾琳强忍着不让眼泪滴下来，让它默默流在心底。	2S

11. 场外　田中私宅　夜

镜号	画面	内容描述	时长
11－1		冬雪初盛，飞花翩然，点点寒凉，落在檐角瓦缘。房外喜庆的音乐与欢呼的人声此起彼伏，一片热闹。	2S

12. 场内　田中私宅　夜

镜号	画面	内容描述	时长
12－1		房内门窗上都贴满了大红喜字，雕花木床上挂着红色幔帐。	3S
12－2		左右两边的紫檀木架上两支红烛正在燃烧。丝丝凉风透过窗户缝隙吹进房内，烛火随之摇曳晃动，好像随时会熄灭。	3S
12－3		田中先生一脸谄笑地坐在艾琳身边，凑近艾琳的脸，想要亲她。艾琳突然抽出一把剪刀，趁其不备猛然扎向他胸口。	8S
12－4		田中先生顿时鲜血直流，仰头倒向床榻。艾琳举起手中的剪刀，将刀尖对准自己，奋力插向胸口，随即猝然倒下。	6S

镜号	画面	内容描述	时长
12 - 5	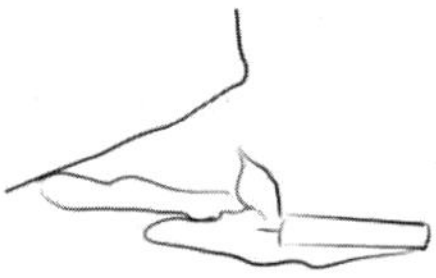	红烛被撞倒在地，火苗顺着地面一路烧到床前。	5S

13. 场外　田中私宅　夜

镜号	画面	内容描述	时长
13 - 1	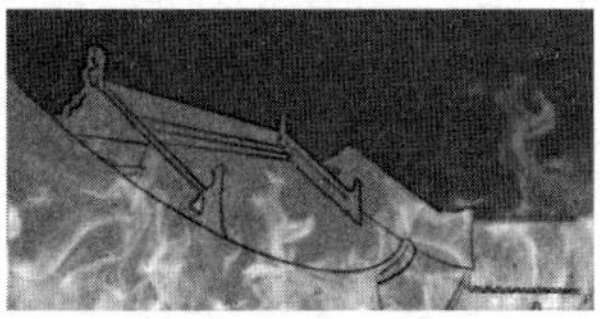	忽然，熊熊烈火冲破门窗，火舌直窜天际，宛如黑夜中的一盏明灯，将洁白的大地照得透亮。	5S

14. 场内　学校教室　日

镜号	画面	内容描述	时长
14 - 1	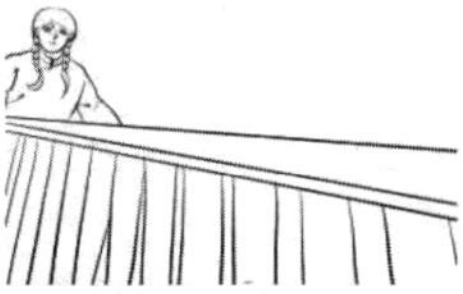	李青行色匆匆。	2S
14 - 2		李青脚步慌乱。	2S
14 - 3		“砰”的一声，教室门突然被人从外面用力地推开。教室里正在低头看书的同学们都吓了一跳，集体抬头朝门口看去。	3S
14 - 4		李青一手捂着胸口，一手扶着门框，气喘吁吁，脸色苍白。	2S
14 - 5		秦国民见状立马拧紧眉头，缓缓起身，内心有种不祥的预感。	2S

镜号	画面	内容描述	时长
14 - 6	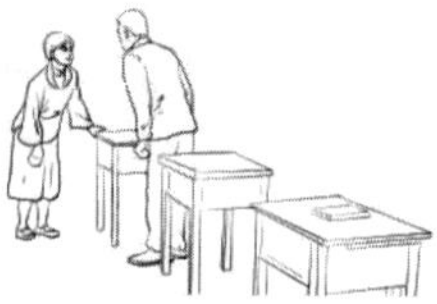	李青迈着沉重的脚步走向秦国民。	3S
14 - 7		李青满脸悲痛：艾琳她，她……在新婚之夜和日本人同归于尽了！	3S
14 - 8	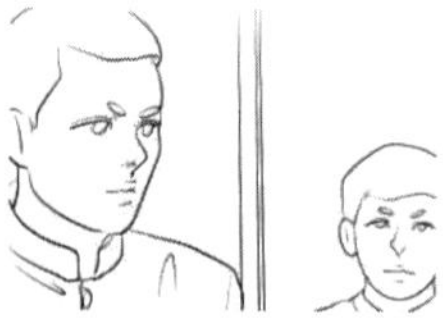	秦国民闻言极为震惊，久久不语。	3S
14 - 9		秦国民低着头双肩止不住的颤抖，喉咙里发出幽咽的哭声。	6S
14 - 10	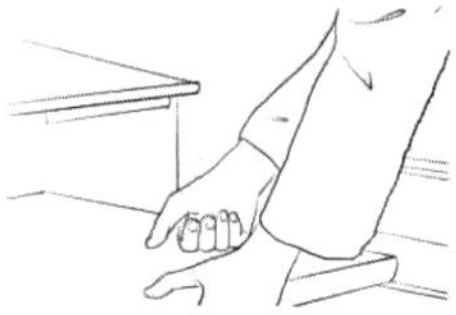	他握紧拳头狠狠砸向课桌。	2S

15. 场外 岳麓山 日

镜号	画面	内容描述	时长
15 - 1		冬去春来，光景流转。如洗的碧空，宛如一幅长卷，远处是云霭如水墨般点染，近处又见树枝探出几分新绿。	3S
15 - 2		岳麓山青色渺渺，草木葳蕤，鸟儿以繁枝作伞，翅羽掠过，惊起花间雨露，带来蓬勃的生机。	3S

16. 场外　岳麓山爱晚亭　日

镜号	画面	内容描述	时长
16－1		岳麓山下爱晚亭巍然伫立，热血青年们正聚集于此纵谈家国天下事。	3S
16－2		秦国民立于高台之上，慷慨激昂地演说。	6S
16－3		台下众人仔细聆听着秦国民的演讲。	6S
16－4		秦国民一番义正辞严的话语引起了台下众人深思。	3S
16－5		说到艾琳牺牲时，秦国民有些哽咽，沉默了几秒后，他继续说道。	8S
16－6		青年学子们群情激奋，热血沸腾：对！我们要抗争到底！抗争到底！	5S
16－7		大家纷纷响应，汇聚成一股股气势磅礴的音浪。	5S
16－8		爱晚亭畔，声声入耳，句句入心，响彻山际，波荡四方。	5S

17. 场外　校园　日

镜号	画面	内容描述	时长
17－1	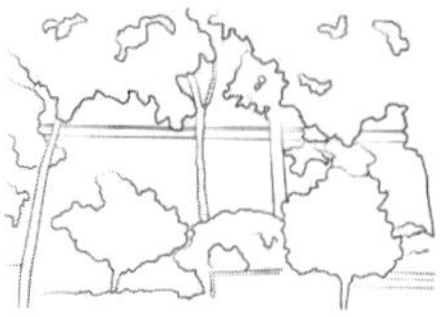	初夏来临，嘉木余荫，芳草如积，校园里虽一片寂静，但青春与热血的气息依旧奔涌不停。	3S
17－2		校园里虽一片寂静，但青春与热血的气息依旧奔涌不停。	2S

18. 场外　街巷　日

镜号	画面	内容描述	时长
18－1		以秦国民、杨滔为首的青年学子们扛着校旗，举着横幅，走上街头，奔走呼号。	5S
18－2		青年学子们掀起了一场声势浩大的示威游行。	5S
18－3		众人激愤高呼：外争国权，内惩国贼！誓死力争，还我青岛……	5S
18－4		突然警哨声响起，大批军警手持警棍向游行队伍冲了过来，驱散游行人群。	3S
18－5		面对军警，学生们毫无惧色。秦国民、杨滔率先冲在前面，与警方对峙搏斗。	3S

镜号	画面	内容描述	时长
18－6	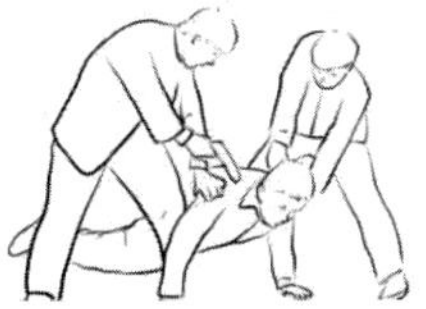	双方冲突越来越激烈，同学们却依然前赴后继，一个倒下了另一个就替上去。	3S
18－7	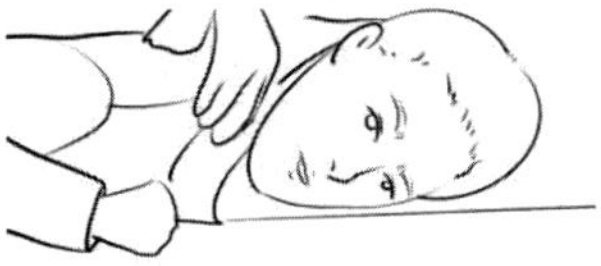	此时的秦国民早已伤痕累累，他的双手被反压在背后，头被摁在了地面，不得动弹。	3S
18－8	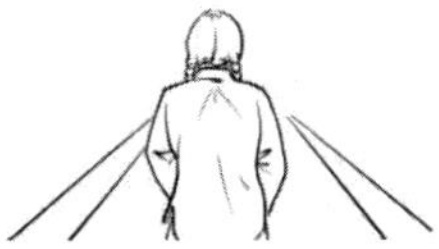	恍惚间，他透过混乱的人群，仿佛看见了艾琳站在长街的尽头。	3S
18－9		艾琳朝自己微笑，听见了艾琳轻轻柔柔地说：国民，勿忘，心安……	3S
18－10		秦国民顿时泪满盈眶，口中大喊：勿忘国耻，方可心安！	5S

19．场外　校园莲桥　日

镜号	画面	内容描述	时长
19－1	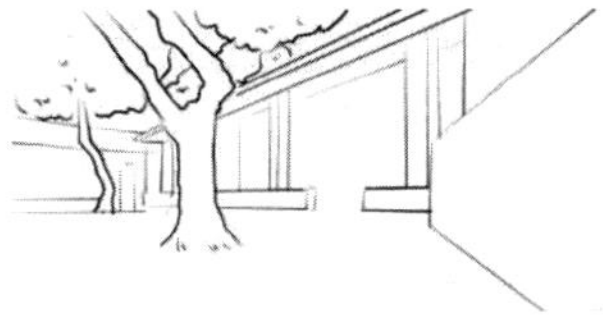	清晨的校园，漫天红蜓恣意飞舞，娇嫩的荷一点一点绽开笑颜，一群英气的少年于莲桥上伫立。	3S
19－2		秦国民率先开口，打破了沉默：谢谢大家来送我，此次负笈出洋虽艰险重重，但唯有求学报国，才是我心安之归处。	6S

镜号	画面	内容描述	时长
19－3	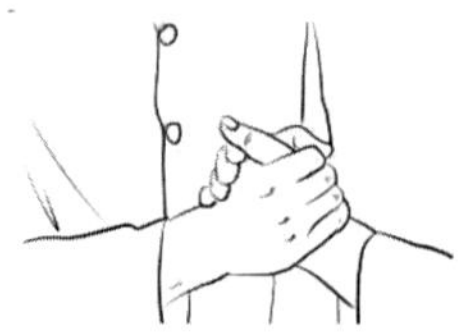	秦国民与同学握手告别：咱们就此别过，待我归国之时，再与你们共襄伟业。	3S
19－4		众人挥手告别：保重！保重！	2S
19－5		秦国民坚定地点了点头。	3S
19－6	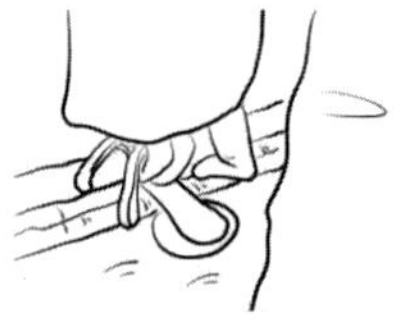	秦国民提起脚边那只行四角早已磨得发白的旧皮箱往前走。	3S
19－7		秦国民迎着晓风，阔步前行。	5S

20. 场外　岳麓山　日

镜号	画面	内容描述	时长
20－1		一轮朝阳冉冉升起，金色的光芒洒向大地。	3S
20－2		远方，那高高矗立的是巍峨的山峰，更是不灭的信仰。	5S

时代脉搏

（一）《寻找张明》文学剧本

1. 外景　五一广场　日

广场上人烟稀少，拐角处商场的大型 LED 显示屏播放着新闻。

新闻：湖南省卫生健康委员会，1 月 23 日晚 11 点 50 分发布消息，根据湖南省突发公共卫生事件应急预案，结合我省当前新型冠状病毒感染的肺炎疫情防控形势……

2. 内景　快递站　日

一个身影快步走进大门，放下身侧的斜挎包，走到了一片快递墙前。

最靠里的快递柜上贴着一张白色的纸条，上面印着几个黑字：快递留仓件区。

大小不一的快递件混插在一起，填满了整面墙。

刘伟正在整理快递，看见王帅走过来。

刘伟：哎，哥们儿，口罩该换了啊。我先去送个快递，记得关门。

王帅站在墙前打开手机，没有转头地挥了挥手。

王帅：行，我找个件就走。

王帅对照着手机里的订单号在快递留仓件区找着快递，翻开一个又一个的件，终于在第二排的最里面看到了对应的字母编号。王帅用力往外一抽，一连带出了好几个件。

王帅弯着腰捡起，刚准备将这些问题件重新塞回去，突然眼睛一瞥，一个破损的快递件里掉落了一张白色的字条。

字条上工整地写着：救死扶伤很重要，保护自己也重要———妈妈。

王帅心头一紧，望向地上的包裹，包裹破损处露出了一个白角，王帅看了一眼四周，把盒子放到了桌子上。

王帅走到桌子前坐下，将盒子小心地划开，几个零散的 N95 口罩映入眼前。王帅深吸了一口气，眼睛停留在那张字条上，迟疑片刻，把盒子郑重地合上，认真看了看寄件人和收件人的信息，又起身找了个新的快递盒，将东西一件一件地重新摆了进去，把纸条放在了最上层，合上箱子用胶布仔细封好。

王帅看着快递盒上的信息，拿起电话拨打了过去。

电话声：对不起，您拨打的电话已关机，请稍后再拨……

3. 外景张明家小区　日

保安亭旁的一张桌子上面摆放着体温计、洗手液以及一本翻页的外来人员登记册。

一名保安双手抱着一个快递盒从一栋居民楼走出。

王帅在小区门口焦急地注视着他。

小区保安：敲了好几次，里面没人。

王帅眼中流露出些许失落。

保安将快递递给王帅。

王帅接过快递，步伐沉重地走向快递车，将快递小心翼翼地放在车上。

4. 外景　快递站　日

王帅手上抱着新的快递盒，比对着寄件人赵芬的电话，仔细核对后拨出，电话里是手机关机的提示。

王帅继续拨打另一个号码，并从快递站内走出到快递车旁。

电话：你好，这里是菜鸟驿站。

王帅：哦，你好，我是泰平快递的。请问你认识一个叫赵芬的人吗？

电话：赵芬？好像有点耳熟，是她的包裹出什么问题了吗？

王帅：她寄的一个件，现在联系不上收件人，她自己的电话也打不通，你能帮我联系一下吗？

王帅一边说着，一边将快递顺手放到车座旁。

电话：哦，是那个走丢了的老人吧？

王帅：什么？

电话：那天她来寄包裹，看样子像是有点糊涂了，走丢后好多人都在找，幸好最后找回来了。

王帅：那她家里还有其他人吗？你能帮我联系一下吗？

电话：家里没人，老太太被人接走了，我也联系不上。

王帅：那她儿子是不是叫张明啊？弓长张，明天的明。

电话：是，听说还是个医生。

王帅惊喜地说：那你知道他在哪个医院工作吗？

电话：这我就不太清楚了。

王帅：好吧，谢谢！

王帅将快递放入车厢，坐上快递车，缓缓驶离快递站。

5. 内景　出租房　夜

王帅坐在餐桌前，聚精会神地盯着电脑，页面上显示着长沙市医院心内科的医生信息，他右手中指不断地滚动着鼠标中键，嘴里嘟嘟囔囔地说着“张”字。

刘伟打开一瓶抗病毒口服液喝着，顺便在王帅手旁也放下了一瓶。

刘伟：还在找那个张明啊？

王帅继续抄写着电脑上的医院名字，没有回应。

刘伟：这怎么找得到啊？

王帅突然叫住刘伟：哎！兄弟，明天医院片区的快递我帮你跑啊。

刘伟：真的吗？

王帅：真的。

刘伟：你确定？

王帅：确定。

王帅将本子上的信息划去，叹了口气。

6. 外景　第一医院门前　日

医院大门口少了平日的喧嚣，零星的几个佩戴口罩的人沉默不语，行色匆匆。

医院的白色喇叭里重复播放着一段录音：请大家自觉佩戴好口罩，出示健康码，有序排队进入……

身穿快递服的王帅拿着包裹快步向医院门口走去。

戴着口罩和手套的门卫站在门口拦下王帅。

门卫：哎，干什么的？现在不让进。

王帅朝前走了两步：我这有个急件，您就让我进去一下吧。

门卫：不行，不行，不让进就是不让进。

王帅：您就通融一下吧。

门卫：医院下了死规定，我不可能随便让你进去啊。

门卫锁着眉头边摇着头边摆着手。

王帅低头看了下手中的快递，转身离开。

7. 外景　快递车旁　日

王帅站在快递车旁迟疑了一下，从车内拿出一套便装将快递服换下，小心地将快递盒放入自己的背包中，调整了脸上的口罩向医院的方向走去。

8. 外景　第一医院门前　日

王帅走到登记台处进行登记。

门卫稍稍打量了王帅一番。

王帅握了一下背包带子，侧身走了进去。

9．内景　第一医院走廊　日

靠墙的不锈钢座椅每隔一个座位坐着一名患者，其中一个佩戴口罩的老人不停地咳嗽。

王帅抬头看向诊室外的叫号屏，确认后便走了进去。

10．内景　第一医院诊室　日

医生：我说了，我不是这个张明！

医生有些无奈和不耐烦。

王帅坐在医生的桌子边，手里递着快递。

王帅：您要不要再看看，这个件是从娄底寄过来的。

医生略显疲惫，低头叹了口气。

医生：小伙子，你现在来这儿太不安全了，而且如果有人急着看病，你这不就是耽误别人时间吗？快回家吧。

医生坐在桌前摘下眼镜，一手扶着桌面，另一只手捏了捏鼻梁，眼周一片通红。

王帅缓缓将递出快递的手收回。

王帅：不好意思张医生，您也注意休息。

医生戴上眼镜，点了点头，伸手按了下问诊铃。

王帅抱着快递失落地走出门。

11．外景　路上　日

王帅驾驶着快递车冒着严寒逆风而行，又继续奔赴下一站。

12．外景　第二医院门前　日

王帅走进第二医院。

王帅：你好，快递。

护士：嗯，好，谢谢。

护士接过，转身刚要走，被王帅叫住。

王帅：等等，请问您认识张明，张大夫吗？

护士思索着摇了摇头。

护士：不好意思，我不太清楚。

13. 内景　第三医院门前　日

王帅把快递递给一位医生。

王帅：请问您认识张明，张医生吗？

医生摇了摇头。

医生：不认识。

14. 内景　第四医院门前　日

护士：哎，小哥，你上回让我问的那大夫是脑外科的，不过，应该不是你找的那个人。

王帅：哦哦哦，好，谢谢啊。

王帅失望地回到快递车上，他感觉有些身心疲惫，随即拿起一旁的热水壶，打开喝了一小口。

王帅调整了一下情绪后，启动了车子，继续前行。

15. 内景　餐馆　夜

王帅坐在桌子前吃着饭，一阵铃声传来，王帅拿起手机。

王帅：喂，您好。

吴婷：欸，小哥，我孩子咳嗽很厉害，马上要去医院，我买的儿童口罩显示是你配送的，可以提前给我送过来一下吗？

王帅抹了下嘴，站起身，边往外走边说。

王帅：好的，您报一下快递单号。

16. 外景　小区门外　夜

王帅匆匆将车停下，门口一位穿着红衣服的女士在等待。王帅拿着包裹走上前去。

王帅：你好，是吴女士吗？

吴婷接过王帅递过来的包裹。

吴婷：是，谢谢啦。

王帅：没事没事。

王帅刚准备转身离开，突然想起了什么。

王帅：吴女士，您待会儿是要去市妇幼吗？

吴婷：是啊，怎么了？

王帅：那能麻烦您帮我打听一下，一个叫张明的医生吗？

吴婷：张明？

王帅：对，张明。

吴婷：好，回头帮你问问。

王帅：好，谢谢了。

吴婷冲王帅微微点了点头，急忙往家跑去。

17. 外景　第五医院发热门诊前　日

王帅站在车旁整理着快递。

张明医生拎着一个袋子走过来。

张明医生：师傅，我这有个快递麻烦给寄一下。

王帅：您寄的什么东西啊？

张明医生：这是我们医院召集的一些紧急抗疫物资，主要就是一些口罩。

王帅：好的，请问您是寄到哪里的？

张明医生从口袋里掏出一张字条。

张明医生：寄到娄底市人民医院。我这儿写了个条，上面有具体的信息。

王帅：请问您认识一个叫张明的医生吗？

张明医生：我就是张明啊，你有事儿吗？

王帅又惊又喜，转身从车前座拿出一个快递，递给张明医生。

王帅：我这儿有您一个快递，麻烦您核实一下电话号码，151……

王帅话还没说完，张明医生的电话突然响起。

张明医生：好，谢谢谢谢。小杨啊，那个我来，你先把病人安排一下。

张明医生一边接着电话，一边从王帅手中接过快递，随后转身匆忙离开。

王帅看着离开的张明医生，张了张嘴，深呼了一口气，又将话咽进了肚子里，如释重负地笑了，仿佛卸下了一个被他自己压在心上的担子。

王帅加快速度将剩下的快递往车厢中摆放。摆放完后，骑上车正准备出发，却听见有人在叫他。

一名护士跟在后面拿着一个快递，边跑边喊。

护士：快递小哥，快递小哥！

王帅停下来。

护士跑上前将手里的快递递给王帅，撑着腿，边喘气边摆手。

护士：小哥，这个快递拿错了。这不是我们那个张医生的，你送错人了，麻烦你了。

王帅接过快递。

王帅：你确定吗？

护士：确定！

护士说完话便往回跑。

王帅：哎！

王帅看着又回到自己手里的快递，失望地启动车子离开。

18．外景　桥上　日

王帅把车停在路边，有些疲惫地坐在车上，从座椅旁拿起快递盒，看着上面的单号发呆。

王帅掏出手机又一次拨打了张明的电话。

电话里响起“嘟嘟”的声音，但依然没有人接听。

19．外景　路上　日

快递车的门开了又关，车里的快递不断减少。

20．外景　第六医院门前　日

王帅：您好，这是您的快递，请签收。

王帅说完又提出一个大袋子。

王帅：这早餐还热乎，也麻烦您带进去吧。

护士感激地接过爱心包裹，向王帅鞠了一躬。

护士：谢谢！

21．外景　第七医院门前　日

王帅递给医生爱心包裹。

王帅：您好，这是有人托我给送来的消毒酒精和口罩。

医生：麻烦小哥替全体医护人员向他们道声谢。

王帅看着医生真诚地点了点头。

22．外景　第八医院门前　日

取件柜前怀有身孕的护士吃力地拿着一个快递盒。

王帅快步走上前去。

王帅：我来拿，我来拿。

孕妇：谢谢谢谢。

王帅：不客气，你慢点走。

23．外景　快递站　日

快递站内，一个年纪稍大的快递员正在整理快递件，另一个快递员正在调整着手上的白色手套，随后拿过一瓶消毒液往快递件上喷洒。

王帅不断往快递车厢里搬送快递，车厢装满后骑车离开。

24. 外景　报社门前　日

王帅将快递摆放在报社外的快递点处。

吴婷将工作牌递给门卫：网络编辑部，吴婷。

王帅意外撞见吴婷，凑上前去打招呼：吴女士，您在这里工作啊？

吴婷转身，看见王帅后点点头。

吴婷：是。

王帅：我是上次……

吴婷：我记得，上次帮我送口罩的小哥嘛。上次真是谢谢你了。

王帅：上次托您打听的那个张明，您帮我问了吗？

吴婷：实在不好意思啊，上次我孩子生病，太着急了，我给忙忘了。

王帅：没关系。

吴婷：我能问问你为什么非得找到这个张明吗？

王帅犹豫了一下，将事情的原委说出。

王帅：是这样的，我前几天……

25. 内景　报社办公室　日

办公室内，吴婷打电话、查资料、在微信朋友圈及微博上发布消息帮着王帅找寻张明的下落。

同事：吴姐，有人找。

吴婷放下手机，起身。

吴婷：哎，来了。

吴婷手机屏幕突然亮了一下，一条消息弹出：婷婷，你看下这个，再来我办公室一趟。

26. 内景　出租房　夜

王帅回到家一脸疲倦，打开电视后就躺倒在沙发上昏昏欲睡。

茶几上的手机响起。

王帅拿起手机，按下接通键，坐了起来。

王帅：喂，吴女士。

吴婷：王帅，你要找的张明，我找到了。

王帅十分欣喜。

王帅：那您现在联系上他了吗?

吴婷顿了一会儿。

吴婷：张明十七年前就死了。

王帅眉头紧皱，一脸疑惑。

王帅：什么?

吴婷：2003 年非典疫情爆发初期，张医生所在的医院是首批收治非典患者的定点医院。有一天，他们医院确诊了一名儿童患者，当时情况紧急，进行插管治疗时必须要确保插入气管，张医生就是在俯身听诊时被喷溅的分泌物感染了。患者是救回来了，但是他自己没能挺过去。这么多年来，张明的母亲一直被政府安置在养老院，也不知为什么就突然跑出去寄快递了。也许是这次的新冠疫情唤起了老太太对当年那场疫殇的记忆，作为母亲只是想竭尽所能给儿子一点保护吧。王帅，这可能是一个永远也找不到主人的包裹了。

王帅愣愣地坐着，早已出了神，揉了揉眉心，一种深深的无力感包裹了他，支撑引导着自己的目标消失了，王帅一时间没有任何的头绪。突然，电视机里的新闻声将王帅的思绪拽了回来。

新闻：昨晚湖南省卫健委再次紧急组建医疗队，由 36 名来自长沙各医院医护人员组成的医疗队计划将于明早在长沙南站集结启程驰援湖北黄冈前线，医疗队员分别来自……

王帅看向了摆放在茶几上的快递，郑重地将它拿起。

27. 外景　路上　日

王帅骑着他的快递车向高铁站驶去。

王帅向张明的号码发了一条短信：张医生您好，我叫王帅，是一名快递员。您的母亲给您寄了一个包裹，里面是 15 个口罩，她叮嘱您救死扶伤时一定要保重好自己的身体。母亲是最了解孩子的，她知道若您还在，一定会义无反顾地冲往一线。作为医生，您想要保护好病人。作为母亲，她只想保护好儿子。我不忍心将这个包裹寄回去，而是希望为它找到一个好的归宿，我相信，疫情很快会过去，出征的人们一定会平安归来。

28. 内景　高铁站　日

平时熙熙攘攘的高铁站此刻显得无比空旷。

王帅穿着工作服，戴着口罩，抱着快递在站内奔跑，四处张望寻找着物资点。

手机铃声响起，铃声在空旷的火车站内被放大了无数倍。

王帅一手抱着快递，一手掏出手机向前走着。

王帅：喂，您好，请问哪位？

电话：您好，张明医生的包裹还在您这儿吧？

王帅顿感疑惑。

王帅：您是？

电话：我是名援鄂医生，也是2003年非典疫情被张医生救回来的人，张医生他已经牺牲了。赵芬奶奶一直放不下这件事，这段时间她身体也不太好，我和家人不放心就把她接回来了，她情况稳定后才跟我们说了寄包裹的事。她老人家肯定是想念张医生了，这些天给您添麻烦了……

高铁站广播：旅客们请注意，由长沙开往黄冈的援鄂专属列车开始检票，请到B检票口检票进站……

王帅的手机里隐约传来了与高铁站相重合的广播声，他顿了一下，四处张望，试图寻找着张明的身影，可周围并没有接电话的人。

王帅着急地向出发层奔跑。

王帅：您是在高铁站吗？包裹里面是口罩，我马上给您送过来！

电话：我马上要出发了，口罩就留给那些有需要的人吧！

29. 内景　高铁检票口　日

高铁站广播：亲爱的白衣天使们，您乘坐的援鄂专属列车即将出发，向逆风前行的英雄们送上我们诚挚的敬意和衷心的祝福，愿你们平安归来。

援鄂医生们有序地走向检票口，排队进行检票。援鄂医疗专列缓缓开动，向湖北方向前进。

30. 内景　高铁出发层　日

王帅跑到了出发层，可是早已不见医生们的身影。

王帅大声地叫了一声“张明”的名字。

仿佛是空间的重叠，正在检票的援鄂医生回头接过同事递来的工作牌。

王帅站在原地，抱着快递盒，注视着站内，像是看见了援鄂医生，也像是看见了张明。

黑屏出字幕：冬已尽，春将至，我们终将胜利。

出字幕：谨以此文致敬白衣执甲、毅然逆行的医护工作者，以及在抗击疫情中坚守岗位真情奉献的每一位普通人。

（剧终）

（二）《寻找张明》分镜头剧本

（30 场　144 镜）

1．场外　五一广场　日

镜号	画面	内容描述	时长
1－1		曾经繁闹的五一大道上，如今路上行人、车辆寥寥无几。	3S
1－2	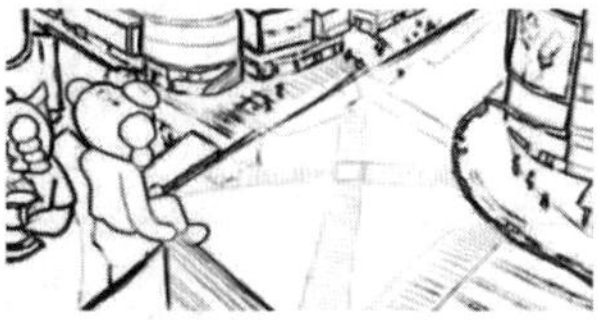	广场上人烟稀少，拐角处商场的大型 LED 显示屏播放着关于新型冠状病毒感染肺炎疫情防控的新闻。	6S

2．场内　快递站　日

镜号	画面	内容描述	时长
2－1		一个身影快步走进大门，放下身侧的斜挎包，走到了一片快递墙前。	3S
2－2		王帅对照着单号在快递留仓件区找着快递，他用力往外一抽，一连带出了好几个件，他连忙弯着腰捡起。	6S
2－3		王帅刚准备将这些问题件重新塞回去，突然眼睛一瞥，一个破损的快递件里掉落了一张白色的字条。	4S

镜号	画面	内容描述	时长
2－4		字条上工整地写着：救死扶伤很重要，保护自己也重要———妈妈。	4S
2－5		王帅心头一紧，望向包裹，包裹破损处露出了一个白角，把盒子放到了桌子上。	3S
2－6		这个包裹破损处露出了一个白角，王帅将盒子小心地划开。	2S
2－7		几个零散的 N95 口罩映入眼前。	2S
2－8		王帅深吸了一口气，眼睛停留在那张字条上，迟疑片刻，把盒子郑重地合上，认真看了看寄件人和收件人的信息。	5S
2－9		王帅又起身找了个新的快递盒，将东西一件一件地重新摆了进去，把纸条放在了最上层，合上箱子用胶布仔细封好。	6S
2－10		王帅看着快递盒上的信息，拿起电话拨打了过去。 电话声：对不起，您拨打的电话已关机，请稍后再拨……	6S
2－11		出片名：寻找张明。	5S

3．场外　张明家小区　日

镜号	画面	内容描述	时长
3－1		王帅在小区门口焦急地等待着。一名保安双手抱着一个快递盒从一栋居民楼走出：敲了好几次，里面没人。	6S
3－2		王帅眼中流露出些许失落。	4S
3－3		王帅接过快递，迈着沉重的步伐离开。	6S

4．场外　快递站　日

镜号	画面	内容描述	时长
4－1		王帅手上抱着新的快递盒，比对着寄件人赵芬的电话，仔细核对后拨出，电话里是手机关机的提示。	5S
4－2		王帅继续拨打另一个号码，电话那头是菜鸟驿站，他得知寄快递的是位老妇人，她的儿子叫张明，但并未得到其他的联系方式。	20S
4－3		王帅将快递放入车厢，坐上快递车，缓缓驶离快递站。	5S

5. 场内　出租房　夜

镜号	画面	内容描述	时长
5－1		同事刘伟从桌上拿起一瓶抗病毒口服液。	3S
5－2		刘伟打开喝着，顺便在王帅手旁也放下了一瓶：还在找那个张明啊？	6S
5－3		王帅继续抄写着电脑上的医院名字，没有回应。	3S
5－4		王帅突然叫住刘伟：哎兄弟，明天医院片区的快递我帮你跑啊。 一旁的同事刘伟很高兴地答应。	6S
5－5	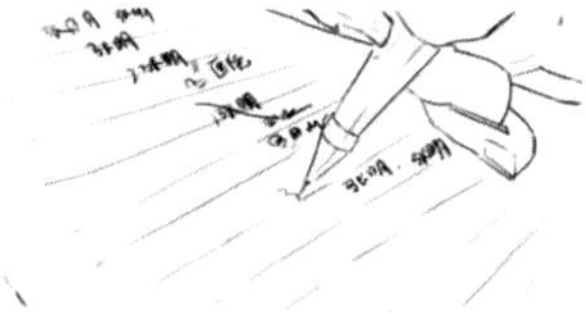	王帅将本子上的信息划去，叹了口气。	3S

6. 场外　医院门前　日

镜号	画面	内容描述	时长
6－1		王帅驾驶着快递车来到医院门口。	3S
6－2		医院保安带着口罩站在医院门前，白色喇叭里重复播放着一段录音：请大家自觉佩戴好口罩，出示健康码，有序排队进入……	4S

镜号	画面	内容描述	时长
6－3	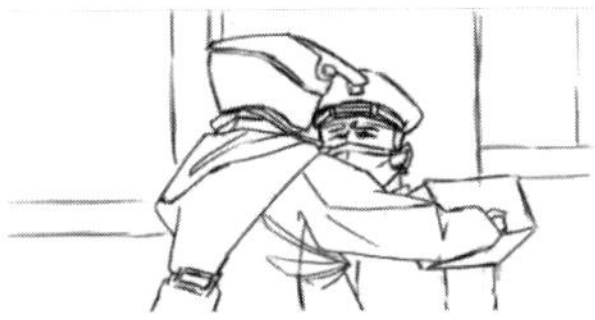	王帅拿着包裹快步向医院门口走去：我这有个急件，您就让我进去一下。 戴着口罩和手套的保安站在门口拦下王帅。	4S
6－4		保安坚决不让王帅进入：医院下了死规定，我不可能随便让你进去啊。 王帅低头看了下手中的快递，转身离开。	5S

7. 场外　快递车旁　日

镜号	画面	内容描述	时长
7－1		王帅站在快递车旁迟疑了一下，从车内拿出一套便装将快递服换下，小心地将快递盒放入自己的背包中。	5S
7－2		王帅调整了脸上的口罩向医院的方向走去。	5S

8. 场外　第一医院门前　日

镜号	画面	内容描述	时长
8－1		王帅走到登记台处进行登记。 门卫稍稍打量了王帅一番。 王帅握了一下背包带子，侧身走了进去。	4S

9. 场内　第一医院走廊　日

镜号	画面	内容描述	时长
9－1		医院的走廊里坐满了患者，不停地传来咳嗽声。 王帅抬头看向诊室门口叫号屏，确认后便走了进去。	5S

10. 场内　第一医院诊室　日

镜号	画面	内容描述	时长
10－1		医生有些无奈和不耐烦：我说了，我不是这个张明！ 王帅坐在医生的桌子边，手里递着快递，并反复劝说医生再仔细看看。	6S
10－2		医生略显疲惫，低头叹了口气，坐在桌前摘下眼镜，一手扶着桌面，另一只手捏了捏鼻梁，眼周一片通红。	10S
10－3		王帅缓缓将递出快递的手收回，并表示歉意。医生点了点头，伸手按了下问诊铃。王帅抱着快递失落地走出门。	6S

11. 场内　第一医院诊室　日

镜号	画面	内容描述	时长
11－1	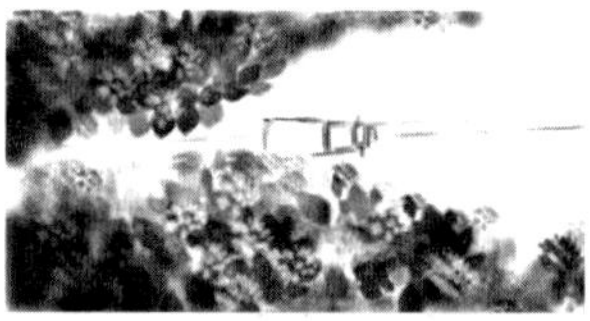	王帅驾驶着快递车离开。	6S
11－2		王帅冒着严寒逆风而行。	4S
11－3	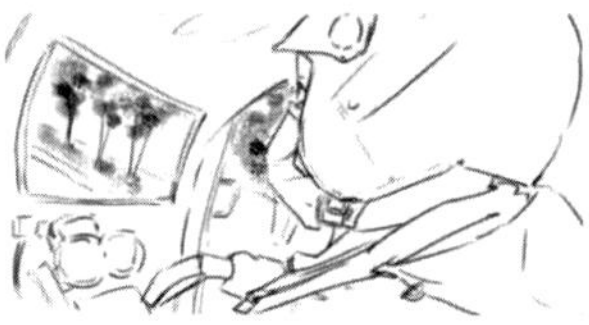	王帅又继续奔赴下一站。	3S

12. 场外　第二医院门前　日

镜号	画面	内容描述	时长
12－1		王帅到达第二医院，他将包裹递给护士。	3S
12－2		护士接过，转身刚要走，被王帅叫住。 王帅：请问您认识张明，张大夫吗？	4S
12－3		护士思索着摇了摇头：不好意思，我不太清楚。	4S

13. 场外　第三医院门前　日

镜号	画面	内容描述	时长
13－1		王帅把快递递给一位医生，期待地问道：请问您认识张明，张医生吗？	4S
13－2		医生摇了摇头：不认识。	3S

14. 场外　第四医院门前　日

镜号	画面	内容描述	时长
14－1		护士接过快递，看向王帅说道：哎，小哥，你上回让我问的那大夫是脑外科的，不过，应该不是你找的那个人。	4S

镜号	画面	内容描述	时长
14－2		王帅失望地回到快递车上。	3S
14－3		王帅感觉有些身心疲惫，他拿起一旁的热水壶，打开喝了一小口。	5S
14－4		王帅调整了一下情绪后，启动了车子，继续前行。	5S

15．场内　餐馆　夜

镜号	画面	内容描述	时长
15－1		王帅坐在桌子前吃着饭，一阵铃声传来。	3S
15－2		王帅拿起手机接通，电话那头客户非常着急，想提前拿到包裹。王帅抹了下嘴，立马站起身离开。	8S

16．场外　小区门外　夜

镜号	画面	内容描述	时长
16－1		王帅匆匆将车停下，门口一位穿着红衣服的女士在等待。	3S
16－2		王帅拿着包裹走上前去：你好，是吴女士吗?	3S

镜号	画面	内容描述	时长
16－3		吴婷接过王帅递过来的包裹：是，谢谢啦。	2S
16－4		王帅刚准备转身离开，突然想起了什么：吴女士，您待会儿是要去市妇幼吗？	3S
16－5		吴婷疑惑地问道：是啊，怎么了？	2S
16－6		王帅恳求道：那能麻烦您帮我打听一下，一个叫张明的医生吗？	3S
16－7		吴婷回应道：好，回头帮你问问。吴婷冲王帅微微点了点头，急忙往家跑去。	4S

17. 场外　第五医院发热门诊前　日

镜号	画面	内容描述	时长
17－1		王帅站在车旁整理着快递。	3S
17－2		张明医生拎着一个袋子走过来：师傅，我这有个快递麻烦给寄一下。	4S

镜号	画面	内容描述	时长
17－3		张明医生边说边从口袋里掏出一张字条：这是我们医院召集的一些紧急抗疫物资，主要就是一些口罩，麻烦寄到这上面的地址。	8S
17－4		王帅接过快递，随即又问道：请问您认识一个叫张明的医生吗？	4S
17－5		张明医生惊讶地回应道：我就是张明啊，你有事儿吗？	3S
17－6		王帅又惊又喜。	2S
17－7		王帅转身从车前座拿出一个快递，递给张明医生：我这儿有您一个快递，麻烦您核实一下电话号码，151……	3S
17－8		王帅话还没说完，张明医生的电话突然响起。张明医生一边接着电话，一边从王帅手中接过快递，随后转身匆忙离开。	4S
17－9		王帅看着离开的张明医生，深呼了一口气，如释重负地笑了，仿佛卸下了一个被他自己压在心上的担子。	5S
17－10		一名护士跟在后面拿着一个快递，边跑边喊：快递小哥！ 王帅骑上车正准备出发，却听见有人在叫他，随即停了下来。	3S

镜号	画面	内容描述	时长
17－11		护士跑上前将手里的快递递给王帅，撑着腿边喘气边摆手：小哥，这个快递拿错了，不是我们张医生的，你送错人了。	5S
17－12		王帅接过快递，看着又回到自己手里的快递，失望地启动车子离开。	5S

18．场外　桥上　日

镜号	画面	内容描述	时长
18－1		王帅把车停在路边，有些疲惫地坐在车上，掏出手机又一次拨打了张明的电话，但依然没有人接听。	8S

19．场外　路上　日

镜号	画面	内容描述	时长
19－1		王帅驾驶着车继续前行。	3S
19－2		快递车的门开了又关。	3S
19－3		车里的快递不断减少。	3S

20. 场外　第六医院门前　日

镜号	画面	内容描述	时长
20 - 1		王帅将包裹递给护士：您好，这是您的快递，请签收。王帅说完又提出一个大袋子：这早餐还热乎，也麻烦您带进去吧。	4S
20 - 2		护士感激地接过爱心包裹，向王帅鞠了一躬后，匆忙地离开了。	3S

21. 场外　第七医院门前　日

镜号	画面	内容描述	时长
21 - 1		王帅拿着包裹，对医生说道：您好，这是有人托我给送来的消毒酒精和口罩。	4S
21 - 2	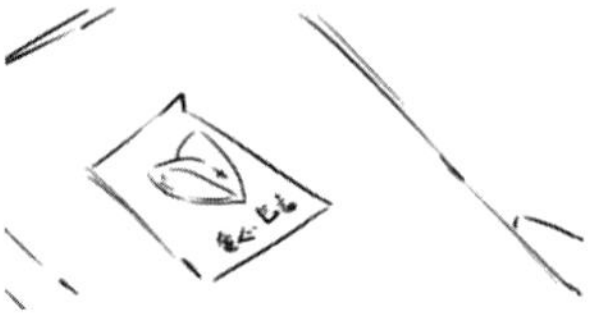	王帅将爱心包裹递给医生。	2S
21 - 3		医生非常感激：麻烦小哥替全体医护人员向他们道声谢。 王帅看着医生真诚地点了点头。	6S

22. 场外　第八医院门前　日

镜号	画面	内容描述	时长
22 - 1		取件柜前怀有身孕的护士吃力地拿着一个快递盒走过来。	4S

镜号	画面	内容描述	时长
22－2		王帅快步走上前去，赶忙将快递盒拿起。	3S
22－3		护士对王帅表示感谢：谢谢你。 王帅客气地回应道：不客气，你慢点走。 护士转身离开。	6S

23．场外　快递站　日

镜号	画面	内容描述	时长
23－1		快递站内，一个年纪稍大的快递员正在整理快递件。	3S
23－2		王帅不断往快递车厢里搬送快递。	3S
23－3		车厢装满后，王帅骑车离开。	3S

24．场外　报社门前　日

镜号	画面	内容描述	时长
24－1		王帅将快递摆放在报社外的快递点处。	3S

镜号	画面	内容描述	时长
24－2		王帅意外撞见吴婷，凑上前去打招呼：吴女士，您在这里工作啊？ 吴婷转身，看见王帅后点点头。	5S
24－3		王帅自我介绍：我是上次……	2S
24－4		吴婷望着王帅回应道：我记得，上次帮我送口罩的小哥嘛。上次真是谢谢你了。	5S
24－5		王帅问起上次拜托的事情：上次托您打听的那个张明，您帮我问了吗？	5S
24－6		吴婷歉意地说道：实在不好意思啊，上次我孩子生病，太着急了，我给忙忘了。	8S
24－7		王帅摇摇头：没关系。	2S
24－8		吴婷见王帅如此执着，好奇地问道：我能问问你为什么非得找到这个张明吗？	6S
24－9		王帅犹豫了一下，将事情的原委说出。	6S

25. 场内　报社办公室　日

镜号	画面	内容描述	时长
25－1		吴婷在微信朋友圈及微博上发布消息帮着王帅找寻张明的下落。	3S
		吴婷打电话四处找寻张明的下落。	3S
		吴婷上网查资料找寻张明的下落。	3S
25－2		吴婷上网认真地查找着。 突然，同事喊道：吴姐，有人找。	3S
25－3		吴婷放下手机，起身：哎，来了。	3S
25－4		吴婷手机屏幕突然亮了一下，一条消息弹出：婷婷，你看下这个，再来我办公室一趟。	4S

26. 场内　出租房　夜

镜号	画面	内容描述	时长
26－1	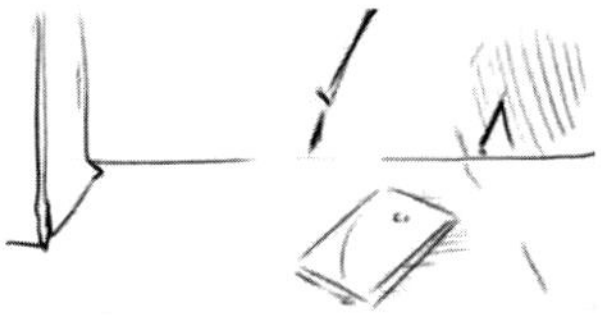	茶几上的手机响起。	2S

镜号	画面	内容描述	时长
26－2		王帅拿起手机，按下接通键，坐了起来：喂，吴女士。吴婷：王帅，你要找的张明，我找到了。	5S
26－3		王帅十分欣喜：那您现在联系上他了吗？	3S
26－4	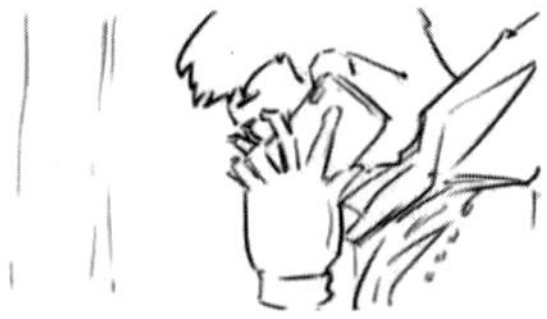	电话那边的吴婷顿了一会儿：张明十七年前就死了……	15S
26－5		王帅不敢相信，手不自觉地攥紧了。 接着吴婷将张明医生以及包裹的事情完整地讲述给王帅听。	15S
26－6	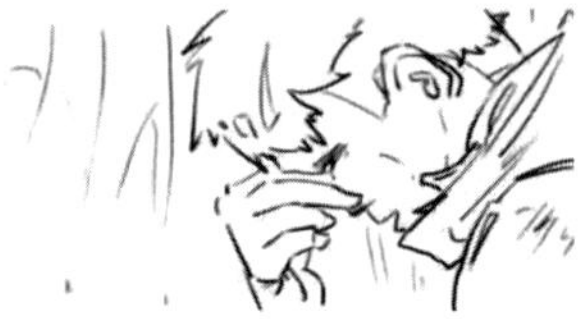	王帅揉了揉眉心，一种深深的无力感包裹了他，支撑引导着自己的目标消失了，王帅一时间没有任何的头绪。	6S
26－7		突然电视里的新闻声将王帅的思绪拽了回来：来自长沙医疗队计划将于明早在长沙南站集结启程驰援湖北前线……	10S
26－8	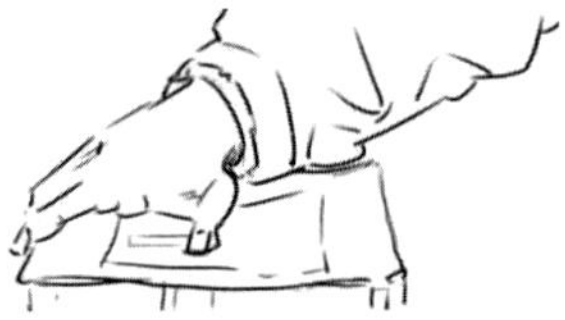	王帅看向了摆放在茶几上的快递，用手抚摸了几下。	3S
26－9		王帅郑重地将它拿起。	5S

27. 场外　路上　日

镜号	画面	内容描述	时长
27－1		王帅向张明的号码发了一条短信后，骑着他的快递车向高铁站驶去。	3S
27－2		王帅坚定地看着前方。 （画外音）王帅：张医生您好，我叫王帅，是一名快递员。	5S
27－3		街道上只有一辆匆匆前行的快递车身影。 （画外音）王帅：您的母亲给您寄了一个包裹。里面是 15 个口罩。	5S
27－4		王帅迎着风前行。 （画外音）王帅：她叮嘱您救死扶伤时一定要保重好自己的身体。	5S
27－5		快递车行驶在高架桥上。 （画外音）王帅：母亲是最了解孩子的，她知道若您还在，　定会义无反顾地冲往一线。	5S
27－6	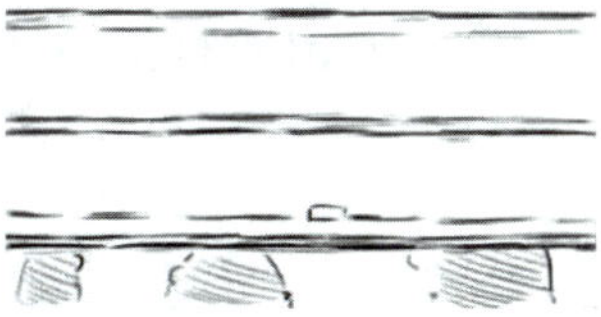	王帅即将到达高铁站。 （画外音）王帅：作为医生，您想要保护好病人。作为母亲，她只想保护好儿子。	5S

28. 场内　高铁站　日

镜号	画面	内容描述	时长
28－1		平时熙熙攘攘的高铁站此刻显得无比空旷。 （画外音）王帅：我不忍心将这个包裹寄回去，而是希望为它找到一个好的归宿。	5S

镜号	画面	内容描述	时长
28－2		高铁站内竖立着指引标志牌，方便人民群众出行。 （画外音）王帅：我相信疫情很快会过去，出征的人们一定会平安归来。	5S
28－3		王帅穿着工作服，戴着口罩，抱着快递跑进高铁站。	3S
28－4		王帅一边喘着粗气，一边四处张望寻找着物资点。	6S
28－5		湖南援鄂医疗队准备奔赴疫情前线。	3S
28－7		王帅兜里手机突然响起，铃声在空旷的火车站内被放大了无数倍。王帅一手抱着快递，一手掏出手机接通。	5S
28－8		援鄂医生：您好，张明医生的包裹还在您这儿吧？	4S
28－9		王帅顿感疑惑：您是？	3S
28－10		高铁站广播：旅客们请注意，由长沙开往黄冈的援鄂专属列车开始检票，请到B检票口检票进站……	6S

镜号	画面	内容描述	时长
28 - 11		王帅手机里隐约传来与高铁站相重合的广播声，他顿了一下，四处张望，试图寻找张明的身影，可周围并没有接电话的人。	5S
28 - 12		援鄂医生告诉了王帅他的身份，并讲述了他和张明医生、赵芬奶奶的故事。	10S
28 - 13		王帅一边听着电话那边的讲述，一边着急地向出发层奔跑。	15S
28 - 14		高铁站广播再次响起：旅客们请注意，由长沙开往黄冈的援鄂专属列车开始检票，请到 B 检票口检票进站……	6S
28 - 15		王帅一边奔跑找寻，一边对着电话那边说道：您是在高铁站吗？包裹里面是口罩，我马上给您送过来！	5S
28 - 16	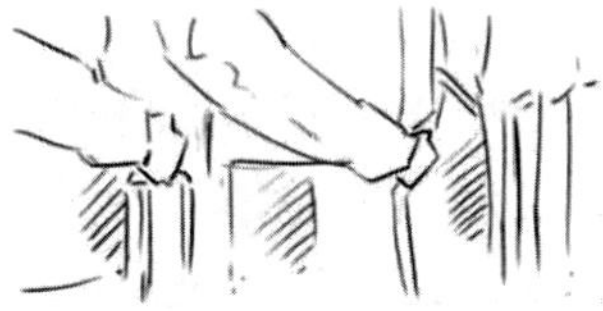	援鄂医生拉着行李箱一直前行：我马上要出发了，口罩就留给那些有需要的人吧！	5S
28 - 17		王帅四处找寻着。	3S
28 - 18		援鄂医生跟随队伍继续前行。	3S

镜号	画面	内容描述	时长
28－19		王帅大声呼喊着“张明”的名字。	3S
28－20		援鄂医生红色冲锋衣上赫然写着“援鄂医疗队”字样。	3S
28－21		王帅向高铁出发层跑去。	3S

29．场内　高铁站检票口　日

镜号	画面	内容描述	时长
29－1		援鄂医生们有序地走向检票口。 （画外音）高铁站广播：亲爱的白衣天使们。	3S
29－2	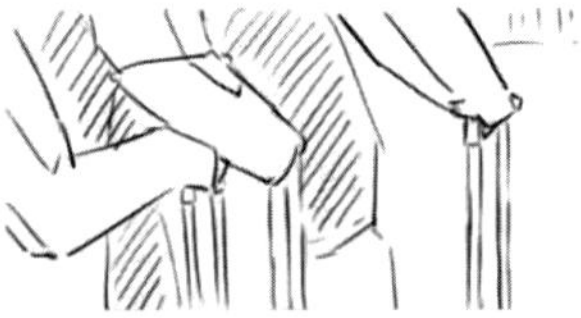	援鄂医疗队拖着行李箱准备检票上车。 （画外音）高铁站广播：您乘坐的援鄂专属列车即将出发。	5S
29－3		援鄂医生们正在检票上车。 （画外音）高铁站广播：亲爱的白衣天使们，您乘坐的援鄂专属列车即将出发。	5S
29－4	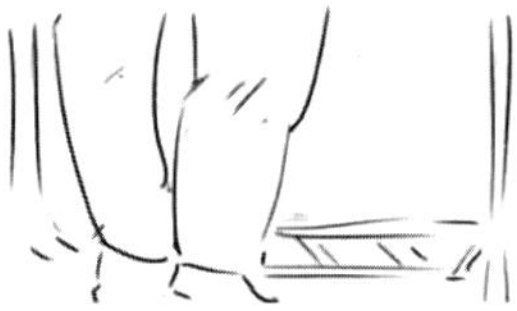	援鄂医生们登上高铁。 （画外音）高铁站广播：向逆风前行的英雄们送上我们诚挚的敬意和衷心的祝福。	5S

镜号	画面	内容描述	时长
29－5		援鄂医疗专列缓缓开动，向湖北方向前进。 （画外音）高铁站广播：愿你们平安归来。	6S

30．场内　高铁站出发层　日

镜号	画面	内容描述	时长
30－1		王帅气喘吁吁地跑到了出发层。	3S
30－2		可是出发层早已不见医生们的身影。	5S
30－3		王帅大声地叫了一声“张明”的名字。	2S
30－4		仿佛是空间的重叠，正在检票的援鄂医生回头张望，似乎听见有人在呼喊张明医生的名字。	3S
30－5		援鄂医生注视着前方。	3S
30－6		援鄂医生回过神来，随即接过同事递来的工作牌。	3S

镜号	画面	内容描述	时长
30 - 6		王帅站在原地，抱着快递盒，目视站内。	4S
30 - 7		王帅凝视着前方，眼含热泪，像是看见了援鄂医生，也像是看见了张明。	8S

（三）《牧溪正逢春》文学剧本

1．内景　某知名电台直播间　日

暖黄的灯光如同太阳，透过电台直播间穹顶的窗户，洋洋洒洒落进来，主持人身上的白衬衫被镀上了一层耀眼的金色。

主持人：各位听众朋友，大家好！欢迎收听“决胜脱贫攻坚，精准服务助农”的《芒果助农直通车》，我是主持人沐欣。

直播间外，电脑键盘的敲击声与电话此起彼伏的响声交织在一起，见习主播向迎春正低着头认真地接听着电话。

向迎春：您好！这里是《芒果助农直通车》，请问您有什么需要帮助的吗？

村民：你好！我们现在遇到困难了。

向迎春：请问您怎么称呼呢？

村民：我姓陈。

向迎春：诶，陈先生，您好！

村民：你好！你好！

向迎春：请问您是哪里人？

村民：我是牧溪村的。

听到牧溪村三个字，向迎春的心不由地紧了紧。

向迎春：牧溪村？您可以把您的问题简单说一下吗？

村民：今年我们这里涨大水，闹水灾，本来收成就不好又加上这个疫情，农作物堆了很多，又卖不出去。乡亲们都赚不到钱，眼看到一年的辛苦就白费了……

向迎春听着村民的苦诉，渐渐锁紧了眉头。

向迎春：现在情况很严重是吗？

村民：是啊，你看你们能不能帮帮我们啊？

向迎春：好的，我会第一时间把您的问题汇报给我们上级部门的。

村民：那太感谢了。

向迎春：不客气，再见。

挂掉电话，向迎春轻叹一口气，缓缓抬头看向直播间穹顶的窗户。窗外暖光闪烁的金色和屋内直播信号的余光混合成韵味绵长的回响，将向迎春的思绪拉回了记忆中的家乡。

2．外景　牧溪村村口　日（闪回）

天光澄澈，晨辉袅袅。夏日的风，沙沙穿过竹林，漾起绿色的波纹。伴着声声蝉鸣，风吹展了莲叶，吹开了芙蓉，吹过了满墙爬山虎。在这恣意生长的季节，和夏风一起荡漾的，还有向迎春临行时依依惜别的心。

山路弯弯，溪水潺潺。母亲和乡亲们一前一后地送向迎春去省城求学，走在前面的向迎春却总是一步三回头地望向母亲。忽然，她停下脚步，牵起母亲的手，担忧地说道。

向迎春：妈……我还是不太放心你一个人留在村里。

向母看着眼前的向迎春，神情中展露出一丝不舍。随后，将自己肩上的背篓取下来递给向迎春。

向母：迎春，这么多年，我都习惯了。

说罢，望向了家门前那一株郁郁葱葱的古树。

向母：这不，还有你爸在这陪着我嘛。他在这里，我哪里也不去。

村支书：迎春啊，你安心去省城念书，家里有我们照应呢！我会按照向书记的意思把我们村里建设好的。

村民：是啊，迎春，你放心去读书吧。

微风拂过，向迎春家门口的古树微微摇曳摆动，片片树叶缓缓飘落。有的树叶落在了山路上，轻扬起尘土。有的树叶落在了溪水里，点皱了水面，又一圈圈重归寂静。

向迎春看了一眼家门前的古树，又转头看着眼前的母亲和送行的乡亲们，心里五味杂陈。思忖片刻，向迎春拿起蓝白相间的帆布包，背起背篓，挥挥手与众人告别后便朝村外走去。（闪回完）

3．外景　长沙某知名商业中心天台　夜

飞鸟归巢，华灯初上，车尾的流光追逐着夜空中的烟霞，掀开了星城夏夜的帘幕。

看了眼楼下繁华热闹的都市街景，向迎春拿出手机，屏幕亮起，手机桌面上是一张向迎春与父亲背着背篓站在家门前古树下的合影。向迎春抿了抿嘴，随即拨通了电话，电话那头传来了母亲略带沙哑和疲惫的声音。

向母：迎春……

向迎春：妈，我想你了。家里还好吗？

母女二人的对话渐渐被喧嚣的车水马龙声和浓重的都市夜色所淹没……

挂掉电话，向迎春打开微信找出了署名为爸爸的用户，在对话框打出一个“爸”字，却迟迟不点发送。随后退出微信，将手机放在了胸口处，转身望向天空，长舒了一口气。

正在犹豫时，辅导员周老师打来了电话。

周老师：迎春啊，最近实习工作还顺利吗？

向迎春：还行……周老师。

向迎春边打电话边走向马路，待到十字路口时红灯亮起，向迎春停下脚步，耳边传来了周老师激动的声音。

周老师：这次啊，我想告诉你一个好消息！近期全省大学生创新创业大赛马上就要启动了，不知道你有没有兴趣跟同学们一起啊……

十字路口红灯闪烁，绿灯亮起，行人如织般穿梭。

4．内景　出租屋　夜

月色寂寂蔓延在窗台，小小的出租屋内摆着一张奶白色的床，床边是原木色的书桌和沙发，一盏暖灯如夏日流萤，简单朴素又不失温馨。

向迎春正在收拾行李，她的脚步四下走动，思绪也随着四处漂流。忽然，电视机里传来了浑厚有力的男声。

主持人：2020 年，是全面打赢脱贫攻坚战收官之年。从这个战役的春天开始，打破渠道限制，连接信息孤岛，“直播带货”成为火遍三湘大地的扶贫助农新模式……

向迎春停下脚步驻足观看，眼神中闪烁着若隐若现光芒，耳畔仿佛响起了家乡悠长低回的山歌。

5．外景　牧溪村水稻梯田　日

长空万里，稻浪涛涛，眼下牧溪村的稻田进入了抽穗扬花的时期。从高空俯瞰，形状各异、大小不一的梯田纵横交错，层层叠叠的从山顶蔓延至山脚。青黄相间的梯田水稻好似大自然打翻了“调色盘”，绵亘蜿蜒，遍布山野，与错落的吊脚楼交相辉映，呈现出一幅生机盎然的丰收图景。

向迎春头包青丝，额坠银饰，身着红黑相间的土家族服饰，奔跑在牧溪村的梯田间。鞋尖上用五色丝线绣制而成的花草与蝴蝶，随着她轻盈灵动的脚步，显得愈发栩栩如生。

待到高处时，她便停下，在稻田中架好手机打开拍摄功能，记录下晨风如何在天空中轻吟，丹青如何在大地上渲染，或苍翠、或金黄、或洁白。

拍摄完毕后，向迎春坐在田埂上用手机软件将素材进行了简单的剪辑包装，随后在自己的社交账号上发布了第一条短视频。

6. 外景　牧溪村山间小路　日

余晖半掩，夕霏渐收，牧溪村的吊脚楼背倚山坡，面临溪流，层层高起，延伸向橘红的天空，向迎春走在蜿蜒的小路上，捧着手机，低着头，嘴角含笑地回复着短视频下的留言与账户后台的私信。

忽而一阵清风拂来，向迎春停下脚步，抬头便看到了不远处家门口的那棵古树。树叶在黄昏的映衬下泛着微弱的金光，好似一封信笺，托晚风代寄，将向迎春的思绪吹向远方，吹向明天。

7. 内景　家中堂屋　日

晓色濛濛，日光渐柔，一缕朝阳洒在了堂屋正中央的木桌上。

向迎春与母亲坐在桌边，吃着早餐。桌上摆着两碗热气腾腾的白粥，一份饼粑粑，两碟色泽鲜亮的酸辣子和糟辣子。

不远处，架着一部手机，正实时记录着这一切。

8. 外景　牧溪村田野间　日

向迎春架好手机，戴着草帽，弯着腰在田野间摘野菜。

9. 外景　牧溪村山林　日

向迎春举着手机，拍摄村民们在林间采山菌。

10. 外景　牧溪村小溪边　日

母亲举着手机蹲在溪水旁，透过镜头可以看见向迎春正穿着套鞋在水里捞田螺，捞完满满一箩筐后，又开始洗晾织锦。

11. 内景　家中厨房　日

向迎春走到厨房门口，厨房里传出铁锅呲呲的炒菜声。向迎春掏出手机，推开厨房的木门，只见母亲正弯着腰在灶前做饭。她深吸几口气，随即满足地大笑道。

向迎春：哈哈，太香了！快一起来看看我妈妈都做了什么好吃的！

说完她便将手机镜头对准了灶台上已经出锅的美食，大蒜辣椒炒腊肉、腊血豆腐、酸辣椒炒肉……

热气腾腾的美食烟火里萦绕着乡土哺育的气息，透过向迎春的手机镜头传向了全国各地。

12. 内景　大学教室　日

同学们三两成群地坐在教室各处，他们纷纷举着手机，有的独自低头观看，有的交头接耳相互讨论，手机屏幕上都是向迎春在社交平台上发布的短视频。

同学们有的点关注，有的给她留言，有的为她点赞。

13．内景　教师办公室　日

办公室同事将手机拿到了向迎春的辅导员周老师跟前展示。

周老师拿过同事的手机认真观看着向迎春的每一条短视频。

14．内景　家中里屋　夜

夜色悄悄，光影交错，忙碌了一天的向迎春回到了家中。她走进里屋，只见屋内灯盏的光线温柔洒落在母亲的身上，守护着她今夜甜美的梦。向迎春走向前轻柔地替母亲盖好被子，随后走到阳台，掏出手机打开自己的社交账号。账号上视频的点击量和粉丝正不断上涨，但视频链接下的商品却始终无人问津，帐号开启商品橱窗的人数更是远未达到，向迎春露出了一丝愁容。

此时，屋内的电视里断断续续地传来播音员的新闻播报声。

播音员：首先为您介绍今天节目的主要内容，在第三个中国农民丰收节到来之际……在全社会形成关注农业、关心农村、关爱农民的浓厚氛围，让乡亲们的日子越过越红火……系列报道《走向我们的小康生活》，今天来看……

15．内景　家中堂屋　夜

向迎春脚步轻悄地退出了里屋，走到堂屋时看见桌上摆着母亲特意为她留下的饭菜。她弯腰抽出木椅，坐在桌前，端起碗筷，随便拨弄了两下面前的辣炒土豆丝后又放下了筷子，脸上写满了沮丧。

向迎春心中浓浓的愁绪就像这夜空中化不开的黑色，她轻叹一口气，抬头凝睇之际正好望向了对面墙壁上当年父亲用过的背篓。

光影流动，岁月如梭，点点星迹，唤起了向迎春儿时的记忆。

16．外景　牧溪村水稻梯田　日（闪回）

大山下的田地间，父亲正带着乡亲们在田地里辛勤地劳作。

幼时的向迎春坐在父亲的背篓里，她扎着两个麻花辫，小手抓着父亲背篓的边缘，嘴中咿咿呀呀的发出稚嫩的声音。

豆大的汗珠沿着父亲宽厚的肩膀滑落。

17．外景　牧溪村玉米地　日（闪回）

蓝天铺洒，白云点染，父亲一手拉着向迎春，一只手摘下玉米放进背篓中，抬头仰望间，父亲的身影显得格外伟岸。

逆光下，父亲满是老茧的手拉着儿时的向迎春向玉米地的深处走去。

18. 外景　家门口古树下　日（闪回）

父亲与已有自己半个身子高的向迎春围着古树追逐嬉戏，一阵玩笑打闹过后，父亲与向迎春站在树下小憩，背篓置于父亲身侧。

此刻，阳光不愿告别，涂抹出红色的晚霞，黄昏将父女俩的影子拉得修长。

向迎春：爸……

父亲：嗯？

向迎春：你去过最远的地方是哪里呀？

父亲低头看了一眼小小的向迎春，回答道。

父亲：广州。

向迎春抬起头，继续追问。

向迎春：那里很漂亮吗？

父亲摸了摸向迎春的头，说道。

父亲：恩，很繁华，也很漂亮。

向迎春：爸！

父亲：嗯。

向迎春：有时候……你会想离开这里吗？

父亲沉吟片刻后，回答道。

父亲：会！

向迎春：那……是什么原因让你决定一直坚守在牧溪村？

父亲浅笑，看了一眼向迎春，指向眼前的小溪，说道。

父亲：迎春啊，你看见眼前的小溪了吗？

向迎春看向小溪，用力地点点头。

父亲：这条小溪里的水会顺着山势流入山下的澧水河，甚至更远的地方，但它始终都会记得，自己是从牧溪村里流出去的，身上的每一滴清澈与甘甜，都是牧溪村的大山给予的。

向迎春似懂非懂地看着父亲，父亲笑了笑，继续说道。

父亲：我们也一样，走得再远，成就再高，都不能忘记自己的根，在牧溪村。

向迎春调皮地一笑，抓着父亲的衣袖，问道。

向迎春：爸，那你有一天会像小溪一样流去别的地方吗？

父亲看着小小向迎春，思索片刻后，认真地说道。

父亲：爸爸会像这颗古树一样，永远守在你和妈妈的身边，守在牧溪村。

叶影轻轻摇晃，父亲温柔又坚定的话语，滋养了向迎春整个童年。（闪回完）

19．外景　家门口古树下　夜

回过神的向迎春起身走出门外，倚靠在了门前的古树上。伴着皎洁的月光，向迎春拿出手机，打开微信，在与父亲的对话窗口下打了浅浅的一行小字：爸，我……

还没写完，她又逐一删去。紧接着，她又打开了周老师的微信对话窗口，简单的发送了一条讯息之后又匆匆收起了手机。

此刻，一阵清风吹来。

向迎春坐在树下，抬头思绪良久，欲言又止。

20．外景　牧溪村小溪边　日

星辰渐隐，天际愈亮，清澈透亮的溪水在阳光的折射中显得波光粼粼。

向迎春正在溪涧拍摄洗涮土家织锦的短视频，此刻手机突然响起。向迎春擦干手，拿过手机后发现原来是远在长沙的周老师发来了视频通话申请。犹豫了片刻后，向迎春又连忙擦了擦脸上的水渍，随后接通了视频电话。

向迎春：周老师，您好！

视频另一端，是周老师和几位大学同学。

周老师：迎春，看看我身边都有谁？

同学们：嗨喽！迎春，好久不见，我们大家都听说，最近你摇身一变成了网红了！

向迎春没忍住扑哧一笑，回答道。

向迎春：我哪是什么网红，你们就别取笑我了。

周老师接过手机，问道。

周老师：迎春啊，最近还好吗？

向迎春苦笑着说。

向迎春：还……好，收获不少。不过……困难也不少。

周老师：这就对了，没有困难的事情，是不会有收获的。你的成绩和难处，我和几位同学都看在眼里，再坚持坚持，谁无暴风劲雨时。

向迎春默契十足地说道。

向迎春：守得云开见月明。放心，周老师，我会的！

此时太阳已完全升起，金色的光芒照亮整片天空。

之前眼神还带着些许沮丧的向迎春突然抬头望向远方，神情笃定。

山野溪涧，向迎春与周老师、同学们的交谈声在金色的光影和潋滟的柔波中久久回荡，就像他们心中的理想信念，伴着朝阳照亮了彼此人生的山程水驿。

21. 外景　牧溪村山路间　日

天高气清之际，俯瞰牧溪村，只见崭新的水泥公路盘山而上，就像一条长长的纽带。

此时，一辆白色汽车穿过云雾越过大山缓缓驶进村庄，一只手伸出窗外，用指尖划过流云的痕迹，感受着空气中的澄澈与明净。

22. 外景　家中小院　日

初夏来临，院内嘉木余荫，芳草如积，一只土黄色的小狗正半眯着眼，趴卧在院门口。忽然，院外传来了一阵脚步声，小狗立马竖起耳朵，站起身子，朝外望去。

村支书：迎春啊，迎春，快看看是谁来了？

正在院中和妈妈一起剥玉米的向迎春，听到了门外有人呼喊，立马放下手中的农活，起身前去迎接。见到来人，她惊喜地说道。

向迎春：周老师！徐好、诗梦、俊杰，你们怎么来了？

周老师笑着走上前，大声地说。

周老师：我们来陪你一起守得云开见月明啊！

向迎春激动得捂住了嘴巴，声音略带颤抖地说道。

向迎春：周老师……

周老师拍了拍向迎春的肩膀。

周老师：迎春，这个暑假，我们来陪你一起做直播，在线上帮你完成内供转外销！

向迎春眼中挂着泪花，坚定地点了点头。

树荫筛一捧轻薄细碎的阳光，洒在傍晚的小院中，给乡间的烟火气再镀上一层温馨的金黄。

向迎春与周老师一行人围坐在一起，原本平静的小山村，一下子就热闹了起来。

23. 外景　家门口古树下　夜

灯初上，月悬空，星闪烁。夜幕将白日里阳光的耀眼，傍晚时霞光的柔情统统藏于身后，点缀梦乡，照亮心房。

向迎春身披月光，独坐于古树之下，浑身上下带着些许沉静与坦然。

24. 外景　家门口古树下　日

清晨，云雾穿行于山峦之间，周老师站在了向迎春父亲当年站过的位置。

向迎春立于一旁，少女浓厚的心事散落在草木绿意的寂静中。

周老师：迎春啊，我能感受到这次回来你内心的犹豫和不安。

向迎春像被揭穿了心事一般，挠挠头，尴尬地说。

向迎春：周老师，您当了我三年的辅导员，外加两年的思政课老师，我脑子里在想些什么，有时候，您真是一眼就看穿了。

周老师看着向迎春笑了笑，接着说道。

周老师：迎春，对于你来说，大城市有好的机会，也有你热爱的岗位，说实话，换做是年轻时候的我，面对当下，或许也会跟你一样犹豫和彷徨。

向迎春：老师，那您觉得我做得对吗？

周老师：鹏程万里，终须归巢，不是吗？理想的模样很漂亮，一往无前的人生看起来也的确很美，但不管你走多远，都不会忘记，家，永远都是你人生扬帆起航的第一站。

向迎春低头看着路面青石板，沉声问道。

向迎春：老师，那您觉得家乡对于我们来说，意味着什么？

周老师再次转头，看着向迎春。

周老师：家乡，就是你年少的时候天天想离开，但是岁数大了天天想回去的地方。

这一刻，时光仿佛变得缓慢，目之所及，树叶清透如翼，似乎将要飞行在浮光跃金中。

向迎春仿佛明白了什么，她抬头望向远处的群山，久久不语。

25. 外景　牧溪村水稻梯田　日

清风拂过清晨的第一缕阳光，周老师与向迎春还有几个小伙伴们带上三脚架、单反、无人机等各种专业拍摄设备穿梭于牧溪村的田间地头。

26. 内景　家中堂屋　夜

夜幕降临，团队成员一人一台笔记本电脑，各自忙碌。他们有的人负责剪辑视频，有的人负责撰写文案，有的人负责上传视频和运营账号。

噼里啪啦的键盘敲击声与屋外的蛙声交织在一起，经久不息。

27. 外景　牧溪村村委会　日

阳光下的向迎春站在镜头前，身姿昂扬，神情坚定，用饱含自信与希望的声音向镜头外的观众朋友们介绍着家乡的野菜、山菌、田螺、山泉水、走地鸡、腊肉、土家织锦等产品。

村委会的前坪围满了村民，每当向迎春介绍到自家产品时他们便兴冲冲地跑到镜头前和观众们互动交流。

村里部分青壮年也都成为了向迎春团队里的成员，他们或出现在镜头前即兴表演，或默默守在后台打理直播过程的细枝末节。

这种别开生面的形式，让向迎春社交平台的视频点击量和直播间的粉丝人数不断在上涨。一件件牧溪村的特色产品通过短视频加直播的方式展现在了更多人的眼前，销往各地。

迎着晓风，迎着朝阳，团队成员和乡亲们的笑靥叠映在一起，在柔和的光晕中焕发出崭新的色彩。

28. 外景　家门口古树下　日

远处的风叶遏住浮云，山间雾气缭绕，用虫鸣鸟叫和瓷釉般的黛绿，拼贴成一幅清晨的图景。

随即天幕亮起，光点透过树叶的缝隙洒落地面，就像一粒粒种子，指引着心的方向。

向迎春习惯性地打开微信，再次翻出到了与父亲的对话窗口。这一次，她坚定地按下了语音按钮，抬着头，望向山峦，说道。

向迎春：爸，我回来了。您如果还在，应该会喜欢今天牧溪村的样子吧。

清风再次徐徐拂过，古树的枝叶摇曳。

29. 外景　家门口古树下　日（闪回）

晨晖织一段薄纱网住了古树下的时光，父亲背着装满玉米的背篓，抱起儿时的她，站在家门口的古树下望着对面葱郁的大山。

向迎春抬手指着山，回头问父亲。

向迎春：爸爸，山的那边是什么呀？

父亲顺着向迎春手指的方向，回答道。

父亲：山的那边是山。

向迎春：山的那边的那边呢？

父亲笑笑说：还是山呀！

向迎春调皮追问道：那山的这边呢？

父亲低头看了眼怀里的向迎春，宠溺地说道。

父亲：山的这边啊，是我们的家。（闪回完）

30. 外景　牧溪村水稻梯田　日

阳光将碎金点缀在碧玉盘间，草芽清甜的气息织进空气里，风吹过稻田，稻秧随着风的方向倒去，发出动人的沙沙声响。

向迎春身着一袭大红色土家族服饰，背着背篓，站在绿油油的稻田之中，周老师和同学们围绕在她的身旁。

画外音：据本台报道，在我省第一届“芒果新声代”大学生创新创业大赛中，由思政课教师周德森带队，向迎春、徐好、唐诗梦、王俊杰四位同学组成的团队凭借回乡直播带货助农的创业新模式，在大赛中成功突围，获得大赛优胜奖。

渐变的光影染上回忆的温度，漂浮云朵载着未来的希望，向迎春缓缓拨开额前被风吹乱的秀发，迎着初升的朝阳，露出了自信的笑容。

（片名淡出：牧溪正逢春）

（剧终）

（四）《牧溪正逢春》分镜头剧本

（30 场　171 镜）

1. 场内　某知名电台直播间　日

镜号	画面	内容描述	时长
1－1		主持人：各位听众朋友，大家好！欢迎收听“决胜脱贫攻坚，精准服务助农”的《芒果助农直通车》，我是主持人沐欣。	8S
1－2		直播间外，电脑键盘的敲击声与电话此起彼伏的响声交织在一起。	3S
1－3		见习主播向迎春正低着头认真地接听着电话。	3S
1－4		电话那头是牧溪村的村民打来的，现在遇到困难了，需要寻求帮助。	8S
1－5		听到牧溪村三个字，向迎春的心不由地紧了紧。	6S
1－6		向迎春仔细地倾听着村民的苦诉。	8S

镜号	画面	内容描述	时长
1－7		向迎春一边安慰着村民，一边表示会把问题汇报给上级部门寻求解决办法。	8S
1－8		向迎春锁紧了眉头，挂掉电话后轻叹一口气，缓缓抬头看向直播间穹顶的窗户，不由地陷入回忆。	6S

2. 场外　牧溪村村口　日（闪回）

镜号	画面	内容描述	时长
2－1		潺潺的溪水缓缓流淌。	3S
2－2		郁郁葱葱的竹林 随风摇曳。	3S
2－3		天光澄澈，晨辉袅袅。	3S
2－4		山路弯弯，溪水潺潺。母亲和乡亲们一前一后地送向迎春去省城求学。	3S
2－5	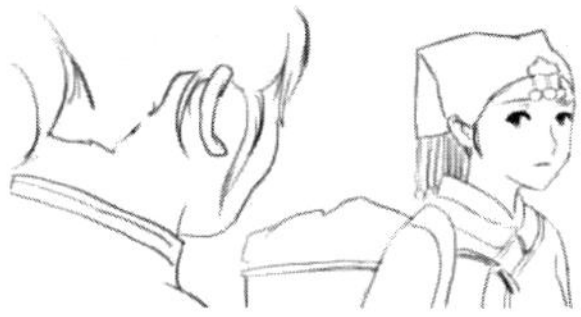	走在前面的向迎春却总是一步三回头地望向母亲。	5S

镜号	画面	内容描述	时长
2－6		忽然，她停下脚步，牵起母亲的手，担忧地说道：妈……我还是不太放心你一个人留在村里。	5S
2－7		向母看着眼前的向迎春，神情中展露出一丝不舍。随后，将自己肩上的背篓取下来递给向迎春。	5S
2－8		向母：迎春，这么多年，我都习惯了。这不，还有你爸在这陪着我嘛。说罢，她望向了家门前那一株郁郁葱葱的古树。	8S
2－9		村支书：迎春啊，你安心去省城念书，家里有我们照应呢！我会按照向书记的意思把我们村里建设好的。	5S
2－10		村民们：是啊，迎春，你放心去读书吧。	3S
2－11		向迎春看了眼家门前的古树，又转头看着眼前的母亲和送行的乡亲们，心里五味杂陈。思忖片刻，她背起背篓转身离去。	6S
2－12		向迎春挥挥手与众人告别后便朝村外走去。	5S

3．场外　长沙某知名商业中心天台　夜

镜号	画面	内容描述	时长
3－1		向迎春看着楼下繁华热闹的都市街景。	5S
3－2	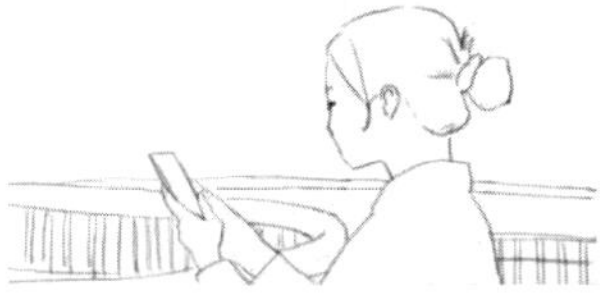	向迎春拿出手机。	2S
3－3		手机屏幕亮起。	2S
3－4		向迎春随即拨通了电话，电话那头传来了母亲略带沙哑和疲惫的声音。	6S
3－5		母女二人的对话渐渐被喧嚣的车水马龙声和浓重的都市夜色所淹没。	4S
3－6	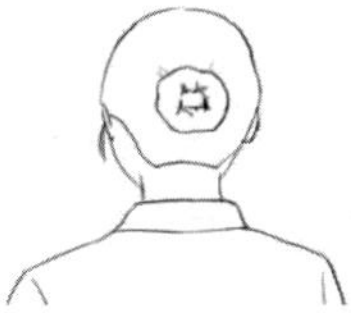	向迎春挂掉了电话。	3S
3－7	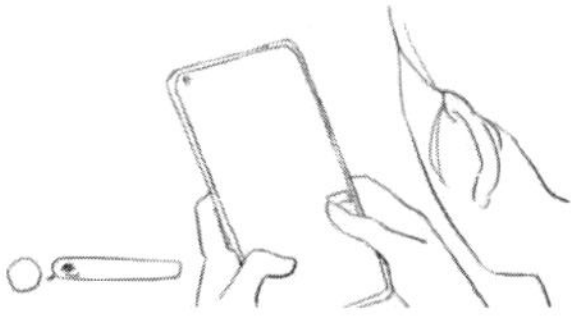	向迎春打开微信找到署名为爸爸的用户，在对话框打出一个“爸”字，却迟迟不点发送。随后退出微信，将手机放在了胸口处。	6S
3－8		向迎春转身望向天空，长舒了一口气。	3S

镜号	画面	内容描述	时长
3－9		向迎春正在犹豫时，电话突然响起。	3S
3－10		向迎春拿起手机，发现是周老师打来的电话。	2S
3－11		向迎春调整了一下情绪后接通电话。电话那头的周老师正盛情邀约她参加大学生创新创业大赛。	6S
3－12	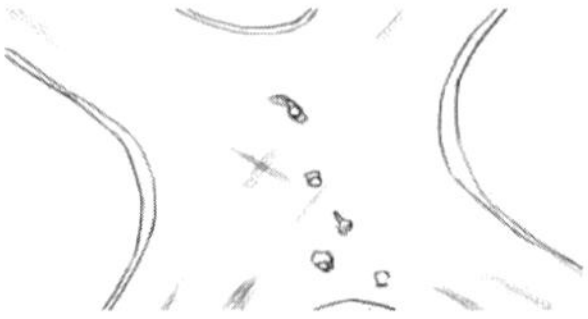	向迎春边打电话边走向马路，待到十字路口时红灯亮起，向迎春停下脚步。	5S
3－13	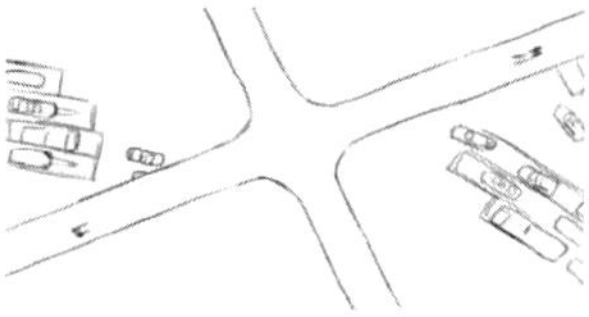	十字路口红灯闪烁，绿灯亮起，行人如织般穿梭。	3S

4. 场外　出租屋　夜

镜号	画面	内容描述	时长
4－1		月色寂寂蔓延在窗台，向迎春正在出租屋内收拾行李。	5S
4－2		忽然，向迎春被电视机里浑厚有力的男声所吸引：“直播带货”成为火遍三湘大地的扶贫助农新模式……	8S

镜号	画面	内容描述	时长
4－3		向迎春走向边柜拿起相框，框内的父亲背着背篓，抱着儿时的她。此时她眼含泪光，耳畔响起了家乡悠长低回的山歌。	6S

5．场外　牧溪村水稻梯田　日

镜号	画面	内容描述	时长
5－1		牧溪村的稻田进入抽穗扬花的时期，从高空俯瞰，形状各异、大小不一的梯田纵横交错，层层叠叠的从山顶蔓延至山脚。	6S
5－2		向迎春头包青丝，额坠银饰，身着红黑相间的土家族服饰，奔跑在牧溪村的梯田间。	5S
5－3		鞋尖上用五色丝线绣制而成的花草与蝴蝶，随着向迎春轻盈灵动的脚步，显得愈发栩栩如生。	3S
5－4		待到高处时，向迎春便停下，在稻田中架好手机打开拍摄功能，记录下眼前这美丽景色。	4S
5－5		拍摄完毕后，向迎春坐在田埂上。	2S
5－6		向迎春用手机软件将素材进行了简单的剪辑包装，随后在自己的社交账号上发布了第一条短视频。	5S

6. 场外　牧溪村山间小路　日

镜号	画面	内容描述	时长
6－1		余晖半掩，夕霏渐收，牧溪村的吊脚楼背倚山坡，面临溪流，层层高起，延伸向橘红的天空。	5S
6－2		向迎春走在蜿蜒的小路上，捧着手机，嘴角含笑地低着头。	3S
6－3		向迎春回复着短视频下的留言与账户后台的私信。	5S
6－4		忽而一阵清风拂来，向迎春停下脚步，抬头便看到了不远处家门口的那棵古树。	3S
6－5		树叶在黄昏的映衬下泛着微弱的金光，将向迎春的思绪吹向远方。	5S

7. 场内　家中堂屋　夜

镜号	画面	内容描述	时长
7－1	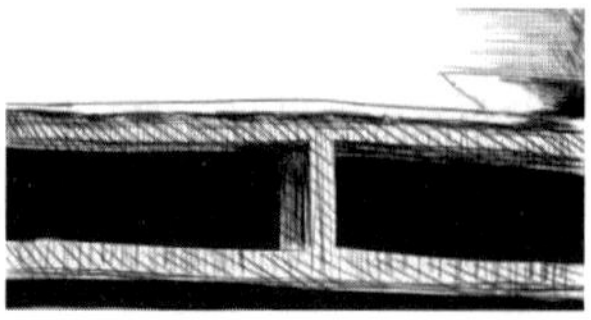	晓色濛濛，日光渐柔，一缕朝阳洒在了堂屋正中央的木桌上。	3S
7－2		向迎春与母亲坐在桌边，吃着早餐。	3S

镜号	画面	内容描述	时长
7－3	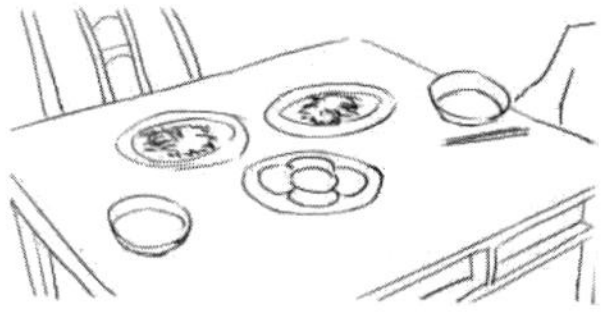	桌上摆着两碗热气腾腾的白粥，一份饼粑粑，两碟色泽鲜亮的酸辣子和糟辣子。	3S
7－4		不远处，架着一部手机，正实时记录着这一切。	5S

8. 场外　牧溪村田野间　日

镜号	画面	内容描述	时长
8－1		戴着草帽的向迎春站在田野间架好手机。	3S
8－2		向迎春弯着腰在田野间摘野菜。	3S

9. 场外　牧溪村山林　日

镜号	画面	内容描述	时长
9－1		向迎春举着手机，拍摄劳作的村民们。	3S
9－2	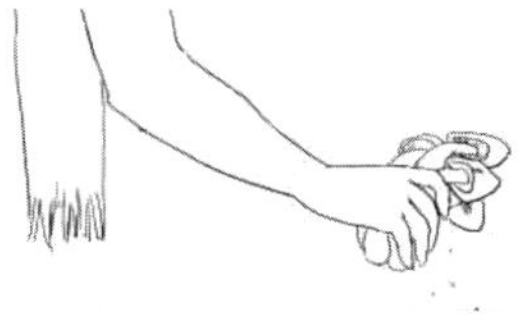	村民们正在林间采山菌。	3S

10. 场外　牧溪村小溪边　日

镜号	画面	内容描述	时长
10－1		母亲举着手机蹲在溪水旁。	3S
10－2		透过手机镜头可以看见向迎春正穿着套鞋在水里捞田螺，捞完满满一箩筐后，又开始洗晾织锦。	5S

11. 场内　家中厨房　日

镜号	画面	内容描述	时长
11－1		向迎春走到厨房门口，厨房里传出铁锅呲呲的炒菜声。	3S
11－2	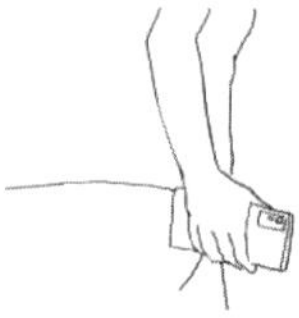	向迎春掏出手机。	2S
11－3		向迎春推开厨房的木门，只母亲正弯着腰在灶前做饭。	3S
11－4		向迎春深吸几口气，随即满足地大笑道：哈哈，太香了！快一起来看看我妈妈都做了什么好吃的！	5S
11－5		说完向迎春便将手机镜头对准了灶台上已经出锅的美食，大蒜辣椒炒腊肉、腊血豆腐、酸辣椒炒肉……	6S

镜号	画面	内容描述	时长
11－6		母亲一边做饭，向迎春一边拍摄，热气腾腾的美食，透过向迎春的手机镜头传向了全国各地。	5S

12. 场内　大学教室　日

镜号	画面	内容描述	时长
12－1	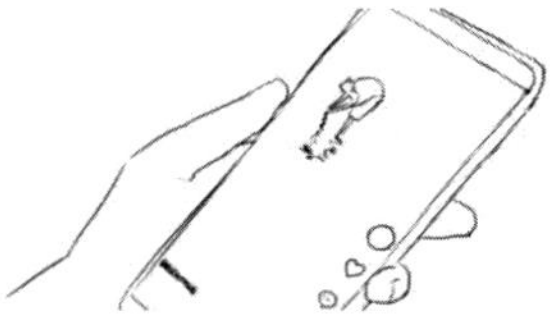	同学们坐在教室，纷纷举着手机观看。	4S
12－2		小胖同学拿起手机。	2S
12－3		小胖同学低头仔细观看。	5S
12－4		一位戴眼镜的同学也拿起手机。	2S
12－5		戴眼镜的同学低头观看，并连连点赞。	5S
12－6		有的同学交头接耳相互讨论着。	3S

镜号	画面	内容描述	时长
12－7		手机屏幕上都是向迎春在社交平台上发布的短视频。同学们给她留言、点赞。	6S

13. 场内　教师办公室　日

镜号	画面	内容描述	时长
13－1		办公室同事将手机拿到了向迎春的辅导员周老师跟前展示。	4S
13－2		周老师拿过同事的手机认真观看着向迎春的每一条短视频。	6S

14. 场内　家中里屋　夜

镜号	画面	内容描述	时长
14－1		屋内灯盏的光线温柔洒落在母亲的身上。向迎春走进里屋，轻柔地替母亲盖好被子。	6S
14－2		向迎春随后走到一旁，掏出手机。	3S
14－3		向迎春打开自己的社交账号。账号上视频的点击量和粉丝正不断上涨，但视频链接下的商品却始终无人问津。	6S

镜号	画面	内容描述	时长
14－4		向迎春露出了一丝愁容。	3S

15. 场内　家中堂屋　夜

镜号	画面	内容描述	时长
15－1		向迎春脚步轻悄地退出了里屋，走到堂屋时看见桌上摆着母亲特意为她留下的饭菜。	6S
15－2		她弯腰抽出木椅，坐在桌前。	3S
15－3		端起碗筷，随便拨弄了两下面前的辣炒土豆丝后又放下了筷子，脸上写满了沮丧。	5S
15－4		向迎春心中浓浓的愁绪就像这夜空中化不开的黑色，她轻叹一口气。	5S
15－5		向迎春抬头凝睇之际正好望向了对面墙壁上当年父亲用过的背篓。	6S

16. 场外　牧溪村水稻梯田　日（闪回）

镜号	画面	内容描述	时长
16－1		幼时的向迎春坐在父亲的背篓里，她扎着两个麻花辫，小手抓着父亲背篓的边缘，嘴中咿咿呀呀的发出稚嫩的声音。	8S

17. 场外　牧溪村玉米地　日（闪回）

镜号	画面	内容描述	时长
17－1		蓝天铺洒，白云点染，父亲一手拉着向迎春，一只手摘下玉米放进背篓中，抬头仰望间，父亲的身影显得格外伟岸。	6S
17－2	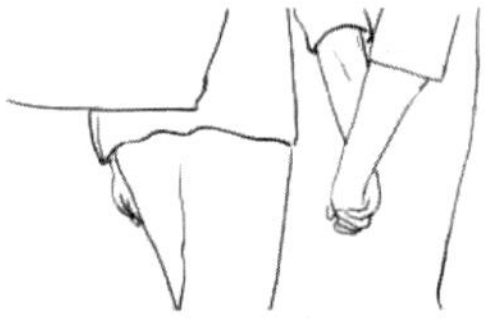	逆光下，父亲满是老茧的手拉着儿时的向迎春向玉米地的深处走去。	6S

18. 场外　家门口古树下　日（闪回）

镜号	画面	内容描述	时长
18－1		阳光不愿告别，涂抹出红色的晚霞。古树下的父女正在忙活着。	3S
18－2		父亲与向迎春正坐在古树下剥玉米。	3S
18－3		正在忙碌的向迎春抬起头问父亲：你去过最远的地方是哪里呀？那里很漂亮吗？	4S
18－4		父亲一边剥玉米，一边回答道：广州。那里很繁华，也很漂亮。	3S
18－5		向迎春继续追问：有时候……你会想离开这里吗？	3S

镜号	画面	内容描述	时长
18－6		父亲剥玉米的手停顿了一下，然后说道：会！	3S
18－7		向迎春好奇地问道：那……是什么原因让你决定一直坚守在牧溪村？	4S
18－8		父亲站了起来，指向眼前的小溪，说道：迎春啊，你看见眼前的小溪了吗？ 向迎春看向小溪，用力点点头。	8S
18－9		清清溪水潺潺淌过石头。 父亲：这条小溪里的水会顺着山势流入山下的澧水河，甚至更远的地方。	6S
18－10		溪水漫过石头表面继续奔流。 父亲：它始终都会记得，自己是从牧溪村里流出去的，身上的每一滴清澈与甘甜，都是牧溪村的大山给予的。	6S
18－11		向迎春似懂非懂。	3S
18－12		父亲笑了笑，继续说道：我们也一样，走得再远，成就再高，都不能忘记自己的根，在牧溪村。	6S
18－13		向迎春抬头望向父亲。	3S

镜号	画面	内容描述	时长
18－14		远方是连绵起伏的山脉。	2S
18－15		向迎春问道：爸，那你有一天会像小溪一样流去别的地方吗？	5S
18－16		父亲看着向迎春，思索片刻后，认真地说道：爸爸会像这颗古树一样，永远守在你和妈妈的身边，守在牧溪村。	8S
18－17		黄昏将古树下父女俩的影子拉得修长。	6S

19. 场外　家门口古树下　夜

镜号	画面	内容描述	时长
19－1		向迎春坐在门前的古树旁。	3S
19－2		向迎春拿出手机，打开微信，在与父亲的对话窗口下打了浅浅的一行小字：爸，我……	5S
19－3		向迎春犹豫了一下，信息还没写完，她又逐一删去。	3S

镜号	画面	内容描述	时长
19－4		向迎春又打开了周老师的微信对话窗口，简单的发送了一条讯息之后又匆匆收起了手机。	5S
19－5		此刻，一阵清风吹来。向迎春坐在树下，抬头思绪良久，欲言又止。	6S

20．场外　牧溪村小溪边　日

镜号	画面	内容描述	时长
20－1		一旁架设的手机正在拍摄向迎春。	3S
20－2	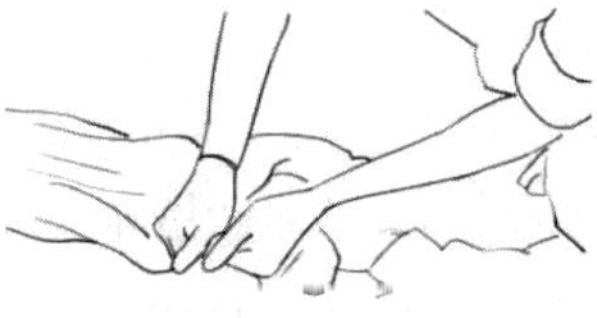	向迎春正在溪涧洗涮土家织锦。	3S
20－3		向迎春正在晾晒土家织锦。此刻手机突然响起。	3S
20－4		向迎春转身看向手机，发现原来是远在长沙的周老师发来了视频通话申请，随后接通了视频电话，开心地打招呼。	5S
20－5	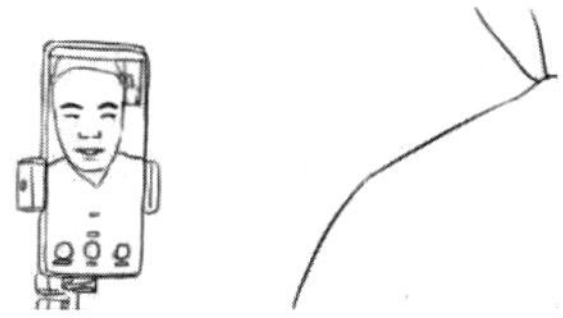	视频另一端，是周老师和几位大学同学。	3S

镜号	画面	内容描述	时长
20－6		同学们正在热情地与向迎春打招呼：嗨喽！迎春，好久不见，我们大家都听说，最近你摇身一变成了网红了！	5S
20－7		向迎春没忍住扑哧一笑，回答道：我哪是什么网红，你们就别取笑我了。	4S
20－8		周老师接过手机，问道：迎春啊，最近还好吗？	3S
20－9		向迎春苦笑着说：还……好，收获不少。不过……困难也不少。	4S
20－10		周老师鼓励道：这就对了，没有困难的事情，是不会有收获的。你的成绩和难处，我和几位同学都看在眼里，再坚持坚持。	5S
20－11		向迎春默契十足地说道：守得云开见月明。放心，周老师，我会的！说完，向迎春脸上露出了温暖的微笑。	6S

21. 场外　牧溪村山路间　日

镜号	画面	内容描述	时长
21－1		俯瞰牧溪村只见崭新的水泥公路盘山而上，就像一条长长的纽带。此时一辆白色汽车穿过云雾越过大山缓缓驶进村庄。	6S

22. 场外　家中小院　日

镜号	画面	内容描述	时长
22－1		正在剥玉米的向迎春听见院外传来了一阵脚步声。 村支书：迎春啊，迎春，快看看是谁来了？	5S
22－2		听到了门外有人呼喊，立马放下手中的农活，起身前去迎接。	3S
22－3		向迎春惊喜地迎接着：周老师！徐好、诗梦、俊杰，你们怎么来了？ 原本平静的小山村，一下子就热闹了起来。	6S

23. 场外　家门口古树下　夜

镜号	画面	内容描述	时长
23－1		向迎春身披月光，独坐于古树之下。	3S
23－2	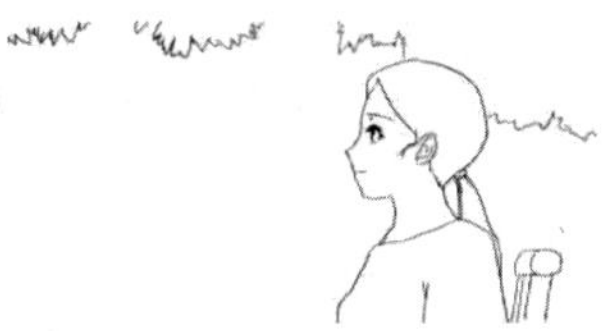	向迎春脸上带着些许沉静与坦然。	5S

24. 场外　家门口古树下　日

镜号	画面	内容描述	时长
24－1	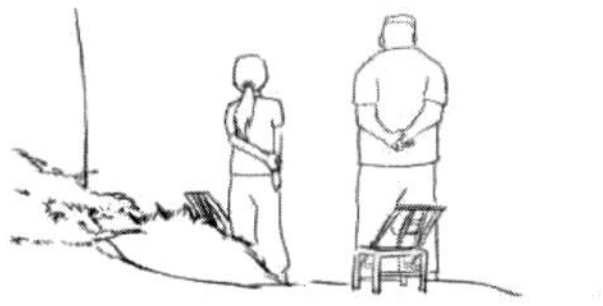	清晨，周老师站在了向迎春父亲当年站过的位置。向迎春立于一旁，少女浓厚的心事散落在草木绿意的寂静中。	3S

镜号	画面	内容描述	时长
24－2		周老师望向向迎春说道：迎春啊，我能感受到这次回来你内心的犹豫和不安。	5S
24－3		向迎春像被揭穿了心事一般，挠挠头，尴尬地说：周老师，我脑子里在想些什么，有时候，您真是一眼就看穿了。	5S
24－4		周老师笑了笑，接着说道：换做是年轻时候的我，面对当下，或许也会跟你一样犹豫和彷徨。	6S
24－5		向迎春疑惑地问道：老师，那您觉得我做得对吗？	3S
24－6		周老师：鹏程万里，终须归巢。不管你走多远，都不会忘记，家，永远都是你人生扬帆起航的第一站。	6S
24－7		向迎春低头看着路面青石板，沉声问道：老师，那您觉得家乡对于我们来说，意味着什么？	5S
24－8		周老师再次转头，看着向迎春：家乡，就是你年少的时候天天想离开，但是岁数大了天天想回去的地方。	5S
24－9		向迎春仿佛明白了什么，她抬头望向远处的群山，久久不语。	5S

25．场外　牧溪村水稻梯田　日

镜号	画面	内容描述	时长
25－1		清风拂过，周老师与向迎春还有几个小伙伴们带上三脚架、单反、无人机等专业拍摄设备穿梭于牧溪村的田间地头。	3S
25－2	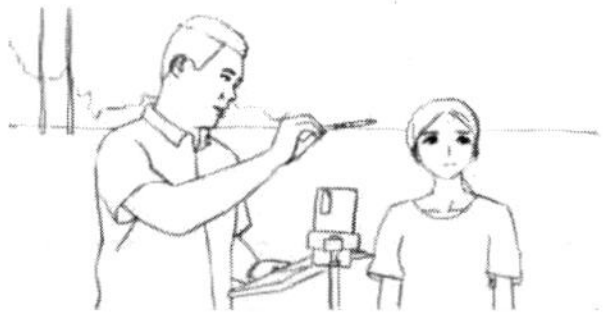	周老师正在和向迎春讲解。	3S
25－3	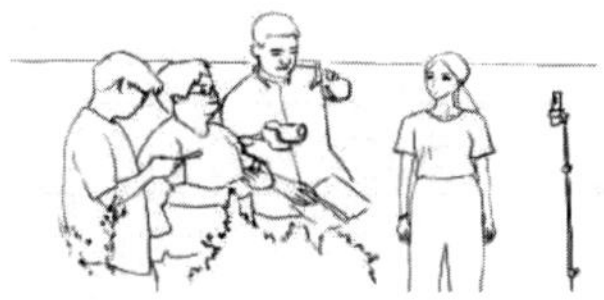	周老师正在给同学们讲解与指导。	3S
25－4		周老师带领着同学们在田间地头拍摄。	3S

26．场内　家中堂屋　日

镜号	画面	内容描述	时长
26－1	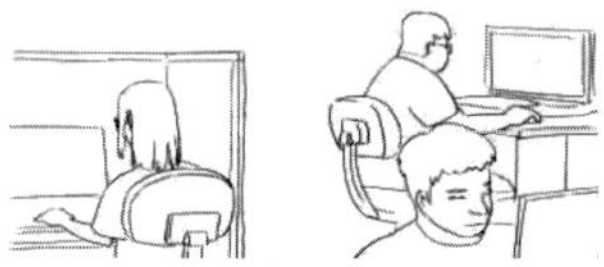	夜幕降临，团队成员一人一台笔记本电脑，各自忙碌。	3S
26－2	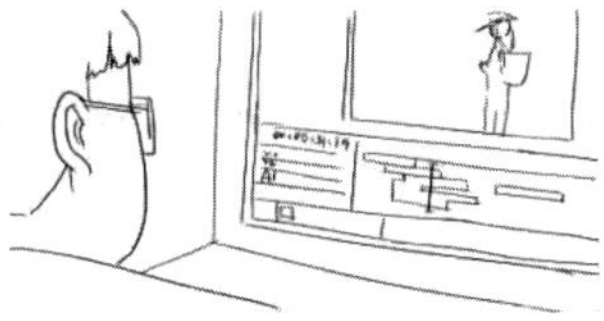	他们有的人负责剪辑视频。	2S
26－3		有的人负责撰写文案。	2S

镜号	画面	内容描述	时长
26－4		有的人负责上传视频和运营账号。	2S
26－5	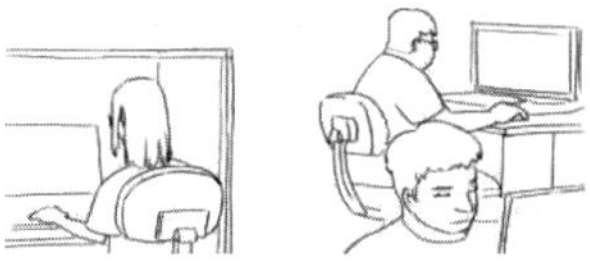	大家都各司其职的忙碌着。	3S

27. 场外　牧溪村村委会　日

镜号	画面	内容描述	时长
27－1		向迎春和伙伴们带领村民正在牧溪村村委会前坪进行直播卖货。	5S
27－2		向迎春和村姑一起向镜头前的观众介绍土家织锦。	3S
27－3		向迎春向镜头前的观众展示土家织锦织锦。	3S
27－4		团队成员拍摄向迎春和村民一起劳作场景。	3S
27－5		团队成员对村民进行专业指导。	3S

镜号	画面	内容描述	时长
27－6		老奶奶手捧着玉米，脸上洋溢着丰收的喜悦。	3S
27－7		老爷爷抓着两只鸡，对着镜头笑容满面。	3S
27－8		村姑双手拿着装满茶叶的簸箕，脸上露出灿烂的笑容。	3S
27－9		两位村民手捧着装满水果的篮子，对着镜头笑得合不拢嘴。	3S
27－10		阳光下的向迎春站在镜头前，身姿昂扬，神情坚定，用饱含自信与希望的声音向镜头外的观众朋友介绍着家乡农产品。	5S
27－11		闲暇之余，向迎春坐在一旁打开手机。	5S
27－12	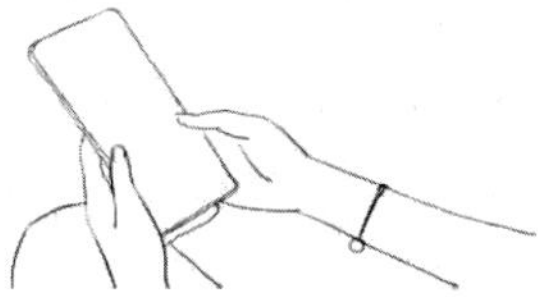	社交平台的视频点击量和直播间的粉丝人数不断在上涨。	5S
27－13		向迎春露出了欣慰的笑容。	3S

镜号	画面	内容描述	时长
27－14	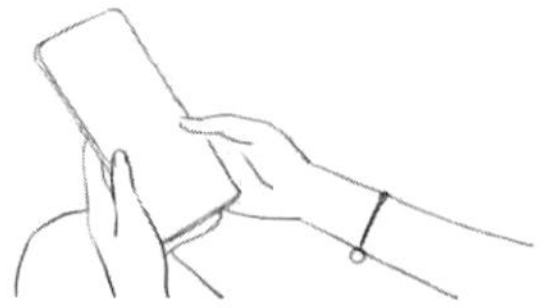	一件件牧溪村的特色产品通过短视频加直播的方式展现在了更多人的眼前，销往各地。	5S
27－15		向迎春的脸上盈满了喜悦之情。	3S

28．场外　家门口古树下　日

镜号	画面	内容描述	时长
28－1		天幕亮起，光点透过树叶的缝隙洒落地面，向迎春坐在古树下看着手机。	5S
28－2		向迎春习惯性地打开微信，再次翻出到了与父亲的对话窗口。这一次，她坚定地按下了语音按钮。	8S
28－3		向迎春抬起头，望向山峦，说道：爸，我回来了。您如果还在，应该会喜欢今天牧溪村的样子吧。	6S

29．场外　家门口古树下　日（闪回）

镜号	画面	内容描述	时长
29－1		父亲背着装满玉米的背篓，抱起儿时的她，站在家门口的古树下望着对面葱郁的大山。	3S
29－2		向迎春抬手指着山，回头问父亲：爸爸，山的那边是什么呀？ 父亲顺着向迎春手指的方向，回答道：山的那边是山。	6S

镜号	画面	内容描述	时长
29－3		向迎春接着问：山的那边的那边呢？ 父亲笑笑说：还是山呀！	6S
29－4		向迎春调皮追问道：那山的这边呢？ 父亲低头看了眼怀里的向迎春。	5S
29－5		父亲宠溺地说道：山的这边啊，是我们的家。	5S

30．场外　牧溪村水稻梯田　日

镜号	画面	内容描述	时长
30－1		清风徐徐拂过，古树的枝叶随风摇曳。	5S
30－2		向迎春身着一袭大红色土家族服饰，背着背篓，站在绿油油的稻田之中，周老师和同学们围绕在她的身旁。	4S
30－3		牧溪村的吊脚楼背倚山坡，面临溪流，层层高起。 画外音：据报道，在我省第一届“芒果新声代”大学生创新创业大赛中。	6S
30－4	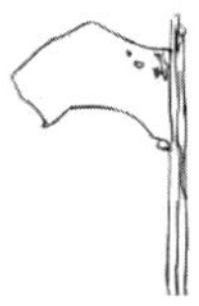	村委会前坪的五星红旗高高飘扬。 画外音：由思政课教师周德森带队，向迎春、徐好、唐诗梦、王俊杰四位同学组成的团队。	6S

镜号	画面	内容描述	时长
30－5		风吹过稻田，发出动人的沙沙声响。 画外音：凭借回乡直播带货助农的创业新模式，在大赛中成功突围，获得大赛优胜奖。	6S
30－6		牧溪村稻田里的稻子已灌满了浆，马上就要到收获的季节了。	3S
30－7		向迎春缓缓拨开额前被风吹乱的秀发，迎着初升的朝阳，露出了自信的笑容。	6S

（五）《开往惠安大道》文学剧本

1．外景　跨江大桥　日

白色轿车穿过隧道，驶入跨江大桥。数十根红色拉索汇聚在桥塔顶端，桥面开阔，来往车辆寥寥可数，远处的高楼隐没在一片雾霾之中。

（画外音）车载广播：自2020年1月23号10点起，全市城市公交、地铁、轮渡、长途客运暂停运营……今天，湖北省启动重大突发公共卫生事件一级响应……

2．外景　开发区　日

车轮飞驰，轿车前门喷印着“常德退伍老兵俱乐部”的醒目徽章。

（画外音）车载广播：国家卫健委组建的多支医疗队准备赶赴武汉……

3．内景　轿车　日

车载广播里持续播放着疫情相关的新闻，嵌有八一军章的挂饰随车速均匀摆动，中控台右方粘有“滴滴出行”的贴士。

孟冬戴着口罩，他透过后视镜暗中观察女儿。

孟星环抱着粉色书包，书包侧袋上挂有偶像的吊饰。口罩上方一双凤眼透露着几分怨愤。

车载广播：我们是动员咱们医院里面所有的医生，让他们都投入到一线里来……穿上白大褂，就要扮演好自己的角色……我就在心里告诉自己，我说我一定要好起来，给社会做一个榜样的作用……其实我们也就是普通人在做普通的事……

微信消息提示音响起，孟冬点开常德滴滴司机群内的一条信息。

滴滴车友：先给各位滴滴师傅拜个早年！晚上都有了活动没？

孟冬一边听着语音，一边按着劳损的肩颈，旁边副驾驶座上放着一个包裹严实的白色袋子。

后座的孟星划拉开手机，回复好友语音。

孟星：要不是我爸来接我，我上午差一点就可以看到他了。听别人讲，说他今天穿白色衣服，白色还是我的幸运色呢，到时候拍照给你看啊……

一阵热聊后，孟星放下手机，百无聊赖地望向窗外，成排的绿树丝绦般掠过，路面空无一人。她转头看向孟冬，蛮横地踢了踢驾驶座的后背。

孟星：我饿了。

见孟冬没有回应，孟星恼怒吼道。

孟星：我说！我饿了！

一个急刹，孟星俯冲向前，嘴中忍不住爆出一句粗口。车急速停下，孟星赶忙打开书包，随后松了口气拉上。

孟冬把手机丢给孟星。

孟冬：帮我把导航找出来。

孟星极不耐烦地接过手机，眼神瞟到了前座的白色袋子。

孟星：那是什么？

孟冬：关你什么事，你快点帮我把导航找出来。

孟星慢悠悠地点开导航界面，选择了一条到达常德的最近路线，导航里传来女生娇嗲的播报声，她朝父亲翻了个白眼。

导航语音：出发，前往常德市，全程384公里……

4. 外景　郊区　日

蓝色厂房旁一条细长车道随着河道蜿蜒，白色轿车提速驶向远方。

（画外音）导航语音：大约需要4小时50分，注意安全驾驶。

5. 内景　轿车　日

半截火腿肠出现在挡风玻璃前，留有齿印的一端指向左方。

孟星：左左左…… 左边！

孟冬迅速转动方向盘，刚扭动半圈。

孟星：直着走。

孟冬立马回盘。

孟星：错了，错了，说了在刚才的路口左转。

一脚刹车，两人差点被甩了出去。

6. 外景　乡村小道　日

白车斜停在路旁，车灯急促闪烁，车子发出连续的喇叭声。

车前方一只土狗直立狂吠。

7．内景　轿车　日

孟冬回头怒视女儿。

孟星撇到父亲铁青的脸色，不自觉地放低了音量。

孟星：我都说了是……是那个路口左转……你不听……

孟冬抑制着怒气，二人僵坐，沉默不语。

土狗又发出吠叫声，孟星乍然一悟，将火腿肠往外一扔。

8．外景　乡村小道　日

土狗快步朝车侧方跑去，叼着肉肠摇尾离开。

9．内景　轿车　日

孟冬重新发动车辆。

10．外景　乡村小道　日

车轮加速驶离路面，在一片墨绿的树林里继续前行。

11．内景　轿车　日

车内仪表盘上面摆放着毛主席像，旁边有“出入平安”的字样。

12．外景　乡村小道　日

白色轿车在纵横的乡道上疾驰。

一首前卫的嘻哈音乐在车内流动。

布满黄泥的车轮乍然朝左方扭转，停靠在路旁的滩涂前。

13．内景　轿车　日

车载屏幕上的音符持续跳动，歌曲进入到高潮部分。

孟冬转身直瞪沉浸其中的女儿，忍无可忍地敲击着屏幕。

孟冬：都是些什么歌？唱的什么东西？

孟星不语，眼神忿忿不平。

孟冬继续数落。

孟冬：都是些咿咿呀呀的，乱弹琴……

孟星愈发不服气，愤然而起。

孟星：你要是有火，就朝着我发，朝着我讲，我不准你这么讲我们家哥哥（偶像）！

孟冬：什么？什么哥哥？你要是有你哥哥一半省心，我就满足了！大过年的，你怎么搞的？

孟星眼眶渐红，打开车门，拎包离去。

14. 外景　滩涂　日

远处依稀能听到警车的鸣笛声，警车喇叭里循环播放疫情防控的相关信息。

孟星走得又急又快，孟冬快步追上，从身后抓住孟星的胳膊。

孟冬：你闹够了没有，都快成年了，快点跟我回去！

孟星奋力甩开父亲，泪水夺眶而出，朝着孟冬咆哮。

孟星：我不要你管，你有个名牌大学的好儿子就够了。你让我一个人走，好不好！

孟星头也不回地朝前方跑去，孟冬愣在原地，视线望向女儿离去的方向。

15. 外景　江边　日

江面辽阔，波光闪烁，几只白鹭掠过水面。

孟星怀抱着书包，径直朝江边走去。

孟冬跟在后方，远远看见孟星从书包里取出一个绿色鱼盒，一尾鱼苗在水中摇曳游荡，孟星捧起鱼盒，宛若向其倾诉。

孟星：从小到大，只要我不是你想要的样子，你就拿我同哥哥比，我还有什么别的价值吗？

孟冬心有所触，惆怅点燃手中的香烟。

孟星打开盒盖，舀出那尾金鱼轻放入水中，鱼儿甩尾摆动，慢慢游向远方……

暮色下，岸边二人如同远处的两座塔吊，静立不语。

16. 内景　轿车　夜

车载音乐播放着黑豹乐队的经典摇滚《don’t break my heart》。

孟冬握盘行进，后视镜里时而能捕捉到他关切的眼神。

孟星斜躺在座，小脸苍白，一言不发地看着窗外倒退的灯火，脸上光影斑驳。她开启车窗，风儿吹起额前的几缕细发。

17. 外景　途中　夜（多地点）

白色轿车沿着空荡路面驶向隧道。

白色轿车奔驰在华灯初上的城郊环线间。

白色轿车靠近临湘、云溪出口转向驶下。

白色轿车跨入辅道，停靠在平江服务区。

（画外音）车载广播：今天凌晨，武汉市新型冠状病毒感染的肺炎疫情防控指挥部发布第一号通告。通告称为全力做好新型冠状病毒感染的肺炎疫情防控工作，有效切断病毒传播途径，坚决遏制疫情蔓延势头，确保人民群众生命安全和身体健康，自2020年1月23号10点起，全市城市公交、地铁、轮渡、长途客运暂停运营……无特殊原因，市民不要离开武汉，机场、火车站、离汉通道暂时关闭，恢复时间另行通知，恳请广大市民旅客理解支持……

18. 内景　超市　夜

孟冬向收银台递来一包红糖，超市店员扫码录入。

孟冬：多少钱?

超市店员：红糖5块8。

孟冬用手机支付后，快步走出超市。

19. 外景　女厕　夜

孟星捂着肚子从厕所走出，手缩进袖口按压住腹部，头发凌乱地贴在脸上。

20. 内景　轿车　夜

孟星吃力地拉开车门，蜷缩进后座，眉头紧蹙，手轻抚腹部。

孟冬看在眼里却一时语塞，静坐片刻才缓慢发动车辆。

21. 外景　服务区　夜

轿车直驱前行，驶离服务区，车前灯聚射出两束亮白的强光。

22. 内景　轿车　夜

后视镜里映照出孟冬若有所思的面容。

孟冬思索片刻，举起泡有红糖水的保温杯递给后座的孟星。

孟冬：女儿，趁热的，赶紧喝。

孟星疲软起身，迂缓地接过保温杯，握在手中低头凝视。

孟冬：长大了，我也管不到了，别人不说你，但是你的毛病，别人是不会惯着你的……

孟星生厌地望向窗外。

孟冬自说自话般继续。

孟冬：但在父母眼里，自己的小孩儿怎么样都是好的……

孟星诧异地看向孟冬，父亲情深恳切的倾述声声入耳，她低头凝望手中的保温杯，鼻头一酸。

孟冬：以后的路，你总归是要一个人走的，你嫌我烦了，我就只能陪你走这一段路了。

窗外夜雨淅沥，雨刮器在挡风玻璃前来回摆动，雨滴在车窗上稀释成几条雨沟。

孟冬沉默了片刻，试探般问道。

孟冬：你是不是很讨厌我？

孟星没有回答。她打开车窗，窗外连续闪过了好几盏路灯，她轻声嘀咕了一句。

孟星：我没那么想啊！

孟冬没听清女儿的呢喃细语，回头追问。

孟星有些难为情，借势转移话题。

孟冬：你刚刚说的什么？

孟星：我说，你以前喜欢听什么歌？

孟冬摸了摸自己蹭亮的光头。

孟冬：你别看爸爸现在没头发了……

孟星忍不住噗嗤一笑。

孟冬滔滔不竭地讲起了年少往事。

孟冬：但是年轻的时候，我还蛮喜欢听摇滚乐，特别是黑豹（乐队）。

兴起时，孟冬举起右手比了个老派的摇滚手势。

孟冬：我还特别喜欢这么举手，看！

孟星笑望着有些滑稽的孟冬，凝神静听着父亲曾经的激情岁月。

孟冬：后来，爸爸到武汉当兵去了，觉得部队的歌也还蛮好听啊……

23．外景　高速公路　夜

夜幕下，高速路面润泽空旷，灯光氤氲散开，白色轿车飞驰其间，一路向前。

（画外音）孟冬：饭前唱一首，饭都变香了……

（画外音）孟星：那当兵苦吗？

（画外音）孟冬：说不苦，那是假的，但是自从有了信念了，做什么事都觉得值得……

24．外景　服务区　夜

服务区内，孟星怀抱着一堆零食从超市走出，迎面走向停靠在旁的白色轿车。她下意识地走向后座车门，刚一提手又顿然放下，迟疑片刻，转身拉开前座车门坐了上去。

汽车驶出服务区并入主道。

孟星（画外音）：要不听下这首歌吧！

《红梅赞》的旋律渐起。

（画外音）孟冬：这歌好啊！

夜空无星，路面隐没在漆黑之中，只有两束白光遥射向远方。

25. 内景　轿车　夜

二人并排而坐，乐曲婉转动人。

孟冬：这歌是哪个唱的？

孟星俏皮一笑。

孟星：是我另一个哥哥（偶像）唱的。

孟冬望向女儿，孟星一脸得意。

两人心照不宣，相视而笑。

26. 外景　高速公路　夜

暮色间路灯映衬，高速公路宛若一条橙色缎带绵延不绝。群山峻岭旁，漫漫江水边，“缎带”蜿蜒曲折，盘旋在天水之间。

白色轿车风驰其上，奔轶向前。

（画外音）歌曲《红梅赞》：红岩上红梅开，千里冰霜脚下踩，三九严寒何所惧，一片丹心向阳开，向阳开……

27. 内景　轿车　夜

挡风玻璃前乡道漆黑，《红梅赞》余音缭绕。

歌曲《红梅赞》：三九严寒何所惧，一片丹心向阳开，向阳开……

孟冬放缓车速，车缓慢停滞。

孟冬：女儿，到了，下车了。

孟星没有多想，解开安全带，起身下车。

28. 外景　乡道　夜

孟冬伫立车头，前方车辆车灯闪烁。

孟星懵懂向前，察觉父亲没有跟随，停步转过身来。

孟冬：搭你舅舅的车回去。

停靠在旁的轿车鸣笛提示。

冷风呼啸，吹乱了孟星的长发，她焦急询问道。

孟星：你不回去吗？

车门敞开，孟冬矗立其间，车门上的八一红星夺目耀眼。

孟冬：这是大人的事，你不懂，快上车啊！

孟星没有挪动脚步。

夜幕下，二人面面相视，情深无言。

孟冬从车内取出装满红糖水的保温杯，向女儿的方向走去。他将杯子递给孟星。

孟冬：跟哥哥说，明天晚上我回来吃年饭。

孟星接过保温杯，忧虑地注视着父亲，良久才转过身去，步履缓慢地走向舅舅的车。

孟冬满眼不舍地望着女儿离去的背影。

29．内景　舅舅轿车　夜

孟星跨入后座，惴惴不安地望着手中的保温杯。

反光镜里孟冬的身影渐渐远去。

孟星猛地回头，看向身后的父亲。

30．外景　乡道　夜

孟冬看着远去的车辆，目送女儿离开。

夜色下，两辆轿车背道而驰，渐行渐远。

31．内景　舅舅轿车　夜

孟星忧心忡忡，低头不语，车载广播里播送着新冠肺炎疫情的最新消息。她举起水杯，又难舍地找寻着父亲的身影，身后漆黑，空无一人。孟星失落地转过头来。

车载广播：突然爆发的新冠肺炎疫情冲淡了春节的喜庆。2020 年 1 月 23 日，收到国家指令后，解放军医疗队第一时间赶到武汉支援。随后全国各地医疗机构和军队医疗系统派出近万人驰援武汉和湖北其他地区……

32．内景　轿车　夜

水晶台座上摆放着毛主席像。

车载广播：其中，一支由网约车司机自发组织的抗击疫情志愿者车队……

33．内景　舅舅轿车　夜

孟星似乎明白了什么，满眶湿润，潸然泪下，忍不住再次回望后窗。

车载广播：……也从全国各地赶赴武汉。

34．内景　轿车　夜

此时的孟冬双目坚毅，眼神看向熠熠生辉的八一军章。

军章在霓虹里光辉夺目。

副驾驶座上的白包里，一本红色证件高置其上。

35．外景　公路　夜

车门上的徽章一闪而过，白色轿车加足马力，消失在路的尽头。

高楼林立，路面空旷，白色轿车长驱直入，一路开往惠安大道。

36. 内景　轿车　夜

城市街景在车窗里隐退，孟冬目不斜视，奋勇驶向前方。

37. 外景　高架桥　夜

纵横交错的立交桥上，万家灯火的璀璨之间，白色轿车飞驰其上，“武汉加油”的万人声响，响彻天边……

38. 内景　家　夜

整洁的客厅里张贴着红色的福字，电视里播放着除夕晚会歌舞节目。

孟扬、孟星兄妹端着饭碗走出厨房，孟星接过哥哥递过来的筷子，朝碗上整齐摆放好四双木筷。

墙面上，母亲的遗照下是孟冬与兄妹俩的温馨合照，一侧有两张旧照，照片里的孟冬身穿军装站在军旗下，身姿伟岸挺拔。

39. 内景　轿车　夜

孟冬行驶在空无一人的惠安大道上。

手机铃响，屏幕显示是女儿来电。

孟冬犹豫片刻，接通电话。

40. 外景　惠安大道　夜

灯火下的惠安大道寂静空荡，远处夜空倏然绽放出几朵绚丽璀璨的烟花。

一阵沉默后电话那头传来了女儿的声音。

（画外音）孟星：爸爸……新年快乐！

出片名：开往惠安大道。

（画外音）春节晚会贺词：2020 就是爱你爱你。2020 我们和爱在一起，无论距离多远，我们都和海外同胞的心永远在一起！2020 我们和希望在一起，无论你身在何处，我们都祝您健康幸福，吉祥如意！2020 我们和力量在一起，让我们齐心协力，迈向全新的征程。2020 我们跟梦想在一起，中国梦想、中国速度将会创作更美好的生活……

黑场字幕：冬天从这里夺去的，春天会交还给你。——海涅

致父亲和最可爱的人

（剧终）

（六）《开往惠安大道》分镜头剧本

（40 场　148 镜）

1. 场外　跨江大桥　日

镜号	画面	内容描述	时长
1－1		白色轿车穿过隧道，驶入跨江大桥。 （画外音）车载广播：自 2020 年 1 月 23 号 10 点起。	5S
1－2		来往车辆寥寥可数，远处的高楼隐没在雾霾之中。 （画外音）车载广播：全市城市公交、地铁、长途客运等暂停运营……	5S

2. 场外　开发区　日

镜号	画面	内容描述	时长
2－1	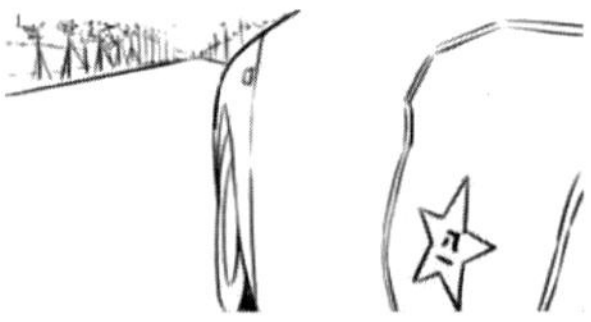	车轮飞驰，轿车前门喷印着“常德退伍老兵俱乐部”的醒目徽章。 （画外音）车载广播：自 2020 年 1 月 23 号 10 点起。	3S

3. 场内　轿车　日

镜号	画面	内容描述	时长
3－1		嵌有八一军章的挂饰随车速均匀摆动。 车载广播：今天，湖北省启动重大突发公共卫生事件一级响应……	4S

镜号	画面	内容描述	时长
3－2	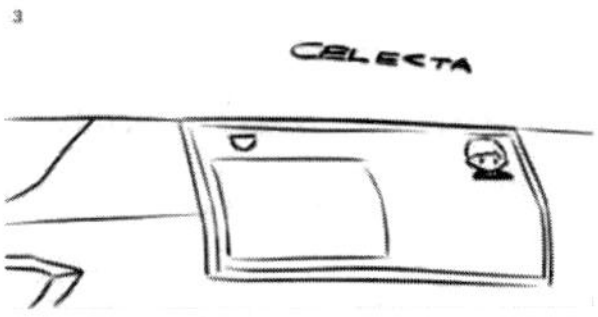	中控台右方粘有“滴滴出行”的贴士。 车载广播：国家卫健委组建的多支医疗队准备赶赴武汉……	4S
3－3		孟冬戴着口罩，他透过后视镜暗中观察女儿。 车载广播：我们是动员医院里面所有的医生，让他们都投入到一线。	3S
3－4	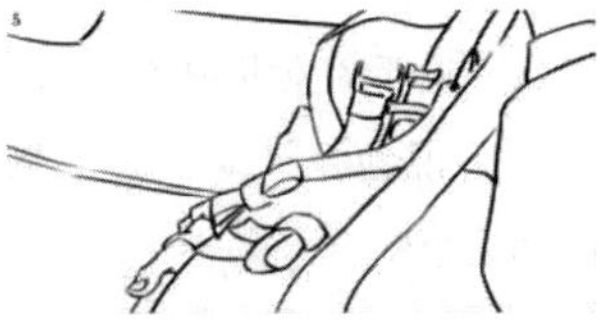	后座上的孟星环抱着粉色书包。 车载广播：穿上白大褂，就要扮演好自己的角色。	3S
3－5		孟星眼神里透露着几分怨愤。 车载广播：我就在心里告诉自己，我说我一定要好起来，给社会做一个榜样的作用。	3S
3－6		孟冬时不时看向女儿孟星。 车载广播：其实我们也就是普通人在做普通的事……	3S
3－7		孟冬认真地开着车，突然微信消息提示音响起。	2S
3－8	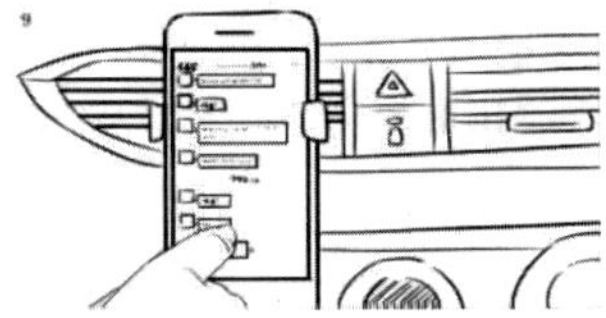	孟冬点开常德滴滴司机群内的一条信息。	2S
3－9	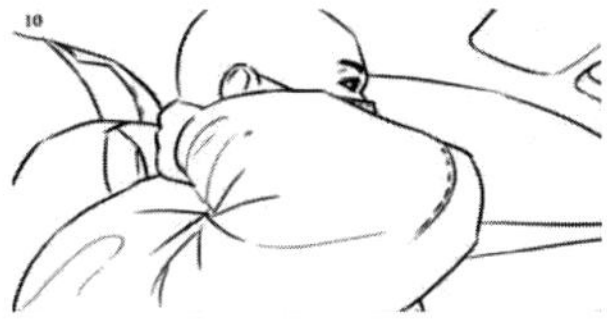	孟冬一边听着语音，一边按着劳损的肩颈。 滴滴车友：先给各位滴滴师傅拜个早年！晚上都有了活动没？	5S

镜号	画面	内容描述	时长
3－10		旁边副驾驶座上放着一个包裹严实的白色袋子。	2S
3－11		后座的孟星划拉开手机，回复好友语音：要不是我爸来接我，我上午差一点就可以看到他了。	3S
3－12		孟冬一边开车，一边听着女儿说话。 孟星：听别人讲，说他今天穿白色衣服，白色还是我的幸运色呢。	3S
3－13		后视镜中的女儿和微信好友热聊着。	2S
3－14		孟星：到时候拍照给你看啊……	2S
3－15		孟星书包侧袋上挂有偶像的吊饰。	2S
3－16		一阵热聊后，孟星放下手机，百无聊赖地望向窗外。	3S
3－17		成排的绿树丝绦般掠过，路面空无一人。	3S

镜号	画面	内容描述	时长
3－18	 21	孟星转头看向孟冬。	2S
3－19	 22	孟星蛮横地踢了踢驾驶座的后背：我饿了。	2S
3－20	 24	孟冬没有回应。	2S
3－21	 23	孟星恼怒吼道：我说！我饿了！	3S
3－22	 25	一个急刹，孟星俯冲向前，嘴中忍不住爆出一句粗口。	2S
3－23	 26	车急速停下，孟星赶忙打开书包，随后松了口气拉上。	3S
3－24	 27	孟冬把手机丢给孟星：帮我把导航找出来。	3S
3－25	 28	孟星极不耐烦地接过手机。	2S

镜号	画面	内容描述	时长
3－26		孟星眼神瞟到了前座的白色袋子：那是什么？	3S
3－27		孟冬：关你什么事，你快点帮我把导航找出来。	3S
3－28		孟星慢悠悠地点开导航。	2S
3－29		孟星选择了一条到达常德的最近路线。 导航里传来女生娇嗲的播报声：出发，前往常德市，全程 384 公里……	4S
3－30		她朝父亲翻了个白眼。	3S

4. 场外　郊区　日

镜号	画面	内容描述	时长
4－1		蓝色厂房旁一条细长车道随着河道蜿蜒，白色轿车提速驶向远方。 （画外音）导航：大约需要 4 小时 50 分，注意安全驾驶。	5S

5. 场内　轿车　日

镜号	画面	内容描述	时长
5－1		孟星慌乱地指挥着：左左左……左边！ 孟冬迅速转动方向盘。 孟星大喊道：直着走。	4S

镜号	画面	内容描述	时长
5－2	35	孟冬刚扭动半圈，立马回盘。 孟星：错了，错了，说了在刚才的路口左转。 一脚刹车，两人差点被甩了出去。	5S

6. 场外　乡村小道　日

镜号	画面	内容描述	时长
6－1	36	白车斜停在路旁，车灯急促闪烁，车子发出连续的喇叭声。 车前方一只土狗直立狂吠。	4S

7. 场内　轿车　日

镜号	画面	内容描述	时长
7－1	37	孟星：我都说了是……是那个路口左转……你不听…… 孟冬回头怒视女儿。	3S
7－2	38	孟星撇到父亲铁青的脸色，不自觉地放低了音量。 孟冬抑制着怒气，二人僵坐，沉默不语。	4S

8. 场外　乡村小道　日

镜号	画面	内容描述	时长
8－1	39	车外土狗又发出吠叫声，孟星将火腿肠往外一扔。 土狗快步朝车侧方跑去，叼着肉肠摇尾离开。	5S

9. 场内　轿车　日

镜号	画面	内容描述	时长
9－1	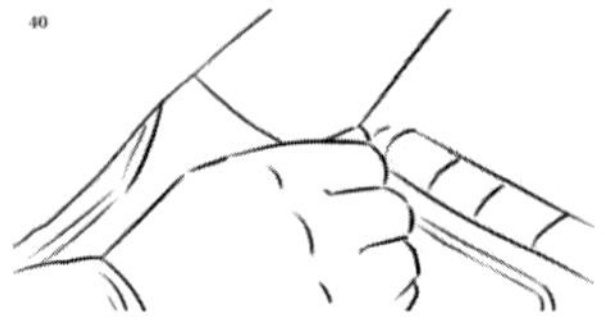	孟冬重新发动车辆。	2S

10. 场外　乡村小道　日

镜号	画面	内容描述	时长
10－1		车轮加速驶离路面，在一片墨绿的树林里继续前行。	3S

11. 场内　轿车　日

镜号	画面	内容描述	时长
11－1		车内仪表盘上面摆放着毛主席像，旁边有“出入平安”的字样。	3S

12. 场外　乡村小道　日

镜号	画面	内容描述	时长
12－1	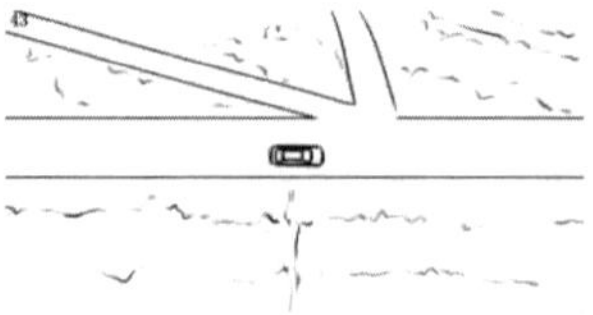	白色轿车在纵横的乡道上疾驰。 一首前卫的嘻哈音乐在车内流动。	3S
12－2		布满黄泥的车轮乍然朝左方扭转，	2S

镜号	画面	内容描述	时长
12－3	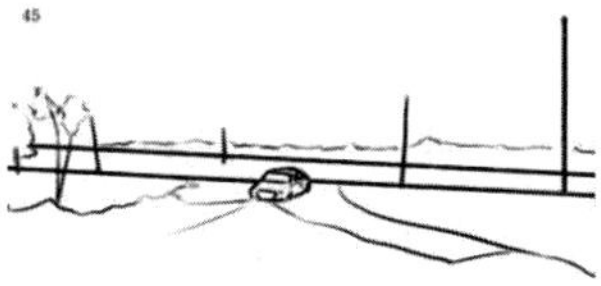	白色轿车停靠在路旁的滩涂前。	4S

13. 场内　轿车　日

镜号	画面	内容描述	时长
13－1	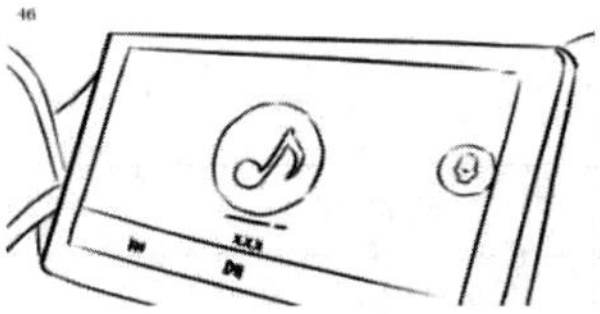	车载屏幕上的音符持续跳动，歌曲进入到高潮部分。	5S
13－2	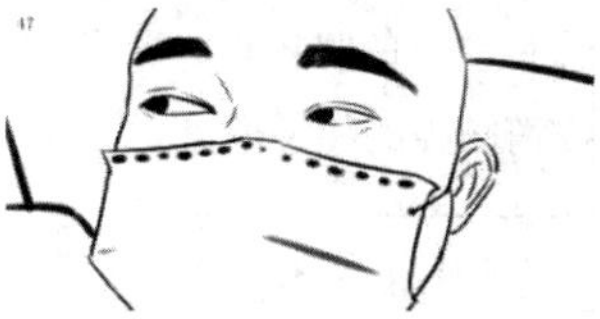	孟冬转身直瞪沉浸其中的女儿。	3S
13－3		孟冬忍无可忍地敲击着屏幕。	3S
13－4		孟冬气愤地朝着女儿说：都是些什么歌？唱的什么东西？	3S
13－5		孟星不语，眼神忿忿不平。 孟冬继续数落：都是些咿咿呀呀的，乱弹琴……	3S
13－6		孟星愈发不服气，愤然而起：你要是有火，就朝着我发，朝着我讲，我不准你这么讲我们家哥哥（偶像）！	5S

镜号	画面	内容描述	时长
13－7		孟冬：什么？什么哥哥？你要是有你哥哥一半省心，我就满足了！大过年的，你怎么搞的？	4S
13－8		孟星眼眶渐红，打开车门，拎包离去。	3S

14. 场外　滩涂　日

镜号	画面	内容描述	时长
14－1		孟星下车朝江边走去。 远处依稀能听到警车的鸣笛声，警车喇叭里循环播放疫情防控的相关信息。	3S
14－2		孟星走得又急又快，孟冬快步追上，从身后抓住孟星的胳膊。 孟冬：你闹够了没有，都快成年了，快点跟我回去！	5S
14－3	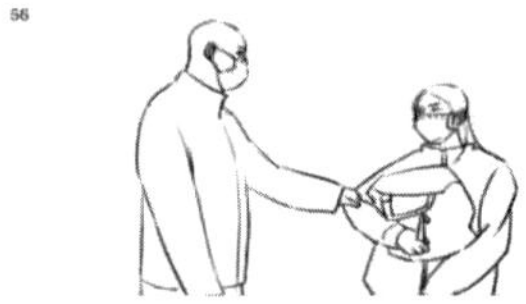	孟星奋力甩开父亲，泪水夺眶而出，朝着孟冬咆哮：我不要你管，你有个名牌大学的好儿子就够了。你让我一个人走，好不好！	4S
14－4		孟星头也不回地朝前方跑去，孟冬愣在原地，视线望向女儿离去的方向。	5S

15. 场外　江边　日

镜号	画面	内容描述	时长
15－1		江面辽阔，波光闪烁，几只白鹭掠过水面。	3S

镜号	画面	内容描述	时长
15－2	 59	孟星怀抱着书包，径直朝江边走去。	3S
15－3	 60	孟冬紧跟在后方。	2S
15－4	 61	远远看见孟星从书包里取出一个绿色鱼盒，一尾鱼苗在水中摇曳游荡。	4S
15－5	 62	孟星捧起鱼盒，宛若向其倾诉：从小到大，只要我不是你想要的样子，你就拿我同哥哥比，我还有什么别的价值吗？	6S
15－6	 63	孟冬心有所触，惆怅点燃手中的香烟。	4S
15－7	 64	孟星打开盒盖，舀出那尾金鱼。	3S
15－8	 65	孟星将鱼儿轻放入水中，鱼儿甩尾摆动，慢慢游向远方……	5S
15－9	 66	暮色下，岸边二人如同远处的两座塔吊，静立不语。	5S

16. 场内　轿车　夜

镜号	画面	内容描述	时长
16－1	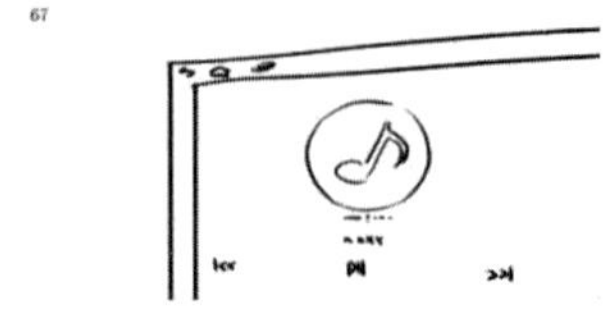	车载音乐播放着黑豹乐队的经典摇滚《Don' t break my heart》。	5S
16－2		孟冬握盘行进。	3S
16－3	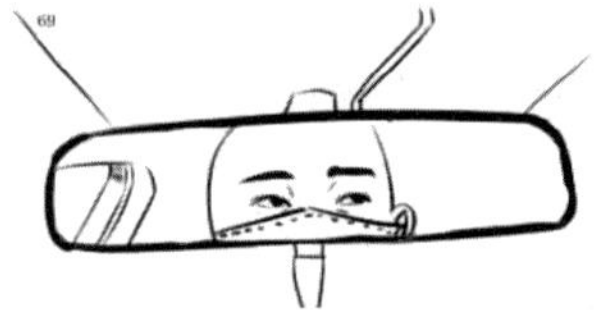	后视镜里时而能捕捉到孟冬关切的眼神。	3S
16－4		孟星斜躺在座，小脸苍白。	3S
16－5	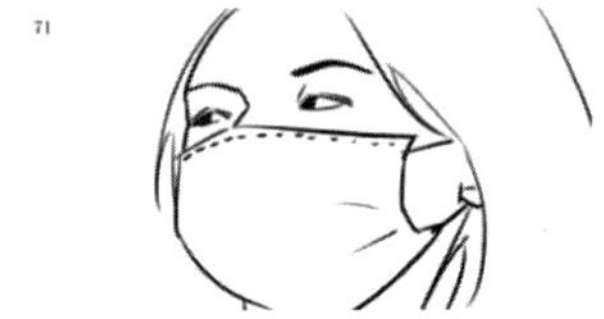	孟星一言不发地看着窗外倒退的灯火，脸上光影斑驳。	3S
16－6		孟星开启车窗，风儿吹起额前的几缕细发。	5S

17. 场外　途中　夜

镜号	画面	内容描述	时长
17－1		白色轿车沿着空荡路面驶向隧道。 （画外音）车载广播：武汉市新型冠状病毒感染的肺炎疫情防控指挥部发布第一号通告。	4S

镜号	画面	内容描述	时长
17－2	74	白色轿车奔驰在华灯初上的城郊环线间。 （画外音）车载广播：……为确保人民群众生命安全和身体健康……	4S
17－3	75	白色轿车靠近临湘、云溪出口转向驶下。 （画外音）车载广播：自 2020 年 1 月 23 号 10 点起……	4S
17－4	77	白色轿车跨入辅道。 （画外音）车载广播：全市城市公交、地铁、轮渡、长途客运暂停运营……	4S
17－5	78	白色轿车停靠在平江服务区。 （画外音）车载广播：……恳请广大市民旅客理解支持……	4S

18. 场内　超市　夜

镜号	画面	内容描述	时长
18－1	79	孟冬向收银台递来一包红糖，超市店员扫码录入。 孟冬：多少钱？	3S
18－2	80	超市店员：红糖 5 块 8。	2S
18－3	81	孟冬用手机支付后，快步走出超市。	3S

19. 场外　女厕　夜

镜号	画面	内容描述	时长
19－1		孟星捂着肚子从厕所走出，头发凌乱地贴在脸上。	4S
19－2	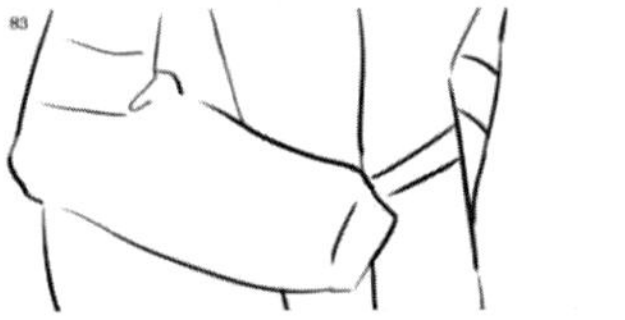	孟星把手缩进袖口按压住腹部。	3S
19－3	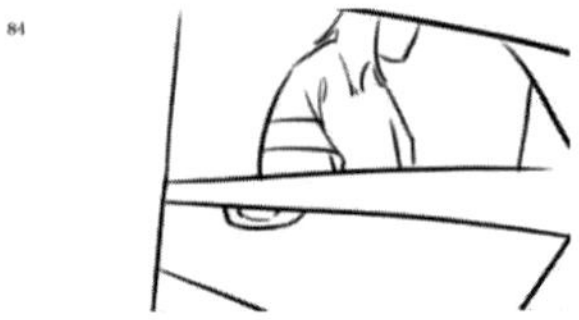	孟星朝白色轿车走来。	2S
19－4	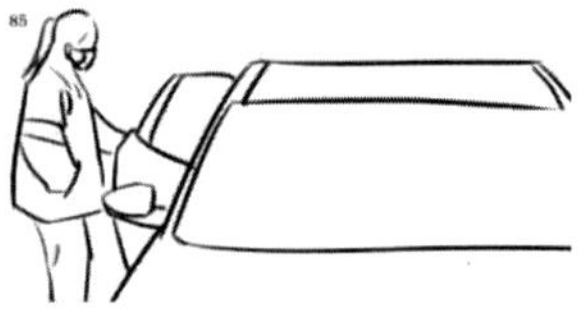	孟星吃力地拉开车门。	2S

20. 场内　轿车　夜

镜号	画面	内容描述	时长
20－1		孟星蜷缩进后座。	3S
20－2		孟星眉头紧蹙，手轻抚腹部。	3S
20－3		孟冬看在眼里却一时语塞，静坐片刻才缓慢发动车辆。	4S

21. 场外　服务区　夜

镜号	画面	内容描述	时长
21－1	89 	轿车直驱前行，驶离服务区，车前灯聚射出两束亮白的强光。	3S

22. 场内　轿车　夜

镜号	画面	内容描述	时长
22－1	90 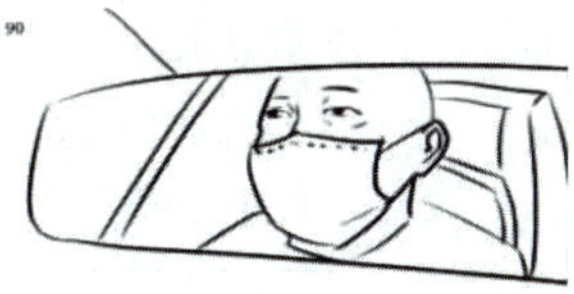	后视镜里映照出孟冬若有所思的面容。	3S
22－2	91 	孟冬思索片刻，举起泡有红糖水的保温杯递给后座的孟星：女儿，趁热的，赶紧喝。	5S
22－3	92 	孟星疲软起身，迂缓地接过保温杯，握在手中低头凝视。	3S
22－4	93 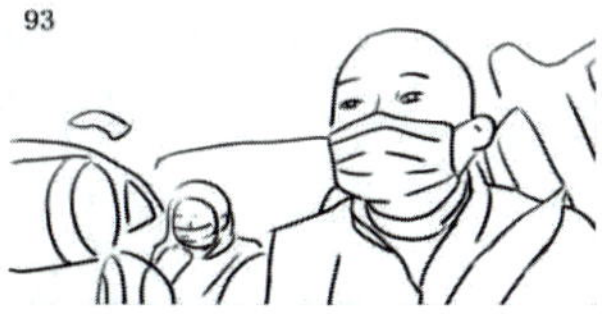	孟冬：长大了，我也管不到了，别人不说你，但是你的毛病，别人是不会惯着你的……	4S
22－5	94 	孟星生厌地望向窗外。	2S
22－6	95 	孟冬自说自话般继续。	2S

镜号	画面	内容描述	时长
22－7	96	孟冬：但在父母眼里，自己的小孩儿怎么样都是好的……	3S
22－8	97	孟星诧异地看向孟冬，父亲情深恳切的倾述声声入耳，她低头凝望手中的保温杯，鼻头一酸。	4S
22－9	98	孟星静静倾听着父亲的唠叨。 孟冬：以后的路，你总归是要一个人走的，你嫌我烦了，我就只能陪你走这一段路了。	5S
22－10	99	孟冬沉默了片刻。	3S
22－11	100	孟冬试探般问道：你是不是很讨厌我？	3S
22－12	101	孟星没有回答。她打开车窗，窗外连续闪过了好几盏路灯，她轻声嘀咕了一句：我没那么想啊！	5S
22－13	102	孟冬没听清女儿的呢喃细语，回头追问。	3S
22－14	103	孟星有些难为情，借势转移话题。 孟冬：你刚刚说的什么？ 孟星：我说，你以前喜欢听什么歌？	3S

镜号	画面	内容描述	时长
22－15	104	孟冬摸了摸自己蹭亮的光头：你别看爸爸现在没头发了……	3S
22－16	105	孟星忍不住噗嗤一笑。 孟冬滔滔不竭地讲起了年少往事：年轻的时候，我还蛮喜欢听摇滚乐，特别是黑豹乐队。	5S
22－17	106	兴起时，孟冬举起右手比了个老派的摇滚手势：我还特别喜欢这么举手，看！	4S
22－18	107	孟星笑望着有些滑稽的孟冬，凝神静听着父亲的故事。 孟冬：后来，爸爸到武汉当兵去了，觉得部队的歌也还蛮好听啊……	6S

23. 场外　高速公路　夜

镜号	画面	内容描述	时长
23－1	108	夜幕下高速路面润泽空旷，灯光氤氲散开，白色轿车飞驰其间，一路向前。 （画外音）孟冬：饭前唱一首，饭都变香了……	8S

24. 场外　服务区　夜

镜号	画面	内容描述	时长
24－1	109	服务区内，孟星怀抱着一堆零食从超市走出。	3S
24－2	110	孟星迎面走向停靠在旁的白色轿车。	2S

镜号	画面	内容描述	时长
24－3	111	孟星下意识地走向后座车门，刚一提手又顿然放下。	3S
24－4	112	迟疑片刻，孟星转身拉开前座车门坐了上去。	2S
24－5	113	汽车驶出服务区并入主道。 （画外音）孟星：要不听下这首歌吧！ （画外音）孟冬：这歌好啊！	5S
24－6	115	夜空无星，路面隐没在漆黑之中，只有两束白光遥射向远方。 《红梅赞》的旋律渐起。	8S

25. 场内　轿车　夜

镜号	画面	内容描述	时长
25－1	114	孟冬：这歌是哪个唱的？ 孟星俏皮一笑：是我另一个哥哥（偶像）唱的。 孟冬望向女儿，孟星一脸得意。	8S

26. 场外　高速公路　夜

镜号	画面	内容描述	时长
26－1	116	暮色间路灯映衬，高速公路宛若一条橙色缎带绵延不绝。群山峻岭旁，漫漫江水边，“缎带”蜿蜒曲折，盘旋在天水之间。	4S
26－2	118	白色轿车风驰其上，奔轶向前。 （画外音）歌曲《红梅赞》：一片丹心向阳开，向阳开……	8S

27. 场内　轿车　夜

镜号	画面	内容描述	时长
27－1	117 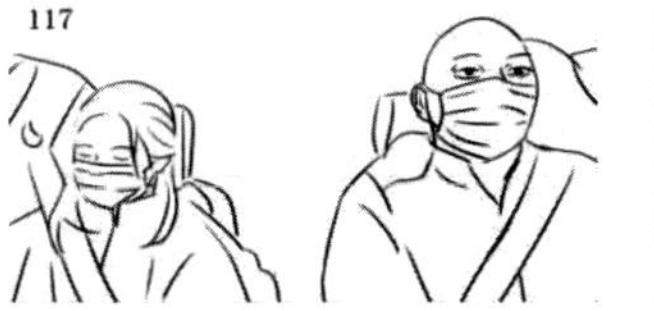	车内《红梅赞》余音缭绕。	5S
27－2	119 	挡风玻璃前乡道漆黑。孟冬放缓车速，车缓慢停滞。	3S
27－3	120 	孟冬：女儿，到了，下车了。 孟星没有多想，解开安全带，起身下车。	5S

28. 场外　乡道　夜

镜号	画面	内容描述	时长
28－1	121 	车灯闪烁，孟星懵懂向前。	3S
28－2	122 	孟星察觉父亲没有跟随，停步转过身来。	5S
28－3	124 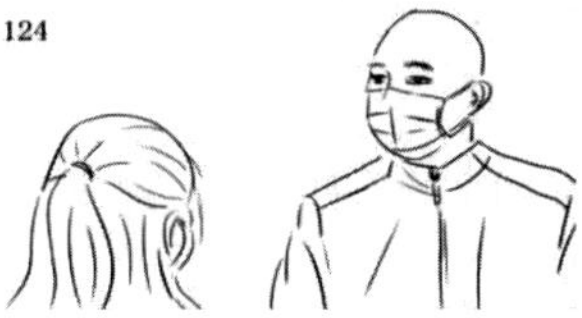	孟冬：搭你舅舅的车回去。 孟星焦急询问道：你不回去吗？ 孟冬：这是大人的事，你不懂，快上车啊！	6S
28－4	123 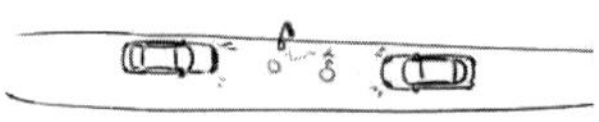	夜幕下，二人面面相视，情深无言。	4S

镜号	画面	内容描述	时长
28－5	125 	孟冬：跟哥哥说，明天晚上我回来吃年饭。 孟星忧虑地注视着父亲，良久才转过身去，步履缓慢地走向舅舅的车。	6S
28－6	126 	孟冬满眼不舍地望着女儿离去的背影。	6S

29. 场内　舅舅轿车　夜

镜号	画面	内容描述	时长
29－1	127 	孟星跨入后座，惴惴不安地望着手中的保温杯。	4S
29－2	128 	反光镜里孟冬的身影渐渐远去。	3S
29－3	129 	孟星猛地回头，看向身后的父亲。	3S

30. 场外　乡道　夜

镜号	画面	内容描述	时长
30－1	130 	孟冬看着远去的车辆，目送女儿离开。	4S
30－2	131 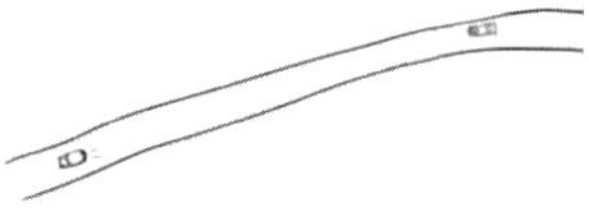	夜色下，两辆轿车背道而驰，渐行渐远。	6S

31．场内　舅舅轿车　夜

镜号	画面	内容描述	时长
31－1		孟星忧心忡忡，低头不语。 车载广播：全国各地医疗机构和军队医疗系统派出近万人驰援武汉和湖北其他地区……	4S
31－2		孟星难舍地找寻着父亲的身影，身后漆黑，空无一人。孟星失落地转过头来。	6S

32．场内　轿车　夜

镜号	画面	内容描述	时长
32－1		水晶台座上摆放着毛主席像。 车载广播：其中，一支由网约车司机自发组织的抗击疫情志愿者车队……	6S

33．场内　舅舅轿车　夜

镜号	画面	内容描述	时长
33－1		孟星似乎明白了什么，满眶湿润，潸然泪下，忍不住再次回望后窗。 车载广播：……也从全国各地赶赴武汉。	6S

34．场内　轿车　夜

镜号	画面	内容描述	时长
34－1		此时的孟冬双目坚毅，眼神看向熠熠生辉的八一军章。	3S

镜号	画面	内容描述	时长
34－2	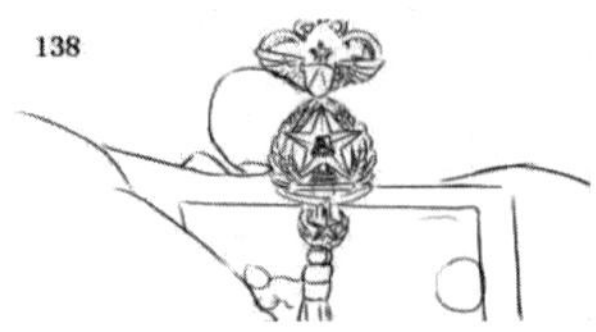	军章在霓虹里光辉夺目。	3S
34－3	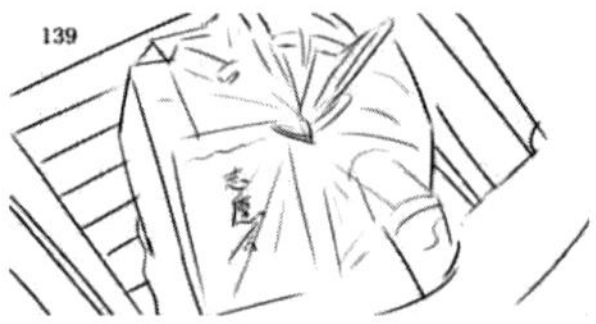	副驾驶座上的白包里，一本红色证件高置其上。	3S

35. 场外　公路　夜

镜号	画面	内容描述	时长
35－1	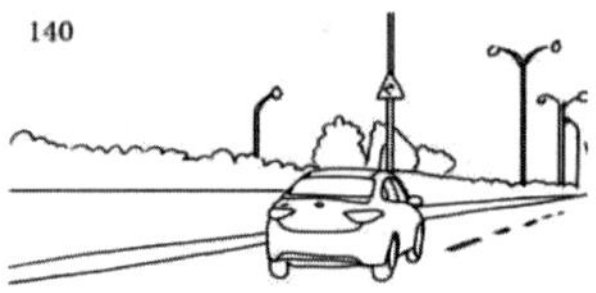	车门上的徽章一闪而过，白色轿车加足马力，消失在路的尽头。	3S
35－2		高楼林立，路面空旷。	3S
35－3		白色轿车长驱直入，一路开往惠安大道。	5S

36. 场内　轿车　夜

镜号	画面	内容描述	时长
36－1	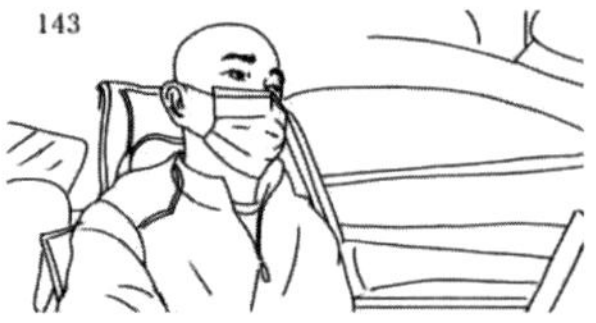	城市街景在车窗里隐退，孟冬目不斜视，奋勇驶向前方。	3S

37. 场外　高架桥　夜

镜号	画面	内容描述	时长
37－1		纵横交错的立交桥上，万家灯火的璀璨之间，白色轿车飞驰其上，“武汉加油”的万人声响，响彻天边……	6S

38. 场内　家　夜

镜号	画面	内容描述	时长
38－1		整洁的客厅里张贴着红色的福字，电视里播放着除夕晚会歌舞节目。 孟扬、孟星兄妹端着饭碗走出厨。	6S
38－2		孟星接过哥哥递过来的筷子，朝碗上整齐摆放好四双木筷。	4S
38－3		墙面上，母亲的遗照下是孟冬与兄妹俩的温馨合照，一侧有两张旧照，照片里的孟冬身穿军装站在军旗下，身姿伟岸挺拔。	4S

39. 场内　轿车　夜

镜号	画面	内容描述	时长
39－1		孟冬行驶在空无一人的惠安大道上。	3S
39－2		手机铃响，屏幕显示是女儿来电。 孟冬犹豫片刻，接通电话。	3S

40. 场外 惠安大道 夜

镜号	画面	内容描述	时长
40－1		灯火下的惠安大道寂静空荡，远处夜空硕然绽放出几朵绚丽璀璨的烟花。 （画外音）孟星：爸爸……新年快乐！	8S

（七）《莲心》文学剧本

1. 外景　莲湖　日

星辰渐隐，晓色濛濛，如在雾中。声声蝉鸣伴着清凉的荷风隐隐传来，吹散了氤氲的雾气，唤醒了梦中的人儿。

天际愈亮，晨辉袅袅，汩汩湖水在朝阳的照耀下波光粼粼，一艘小船缓缓驶来，船桨拍打着湖水哗哗作响，惹得湖面泛起圈圈涟漪。

2. 外景　乡间公路　日

天光澄澈，碧空如洗，在乡间公路的城际班车临时停靠点前，站着两三个候车的旅客。

公路两旁的树木整齐排列，茂密而葱绿。树下摆着一个小摊，摊前的木板上用红字写着“冰糖莲子”四个大字。

此时，一个稚嫩的童声忽而响起。

（画外音）小女孩：望洞庭，湖光秋月两相和，潭面无风镜未磨。

一个扎着马尾辫的小女孩坐在小摊后面，低头看着手里的书。

背着双肩包的王胜站在小女孩的左边，一位头发花白的老爷爷坐在她的右边。

阳光透过树叶的缝隙散落在他们的肩头，夏日的虫鸣鸟叫与小女孩的诵读声交织在一起，显得灵动又悦耳。

小女孩：遥望洞庭山水翠，白银盘里一青螺。

读到这里小女孩自言自语地嘟囔了一句：白银盘?

她不解地转过头，看向坐在自己身边的爷爷，问道。

小女孩：爷爷，白银盘是什么啊?

爷爷一边摇晃着手中的蒲扇，一边不好意思地笑了笑。随后，用手指了指站在小女孩身边的王胜。

爷爷：你问哥哥，爷爷不知道。

听到爷爷的回答，小女孩立马转头望向王胜。

小女孩：哥哥，白银盘是什么啊？

王胜俯下身子，摸了摸小女孩的头，说道。

王胜：白银盘啊，白银盘就是洞庭湖。

小女孩转了转乌溜溜的大眼睛，似懂非懂，嘟着嘴继续追问道。

小女孩：白银盘不是盘子吗？为什么是洞庭湖啊？

听到这里，王胜忍不住用手轻轻刮了一下小女孩的鼻子，笑着说道。

王胜：老师上课你要认真听课哦。

小女孩调皮地吐了吐舌头，做了个鬼脸说。

小女孩：我上课很认真听的。

一旁的爷爷听到小女孩的回答，也跟着笑了起来，连忙补充道。

爷爷：我孙女很爱读书的，只是最近老师病了，停课了好一阵了，要是能多来一些老师就好了。

王胜闻言，握着书包肩带的双手不由地紧了紧。

爷爷说罢，便放下手中的蒲扇，拿起桌前的空碗，起身从木桶里盛了一碗冰糖莲子递给王胜。

王胜连忙转身，双手接过。

王胜：谢谢爷爷。

王胜低头看着这碗冰糖莲子，汤汁晶莹剔透，一颗颗白嫩粉糯的莲子沉于碗底，几颗色泽鲜红、形态饱满的枸杞漂浮于上。他若有所思后，随即端着碗仰头一饮而尽。

出片名：莲心。

3. 外景　校园　日

树梢闪烁的金色和傍晚的余光混合成韵味绵长的歌谣，播放在生机勃勃的校园里。

道路两旁的宣传栏上张贴着各种公告和海报，两位老师坐在一则公告前，三两成群的学生或驻足观望或低头咨询。

王胜从校门外往里走，经过宣传栏时被这一幕吸引了目光，他停下了脚步抬眼望向公告，“乡村支教，点亮梦想”几个大字赫然印入眼帘。他随即从旁边的桌子上拿起一张《支教报名表》仔细阅读。

这时，一声洪亮“胜哥”传入王胜的耳朵。

4. 外景　大排档　夜

华灯初上，星光缀满夜空。

室友宋玉嘴里嚼着烤肉，瞥了一眼桌上的报名表，满脸疑惑地问王胜。

宋玉：胜哥，这是什么？

王胜伸手想将报名表放进书包。

王胜：没什么。

宋玉灵敏地推开了王胜的手，拿着表一边仔细地看，一边不可思议地笑着反问王胜。

宋玉：不会吧，你要去支教？

王胜没有说话，笑了笑夹起一口菜，塞进嘴里。

宋玉：你爸一个人把你拉扯大，就是想你走出农村，你倒好自己又跑回去了。

听见宋玉说起自己的父亲，王胜放下了手中的筷子，刚放进嘴里的菜也忘记了咀嚼，低头不语。

两人陷入了长久的沉默，大排档嘈杂的人声在此时显得格外的刺耳。

5. 外景　家　日（闪回）

临近正午，阳光像一只不知餍足的猛兽，伴着聒噪的蝉鸣，想掠夺大地每一寸阴凉的角落，院中沙土已现出胆怯的光亮，小草也像经受不住高温的炙烤，慢慢地垂下了叶子。

刚刚从田间劳作完的父亲走进家中小院，他头戴草帽，宽肩粗臂，皮肤黝黑，一手撑着腰一手扶着椅背，缓缓坐下。身旁的矮桌上放着一只泛黄的水杯，杯中漂浮着一颗颗青绿色的莲心，他刚想伸手去拿，就被另一只抢过，抬眼便见王胜站在桌前。

王胜低头将水杯拧开后递给了父亲，并说道。

王胜：爸，您腰疼就不要做了，多休息会儿。

父亲接过水壶，微笑间露出了一条条历经岁月雕刻的褶皱。

王胜：等我以后考上大学，就在城里找到工作，然后接您去城里住。

父亲闻言默默地放下了手中的杯子，拿起杯盖用力拧紧，轻轻点头。

父亲：好。（闪回完）

6. 外景　大排档　夜

突然，一声阵欢笑声将王胜拉回了现实。他回头一看，原来是一群孩子们正在快乐地玩游戏。那一张张无忧无虑的笑脸，在夜晚路灯的辉映下，耀眼如朝阳。想到这里，王胜轻轻叹了一口气，随后举起桌上的啤酒与宋玉干杯。酒刚到嘴边，他停顿了一下，抬头对宋玉说了一句。

王胜：去支教的事，还不一定呢，我得明天去问问我爸。

说完，王胜仰头将杯中酒一饮而尽，眼眶里的泪水也顺势悄然滑落。

宋玉端着酒杯看着对面王胜，脸上露出担忧的神色。

7. 内景　宿舍楼日

午后静悄悄的楼梯间，阳光洒落，融融暖意一点点蔓延，时光如油画般温柔。

王胜侧身倚着窗台，拿出手机拨打着家里的电话。

8. 内景　家　日

一张土漆板栗色的长方形木桌上，电话“嘀哩嘀哩”地响了起来。

9. 内景　宿舍楼　日

王胜将手机听筒贴近耳边，笑着问候着电话另一头的父亲。

王胜：爸，吃饭了没?

10. 内景　家　日

家里电话旁放着父亲常常喝水的水杯，杯中无水，杯底隐约可见一层薄灰。

（画外音）王胜：最近您身体还好吗?

11. 内景　宿舍楼　日

王胜转身，抬头望向窗外，不好意思地冲着听筒笑了一下，略带歉意地说道。

王胜：好长时间没有给您打电话了……

12. 内景　家　日

家中桌上的电话依旧“嘀哩嘀哩”的响着，迟迟没有人接听。

13. 外景　学校草坪　日

晨曦洒落在毛茸茸的草地上，树木像安静的沉思者。

王胜靠在大树上望着远方，思绪随着脑海中那一声声充满喜悦的呼喊远游至过去的时光。

（画外音）王胜：爸！爸！爸……

14. 外景　莲湖小路　日（闪回）

水面清圆，暄风暖日，荷花灼灼，碧叶田田。

王胜骑着一辆破旧的自行车轻快地驶在莲湖边小路上，向着正在莲湖里摘莲子的父亲兴奋地呼喊，留下一路同样闪烁着的记忆。

王胜：爸！爸！爸……

15. 外景　莲湖　日（闪回）

戴着草帽的父亲划着小船穿梭在莲湖中，摇曳的莲叶挡住了他大半个身子，他似乎并没有听见王胜的呼喊，始终低头摘采着莲蓬。

16. 外景　莲湖小路　日（闪回）

王胜一边用力蹬着自行车的脚踏板，一边更大声地呼喊。一层薄薄的汗珠在他额头和鼻尖泛起。

王胜：爸！爸！

17. 外景　莲湖　日（闪回）

父亲依旧没有听见，只是专心致志地摘着莲蓬，脆嫩欲滴的新鲜莲蓬几乎要装满了整个小船。

18. 外景　莲湖小路　日（闪回）

王胜来不急刹车就从车子上兴奋地跳了下来，朝着莲湖中央，将手中的录取通知书举过头顶用力挥舞，然后继续喊着自己的父亲。

王胜：爸！爸！

19. 外景　莲湖　日（闪回）

此时正在采莲的父亲隐隐听见了王胜的呼喊，他抬头扶了扶草帽，又回头看着岸边正朝自己挥手的儿子，随即也将头上的草帽摘了下来，朝着王胜挥了挥。

20. 外景　莲湖岸边　日（闪回）

王胜见父亲回应了自己，马上将放在地上的自行车扶起来，一跃骑了上去。

王胜继续往前骑了一小段，直至莲湖岸边。他将自行车停下，转头从车篮里拿起录取通知书，边走边看向湖面，大声喊道。

王胜：爸！爸！

父亲飞快地将船朝岸边划了过来，回应道。

父亲：哎。

王胜迎了过去，扶父亲走上岸，激动地说道

王胜：爸，您慢点，我刚刚收到大学的录取通知书了！

待父亲站稳后，王胜将录取通知书递到了父亲手中。

父亲见状，连忙将手在衣襟两边擦了擦，随后双手接过录取通知书，神色难掩喜悦之情，声音略带颤抖地说道。

父亲：好！真好！

云影渡莲湖，水面如镜，映出天边余晖七彩的光。

王胜骑着自行车，父亲推着三轮车，两个人走在长满野草的湖边小路上，王胜突发奇想，调皮地对自己的父亲说。

王胜：爸，咱们比比看谁先到家。好不……

王胜话音未落，父亲就立马跨上自己的三轮车，自信满满地回应道。

父亲：好！

王胜笑嘻嘻地看着父亲，却没想到父亲用力一蹬，率先骑走了。王胜顿时敛起笑容，立马抗议。

王胜：喂，爸，我还没喊开始呢，您这是抢跑啊！

此刻，阳光不愿告别，涂抹出红色的晚霞，自行车驶过夏日的傍晚，黄昏将父子俩的影子拉得修长。

21. 外景　家门口　日（闪回）

父亲率先到达家门口，他从三轮车上下来，还不忘扭头看看自己身后的王胜，然后推着三轮车进了家门。

不久，王胜从后面追了上来，笑着看向已经走进家门的父亲。他从车上下来后，也推着车走了进去。

22. 内景　堂屋　日（闪回）

堂屋的桌子上放着一台破旧的收音机，正咿咿呀呀地发出一些不太清晰的声音。

收音机：走罗嗬，行罗嗬，得儿来得儿来得儿来哎哎哎……

仔细一听，才知道那是湖南花鼓戏《刘海砍樵》的中明快爽朗的唱段。

23. 内景　厨房　日（闪回）

与堂屋一墙之隔的厨房里，一碗冰糖莲子正放在灶台上。

父亲的衣领被洗得发白，胸前的扣子早已脱落，袒露在外的胸膛被烈日晒得微微泛红。只见他从一个碗中抓了几颗枸杞放在冰糖莲子里面，又拿起勺子搅了搅，随后端着碗，转身走了出去。

24. 外景　院子　日（闪回）

父亲一只手扶着腰，一只手端着碗，朝院中走来。

他缓缓弯腰将碗放在院内的矮桌上。

正坐在桌旁的王胜看见冰糖莲子，立马笑着抬头对父亲说了一声。

王胜：谢谢，爸。

王胜将碗向自己拉近，一边喝着冰糖莲子，一边低头看书。

树上的蝉鸣声渐响，父亲又扶着腰走到了墙边，从地上拿起渔网，试图将渔网挂到院中由两根树干简易搭建而成的晾衣架上。

迎着将要落下的夕阳，渔网被镀上了一层温暖的光晕。父亲站在光晕之后，时不时捶打着自己的腰间，王胜见状心疼地喊道。

王胜：爸，您腰疼就别做了，快坐下来休息一会儿吧。

父亲点点头，扶着腰缓缓地朝王胜走了过来。

王胜连忙起身迎了上去，搀扶着父亲坐到院中的椅子上，并将泡着莲心茶的水杯递给了父亲，随后俯身为他捏肩捶背。

王胜：我帮您按按，兴许能舒服点。

父亲将水杯拧开，低头轻轻吹散杯中的水汽后喝了一口。

身后的王胜一边捏着肩，一边继续说道。

王胜：等我大学毕业，在城里找着工作了，就立马接您去城里住。

父亲边喝水边点点头，杯中莲心随着晃动，在水中时而翩跹起舞，时而横卧沉底。

父亲：好，好。（闪回完）

25. 外景　学校草坪　日

树叶被风撩拨着并发出阵阵声响，时而沙哑，时而浑厚，散发出一种忧郁而低沉的气息。

王胜倚着树干抬头仰望天空，任凭清风拂过他的脸庞，手里把玩着不知从哪儿捡到的小叶子，轻轻叹了一口气，随后起身，一脚将脚边的石子踢开。

26. 外景　家门口　日

夕阳影落门前，斑驳着灰墙轩窗。院外洒落一地的不止阳光，还有往事。

家门口那扇红色的木门，静静伫立，仿佛在等候着谁的归来。

27. 内景　堂屋　日

王胜快步推开堂屋的门，环视着家中熟悉的一切，父亲那辛勤劳作的身影立马浮现在了他的眼前。

28. 内景　堂屋　日（闪回）

父亲用菜刀在木板上一颗接着一颗地劈开晒干的莲子。

王胜端着一杯父亲最爱的莲心茶朝他走来。

正在忙碌的父亲停下手里的活，伸手接过王胜手里的水杯。（闪回完）

29. 内景　堂屋　日

想到这里，王胜把自己的双肩包取下，放在了地上，慢慢地走进了里屋。

30．内景　里屋　夜（闪回）

里屋的灯突然被打开，昏暗的房间瞬间亮了起来。

父亲双手扶着腰，满脸痛苦地走了进来，坐在床边，端起床头的水杯喝了一口，擦了擦自己脸上的汗珠。随后，他起身拿出放在床里侧的一个红漆木匣子，开始整理东西。（闪回完）

31．内景　里屋　日

父亲的杯子静静地放在电话的一旁，杯内空空如也。

突然，王胜好像听到厨房有响声，拿起背包便朝厨房走去。

32．内景　厨房　日

王胜走到厨房门口，一只脚已经踩到门槛上，手抬起来想要推门，犹豫片刻后又缓缓地放了下来。他盯着门，直到听见厨房里传出了铁锅呲呲的炒菜声后，才下定决心推门而入。抬眼间，他便看见了弯着腰在灶前做饭的父亲，惊喜地叫了一声。

王胜：爸！

王胜立马高兴地走进去，先父亲一步，弯腰捡起掉在地上的鱼，放进水桶里。

王胜：我来。

父亲看着回来的儿子，开心地笑了起来。

33．外景　院子　日

莲叶包鱼、辣椒炒肉、清炒藕尖、莲子炒肉……一道一道色泽鲜美的家乡菜摆满了院内的矮桌。

热气腾腾的烟火里萦绕着乡土哺育的气息，勾连起王胜心底最朴素又温馨的记忆。

王胜咽了咽口水，一边伸手夹开包着的莲叶，一边说。

王胜：爸，来。

说着将莲叶里的一块鱼肉放在了父亲的碗里，然后端起酒杯示意父亲喝酒。

王胜：爸。

两人碰了杯，王胜端着酒杯却没有立马喝掉。他低着头不敢看向父亲，清了清嗓子，随后说道。

王胜：爸，我想和您说个事……

王胜沉默半晌后，鼓足勇气抬头看向父亲，眼含热泪。忽然，他又不好意思地笑了一声，摇摇头，一口气干掉了自己手中的酒。

王胜对面的座椅上空无一人，碗里放着一块未动的鱼肉和一杯热气氤氲的莲心茶。

34．外景　莲湖　日

夕阳西下，湖水好似染成了深红色，墨绿的莲叶如平铺云锦，粉嫩的菡萏倚着清风左右摇晃，遮盖住了湖面的阵阵涟漪。

35．内景　里屋　夜（闪回）

父亲端起床边那碗如墨般的中药，皱着眉一饮而尽。随后，他转身看着墙壁上的相框，照片上是他和王胜母亲结婚时的合影。

相框的右下角还夹着一张小照片，一个虎头虎脑，珠圆玉润的小婴孩正张开双臂，咧嘴大笑。

父亲将两张照片并在一起，轻柔又小心地抚摸了两下，嘴唇颤颤巍巍，一滴眼泪从眼眶潸然落下。

36．外景　莲湖　日（闪回）

夜幕的黑被一点点击退，朝阳的光将天空一分为二，湖面泛着鱼鳞般的片片水波，一条小船静静地停靠在岸边。

忽而，远处传来了一声尖锐的鸡鸣，划破了清晨的宁静。

37．外景　院子　日（闪回）

日光渐柔，草木苓茏，花枝萑蒀。

院中的鸡一边啄着地上的谷物，一边在仰天啼鸣。

38．内景　里屋　日（闪回）

睡在床上的父亲听到鸡鸣声，掀开被子艰难地起身。他站在地上双手叉腰活动着全身，舒展完又从药瓶里取了两颗药放进嘴里，接着扶腰踱步走到放水杯的桌前，拿起开水壶，泡了半杯莲心茶。

39．内景　侧卧房　日（闪回）

王胜睡眼惺忪，透过门缝模模糊糊地看见父亲打开大门，朝外走去。

40．外景　莲湖　日（闪回）

一只鸟孤独地飞翔在刚刚褪去黑暗的天空。

父亲只身站在小船上，卖力地划着双桨，船桨随着父亲的动作有规律地拍打着湖面。

行至湖心中央时，船停了下来。父亲站在船头，将渔网高高地抛向高空，仿佛要将背后的朝阳一起网住，撒入湖中。不一会儿渔网收紧，一条条肥美跃动的鱼儿随之浮出水面，很快便装满了鱼篓。

父亲看了眼篓中活蹦乱跳的鱼儿，心满意足地点点头。

继而将小船划向莲湖深处。待到莲花密布处，父亲又将船停下，摇摇晃晃地站在船边，摘起了莲蓬。如瀑的汗珠宛如黏稠的胶水，将衣服紧紧的贴在皮肤上。但他依旧没有停下劳作，继续划着小船穿梭在茂密的莲花丛间，弯着腰摘莲蓬。每当累了，他就坐在船头，拿起水杯喝自己带的莲心茶，稍作歇息后，又起身继续干活。鞋子被水弄湿了，就将其脱下放在有些许积水的船内，自己光脚站在船上。

忽然，一阵强光直射而来，他感觉自己的视线变得越来越模糊，眼前的莲花与莲蓬叠映在一起。他一手扶着额头，一手撑着膝盖，努力不让身体倒下。可最终还是因为体力不支，扑通一声栽进了湖里。

41. 外景　学校篮球场　日（闪回）

天空布满乌云，雷声轰轰作响。

王胜光着膀子在雨中一会儿疯狂地拍打着篮球，一会儿来回奔跑。

天晴后万物如洗，云自徘徊，天光流淌。

精疲力尽的王胜躺在满是积水的地上，鞋子凌乱地放在身旁。

雨后的水洼好像为王胜开了一扇别样的窗，里面都是他和父亲相处时动人的模样。

王胜再也抑制不住内心的悲痛，看着天空声嘶力竭地喊了一声。

王胜：爸！

42. 外景　莲湖　日（闪回）

站在莲湖边的王胜，用尽全身的力气高喊着自己的父亲，声音随着湖水飘到了莲花深处。

王胜：爸！

这一声呐喊，仿佛带来了风浪。莲叶随着大风猛烈地摇晃，天上传来轰隆隆的雷声，停在莲湖边的小船也随湖水剧烈摆动着。

王胜坐在岸边，痛苦地揪着自己的头发，脑中如走马灯般放映着着父亲生前的画面：父亲在院里踮着脚晒渔网，父亲在湖中弯着腰摘莲蓬，父亲在里屋皱着眉喝中药，父亲在岸边擦着手接过他的大学录取通知书，父亲一口接一口地喝着莲心茶……

（画外音）王胜：爸，我考上大学了，就在城里找工作……爸，等我我大学毕业，就接您去城里住……

（画外音）父亲：好，好，好……

43. 外景　学校篮球场　日（闪回）

躺在篮球场的王胜坐起来，起身向前方跑去。

（画外音）王胜：爸，咱们比比看谁先到家。

44．内景　学校澡堂　日（闪回）

王胜拧开淋浴的开关，水从淋蓬头流出，他闭眼睛感受着冷水顺着他的头发流向全身，浸透心脾。

（画外音）王胜：喂，我还没喊开始呢，您这属于抢跑。（闪回完）

45．外景　院子　日

王胜坐在自家的院子里，墙角的爬山虎好似一块梦幻的棱镜，将阳光折射出千般色彩。

浓绿里含着对过往的感念，橙黄间存着对未来的展望，还有一抹赭红满怀热烈与绚烂，点染风光。

46．外景　莲湖　日

几声鸟鸣轻转，半缕朝阳入眼，薄雾饱沾色彩，清风舒展挥毫，展开了一幅如梦似幻的画卷。

莲湖中一艘小船上王胜独自一人，背对岸边，面朝暖阳。小船摇摇晃晃，随波飘荡，此时的王胜感觉父亲就坐在自己身边。

王胜：爸。

船头放着父亲的水杯，里面的莲心，也随着小船一并起伏翻涌。

王胜：我记得小时候，看您特别喜欢喝莲子茶，还以为多好喝呢。

远方的思念在轻云上依偎，王胜将自己想说的话低回叙述。

身旁的父亲看着远处，始终一言未发。

王胜：所以有一次，我趁您出去干活了，就偷偷打开您的水杯喝了一口，那个滋味，可真苦啊！

王胜始终不敢看向身旁的父亲，他继续说道。

王胜：你现在肯定在偷偷笑我吧！

父亲的水杯随着小船轻柔摇晃，绿色的莲心点缀其中，透明的杯身在阳光的照耀下绚彩斑斓。

此时太阳已完全升起，金色的光芒照亮整片天空。

之前眼神还带着些许迷茫的王胜突然释怀开阔，他低头看着手中已填好的支教报名表，又抬头望向远方，神情笃定。

杯中的莲心在流动的光影和潋滟的柔波中，悄悄铺展，就像王胜心中的理想信念，伴着朝阳照亮了他人生的山程水驿。

47. 外景　乡间公路　日

王胜喝完冰糖莲子，擦了擦嘴，将碗放在小摊上，朝爷爷鞠了个躬。

王胜：谢谢您，这碗冰糖莲子很甜。

爷爷连忙上前，伸手虚扶了一下王胜，笑着回应道。

爷爷：哎，你个小伙子弄得这么客气干什么。

王胜说完直起弯下的腰，转背从自己的双肩包左侧抽出那杯莲心茶，打开杯盖喝了起来。

爷爷见状，有点惊讶地说。

爷爷：小伙子，你也喝莲心茶啊。

王胜笑着看了爷爷一眼，点点头，什么也没有说。

一辆大巴缓缓驶来，王胜招了招手，大巴车便在他的身边停下。他转过身，边后退边朝爷爷和小女孩道别。

王胜：爷爷，再见。

爷爷和小女孩也朝他挥了挥手，以示告别。

爷爷：再见，好走啊。

大巴车很快便消失在眼前，驶向了更为宽广的长路。

48. 外景　乡村小学　日

光阴流转，又到一年夏日。

阳光普照，暑气萦绕，万物飒爽。鸟儿流连在茂密的草丛，蜻蜓陶醉于碧色的池塘。

光点亮了校园里红绿相间的操场。一群孩子们挥汗在跃动日晖里，在他们炙热而舒畅的呼吸中，传递着充满活力的青春信号。

风拂过教学楼前的窗棂，与教室里响亮又炽热的诵读声交织成一首赞歌，关于梦想，关于希望，响彻校园，飘向远方。

（画外音）师生：望洞庭，湖光秋月两相和，潭面无风镜未磨。遥望洞庭山水翠，白银盘里一青螺。

（剧终）

（八）《莲心》分镜头剧本

（48 场　171 镜）

1. 场外　莲湖　日

镜号	画面	内容描述	时长
1－1		天际愈亮，晨辉袅袅，汩汩湖水在朝阳的照耀下波光粼粼，一艘小船缓缓驶来。	5S

2. 场外　乡间公路　日

镜号	画面	内容描述	时长
2－1		乡间公路两旁的树木整齐排列，茂密而葱绿。在公路的城际班车临时停靠点前，站着两三个候车的旅客。	3S
2－2		王胜站在城际班车停靠点候车。 此时，一个稚嫩的童声忽而响起：望洞庭，湖光秋月两相和，潭面无风镜未磨。	5S
2－3		一个扎着马尾辫的小女孩坐在小摊后面，低头朗诵着手里的书：遥望洞庭山水翠，白银盘里一青螺。	3S
2－4		小女孩嘟囔了一句：白银盘？ 她不解地转过头，看向坐在自己身边的爷爷，问道：爷爷，白银盘是什么啊？	5S

镜号	画面	内容描述	时长
2－5		爷爷一边摇晃着手中的蒲扇，一边不好意思地笑了笑。随后，用手指了指站在小女孩身边的王胜：你问哥哥，爷爷不知道。	4S
2－6		听到爷爷的回答，小女孩立马转头望向王胜：哥哥，白银盘是什么啊？	3S
2－7		王胜俯下身子，摸了摸小女孩的头，说道：白银盘啊，白银盘就是洞庭湖。	4S
2－8		小女孩转了转乌溜溜的大眼睛，似懂非懂，嘟着嘴继续追问道。 小女孩：白银盘不是盘子吗？为什么是洞庭湖啊？	4S
2－9		听到这里，王胜忍不住用手轻轻刮了一下小女孩的鼻子，笑着说道：老师上课你要认真听课哦。	4S
2－10		小女孩调皮地吐了吐舌头，做了个鬼脸说：我上课很认真听的。	3S
2－11		王胜背包里装着一杯莲心茶。	2S
2－12		一旁的爷爷听到后连忙补充道：我孙女很爱读书的，只是最近老师病了，停课了好一阵了，要是能多来一些老师就好了。	4S

镜号	画面	内容描述	时长
2－13		王胜闻言，握着书包肩带的双手不由地紧了紧。	2S
2－14		爷爷说罢，便放下手中的蒲扇。	2S
2－15		爷爷拿起桌前的空碗，起身从木桶里盛了一碗冰糖莲子递给王胜。	4S
2－16		王胜连忙转身，双手接过：谢谢爷爷。	3S
2－17		王胜低头看着这碗冰糖莲子，汤汁晶莹剔透，一颗颗白嫩粉糯的莲子沉于碗底。他若有所思后，随即端着碗仰头　饮而尽。	4S
2－18	 莲心	出片名：莲心。	4S

3. 场外　校园　日

镜号	画面	内容描述	时长
3－1		道路两旁的宣传栏上张贴着各种公告和海报，两位老师坐在一则公告前，三两成群的学生或驻足观望或低头咨询。	3S

镜号	画面	内容描述	时长
3－2		王胜经过宣传栏时被这一幕吸引了目光，他停下了脚步抬眼望向公告，“乡村支教，点亮梦想”几个大字赫然印入眼帘。	5S
3－3		王胜走向咨询台，随即从旁边的桌子上拿起一张《支教报名表》。	3S
3－4		王胜拿着《支教报名表》仔细阅读。	3S

4. 场外　大排档　夜

镜号	画面	内容描述	时长
4－1		室友宋玉灵敏地推开了王胜的手，拿着表一边仔细地看，一边不可思议地笑着反问王胜。	4S
4－2		宋玉满脸疑惑地问王胜：不会吧，你要去支教？ 王胜没有说话。	3S
4－3		王胜笑了笑夹起一口菜，塞进嘴里。 宋玉：你爸一个人把你拉扯大，就是想你走出农村，你倒好自己又跑回去了。	6S
4－4		听见宋玉说起自己的父亲，王胜放下了手中的筷子，刚放进嘴里的菜也忘记了咀嚼，低头不语。	6S

5. 场外　家　日（闪回）

镜号	画面	内容描述	时长
5－1		刚刚从田间劳作完的父亲回到家，十分疲惫地坐在椅子上。 王胜见状赶紧拿起水杯，走过去递给了父亲。	6S
5－2		王胜关切地对父亲说：爸，您腰疼就不要做了，多休息会儿。等我以后考上大学，就在城里找到工作，然后接您去城里住。	6S
5－3		父亲闻言默默地放下了手中的杯子，拿起杯盖用力拧紧，轻轻点头：好。	5S

6. 场外　大排档　夜

镜号	画面	内容描述	时长
6－1		想到这里，王胜轻轻叹了一口气，随后举起桌上的啤酒与宋玉干杯。	4S
6－2		酒刚到嘴边，王胜停顿了一下，抬头对宋玉说了一句：去支教的事，还不一定呢，我得明天去问问我爸。	4S
6－3		宋玉端着酒杯看着对面王胜，脸上露出担忧的神色。	3S
6－4		说完，王胜仰头将杯中酒一饮而尽，眼眶里的泪水也顺势悄然滑落。	5S

7. 场内　宿舍楼　日

镜号	画面	内容描述	时长
7－1		王胜侧身倚着窗台，拿出手机拨打着家里的电话。	3S

8. 场内　家　日

镜号	画面	内容描述	时长
8－1		一张土漆板栗色的长方形木桌上，电话“嘀哩嘀哩”地响了起来。	3S
8－2		电话一直在响，家中空无一人。	3S

9. 场内　宿舍楼　日

镜号	画面	内容描述	时长
9－1		王胜将手机听筒贴近耳边，笑着问候着电话另一头的父亲：爸，吃饭了没？	4S

10. 场内　家　日

镜号	画面	内容描述	时长
10－1		电话旁放着父亲常常喝水的水杯，杯中无水，杯底隐约可见一层薄灰。 （画外音）王胜：最近您身体还好吗？	3S

11. 场内　宿舍楼　日

镜号	画面	内容描述	时长
11－1		王胜抬头望向窗外，不好意思地冲着听筒笑了一下，略带歉意地说道：好长时间没有给您打电话了……	4S

12. 场内　家　日

镜号	画面	内容描述	时长
12－1		家中桌上的电话依旧“嘀哩嘀哩”的响着，迟迟没有人接听。	3S

13. 场外　学校草坪　日

镜号	画面	内容描述	时长
13－1		晨曦洒落在毛茸茸的草地上，树木像安静的沉思者。 王胜靠在大树上望着远方。	4S
13－2		王胜的思绪随着脑海中那一声声充满喜悦的呼喊远游至过去的时光。 （画外音）王胜：爸！爸！爸……	4S

14. 场外　莲湖小路　日（闪回）

镜号	画面	内容描述	时长
14－1		王胜骑着一辆破旧的自行车轻快地驶在莲湖边小路上，向着正在莲湖里摘莲子的父亲兴奋地呼喊：爸！爸……	4S

15. 场外　莲湖　日（闪回）

镜号	画面	内容描述	时长
15－1		戴着草帽的父亲划着小船穿梭在莲湖中，摇曳的莲叶挡住了他大半个身子。父亲似乎并没有听见王胜的呼喊。	3S

16. 场外　莲湖小路　日（闪回）

镜号	画面	内容描述	时长
16－1		王胜一边用力蹬着自行车的脚踏板，一边更大声地呼喊：爸！爸！	3S

17. 场外　莲湖　日（闪回）

镜号	画面	内容描述	时长
17－1		父亲依旧没有听见，只是专心致志地摘着莲蓬，脆嫩欲滴的新鲜莲蓬几乎要装满了整个小船。	3S

18. 场外　莲湖小路　日（闪回）

镜号	画面	内容描述	时长
18－1		王胜来不急刹车就从车子上兴奋地跳了下来，朝着莲湖中央，将手中的录取通知书举过头顶用力挥舞，并呼喊着：爸！爸！	4S

19. 场外　莲湖　日（闪回）

镜号	画面	内容描述	时长
19－1		此时正在采莲的父亲隐隐听见了王胜的呼喊，他抬头扶了扶草帽，又回头看着岸边正朝自己挥手的儿子。	5S

镜号	画面	内容描述	时长
19－2		父亲随即也将头上的草帽摘了下来，朝着王胜挥了挥。	3S
19－3		莲湖中的荷花纷纷绽放，蜜蜂正在花丛间飞舞。	3S

20. 场外　莲湖岸边　日（闪回）

镜号	画面	内容描述	时长
20－1		王胜继续往前骑至莲湖岸边。他将自行车停下，转头从车篮里拿起录取通知书，边走边看向湖面，大声喊道：爸！爸！	4S
20－2		父亲飞快地将船朝岸边划了过来，回应道：哎。	2S
20－3		王胜迎了过去，扶父亲走上岸，激动地说：爸，您慢点，我刚刚收到大学的录取通知书了！ 王胜将录取通知书递到了父亲手中。	4S
20－4		父亲见状，连忙将手在衣襟两边擦了擦，随后双手接过录取通知书，神色难掩喜悦之情，声音略带颤抖地说道：好！真好！	4S
20－5		王胜骑着自行车，父亲推着三轮车，两个人走在长满野草的湖边小路上。夏日的黄昏将父子俩的影子拉得修长。	8S

21. 场外　家门口　日（闪回）

镜号	画面	内容描述	时长
21－1		父亲率先到达家门口，然后推着三轮车进了家门。 不久，王胜从后面追了上来。他从车上下来后，也推着车走了进去。	5S

22. 场内　堂屋　日（闪回）

镜号	画面	内容描述	时长
22－1		堂屋的桌子上放着一台破旧的收音机，传出明快爽朗的戏曲声：走罗嘛，行罗嘛，得儿来得儿来得儿来哎哎哎……	6S

23. 场内　厨房　日（闪回）

镜号	画面	内容描述	时长
23－1		父亲的衣领被洗得发白，胸前的扣子早已脱落，袒露在外的胸膛被烈日晒得微微泛红。	5S
23－2	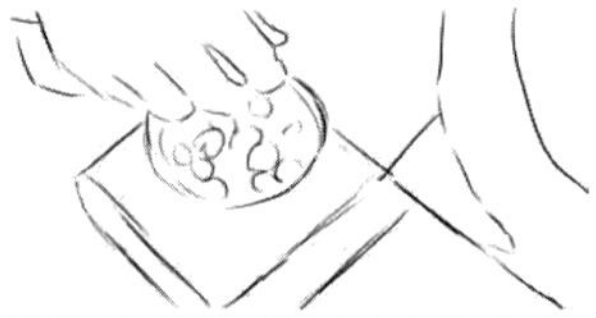	厨房里，一碗冰糖莲子正放在灶台上。只见父亲从一个碗中抓了几颗枸杞放在冰糖莲子里面，又拿起勺子搅了搅。	4S
23－3		父亲随后端着碗，转身走了出去。	3S

24. 场外　院子　日（闪回）

镜号	画面	内容描述	时长
24－1	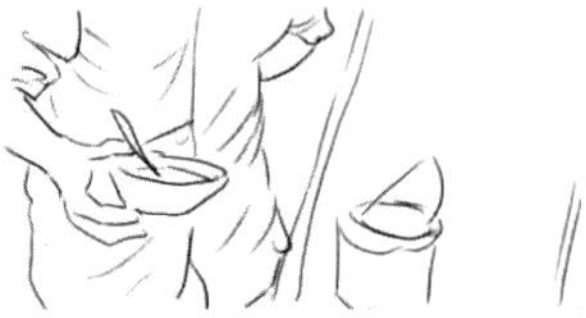	父亲一只手扶着腰，一只手端着碗，朝院中走来。	3S

镜号	画面	内容描述	时长
24 - 2		父亲缓缓弯腰将碗放在院内的矮桌上。 正坐在桌旁的王胜看见冰糖莲子，立马笑着抬头对父亲说：谢谢，爸。	5S
24 - 3		树上的蝉鸣声渐响，父亲又扶着腰走到了墙边。	3S
24 - 4	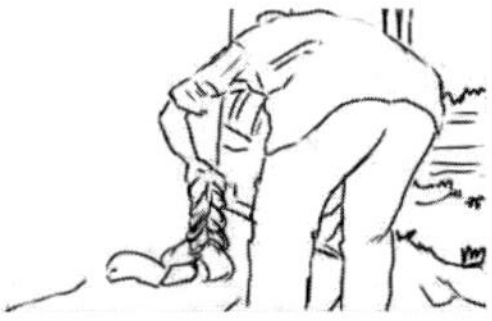	父亲从地上拿起渔网。	2S
24 - 5		王胜将碗向自己拉近，一边喝着冰糖莲子，一边低头看书。	3S
24 - 6		父亲将渔网挂到院中由两根树干简易搭建而成的晾衣架上。	5S
24 - 7		父亲站渔网旁，时不时捶打着自己的腰间，王胜见状心疼地喊道：爸，您腰疼就别做了，快坐下来休息一会儿吧。	6S
24 - 8	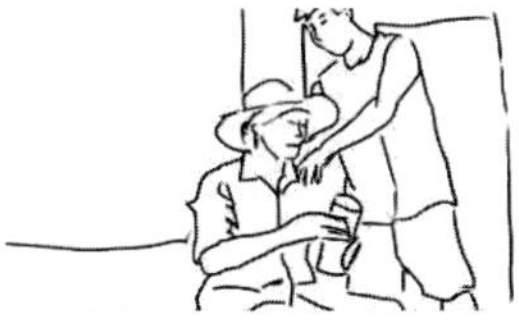	王胜搀扶着父亲坐到院中的椅子上，并将泡着莲心茶的水杯递给了父亲，随后俯身为他捏肩捶背。	6S
24 - 9	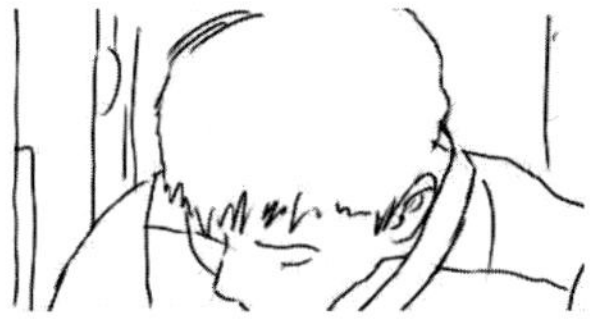	身后的王胜一边捏着肩，一边继续说道：等我大学毕业，在城里找着工作了，就立马接您去城里住。	4S

镜号	画面	内容描述	时长
24－10		父亲边喝水边点点头，杯中莲心随着晃动，在水中时而翩跹起舞，时而横卧沉底。	4S

25. 场外　学校草坪　日

镜号	画面	内容描述	时长
25－1		树叶被风撩拨着并发出阵阵声响，时而沙哑，时而浑厚。 王胜倚着树干抬头仰望天空，任凭清风拂过他的脸庞。	4S
25－2		王胜随后缓缓起身。	2S
25－3		王胜手里把玩着不知从哪儿捡到的小叶子，脸上一副心事重重的样子。	4S
25－4		王胜一脚将脚边的石子踢开。	3S

26. 场外　家门口　日

镜号	画面	内容描述	时长
26－1		家门口那扇红色的木门，静静伫立，仿佛在等候着谁的归来。	3S

27. 场内　堂屋　日

镜号	画面	内容描述	时长
27－1		王胜快步推开堂屋的门，环视着家中熟悉的一切，父亲那辛勤劳作的身影立马浮现在了他的眼前。	3S

28. 场内　堂屋　日（闪回）

镜号	画面	内容描述	时长
28－1	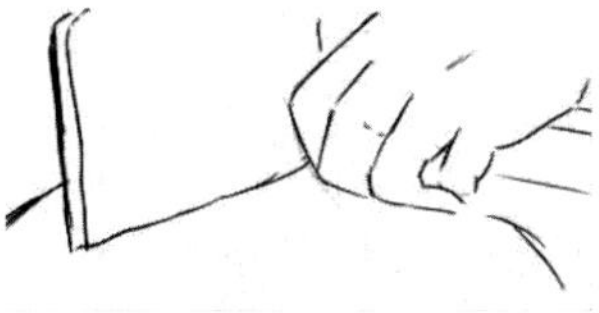	父亲用菜刀在木板上一颗接着一颗地劈开晒干的莲子。	3S
28－2		王胜端着一杯父亲最爱的莲心茶朝他走来。 正在忙碌的父亲停下手里的活，伸手接过王胜手里的水杯。	

29. 场内　堂屋　日

镜号	画面	内容描述	时长
29－1		想到这里，王胜把自己的双肩包取下，放在了地上，慢慢地走进了里屋。	4S

30. 场内　里屋　夜（闪回）

镜号	画面	内容描述	时长
30－1	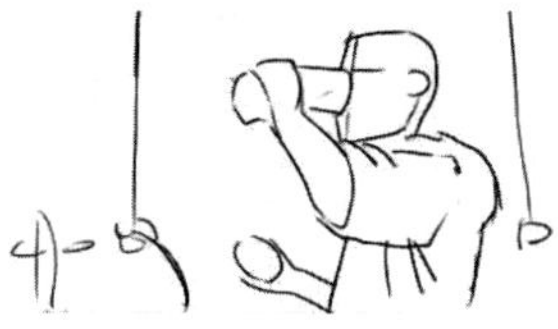	里屋的灯突然被打开，父亲双手扶着腰，满脸痛苦地走了进来，坐在床边，端起床头的水杯喝了一口，擦了擦自己脸上的汗珠。	5S

镜号	画面	内容描述	时长
30－2	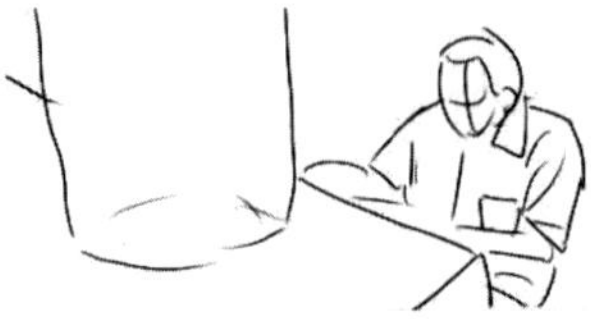	随后，父亲起身拿出放在床里侧的一个红漆木匣子，开始整理东西。	3S

31. 场内　里屋　日

镜号	画面	内容描述	时长
31－1		父亲的杯子静静地放在电话的一旁，杯内空空如也。	2S
31－2		突然，王胜好像听到厨房有响声，拿起背包便朝厨房走去。	3S

32. 场内　厨房　日

镜号	画面	内容描述	时长
32－1		厨房里，锅铲撞击着铁锅，发出清脆的响声。	2S
32－2	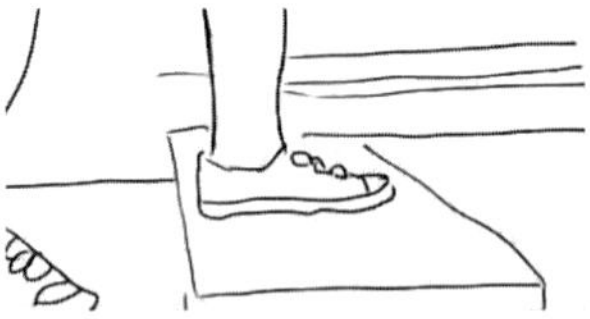	王胜走到厨房门口，一只脚已经踩到门槛上，刚想要推门，犹豫片刻后又缓缓地放了下来。	3S
32－3		王胜盯着门，听见厨房里传出了铁锅呲呲的炒菜声。	3S
32－4		王胜下定决心推门而入。抬眼间，他便看见了弯着腰在灶前做饭的父亲，惊喜地叫了一声：爸！	3S

镜号	画面	内容描述	时长
32－5		王胜立马高兴地走进去，先父亲一步，弯腰捡起掉在地上的鱼，放进水桶里。父亲看着回来的儿子，开心地笑了起来。	6S

33．场外　院子　日

镜号	画面	内容描述	时长
33－1		莲叶包鱼、辣椒炒肉、清炒藕尖、莲子炒肉……一道一道色泽鲜美的家乡菜摆满了院内的矮桌。	3S
33－2		热气腾腾的烟火里萦绕着乡土哺育的气息，勾连起王胜心底最朴素又温馨的记忆。	4S
33－3		王胜一边伸手夹开包着的莲叶，一边说：爸，来。	3S
33－4		王胜说着将莲叶里的一块鱼肉放在了父亲的碗里。	2S
33－5		王胜然后端起酒杯示意父亲喝酒：爸。	4S
33－6	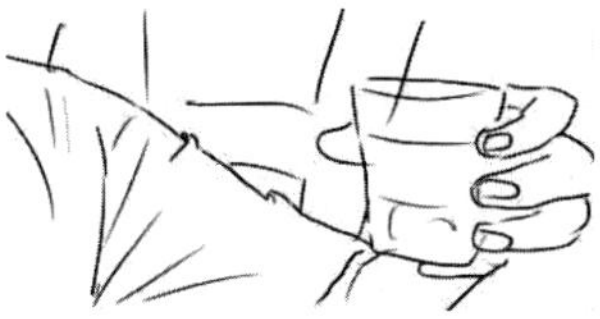	两人碰了杯，王胜端着酒杯却没有立马喝掉。他低着头不敢看向父亲，清了清嗓子，随后说道：爸，我想和您说个事……	6S

镜号	画面	内容描述	时长
33－7		王胜沉默半晌后，鼓足勇气抬头看向父亲，眼含热泪。	6S
33－8		忽然，王胜又不好意思地笑了一声，摇摇头，一口气干掉了自己手中的酒。 对面的座椅上空无一人。	5S
33－9	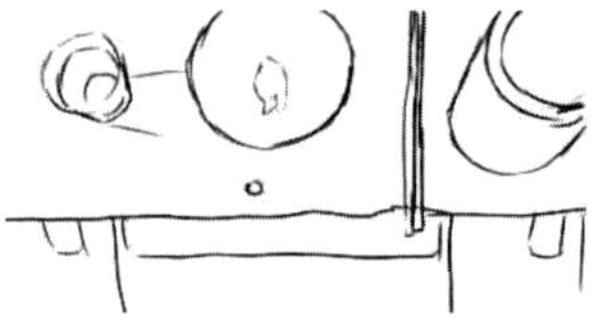	父亲的碗里放着一块未动的鱼肉和一杯热气氤氲的莲心茶。	5S

34. 场外　莲湖　日

镜号	画面	内容描述	时长
34－1		夕阳西下，湖水好似染成了深红色，墨绿的莲叶如平铺云锦，粉嫩的菡萏倚着清风左右摇晃，遮盖住了湖面的阵阵涟漪。	3S

35. 场内　里屋　夜（闪回）

镜号	画面	内容描述	时长
35－1		父亲端起床边那碗如墨般的中药，皱着眉一饮而尽。随后，他转身走向挂着照片的边柜。	5S
35－2		边柜上的相框里是父亲和母亲的结婚照。右下角还夹着一张王胜幼时照片。	8S

镜号	画面	内容描述	时长
35－3		父亲轻柔地抚摸着照片，一滴眼泪从眼眶潸然落下。	6S

36. 场外　莲湖　日（闪回）

镜号	画面	内容描述	时长
36－1		夜幕的黑被一点点击退，朝阳的光将天空一分为二，湖面泛着鱼鳞般的片片水波。	3S
36－2		一条小船静静地停靠在岸边。	3S

37. 场外　院子　日（闪回）

镜号	画面	内容描述	时长
37－1		日光渐柔，草木苓茏，花枝萑蘼。 院中的鸡一边啄着地上的谷物，一边在仰天啼鸣。	3S

38. 场内　里屋　日（闪回）

镜号	画面	内容描述	时长
38－1		睡在床上的父亲听到鸡鸣声，掀开被子艰难地起身。	4S
38－2		父亲站在地上双手叉腰活动着全身，舒展完又从药瓶里取了两颗药放进嘴里。	8S

镜号	画面	内容描述	时长
38 – 3	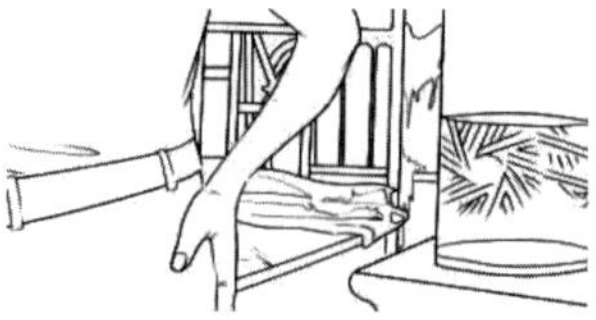	接着父亲扶腰踱步走到放水杯的桌前。父亲拿起开水壶，泡了半杯莲心茶。	5S

39. 场内　侧卧　日（闪回）

镜号	画面	内容描述	时长
39 – 1		王胜睡眼惺忪，透过门缝模模糊糊地看见父亲身影。	4S
39 – 2		父亲打开大门，朝外走去。	3S

40. 场外　莲湖　日（闪回）

镜号	画面	内容描述	时长
40 – 1		一只鸟孤独地飞翔在刚刚褪去黑暗的天空。	3S
40 – 2		父亲只身站在小船上，卖力地划着双桨，船桨随着父亲的动作有规律地拍打着湖面。	4S
40 – 3		行至湖心中央时，船停了下来。父亲站在船头，将渔网高高地抛向高空，仿佛要将背后的朝阳一起网住，撒入湖中。	6S

镜号	画面	内容描述	时长
40－4		继而父亲将小船划向莲湖深处。	3S
40－5		待到莲花密布处，父亲将船停下。	3S
40－6	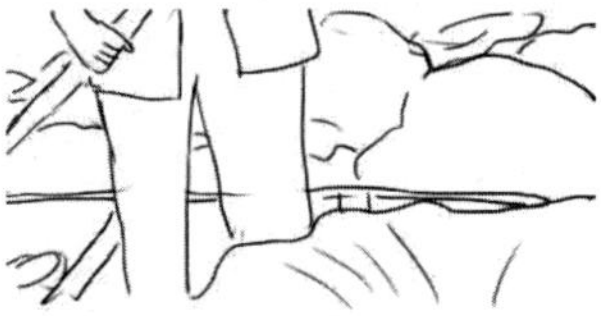	父亲摇摇晃晃地站在船边。	2S
40－7		父亲开始摘起了莲蓬。	2S
40－8		父亲弯着腰摘莲蓬。	2S
40－9		父亲穿梭在茂密的莲花丛间。	3S
40－10		烈日暴晒下，父亲那如瀑的汗珠宛如黏稠的胶水，将衣服紧紧的贴在皮肤上。	3S
40－11		但父亲依旧没有停下劳作，继续划着小船。	2S

镜号	画面	内容描述	时长
40－12		父亲觉着有些累了，他坐在船头，拿起水杯喝自己带的莲心茶。	5S
40－13		父亲稍作歇息后，又起身继续干活。	3S
40－14		父亲划向莲花深处。	3S
40－15	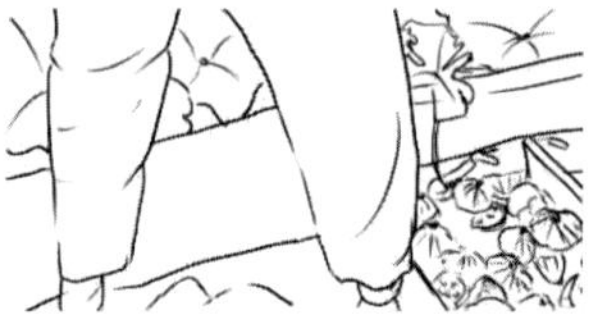	父亲的鞋子被水弄湿了，他就将其脱下放在有些许积水的船内，自己光脚站在船上。	3S
40－16		忽然，一阵强光直射而来，父亲感觉自己的视线变得越来越模糊。	3S
40－17	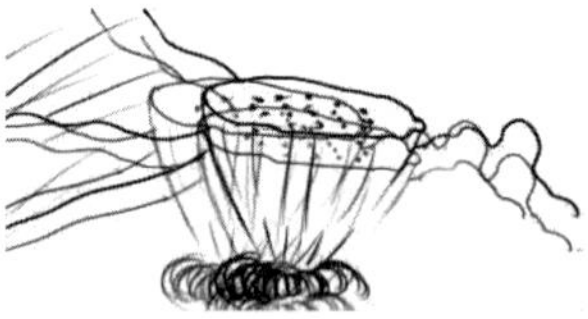	父亲眼前的莲花与莲蓬叠映在一起。	2S
40－18		父亲一手扶着额头，一手撑着杆子，努力不让身体倒下。	2S
40－19	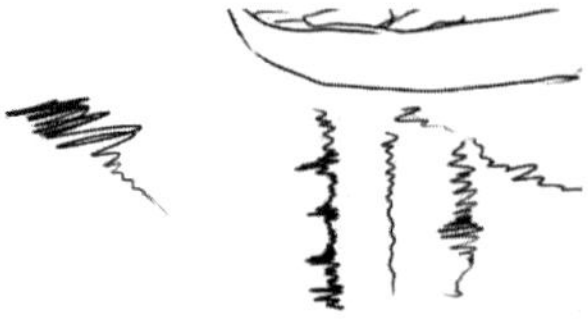	可最终父亲还是因为体力不支，扑通一声栽进了湖里。	2S

镜号	画面	内容描述	时长
40－20	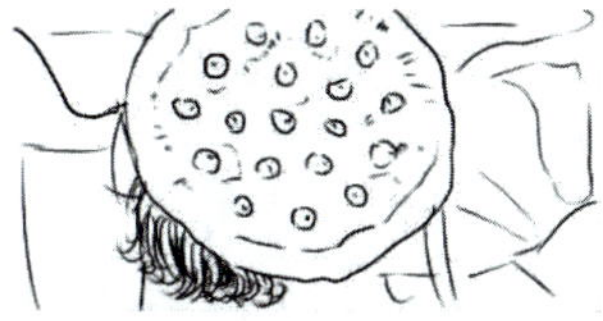	湖里的水溅到了周围的莲蓬和莲叶上。	3S

41．场外　学校篮球场　日（闪回）

镜号	画面	内容描述	时长
41－1		天空布满乌云，雷声轰轰作响。	2S
41－2		王胜光着膀子站在暴雨中。	2S
41－3		王胜疯狂地拍打着篮球。	3S
41－4		王胜用力将篮球抛飞出去，随机奔跑起来。	3S
41－5	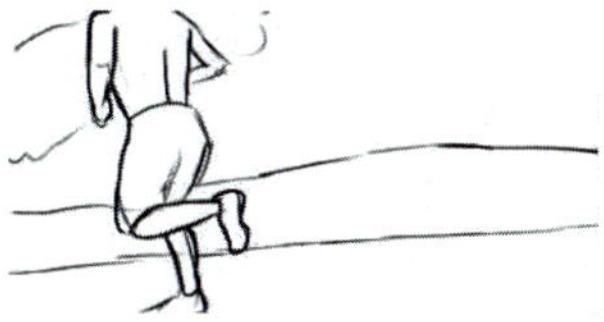	王胜拼命地来回奔跑。	3S
41－6		精疲力尽的王胜躺在满是积水的地上。	2S

镜号	画面	内容描述	时长
41－7		王胜任凭雨水击打脸庞。	2S
41－8		王胜的鞋子凌乱地放在身旁。 水洼好像为王胜开了一扇别样的窗，里面都是他和父亲相处时动人的模样。	5S
41－9		王胜再也抑制不住内心的悲痛，看着天空声嘶力竭地喊了一声：爸！	3S

42. 场外　莲湖　日（闪回）

镜号	画面	内容描述	时长
42－1		王胜：爸！ 站在莲湖边的王胜，用尽全身的力气高喊着自己的父亲，声音随着湖水飘到了莲花深处。	3S
42－2		这一声呐喊，仿佛带来了风浪。莲叶随着大风猛烈地摇晃，天上传来轰隆隆的雷声。	3S
42－3		莲花也大风剧烈摆动着。	2S
42－4		王胜坐在岸边，痛苦地揪着自己的头发，脑中如走马灯般放映着着父亲生前的画面。	10S

43. 场外　学校篮球场　日（闪回）

镜号	画面	内容描述	时长
43－1	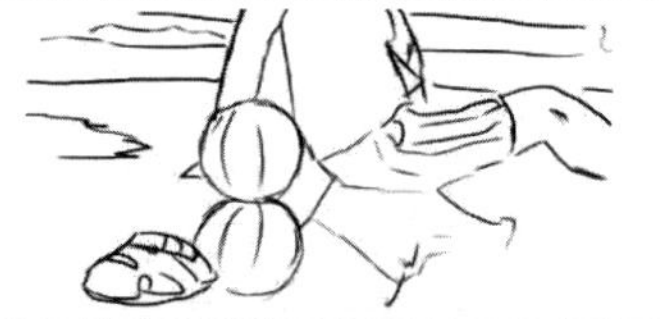	躺在篮球场的王胜坐起来，起身向前方跑去。 （画外音）王胜：爸，咱们比比看谁先到家。	4S

44. 场内　学校澡堂　日（闪回）

镜号	画面	内容描述	时长
44－1		王胜拧开淋浴的开关。	2S
44－2	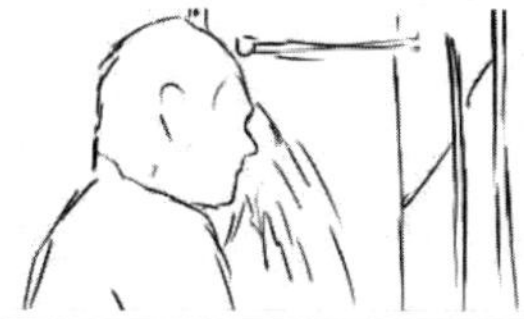	冷水从淋蓬头流出，洒落在头顶。	2S
44－3	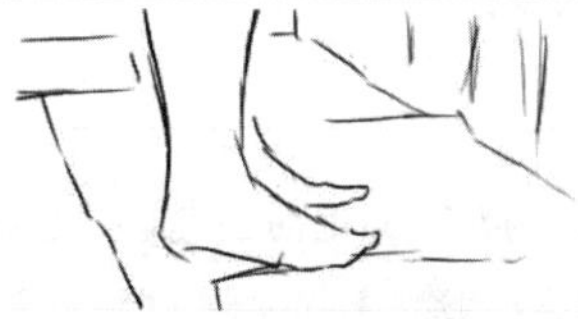	冷水顺着身体滑落到脚下。	2S
44－4		王胜闭眼睛回忆着过往。 （画外音）王胜：喂，我还没喊开始呢，您这属于抢跑。	4S
44－5		王胜感受着冷水顺着他的头发流向全身，浸透心脾。	3S

45. 场外　院子　日

镜号	画面	内容描述	时长
45－1		王胜坐在自家的院子里，墙角的爬山虎好似一块梦幻的棱镜，将阳光折射出千般色彩。	4S

46　场外　莲湖　日

镜号	画面	内容描述	时长
46－1	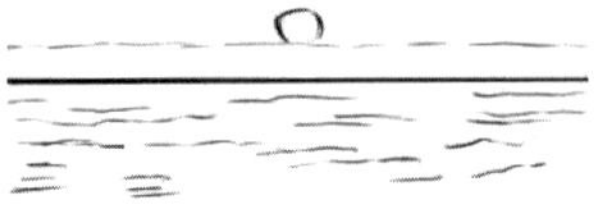	几声鸟鸣轻转，半缕朝阳入眼，薄雾饱沾色彩，清风舒展挥毫，展开了一幅如梦似幻的画卷。	3S
46－2		莲湖中的小船摇摇晃晃，随波飘荡，此时的王胜感觉父亲就坐在自己身边：爸，我记得小时候。	4S
46－3		王胜将自己想说的话低回叙述：看您特别喜欢喝莲子茶，还以为多好喝呢。	4S
46－4		王胜继续说道：所以有一次，我趁您出去干活了，就偷偷打开您的水杯喝了一口。	4S
46－5		船头放着父亲的水杯，里面的莲心，也随着小船一并起伏翻涌。 （画外音）王胜：那个滋味，可真苦啊！	3S
46－6		王胜始终不敢看向身旁的父亲，他继续说道：你现在肯定在偷偷笑我吧！ 身旁的父亲看着远处，始终一言未发。	4S
46－7	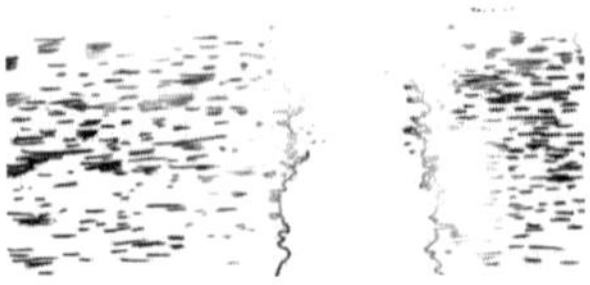	朝阳缓缓升起，曙光洒向水面，波光粼粼。	3S
46－8		小船上已不见父亲身影，父亲的水杯仍在。王胜独自一人，背对岸边，面朝暖阳。	3S

镜号	画面	内容描述	时长
46－9	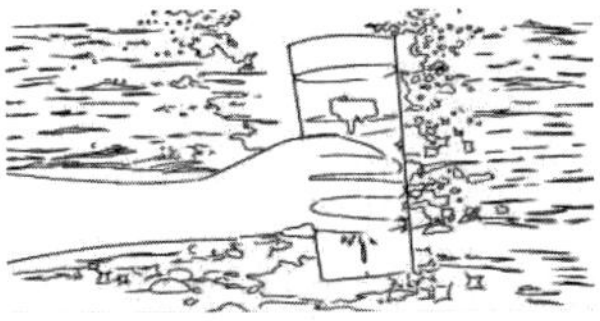	王胜拿起水杯，绿色的莲心点缀其中，透明的杯身在阳光的照耀下绚彩斑斓。	5S
46－10		王胜低头看着手中已填好的支教报名表。	3S
46－11		王胜抬头望向远方，神情笃定。	3S
46－12		此时太阳已完全升起，金色的光芒照亮整片天空。	5S

47. 场外 乡间公路 日

镜号	画面	内容描述	时长
47－1		王胜喝完冰糖莲子，擦了擦嘴，将碗放在小摊上，朝爷爷鞠了个躬。 爷爷连忙上前，伸手虚扶了一下王胜。	6S
47－2		王胜说完直起弯下的腰，转背从自己的双肩包左侧抽出那杯莲心茶，打开杯盖喝了起来。	5S
47－3		爷爷见状，有点惊讶地说：小伙子，你也喝莲心茶啊。	3S

镜号	画面	内容描述	时长
47－4		王胜笑着看了爷爷一眼，点点头，什么也没有说。	2S
47－5		一辆大巴缓缓驶来，王胜招了招手，大巴车便在他的身边停下。他转过身，边后退边朝爷爷和小女孩道别：爷爷，再见。	5S
47－6		爷爷和小女孩也朝他挥了挥手，以示告别。 大巴车很快便消失在眼前，驶向了更为宽广的长路。	5S

48．场外　乡村小学　日

镜号	画面	内容描述	时长
48－1	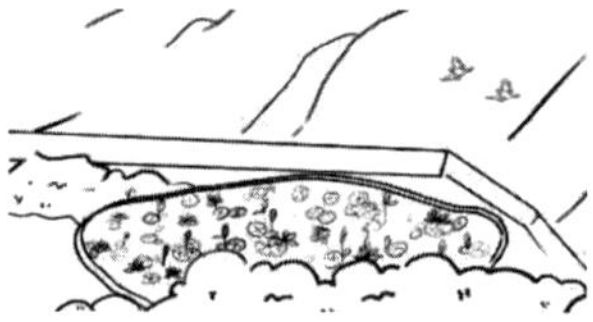	阳光普照，暑气萦绕，万物飒爽。鸟儿流连在茂密的草丛，蜻蜓陶醉于碧色的池塘。	4S
48－2	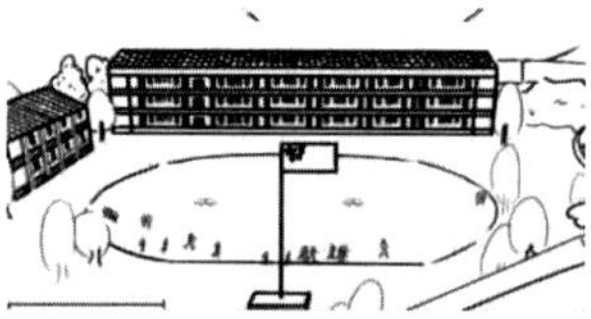	光点亮了校园里红绿相间的操场。一群孩子们挥汗在跃动日晖里，在他们炙热而舒畅的呼吸中，传递着充满活力的青春信号。	6S
48－3		风拂过教学楼前的窗棂，与教室里响亮又炽热的诵读声交织成一首赞歌。 师生：望洞庭，湖光秋月两相和，潭面无风镜未磨……	6S
48－4	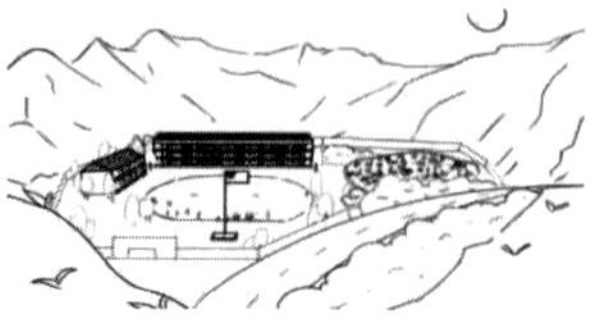	孩子们悦耳的诵读声响彻校园，飘向远方。	8S

心灵归途

(一)《归途》文学剧本

1. 外景　衡山祝融峰　日

云雾缭绕下的祝融峰像是悬浮在空中，透过这片轻纱薄笼依稀看到山间小路上有一两个僧人登顶而来。

四时秀色的峰峦中梵音缥缈，咚咚的钟声从寺庙的方向悠然而至。

人们三五成群，零星散落在蜿蜒的登山小道上，三跪九叩向着远处岚光掩映下的寺庙朝拜。

2. 外景　盘山公路　日

寺庙的钟声从远处隐隐约约传来。

公路盘绕在苍翠的山林间，一辆小汽车穿梭其中。

3. 外景　山林　日

朝露撒满山林，羊群开始漫步于山间。

4. 外景　盘山公路　日

盘山公路上有一辆小汽车打着双闪灯停在路边。

男子下车打开了车子的引擎盖，探着头往里看了看，随即无奈地掏出手机。手机上屏保图片是他和女儿的合影，时间显示是中午 11 点 45 分。

男子揣起手机，透过车窗看了看里面的粉红色书包与抱着布偶熊的女儿。

女儿冲着男子扮了一个鬼脸，男子笑了笑，低头修起车来。

一位少年行走在公路上，抬手擦了擦额头上的汗，他停下来从背包中拿出一瓶水，仰起头喝了一大口，继续朝前方走去。

男子看到从身边经过的少年，向其寻求帮助。

男子：喂，你好，能帮忙推下车吗？

少年停下脚步看了看支着引擎盖的车，又看了看站在车前的男子。

男子尴尬地指了指车。

男子：电瓶没电了，麻烦帮帮忙。

少年走到车后，男子也随即上车，车在少年和男子的努力下终于重新发动起来。少年拍了拍手上的灰尘，准备继续赶路。

就在这时，男子将头伸出车窗，向少年招了招手喊着。

男子：去哪儿？我载你一程吧！

少年：去衡山。

男子：上车！

少年迟疑了片刻，拉开后座的车门，正准备把身上的背包放上去，发现后座上放着一个粉红色书包，座位下躺着一个布偶熊。

看着布偶熊，少年动作缓慢，有所迟疑地将熊捡起。

男子见状急忙下车从少年身后一把抢过布偶熊，小心翼翼地将其放在粉红色书包旁，并轻轻抚摸了几下。

少年莫名其妙地看着男子，然后上了副驾座位。

5. 内景　车内　日

男子上了车，又看了一下手机，时间显示中午 12 点。

男子双手握着方向盘，从后视镜中瞥一眼后座上抱着布偶熊的女儿，并对她笑笑。在后视镜中，女儿开心地抱着布偶熊唱着童谣，也对男子回以笑容。

一旁的少年系好安全带，转头看了一眼男子，顺势又看了一眼后座上的书包和布偶熊，心底隐隐地觉着有些怪异。

6. 外景　盘山公路　日

小汽车开动了，沿着盘山公路，一路向前。

7. 内景　车内　日

小汽车行驶在盘山公路上，车内的两人没有任何交谈。

少年打量了下车里的环境，看了看后视镜上挂着的佛牌，佛牌因为车子行驶而左右摇晃着。

一旁正在开车的男子，又抬头看了一眼后视镜，后视镜中的女儿正微笑地看着男子。

少年偷偷瞄了眼男子，又看了看后座的粉红色书包和那个布偶熊，这次无意间发现熊身上有一块污迹。看着那块污迹，少年瞬间脸色发白，陷入了回忆。

8. 外景　黄山路口　夜（闪回）

一摊浓稠的血液向四周蔓延，就在不远处有只布偶熊，熊已经被鲜血染红了大半

边。（闪回完）

9．外景　盘山公路　日

汽车在盘旋的公路上行驶，斑驳的树影从车窗外划过。

10．内景　车内　日

男子打了一个哈欠，转头看向少年。

男子：会开车吗？

少年被从记忆中拉回现实，惊慌地看着男子，迟疑了一下。

少年：啊……会。

男子说着就将车停在路边。

男子：你先开会儿，我休息一下。

男子随即下车，从车后绕行至右侧后门。

少年也下了车，坐上了驾驶位。

男子打开后车门，看见布偶熊倒在了一边，双手轻轻地把它扶正并不断抚摸着，眼神中透着一丝温柔。

少年调整了一下座位，随后开动了汽车。他抬头透过后视镜看了一眼男子，男子依偎在布偶熊旁边。

男子左手紧紧握住布偶熊的小手，闭上眼小憩，此时耳边隐约传来女儿轻柔的歌声。

11．外景　郊外　日（闪回）

女儿：黑黑的天空低垂，亮亮的繁星相随……

女儿坐在草地上，正欢快地拍手，轻柔地吟唱。

坐在对面的男子，和女儿一同拍手，并随声附和着，脸上洋溢着满满的幸福。

柔暖的阳光透过小树，斑驳地洒在他们身上，幻化成一幅静美而温暖的画卷。

女儿：虫儿飞虫儿飞，你在思念谁……（闪回完）

12．内景　车内　日

斑驳的树影在车窗上不断掠过，男子正躺在后座上酣睡，女儿美妙的歌声穿越空间一直萦绕在耳畔。

13．外景　盘山公路　日

小汽车正缓缓行驶在盘山公路上。

前方有人在路边徘徊。

有两头牛正在公路旁的草地上悠闲地吃着草。

14. 内景　车内　日

透过车窗远远地看见前方有一个背包客在招手，少年缓缓踩下刹车。

15. 外景　盘山公路　日

背包客见车停了下来，快步走到车边。

16. 内景　车内　日

背包客将手搭在车窗上，脖子和手腕上挂着的一串串佛珠非常显眼。

看着背包客，少年愣住，默默咽了一口唾沫。

背包客脸上露着讨好的笑容，一边看着少年一边打量着车里，看到了后座的男子，从口袋中掏出一盒烟，抽出两根递给少年和男子。

少年摇了摇头，男子眯着眼睛没有睁开。

背包客看着两人，将烟收起来，冲他们一笑。

背包客：兄弟，你们这是去哪儿？

少年没有立刻回答，只是回头看了看后座上眯眼睡觉的男子。

此时，后座上的男子突然蹦出了一句话。

男子：衡山。

背包客露出开心的笑容。

背包客：刚好我也去衡山，能捎我一段吗？

少年转回头，不置可否。

背包客见状，焦急地望向后座上的男子恳求道：大哥，你就帮个忙吧！

男子闭着眼轻叹了一声。

男子：上来吧。

背包客赶忙上了车，顺势坐在了前座上，并将背包放在了脚下，转头向后座上的男子不停地道谢。

背包客：谢谢大哥！谢谢大哥！

背包客无意中瞥见后座上的布偶熊，好奇地问道。

背包客：这儿有个布偶熊啊？

少年也下意识地看了眼后视镜中的布偶熊，一旁的男子并未理睬背包客。

背包客见男子和少年都未回应，一度尴尬苦笑。

少年看见背包客的举动眉头一皱，放下手刹，启动汽车。

17. 外景　盘山公路　日

小汽车继续向前行驶。

18. 内景　车内　日

少年开着车，时不时观察旁边的背包客和后座上的男子。

少年再次观察背包客时，恰巧与背包客的眼神对视了一下，少年慌忙收回眼神，专心开车。

背包客坐起身子与男子及少年交谈起来。

背包客：你们是哪里人啊？

背包客一边说话一边将手腕上的佛珠取下来放在手里盘捻。

少年没有说话，隔了几秒钟男子回答：长沙。

背包客看向少年。

背包客：兄弟，你呢？

少年有些不太想接话。

少年：我……我也是长沙人。

背包客坐起身来用蹩脚的长沙话开玩笑。

背包客：哦，那我们离得挺近呀！我是长沙旁边那个湘西的，真的是缘分呀，老乡！

背包客满怀热情的聊天得到的却是冰冷的回应，这让他显得有些无奈。

男子和少年两人默不作声，车厢里一片沉寂，气氛尴尬。

背包客忽然想起兜里的那包槟榔，赶忙拿出来热情地递给他们。

背包客满脸堆笑。

背包客：恰槟榔不？（长沙话）

看着两人没有反应，背包客只好慢慢缩回拿着槟榔的手，拿了一块丢进自己嘴里，背靠座椅，跷起腿悠闲地吃了起来。

少年为了化解尴尬，打开了收音机。

19. 外景　盘山公路　日

盘上公路上有一群羊正在横穿马路。

小汽车减速避让，缓行通过。

20. 内景　车内　日

汽车内悬挂的佛牌随着车的行走而摇晃。

车载广播里正播放着某市一起货车撞人逃逸事件的新闻。

车载广播：欢迎收听 FM102．8 城市交通广播电台，这里是《警法时空》栏目。去年的今天，在黄山路口发生了一起货车撞人的交通事故。该事故造成一名女童当场死亡，死者年仅六岁，货车司机肇事逃逸至今仍未投案自首……

少年下意识瞥了一瞥后视镜里的男子，又看了看旁边的背包客，将方向盘攥得紧紧的。

背包客嚼着槟榔的嘴也逐渐停止了嚼动。他有些坐立不安，拿起放在脚下的背包，然后又放下。

后座上熟睡中的男子听见新闻，皱紧了眉头，手中的布偶熊越抓越紧。

车内陷入死一般的沉默，没有人说话。

车载广播：如有知情者，请及时与警方取得联系，联系电话……

此时，少年抬手伸向收音机开关，还没等他的手触摸到按钮，背包客就将身体往前倾，抢先把手伸向收音机并按下了开关。

少年与男子都惊讶地看向背包客。

少年刚转回头看向前方，忽然模糊地看到有什么东西出现在车前，他猛地一个急刹车伴随着车身强烈的一震，头部撞向方向盘，瞬间眼前一片漆黑。

21．外景　黄山路口　夜（闪回）

一摊浓稠的血液向四周蔓延，布偶熊已经被鲜血染红了大半边。

少年一步步靠近，惊恐地看着地上的一切。（闪回完）

22．外景　盘山公路　日

小汽车停在路中间，双闪灯一直在闪烁。

23．内景　车内　日

少年逐渐苏醒过来，惊魂未定地坐起身，喘着粗气，额头上可见一块淤青。

24．外景　盘山公路　日

少年打开车门下车，跌跌撞撞地朝车头走去。

25．内景　车内　日

后座上的男子清醒了过来，连忙看了眼身旁的物件，发现布偶熊从座位上掉了下来，弯腰将其捡起，轻拍了几下后放在了座椅上。

26．外景　盘山公路　日

少年走到车前，车牌上一片血迹映入眼帘。

少年面如土色，颤颤巍巍地伸手去触摸车牌上的血迹。看着沾满鲜血的手，他内心惊恐万分。

27．内景　车内　日

后座上的男子看见车外惊慌失措的少年，随即把书包背在胸前，打开车门下了车。

28．外景　盘山公路　日

男子走过来一把握住少年沾满鲜血的手，少年突然回过神，本能地将手回缩了一下。

少年缓缓抬头，双目无神地看向男子。

男子皱紧了眉头，疑惑地向周围看了看。

29．内景　车内　日

陷入昏迷的背包客躺在副驾驶座上，身体微微动弹了一下。

30．外景　盘山公路　日

男子打量了四周，除了车牌上存留的血迹，周围并无异样。他又疑惑地蹲下来往车底瞧了瞧，发现什么也没有。

少年像失了魂一般愣愣地站在一旁。

男子摇头道：不行！我们要报警。

说完，男子赶忙从口袋里掏出手机准备拨打电话。

不知什么时候背包客从车里出来了，手里拿着一块石头，悄悄地朝男子走去。

男子打开手机屏幕，后面的背包客正蹑手蹑脚地一步步靠近。

就在男子按下号码的瞬间，背包客双手已经高高地举在了空中，手里的石头重重地落在了男子头上，男子“啊”了一声立刻栽倒，人事不省，鲜红的血液从头顶滴到地面上。

背包客弯下腰，抓住男子的双腿，身体向后仰，吃力地将男子拖到路边。

少年被这突如其来的一切惊呆了，他睁大眼睛半张着嘴，想喊却喊不出来。他片刻回过神后开始左顾右盼，然而周围一个人也没有。惊慌中发现男子掉在地上的手机，少年一个箭步冲上去抓起手机跑到一旁拨打电话。

背包客见状大步走上前一把将手机从少年手中抢了过来，转过身举起手臂将手机扔向了悬崖，又回头一把揪住了少年的衣领。

少年不断地退后企图挣脱背包客的手。

少年：你干什么？你要杀人，你疯了吗？

看着被激怒的少年，背包客揪着衣领的手抓得更紧了。

少年惊恐又愤怒地看着背包客，从喉咙里硬挤出声音。

少年：黄山路口，那个小女孩！

背包客抓着少年衣领的手慢慢地放松，他的眼神里闪烁着慌乱与不安。

31．外景　黄山路口　夜（闪回）

坐在副驾驶位上的背包客缓过神来，身体迅速往前探了探，看见一名小女孩躺在血泊之中，身体微微抽动，一旁的布偶熊已经被鲜血染红了大半边。（闪回完）

32．外景　盘山公路　日

背包客咬牙切齿：不，不是我，真不是我撞的！

背包客的手无力地从少年衣领上滑落。

少年憎恶地看着背包客，摇了摇头。

躺在地上的男子手指突然动了动，意识模糊地看着眼前争吵着的背包客与少年。

背包客已经快要不能呼吸，双手抓着自己的头发，摇着头自言自语。

背包客：不，不是我，不是我……

躺在地上的男子怒吼。

男子：原来是你？

男子抱着粉红色书包挣扎着从地上爬起来，努力甩了甩头试图让自己更清醒，随即奋力向背包客冲了过去，扑在背包客身上。

背包客站立不稳，两个人仰面摔倒。

男子眼里充满怒火，不顾一切地掐住背包客的脖子。背包客在地上翻滚挣扎着试图挣脱掐在脖子上的手，两人厮打起来，场面一片混乱。

少年站在一旁不知所措，刚要走上去将两人拉开，两人就在厮打中滚到了盘山公路旁的斜坡下，男子身上的粉红色书包也随着滑落下去。

33．外景　斜坡下　日

少年焦急地从山坡上跑下来，看见男子和背包客仍在厮打。

男子双手紧紧掐着背包客的脖子，不愿松手，背包客见状想办法挣脱，一把拽住身旁的粉红色书包准备砸向男子，结果没想到用力过猛，书包被抛向空中，重重地落在了不远处的草地上。

随着一声陶瓷碎裂的声音从包里传来，男子的手突然停在了半空，转头向书包的位置望去。

背包客见男子突然停下，也不自主地放下了举在半空的拳头，疑惑地看向男子。

男子呆坐了半秒，疯狂地向书包掉落的地方跑去，背包客犹豫了片刻也跟上前走到了男子身旁。

男子小心翼翼地打开了书包，又解开了里面的一个布袋，发现里边的罐子已经摔碎，罐子里粉末状的东西洒在了布袋里，那是女儿的骨灰。

男子颤抖着把碎片一个一个从骨灰中捡出来。

少年杵在一旁，神情凝重。

背包客瘫坐在草地上，低着头，脸上流露着歉疚和不安。

男子紧紧抱着粉红色的书包，悲声啜泣。

三人就这样在原地静默着。

云层慢慢散开，天空渐渐变亮。

抬首间，少年隐隐约约看见不远处的草地里有一片血迹，血迹里还躺着一个白色的物体，少年惊慌地三步并作两步来到了血迹旁。

背包客好奇地看着，慢慢站起来，朝少年走去。

少年看着地上的血迹，缓慢地抬起头看了看天空，然后低下头长舒了一口气，退后了两步坐在了地上。

背包客走到少年身后，看着地上的尸体拍了拍少年的肩膀，原来只是一只羊。

男子不知什么时候也来到了羊的旁边，看了看地上的尸体，又抬头看了看停在路边的车。

云层完全消散，和煦的阳光照射着大地。

暖风吹拂着草丛，三人坐在地上，望着夕阳的余晖，各种无言。

忽而寺庙的钟声响起，让人不禁回忆起那晚发生的一切……

34. 内景　车内　日（闪回）

女儿：虫儿飞，花儿睡，一双又一对才美……

车内萦绕着女儿甜美的歌声，可是正在开车的男子并没有在意。

车在红绿灯前停下，这时电话声响起。

男子接通电话：喂，我马上到，你们……

男子转过头把食指放在嘴唇上。

男子：嘘，朵朵小点声，爸爸在打电话呢！

女儿看着父亲，露出失望的表情，低头独自玩起布偶熊来。

35. 内景　公司会议室　夜（闪回）

外面下着毛毛细雨，公司的大楼里灯火通明。

男子和同事在办公室正开着会，小女孩抱着布偶熊趴在会议桌上静静地看着忙碌的父亲。

墙上钟表的指针一格一格地移动着，时不时有人从小女孩身边匆匆走过，没有一个人顾得上与她交流。小女孩打了个哈欠，看了看布偶熊，又看了看窗外，于是抱着布偶熊起身走出了会议室。

男子和同事们各自忙碌着，并未觉察到小女孩的离开。

36. 外景　马路　夜（闪回）

雨夜路上行人稀少，一位少年戴着耳机沿着马路边悠闲地往前走。

小女孩抱着布偶熊从公司大楼走出来，右拐朝黄山路口走去。

37. 内景　货车内　夜（闪回）

背包客坐在副驾驶座位上，货车司机看了一眼背包客。

货车司机：老板，你一定能东山再起的，到时候有用到我的地方尽管讲。

背包客摇着头自嘲道。

背包客：东山再起？唉。

38. 外景　黄山路口　夜（闪回）

女孩抱着布偶熊来到黄山路口，看到显示的是绿灯，径直走向马路对面。

39. 内景　货车内　夜（闪回）

背包客说着从兜里掏出了一瓶白酒，拧下瓶盖，然后仰起头喝了一大口。

货车司机打了一个哈欠，看向背包客。

货车司机：给我也来一口吧！

背包客顺手将酒递给他，货车司机开心地接过喝了一口，正要喝第二口的时候被背包客一把夺了过来。

背包客有些不悦。

背包客：开车吧，喝一口行了。

货车司机嬉皮笑脸。

货车司机：没事，就一小口。我再喝一小口，没关系的。

背包客迟疑地看着货车司机，货车司机趁机一把从背包客手中夺过酒瓶，仰头猛灌两口后才还给背包客。

背包客：你……

背包客十分不悦，但还是忍住没说话，只是摇着头叹了口气，把头转向了另一侧，呆呆地看着窗外。

两人都不再说话，车子奔驰在黑暗中间，偶尔车灯、路灯以及街边店门口的灯光混杂着雨水反射的光线照射进来，他们的皮肤被照射成了金属质地。货车像一颗子弹，不知最终会要了谁的命。在酒精的作用下，背包客有点注意力涣散，货车司机更是哈欠一个接一个。

40. 外景　黄山路口　夜（闪回）

黄山路口处，小女孩抱着布偶熊正在穿过人行横道。

41. 内景　货车内　夜（闪回）

坐在副驾驶上的背包客眯着眼昏昏欲睡，无意中抬头看了一眼前方，突然大喊：唉，有人！有人！

货车司机立刻打起精神，连忙刹车。

刹那间，长长的刹车声让空气瞬间凝固。

42. 外景　黄山路口　夜（闪回）

“砰”的一声，小女孩被汽车撞飞，头部重重地砸向地面。

小女孩手里的布偶熊在空中划过了一道弧线，跌落在她的身旁。

43. 外景　马路边　夜（闪回）

听到了刺耳的刹车声划过夜空，走在马路边的少年赶忙摘下耳机向黄山路口方向看去，发现有一个人倒在了血泊之中，撞人的货车停在一旁。

44. 内景　货车内　夜（闪回）

货车司机紧抓着方向盘呆呆地目视前方，大口大口地喘着粗气，酒也醒了大半，赶忙从车上跳下来跑到车前。

一旁的背包客缓过神来，身体迅速往前探了探，看见一名小女孩倒在了地上，瞬间吓得脸色煞白。

45. 外景　马路边　夜（闪回）

少年看见有两个人从车上下来，他们俯身看了看躺在地上的小女孩，环顾了一下四周，焦急地来回踱步。其中一人颤抖地摸出手机，刚要拨打电话，另一个人却立马拦住他，并跪在地上如捣蒜一般连磕几个头，嘴里也不知说了什么，那人便无奈放弃了。没过多久，两人就开车离开了。

看着货车逐渐远去，少年一步步地靠近躺在血泊之中的人。

46. 外景　黄山路口　夜（闪回）

少年朝黄山路口这边走来，渐渐他看清了被撞的是一个小女孩。

小女孩躺在血泊之中，身体还有些微微抽动，一旁的布偶熊已经被鲜血染红了大半边。小女孩试图将手抬起，眼睛无力地看着少年。

少年有些害怕，刚准备伸出手，却发现地上的血已经染红了他白色的球鞋。少年惊恐地猛然向后退，重心不稳，一下子坐在了地上。

就在这时小女孩的手忽然垂了下去，眼睛闭了起来。

少年吓得身体向后挪动了两下，踉跄地站起来，转身跑离了现场。（闪回完）

47. 外景　斜坡下　日

少年坐在草地上，低声抽噎，眼神里充满着自责与愧疚。

背包客紧闭着双眼，悲伤旧事，如刀绞一般刺痛着他的内心。

男子紧紧地抱着粉红色书包，痛声哭泣，一幕幕过往涌上心头，眼角的泪水不断滴落。

48. 外景　郊外　日（闪回）

一片白桦林，树下长满了刚刚没过脚踝的小草，草丛间零星点缀着鲜艳的野花。

小女孩抱着心爱的布偶熊在草地上奔跑着，时不时回头望向男子，男子跟随在她的身后，幸福的笑声一直回荡在白桦林中。

男子一脸宠溺地将女儿扛在肩上，女儿坐在父亲的肩头笑靥如花。欢声笑语间，父女俩的身影逐渐消失在丛林深处……（闪回完）

49. 外景　斜坡下　日

男子：啊！

男子一声绝望而悲伤的嘶吼响彻天际。

此时风又更大了一些，芦苇猛烈地摇晃着。

男子泪眼滂沱，泣不成声。他将粉红色书包紧紧地抱在胸前，用脸庞轻抚着它，就像往常跟女儿亲昵一样。

少年与背包客注视着男子，眼眶里也浸满了泪水。

不知过了多久，男人渐渐恢复了平静。

风停了，芦苇轻晃着，三人静静地看着远方。

少年忽然站起来，背包客与男子看着少年。

少年：我要去找羊的主人。

背包客沉默了一会儿站起来：嗯，我和你一起去。

男子看着两人，也站了起来。

50．外景　大善寺　日

在夕阳的映照下，大善寺的屋顶和房檐散发着淡淡的金光。

伴随着寺庙的钟声与僧人的诵经声，香客们虔诚地跪拜。

51．外景　斜坡下　日

背包客：等这件事办完，我会去警局的。

背包客说完便走向羊的尸体，背起了羊。

少年：如果需要的话，我也会去的。

少年快步走上前在旁边托着，男子也在一旁扶着。

三人就这样一起背着羊朝着车子走去。

在落日余晖的照耀下，三人的影子被拉得很长很长。

52．一组镜头（闪回）

微风吹拂着床边悬挂着的风铃叮当叮当地响着，一双大手小心翼翼地托起一个女婴，年轻的父亲温柔地注视着睡梦中的女儿，轻轻地用鼻头触碰着婴儿娇嫩的小脸。

校园门口，女儿抬头看见父亲开心地飞奔过去，父亲满怀微笑地将女儿抱入怀中。

父亲和女儿坐在汽车后座，父亲的大手牵着女儿的小手，女儿紧紧依偎在父亲身旁。（闪回完）

53．外景　盘山公路　日

车子在蜿蜒曲折的盘山公路上，一路远行。

54．外景　衡山　日

衡山矗立在烟云与群峰之间。

夕阳下的净土广袤而绵延，寺庙的钟声神秘而悠长。

黑场字幕：归人本初心
　　　　　途世俗凡尘

（剧终）

（二）《归途》分镜头剧本

（54 场　252 镜）

1. 场外　衡山祝融峰　日

镜号	画面	内容描述	时长
1－1		云雾缭绕下的祝融峰像是悬浮在空中，透过这片轻纱薄笼依稀看到山间小路上有一两个僧人登顶而来。	4S
1－2		人们三五成群，零星散落在蜿蜒的登山小道上，三跪九叩向着远处岚光掩映下的寺庙朝拜。	4S
1－3		四时秀色的峰峦中梵音缥缈，咚咚的钟声从寺庙的方向悠然而至。	4S

2. 场外　盘山公路　日

镜号	画面	内容描述	时长
2－1		寺庙的钟声从远处隐隐约约传来。 公路盘绕在苍翠的山林间，一辆小汽车穿梭其中。	3S

3. 场外　山林　日

镜号	画面	内容描述	时长
3－1		朝露撒满山林，羊群开始漫步于山间。	3S

4. 场外　盘山公路　日

镜号	画面	内容描述	时长
4－1		盘山公路上有一辆小汽车打着双闪灯停在路边。	3S
4－2		男子下车打开了车子的引擎盖，探着头往里看了看。	5S
4－3		男子看着出了故障的汽车很是无奈，烦闷地抽起了烟。	5S
4－4		一位少年背着包，独自徒步在盘山公路上。	3S
4－4		男子烦闷之余，正好看见迎面走过来一位少年，向他请求帮忙。	3S
4－5		少年爽快答应，男子也随即上车。少年走到车后帮男子推车。	5S

镜号	画面	内容描述	时长
4-6		后视镜中的少年正用力推车。	3S
4-7		车在少年和男子的努力下终于重新发动起来。	5S
4-8		少年拍了拍手上的灰尘，准备继续赶路。	4S
4-9		就在这时，男子将头伸出车窗，向少年招了招手喊着：去哪儿？我载你一程吧！ 少年：去衡山。 男子：上车！	8S
4-10		少年快步向后车门走去。	2S
4-11		少年拉开后座的车门，正准备把身上的背包放上去，发现后座上放着一个粉红色书包，座位下躺着一个布偶熊。	3S
4-12		少年看着布偶熊，动作缓慢，有所迟疑地将熊捡起。	4S

镜号	画面	内容描述	时长
4－13		男子见状急忙下车。	3S
4－14		男子从少年身后一把抢过布偶熊。	3S
4－15		男子小心翼翼地将布偶熊放在粉红色书包旁，并轻轻抚摸了几下。	4S
4－16		少年莫名其妙地看着男子，然后上了副驾座位。 男子也随即上了车。	5S

5. 场内　车内　日

镜号	画面	内容描述	时长
5－1		男子上了车，看了一下手机。	3S
5－2		手机上屏保图片是男子和女儿的合影，时间显示中午 12 点。	3S
5－3		一旁的少年也上了车，系好安全带。	2S

镜号	画面	内容描述	时长
5－4		男子抬头望向后视镜。	2S
5－5	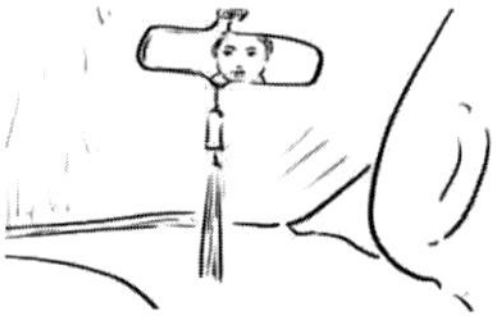	从后视镜中瞥一眼在后座抱着布偶熊的女儿，并对她笑笑。在后视镜中，女儿开心地抱着布偶熊唱着童谣，也对男子回以笑容。	4S
5－6		少年转头看了一眼男子。	2S
5－7		少年顺势又看了一眼后座上的粉红色书包和布偶熊。	2S
5－8		少年望着男子，心底隐隐的觉着有些怪异。	3S

6. 场外　盘山公路　日

镜号	画面	内容描述	时长
6－1		小汽车开动了。	2S
6－2		小汽车沿着盘山公路，一路向前。	3S

7. 场内　车内　日

镜号	画面	内容描述	时长
7－1		少年打量了下车里的环境，看了看后视镜上挂着的佛牌。	3S
7－2		佛牌因为车子行驶而左右摇晃着。	2S
7－3		一旁正在开车的男子，又抬头看了一眼后视镜。	2S
7－4		后视镜中的女儿正微笑地看着男子。	2S
7－5		少年偷偷瞄了眼男子，又看了看后座的粉红色书包和那个布偶熊。	3S
7－6		少年这次无意间发现布偶熊身上有一块污迹。看着那块污迹，他瞬间脸色发白，陷入了回忆。	3S

8. 场外　黄山路口　夜（闪回）

镜号	画面	内容描述	时长
8－1	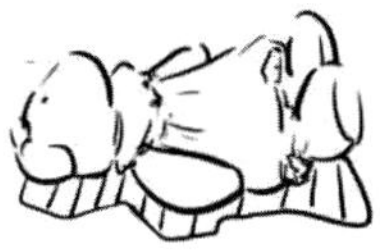	一摊浓稠的血液向四周蔓延，就在不远处有只布偶熊，熊已经被鲜血染红了大半边。	3S

9. 场外　盘山公路　日

镜号	画面	内容描述	时长
9－1	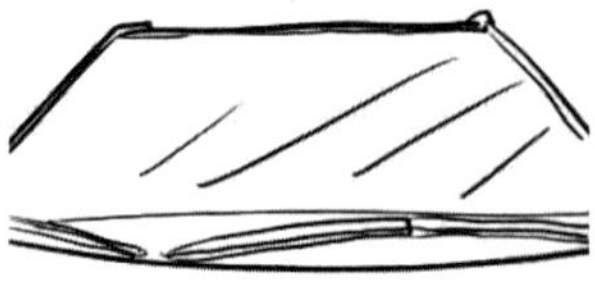	车子在斑驳树影中穿梭。	2S
9－2		斑驳的树影从车窗外划过。	2S

10. 场内　车内　日

镜号	画面	内容描述	时长
10－1		男子打了一个哈欠，转头看向少年：会开车吗？	4S
10－2		少年被从记忆中拉回现实，惊慌地看着男子，迟疑了一下：啊……会。	4S
10－3		男子说着就将车停在路边：你先开会儿，我休息一下。	4S
10－4	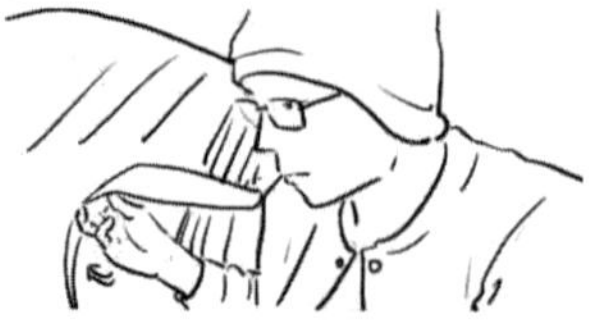	少年松开安全带，准备下车。	3S
10－5		男子打开后车门，看见布偶熊倒在了一边。	3S

镜号	画面	内容描述	时长
10－6	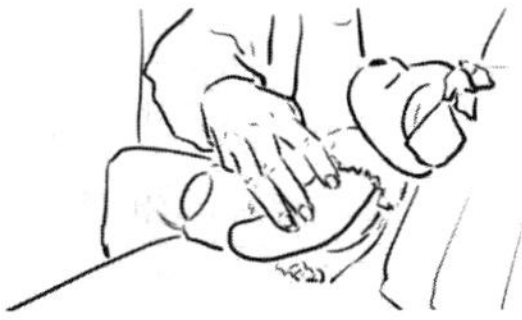	男子双手轻轻地把熊扶正并不断抚摸着。	5S
10－7		后视镜中的男子依偎在布偶熊身边。	2S
10－8	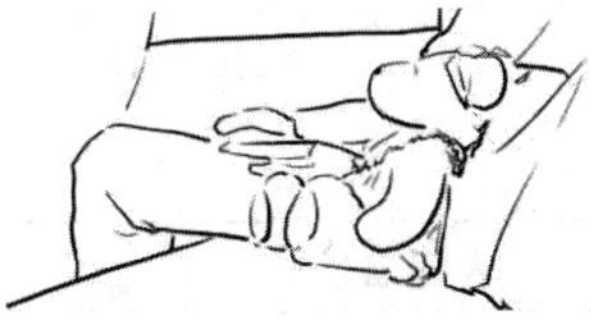	后座上的男子紧挨着布偶熊。	2S
10－9		少年坐上驾驶位，调整了一下位置，随后开动了汽车。	3S
10－10	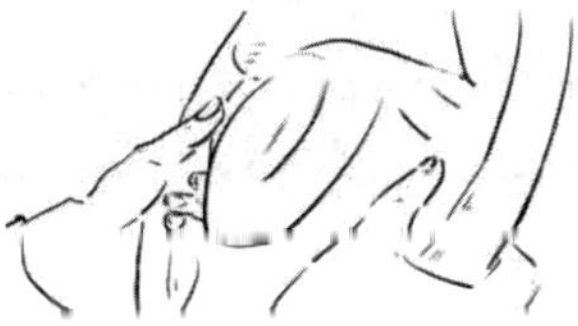	少年双手握着方向盘。	2S
10－11		男子左手紧紧握住布偶熊的小手，闭上眼小憩，此时耳边隐约传来女儿轻柔的歌声。	4S

11．场外　郊外　日（闪回）

镜号	画面	内容描述	时长
11－1		女儿坐在草地上，正欢快地拍手，轻柔地吟唱：黑黑的天空低垂，亮亮的繁星相随……	4S

镜号	画面	内容描述	时长
11－2		坐在对面的男子，和女儿一同拍手，并随声附和着，脸上洋溢着满满的幸福。	3S
11－3		柔暖的阳光透过小树，斑驳地洒在他们身上，幻化成一幅静美而温暖的画卷。 女儿：虫儿飞，你在思念谁……	5S

12. 场内　车内　日

镜号	画面	内容描述	时长
12－1		斑驳的树影在车窗上不断掠过，男子正躺在后座上酣睡。	3S
12－2		女儿美妙的歌声穿越空间，一直萦绕在男子耳畔。	3S

13. 场外　盘山公路　日

镜号	画面	内容描述	时长
13－1		小汽车正缓缓行驶在盘山公路上。	3S
13－2		前方有人在路边徘徊。	3S

镜号	画面	内容描述	时长
13－3		小汽车从路边花草旁驶过。	2S
13－4		有两头牛正在公路旁的草地上悠闲地吃着草。	2S

14．场内　车内　日

镜号	画面	内容描述	时长
14－1		透过车窗远远地看见前方有一个背包客在招手，少年缓缓踩下刹车。	4S

15．场外　盘山公路　日

镜号	画面	内容描述	时长
15－1		背包客见车停了下来，快步走到车边。	3S

16．场内　车内　日

镜号	画面	内容描述	时长
16－1		背包客将手搭在车窗上，脖子和手腕上挂着的一串串佛珠非常显眼。他从口袋中掏出一盒烟递给少年，脸上露着讨好的笑容。	6S
16－2		看着背包客，少年愣住，默默咽了一口唾沫，摇了摇头。	3S

镜号	画面	内容描述	时长
16－3		后座上的男子在熟睡中。	2S
16－4		背包客看了看后座上熟睡的男子，又转头看向少年，笑着问道：兄弟，你们这是去哪儿？	4S
16－5		少年没有立刻回答，只是回头看了看后座上眯眼睡觉的男子。	3S
16－6		此时，后座上的男子突然蹦出了一句话：衡山。	2S
16－7		背包客露出开心的笑容：刚好我也去衡山，能捎我一段吗？	3S
16－8	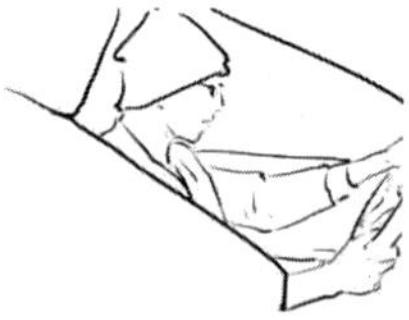	少年转回头，不置可否。	3S
16－9		背包客见状，焦急地望向后座上的男子恳求道：大哥，你就帮个忙吧！	3S
16－10		男子闭着眼轻叹了一声：上来吧。	2S

镜号	画面	内容描述	时长
16－11		背包客赶忙上了车，顺势坐在了前座上，并将背包放在了脚下，转头向后座上的男子不停地道谢。	5S
16－12		背包客无意中瞥见后座上的布偶熊，好奇地问道：这儿有个布偶熊啊？	3S
16－13		少年也下意识地看了眼后视镜中的布偶熊。	3S
16－14	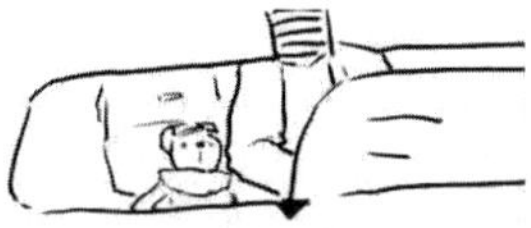	后视镜中的布偶熊和男子紧紧靠在一起。	3S
16－15		背包客见男子和少年都未回应，一度尴尬苦笑。	4S
16－16		少年看见背包客的举动眉头一皱，放下手刹，启动汽车。	3S

17. 场外　盘山公路　日

镜号	画面	内容描述	时长
17－1		小汽车继续向前行驶。	3S

18. 场内　车内　日

镜号	画面	内容描述	时长
18－1		背包客坐起身子与男子及少年交谈起来。	3S
18－2		背包客：你们是哪里人啊？	2S
18－3		少年没有回答，隔了几秒钟后座上的男子回答：长沙。	4S
18－4		背包客看向少年：兄弟，你呢？	3S
18－5		少年有些不太想接话：我……我也是长沙人。	3S
18－6		背包客坐起身来用蹩脚的长沙话开玩笑：哦，那我们离得挺近呀！我是长沙旁边那个湘西的，真的是缘分呀，老乡！	5S
18－7		背包客满怀热情的聊天得到的却是冰冷的回应，这让他显得有些无奈。	3S
18－8		男子和少年两人默不作声，车厢里一片沉寂，气氛尴尬。	3S

镜号	画面	内容描述	时长
18－9		后座上的男子仍在闭眼休憩。	2S
18－10		背包客忽然想起兜里的那包槟榔，赶忙拿出来热情地递给他们。	4S
18－11		背包客满脸堆笑：恰槟榔不?（长沙话）	3S
18－13		看着两人没有反应，背包客只好慢慢缩回拿着槟榔的手。	4S
18－14		少年为了化解尴尬，打开了收音机。	3S
18－15		背包客拿了一块槟榔丢进自己嘴里，背靠座椅，跷起腿悠闲地吃了起来。	5S

19．场外　盘山公路　日

镜号	画面	内容描述	时长
19－1		盘上公路上有一群羊正在横穿马路。	3S

镜号	画面	内容描述	时长
19－2		小汽车减速避让，缓行通过。	3S

20. 场内　车内　日

镜号	画面	内容描述	时长
20－1		汽车内悬挂的佛牌随着车的行走而摇晃。	3S
20－2		车载广播里正播放着某市一起货车撞人逃逸事件的新闻。	6S
20－3		少年下意识瞥了一瞥后视镜里的男子，又看了看旁边的背包客。	4S
20－4		少年将方向盘攥得紧紧的。	3S
20－5		背包客嚼着槟榔的嘴也逐渐停止了嚼动。	4S
20－6		后座上熟睡中的男子皱紧了眉头。	4S

镜号	画面	内容描述	时长
20－7		少年又瞥了一眼后视镜中的男子。	3S
20－8		男子睁开了双眼，一脸痛苦。	4S
20－9	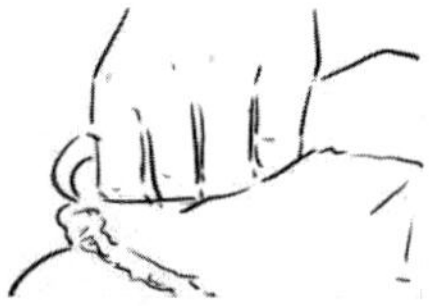	男子手中的布偶熊越抓越紧。	3S
20－10		背包客坐立不安，拿起放在脚下的背包，然后又放下。	5S
20－11		车载广播：如有知情者，请及时与警方取得联系，联系电话…… 此时，少年看向中控台，抬手伸向收音机开关。	4S
20－12		还没等少年的手触摸到按钮，背包客就抢先把手伸向收音机并按下了开关。	2S
20－13		少年刚转回头看向前方，忽然模糊地看到有什么东西出现在车前，他猛地一个急刹车伴随着车身强烈的一震。	2S
20－14		少年头部撞向方向盘，瞬间眼前一片漆黑。	2S

21. 场外　黄山路口　夜（闪回）

镜号	画面	内容描述	时长
21－1		一摊浓稠的血液向四周蔓延，布偶熊已经被鲜血染红了大半边。	4S
21－2	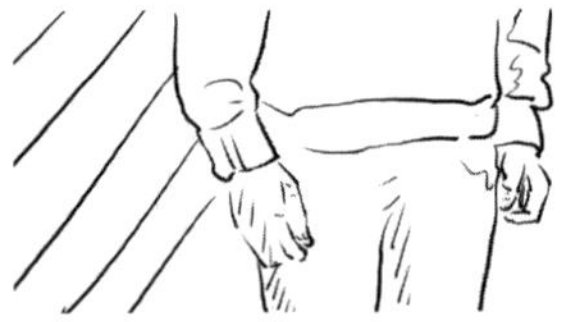	少年一步步靠近。	3S
21－3		少年惊恐地看着地上的一切。	3S

22. 场外　盘山公路　日

镜号	画面	内容描述	时长
22－1		小汽车停在路中间，双闪灯一直在闪烁。	4S

23. 场内　车内　日

镜号	画面	内容描述	时长
23－1		少年逐渐苏醒过来，缓缓坐起身，喘着粗气，额头上可见一块淤青。	6S

24. 场外　盘山公路　日

镜号	画面	内容描述	时长
24－1		少年打开车门下车。	4S
24－2		少年趺趺撞撞地朝车头走去。	4S

25. 场内　车内　日

镜号	画面	内容描述	时长
25－1		后座上的男子清醒了过来。	4S
25－2		男子发现布偶熊从座位上掉了下来，弯腰将其捡起。	3S
25－3		男子轻拍了几下后放在了座椅上。	3S

26. 场外　盘山公路　日

镜号	画面	内容描述	时长
26－1		少年走到车前，车牌上一片血迹映入眼帘。	4S

镜号	画面	内容描述	时长
26－2		少年颤颤巍巍地伸手去触摸车牌上的血迹。	4S
26－3	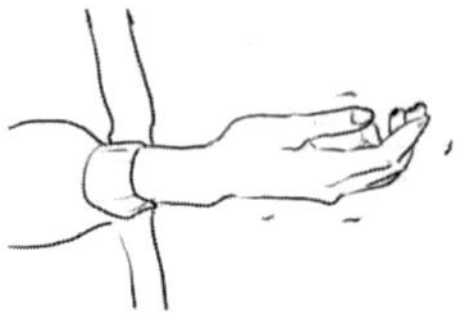	少年内心惊恐万分，沾满鲜血的手止不住地颤抖。	4S

27．场内　车内　日

镜号	画面	内容描述	时长
27－1		后座上的男子看见车外惊慌失措的少年，随即把书包背在胸前，打开车门下了车。	4S

28．场外　盘山公路　日

镜号	画面	内容描述	时长
28－1	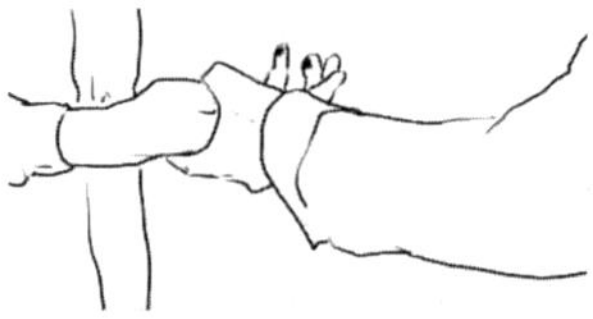	男子走过来一把握住少年沾满鲜血的手，少年突然回过神，本能地将手回缩了一下。	4S
28－2		少年缓缓抬头，双目无神地看向男子。	3S
28－3		男子皱紧了眉头，疑惑地向周围看了看。	3S

29. 场内　车内　日

镜号	画面	内容描述	时长
29－1		陷入昏迷的背包客躺在副驾驶座上，身体微微动弹了一下。	3S

30. 场外　盘山公路　日

镜号	画面	内容描述	时长
30－1		男子打量了四周，除了车牌上存留的血迹，周围并无异样。他又疑惑地蹲下来看了看车底，发现什么也没有。	4S
30－2		少年像失了魂一般愣愣地站在一旁。	3S
30－3		男子摇头道：不行！我们要报警。	2S
30－4		说完，男子赶忙从口袋里掏出手机准备拨打电话。	3S
30－5	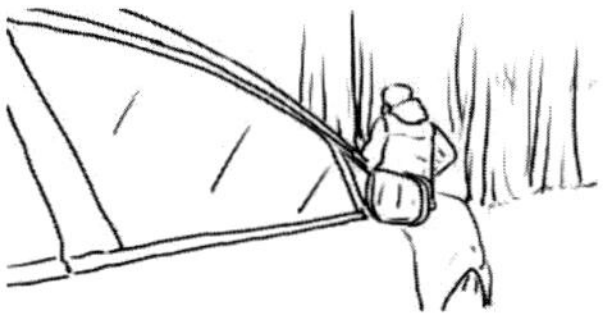	不知什么时候背包客从车里出来了，手里拿着一块石头，悄悄地朝男子走去。	3S
30－6	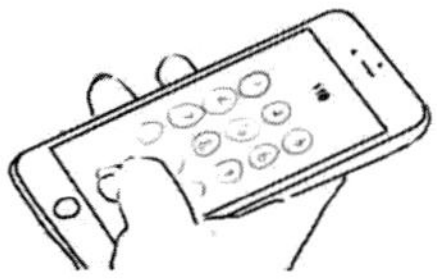	男子打开手机屏幕，正准备拨打110。	2S

镜号	画面	内容描述	时长
30－7		就在此刻，背包客双手已经高高地举在了空中，手里的石头重重地落在了男子头上。	2S
30－8		男子“啊”了一声立刻栽倒，人事不省。	3S
30－9		背包客弯下腰，抓住男子的双腿。	3S
30－10		背包客吃力地将男子拖到路边。	3S
30－11		少年被这突如其来的一切惊呆了，他睁大眼睛半张着嘴，想喊却喊不出来。惊慌之中，他发现男子掉在地上的手机。	4S
30－12		少年一个箭步冲上去抓起手机跑到一旁拨打电话。	3S
30－13		背包客见状大步走上前一把将手机从少年手中抢了过来。	3S
30－14		背包客转过身举起手臂将手机扔向了悬崖。	2S

镜号	画面	内容描述	时长
30－15		手机掉落悬崖。	2S
30－16		背包客回头一把揪住了少年的衣领。	3S
30－17		少年不断地退后企图挣脱背包客的手：你干什么？你要杀人，你疯了吗？	4S
30－18		看着被激怒的少年，背包客揪着衣领的手抓得更紧了。	2S
30－19		少年惊恐又愤怒地看着背包客，从喉咙里硬挤出声音：黄山路口，那个小女孩！	4S
30－20		背包客抓着少年衣领的手慢慢地放松，他的眼神里闪烁着慌乱与不安。	4S

31．场外　黄山路口　夜（闪回）

镜号	画面	内容描述	时长
30－1		坐在副驾驶位上的背包客缓过神来，身体迅速往前探了探。	3S

镜号	画面	内容描述	时长
30－2		背包客看见一名小女孩躺在血泊之中，身体微微抽动，一旁的布偶熊已经被鲜血染红了大半边。	4S

32. 场外　盘山公路　日

镜号	画面	内容描述	时长
32－1		背包客咬牙切齿：不，不是我，真不是我撞的！ 背包客的手无力地从少年衣领上滑落。	5S
32－2		少年憎恶地看着背包客，摇了摇头。	3S
32－3		躺在地上的男子手指动了动，意识模糊地看着眼前争吵着的背包客与少年。	4S
32－4		背包客已经快要不能呼吸，一边往后退，一边摇着头自言自语：不，不是我，不是我……	5S
32－5		躺在地上的男子怒吼：原来是你？ 男子抱着粉红色书包挣扎着从地上爬起来。	3S
32－6		男子随即奋力向背包客冲了过去，猛烈地扑在背包客身上。 背包客站立不稳，两个人仰面摔倒。	3S

镜号	画面	内容描述	时长
32－7		男子眼里充满怒火，不顾一切地掐住背包客的脖子。两人厮打起来，场面一片混乱。	4S
32－8		少年站在一旁不知所措。	3S
32－9		两人在厮打中滚到了盘山公路旁的斜坡下，男子身上的粉红色书包也随着滑落下去。	4S
32－10		少年看着两人滚下斜坡，焦急地跟了下去。	3S

33. 场外　斜坡下　日

镜号	画面	内容描述	时长
33－1		少年焦急地从山坡上跑下来，看见男子和背包客仍在厮打。	3S
33－2		男子双手紧紧掐着背包客的脖子，不愿松手，背包客见状想办法挣脱。	3S
33－3		少年焦急地来回踱步。	2S

镜号	画面	内容描述	时长
33－4		背包客一把拽住身旁的粉红色书包准备砸向男子，结果没想到用力过猛，书包被抛向空中。	3S
33－5		书包重重地落在了不远处的草地上。	2S
33－6		随着一声陶瓷碎裂的声音在包里传来，男子的手突然停在了半空。男子呆坐了半秒，疯狂地向书包掉落的地方跑去。	5S
33－7		男子蹲在地上，小心翼翼地打开了书包。	4S
33－8		少年疑惑地看向男子。	2S
33－9		男子解开了里面的一个布袋，发现里边的罐子已经摔碎，罐子里粉末状的东西洒在了布袋里，那是女儿的骨灰。	5S
33－10		男子颤抖着把碎片一个一个从骨灰中捡出来。	5S
33－11		少年杵在一旁，神情凝重。	3S

镜号	画面	内容描述	时长
33－12		背包客瘫坐在草地上，低着头，脸上流露着歉疚和不安。	3S
33－13		男子紧紧抱着粉红色的书包，悲声啜泣。	4S
33－14		三人就这样在原地静默着。	6S
33－15	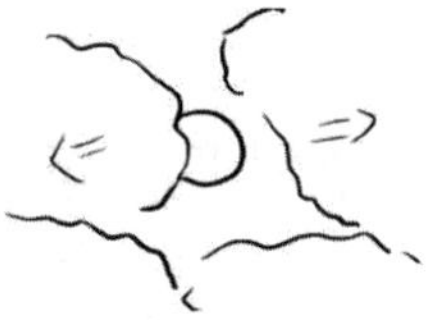	云层慢慢散开，天空渐渐变亮。	3S
33－16		抬首间，少年隐隐约约看见不远处的草地里有一片血迹。	3S
33－17		血迹里还躺着一个白色的物体，少年惊慌地三步并作两步朝那边走去。	3S
33－18		背包客好奇地看着，慢慢站起来，朝少年走去。	3S
33－19		少年走到血迹旁，发现地上躺着的是一只羊。	3S

镜号	画面	内容描述	时长
33－20		少年看着地上的血迹，缓慢地抬起头看了看天空，然后低下头长舒了一口气。	5S
33－21		少年瘫坐在了地上。	3S
33－22		背包客走到少年身后，看着地上羊的尸体拍了拍少年的肩膀。蹲在后方的男子也看见了地上死去的羊。	6S
33－23	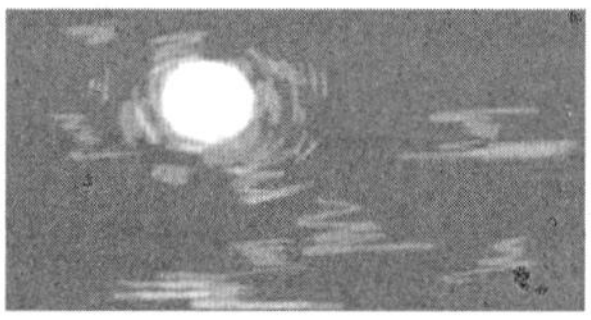	云层完全消散，和煦的阳光照射着大地。	3S
33－24		暖风吹拂着草丛。	3S
33－25		三人坐在地上，望着夕阳的余晖，各种无言。	5S
33－26		背包客紧锁着眉头，闭着眼回忆着往事。	4S
33－27	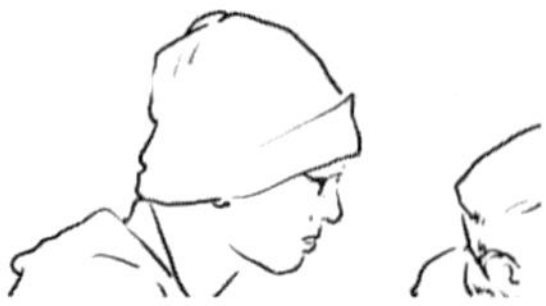	当年过往历历在目，少年眼眶有些湿润，嘴唇轻微颤抖。	4S

镜号	画面	内容描述	时长
33－28		忽而寺庙的钟声响起，男子不禁回忆起那晚发生的一切……	5S

34. 场内　车内　日（闪回）

镜号	画面	内容描述	时长
34－1		女儿：虫儿飞，花儿睡，一双又一对才美…… 车内萦绕着女儿甜美的歌声，正在开车的男子并没有在意。	4S
34－2		车在红绿灯前停下，这时电话声响起。	3S
34－3		男子转过头把食指放在嘴唇上：嘘，朵朵小点声，爸爸在打电话呢！ 说完，男子接着打电话。	4S

35. 场内　公司会议室　夜（闪回）

镜号	画面	内容描述	时长
35－1		男子和同事正在开会，没有一个人顾得上与小女孩交流。小女孩抱着布偶熊趴在会议桌上静静地看着忙碌的父亲。	4S
35－2		小女孩打了个哈欠，看了看布偶熊，又看了看窗外。	4S

镜号	画面	内容描述	时长
35－3		小女孩抱着布偶熊起身走出了会议室。	4S
35－4		男子正认真地处理工作。	2S
35－5		男子和同事们各自忙碌着，并未觉察到小女孩的离开。	3S

36. 场外　马路　夜（闪回）

镜号	画面	内容描述	时长
36－1		雨夜路上行人稀少。	3S
36－2		少年戴着耳机沿着马路悠闲地往前走。	3S
36－3		少年一边听着音乐，一边向前走着。	3S
36－4		小女孩抱着布偶熊从公司大楼走出来，右拐朝黄山路口走去。	3S

镜号	画面	内容描述	时长
36－5		马路上一辆汽车正从远处行驶过来。	2S

37. 场内　车内　夜（闪回）

镜号	画面	内容描述	时长
37－1		背包客坐在副驾驶座位上，货车司机看了一眼背包客：老板，你一定能东山再起的。 背包客摇着头自嘲道：东山再起？唉。	8S

38. 场外　黄山路口　夜（闪回）

镜号	画面	内容描述	时长
38－1		女孩抱着布偶熊来到黄山路口，看到显示的是绿灯，径直走向马路对面。	3S

39. 场内　车内　夜（闪回）

镜号	画面	内容描述	时长
39－1		背包客掏出一瓶白酒，仰起头喝了一大口。货车司机打了个哈欠，看向背包客：给我来一口吧！背包客顺手将酒递给他。	8S

40. 场外　黄山路口　夜（闪回）

镜号	画面	内容描述	时长
40－1		黄山路口处，女孩抱着布偶熊正在穿过人行横道。	3S

41. 场内　车内　夜（闪回）

镜号	画面	内容描述	时长
41－1		背包客眯着眼昏昏欲睡，无意中抬头看了一眼前方，突然大喊：唉，有人！有人！货车司机立刻打起精神，连忙刹车。	4S

42. 场外　黄山路口　夜（闪回）

镜号	画面	内容描述	时长
42－1		"砰"的一声，小女孩被汽车撞飞，头部重重地砸向地面。	3S
42－2		小女孩手里的布偶熊在空中划过了一道弧线，跌落在她的身旁。	3S

43. 场外　马路边　夜（闪回）

镜号	画面	内容描述	时长
43－1		听到了刺耳的刹车声划过夜空，走在马路边的少年赶忙摘下耳机向黄山路口看去，发现有一个人倒在了血泊之中。	3S

44. 场内　车内　夜（闪回）

镜号	画面	内容描述	时长
44－1		一旁的背包客缓过神来，身体迅速往前探了探。	4S

镜号	画面	内容描述	时长
44－2		背包客透过前车窗发现一名小女孩倒在了地上。	3S

45. 场外　马路边　夜（闪回）

镜号	画面	内容描述	时长
45－1		少年站在原地，远远地注视着眼前发生的一切。	3S
45－2		少年看见两人下来，其中一人正准备拨打电话，另一人跪在地上不知说了什么，那人便放弃了。没过多久两人就开车离开了。	10S

46. 场外　黄山路口　夜（闪回）

镜号	画面	内容描述	时长
46－1		看着货车逐渐远去，少年朝黄山路口这边走来。	3S
46－2	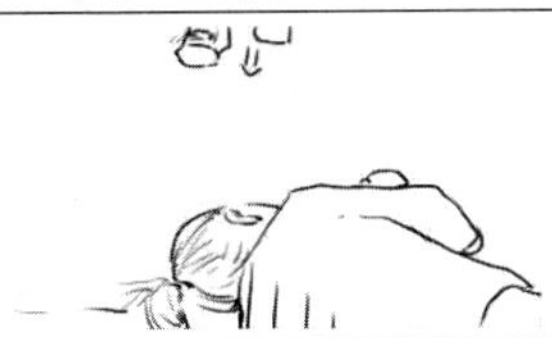	少年看见小女孩躺在血泊之中，身体微微抽动。	5S
46－3		少年发现小女孩身边的布偶熊已经被鲜血染红了大半边。	3S
46－4	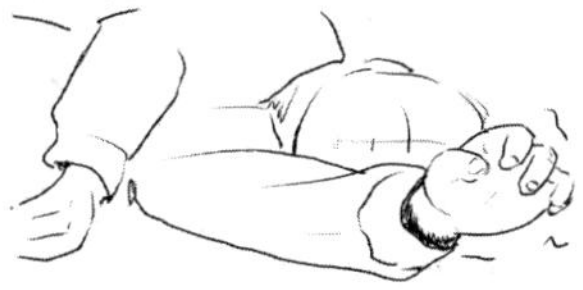	小女孩试图将手抬起，眼睛无力地看着少年。	4S

镜号	画面	内容描述	时长
46 - 5	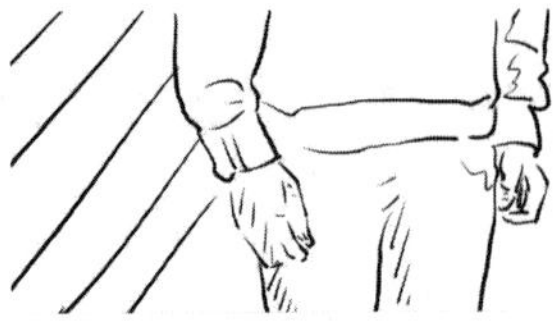	少年有些害怕，刚准备伸出手，却发现地上的血已经染红了他白色的球鞋。	4S
46 - 6		少年惊恐地猛然向后退。	4S
46 - 7	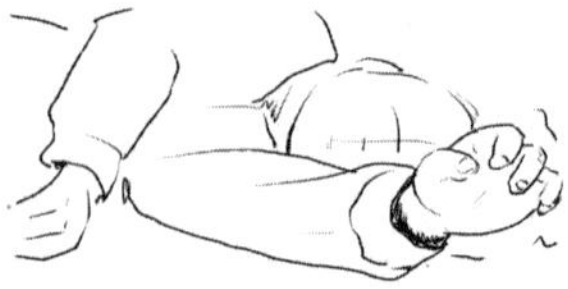	就在这时小女孩的手垂了下去，眼睛闭了起来。	3S
46 - 8		少年吓得身体向后挪动了两下，踉跄地站起来，转身跑离了现场。	4S

47. 场外　斜坡下　日

镜号	画面	内容描述	时长
47 - 1		少年坐在草地上，低声抽噎，眼神里充满着自责与愧疚。	4S
47 - 2		背包客紧闭着双眼，悲伤往事，如刀绞一般刺痛着他的内心。	4S
47 - 3		男子紧紧地抱着粉红色书包，痛声哭泣，一幕幕过往涌上心头，眼角的泪水不断滴落。	6S

48. 场外　郊外　日

镜号	画面	内容描述	时长
48－1		一片白桦林，树下长满了刚刚没过脚踝的小草，草丛间零星点缀着鲜艳的野花。	3S
48－2		小女孩抱着心爱的布偶熊在草地上奔跑着，男子跟随在她的身后，幸福的笑声一直回荡白桦林中。	5S
48－3		男子一脸宠溺地将女儿扛在肩上，女儿坐在父亲的肩头笑靥如花。	5S
48－4		欢声笑语间，父女俩的身影逐渐消失在丛林深处……	5S

49. 场外　斜坡下　日

镜号	画面	内容描述	时长
49－1		男子一声绝望而悲伤的嘶吼响彻天际。	4S
49－2		此时风又更大了一些，芦苇猛烈地摇晃着。	3S
49－3		男子泪眼滂沱，泣不成声。他将粉红色书包紧紧地抱在胸前，用脸庞轻抚着它，就像往常跟女儿亲昵一样。	6S

镜号	画面	内容描述	时长
49－4		夕阳散发出万道霞光，洒落在茂密的山林间。	3S
49－5		不知过了多久，风停了，芦苇轻晃着。	3S
49－6		男人渐渐恢复了平静。 三人静静地看着坐在草地上。	3S
49－7		忽然，少年坚定地说道：我要去找羊的主人。	3S
49－8		背包客沉默了一会儿说道：嗯，我和你一起去。	3S

50. 场内　大善寺　日

镜号	画面	内容描述	时长
50－1		在夕阳的照映下，大善寺的屋顶和房檐散发着淡淡的金光。	4S
50－2		寺庙响起了钟声，并夹杂着僧人的诵经声。	3S

镜号	画面	内容描述	时长
50－3	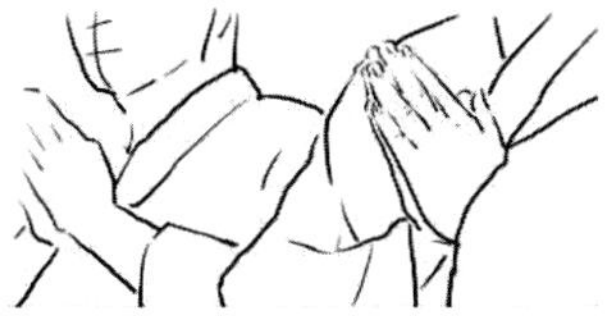	僧侣们正在诵经。	3S

51．场外　盘山公路　日

镜号	画面	内容描述	时长
51－1		背包客：等这件事办完，我会去警局的。背包客说完便走向羊的尸体，背起了羊。	5S
51－2		少年：如果需要的话，我也会去的。少年快步走上前在旁边托着，男子也在一旁扶着。三人就这样一起背着羊朝着车子走去。	6S
51－3		夕阳暖暖地照耀着大地，发出温馨的光芒。	3S

52．场　一组镜头（闪回）

镜号	画面	内容描述	时长
52－1	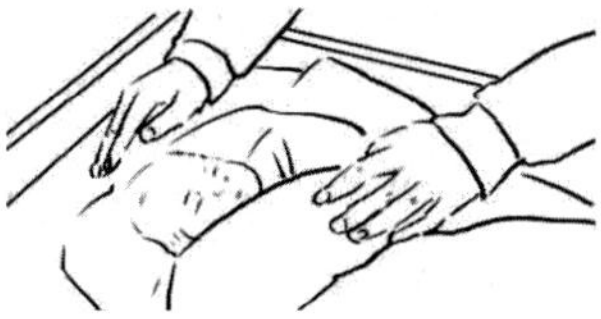	父亲温柔地注视着睡梦中的女儿，轻轻抚摸着她的额头。	3S
52－2		父亲小心翼翼地抱起襁褓中的女儿，脸上流露着幸福的笑容。	3S
52－3		校园门口，女儿抬头看见父亲开心地飞奔过去，父亲满怀微笑地将女儿抱入怀中。	3S

镜号	画面	内容描述	时长
52－4	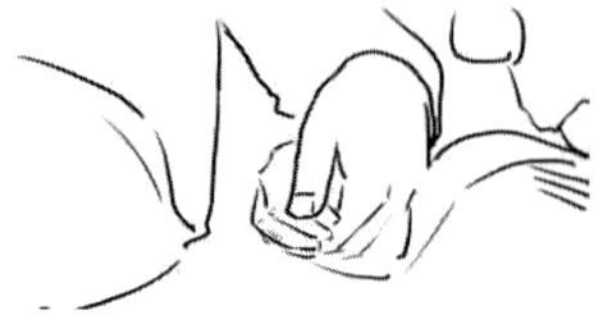	父亲和女儿坐在汽车后座，父亲的大手牵着女儿的小手。	3S
52－5		女儿紧紧依偎在父亲身旁。	3S

53．场外　盘山公路　日

镜号	画面	内容描述	时长
53－1		车子在盘山公路上行驶。	3S
53－2		车子一路前行。	3S
53－3		车子沿着蜿蜒曲折盘山公路，渐渐驶向远方。	8S

54．场外　衡山　日

镜号	画面	内容描述	时长
54－1		衡山矗立在烟云与群峰之间。	4S
54－2		夕阳下的净土广袤而绵延，寺庙的钟声神秘而悠长。	6S

（三）《网戒》文学剧本

1. 内景 客厅 日

钟面灰尘蒙盖，指针滴答转动。

昏暗灯光下，一双枯如松皮的手点燃细香。

香炉内插满燃尽的香杆，新上的香火烟灰高耸。

2. 内景 卧室 日

房内逼仄凌乱，窗帘紧闭。

陈弥头戴一副 VR 眼镜坐在书桌前，硕大的黑色矩形眼镜几乎覆盖住他的全脸。他身体前倾，嘴中碎念，双手不断敲击着键盘，全情投入在游戏的厮杀之中。

陈弥：nice，nice！打打打……

烟灰缸盛满烟头，鼠标旁摆着一只白瓷大碗，冷却的油在面条上结下了一层皱皮。

陈弥：一波一波……拆拆拆……nice、nice、nice……

一旁的饮料瓶上印着的卡通小人斜瞟着青年，露出夸张的笑容。

陡然间，电流声滋滋作响，灯光忽明忽暗。

出片名：《网戒》。

3. 外景 街道 日

陈弥眼中的市井街道与光怪陆离的虚拟世界混溶一体。此起比邻的商铺由电子线条勾勒成形。人群的喧嚣渐弱在夸张搞怪的游戏音效里。

街边简陋的桌椅前坐着一个小男孩，他握着手机，眼睛死盯屏幕，鼻翼耸吸，双手快速按动。

邻桌的女孩不断滑动着手机屏幕，一首电子音乐迅速覆盖住游戏音效，女孩摇头晃脑随着音律摆动，全然沉浸其中。

陈弥疑惑于眼前的世界。猛然间，陈弥感觉撞到了某人，屏幕显示跌落物体是一盒蛋糕，他环顾四周，却空无一人。

4. 内景　饭馆　日

饭馆内零星几桌吃客。

陈弥坐在一男一女对面。

屏幕显示举杯的二人是好友黄述和孙敏，陈弥端杯迎上。

黄述、孙敏：生日快乐！

陈弥：额……那个，你们今天有……发现我有什么不同吗？

黄述满脸疑惑。

孙敏抬头一瞟。

孙敏：没有啊！哪里不同啊？

黄述仔细打量了陈弥一番，并未发现异样。

陈弥：我的眼睛……

黄述：怎么啦？

陈弥欲言又止。

黄述漫不经心地应答，举起手机转向身旁的孙敏，两人凑近屏幕。

黄述：诶，我跟你说，昨天这个游戏的 boss，我怎么也打不过，数值用脚填的吧！

孙敏：什么 boss，让我看看！

黄述：你看，就这一关！

二人讨论热烈，表情兴奋。

陈弥抬手触碰到了脸上的硬物，一副 VR 眼镜紧架其上。

5. 外景　街道　日

车流涌动的街头，头戴 VR 眼镜的陈弥站立其间，四周的电子荧光闪烁着刺眼的光亮。

6. 内景　公厕　日

陈弥望着镜中的自己，不由得打了一个寒战。迟疑片刻，他缓慢抬起双手，用尽全身力气拉扯眼镜，可黑色方框如同嵌入头部般纹丝不动。

7. 内景　客厅　日

陈弥推开家门，家中的摆设被或明或暗的线条包裹，系统提示饭桌上摆放着蛋糕和面条。他侧头探望，家中无人。

眼前的竹椅却被某种神秘的力量缓慢抽开，陈弥一惊。片刻，他又像被人牵引般坐了上去。

陈弥面前是一只白瓷大碗，细长的面条上盖着青椒炒豆干，旁边的荷包蛋上点缀着火红的剁辣椒。

8. 内景　厨房　日

一只白瓷大碗，细长的面条上面盖着青椒炒豆干，旁边的荷包蛋上点缀着火红的剁辣椒。

一双苍老斑驳的手端举着，氤氲的热气从碗中升起。

老人步履蹒跚地小心移动，朝陈弥的房间走去。

9. 内景　卧室　日

陈弥头戴 VR 眼镜，双手猛烈地击打着游戏键盘。

老人将热气腾腾的面条轻放在桌面。

奶奶：孙呐，我下了一碗面，趁热吃！

陈弥屏息凝神，旁若无人地找寻着游戏的前进路线。

奶奶忧心忡忡地看着置若罔闻的孙子，拍了拍他的肩膀。

陈弥受惊，恼怒吼道。

陈弥：怎么回事啊！

奶奶：面冷了！

陈弥：我不吃啊！

奶奶：真是急死人！

奶奶无所适从，无奈叹气离开，身后的陈弥再次陷溺在游戏拼杀的感官刺激里。

10. 内景　客厅　日

陈弥看向桌面的白瓷大碗和已经变形的蛋糕，脸上浮现出一丝惭愧。

时间顷刻回转，陈弥脱离椅面，竹椅退回原位，他倒退出房间。

11. 外景　街道　日

陈弥眼前的世界如同倒带般退回。

12. 外景　街口　日

虚拟的电子世界从熟悉的街道褪去。

奶奶手提蛋糕站在街口，头戴 VR 眼镜的陈弥好奇地扫视着四周。

奶奶眯着老花的双眼，反复确认着迎面而来的青年，身影越走越近，奶奶欣喜地伸出手，孙子却像穿越空气般撞向她，蛋糕落地。

陈弥环顾四周，转身离去。

奶奶瘫坐在地，陈弥渐行渐远。

13. 内景　客厅　日

高柜上置放着一张合影，奶奶和儿时的陈弥亲密相偎，笑容甜蜜。

14. 内景　厨房　日

厨房里的排气扇一直转动着。

严重的白内障让奶奶眼白呈现出荔枝肉般的色彩。她眯着眼从鸡蛋篮中摸索出最大的那个。锅里煮着面条，她磕破鸡蛋皮，小心翼翼地瞄准铁锅，鸡蛋依旧滑落在灶台，奶奶满脸错愕，手忙脚乱地收拾着台面。

15. 内景　客厅　日

长久的等待让奶奶的神情愈发落寞。

陈弥推门而入，奶奶欣喜地从座位上起身，替陈弥抽开竹椅，牵他入座。

两人相对而坐，桌上摆放着一个白瓷大碗和已经变形的蛋糕，奶奶满脸期待地看向陈弥，他似乎有所触动，开始狼吞虎咽地吃起面来。

奶奶看着眼前的陈弥，露出久违的笑容。

16. 内景　客厅　日

奶奶熟稔地点燃香火，虔诚拜叩。

合影里年幼的陈弥依偎在奶奶肩头，笑得天真烂漫。奶奶用手轻抚着照片，眼眶渐渐泛红，嘴角流露着一丝苦涩的笑容。

17. 内景　客厅　日（闪回）

儿时的陈弥欢快地奔向奶奶，奶奶宠溺地拥他入怀。

陈弥（儿时）：奶奶。

奶奶：哎！

饭桌前祖孙俩笑语不断，虎头虎脑的陈弥大口吃着奶奶煮的面条。

陈弥（儿时）：我最喜欢吃奶奶做的面了，长大以后我也要给奶奶做面吃！（闪回完）

18. 内景　客厅　日

奶奶看着眼前的陈弥大口吃着面条，欣慰的笑容在脸上荡漾开来。

乍然，尖锐刺耳的哔音拉长响起，VR 眼镜里的游戏音效在嘈杂的电流声里愈发清晰。

陈弥一顿，渐渐放缓了吃面的动作，脸上重现麻木表情，他甩开木筷，伸了伸懒腰。

奶奶的笑容僵在脸上，祈求的眼神追随着孙儿。

陈弥玩世不恭地起身离开，径直走向那个昏暗狭小的房间。

奶奶呆坐，缓慢起身收拾碗筷，朝厨房踉跄走去。

19．内景　房间　日

陈弥头戴 VR 眼镜，快速击打着游戏键盘，嘴上念念有词。

陈弥：直接上！直接上！打打打……nice，nice！一波一波一波，直接一波！干嘛呀！

一墙之隔的奶奶孤独倚坐，嘈杂的音效与狂热的吼叫穿透墙面，奶奶神情落寞而惆怅。

20．内景　客厅　日

奶奶探头张望房内的孙子，VR 眼镜几乎覆盖住陈弥的整张脸庞，他凶猛且放肆地敲打着键盘，身体前后激烈移动，状态几近癫狂。

电流声滋滋作响，灯光忽明忽暗。

哔的一声，陈弥眼前卒然一片漆黑，他左顾右盼，用力拍打 VR 眼镜。

陈弥：哎，怎么黑了？哎！

陈弥的世界依旧寂静漆黑，他继续敲打眼镜，动作愈发狂躁。暴怒下，他用力拉扯，电流声响起，眼镜瞬间摘除，陈弥抬头，眼中只剩下一双空洞黑目……

21．外景　街道　日

街头的小男孩拿着手机，机械地重复着手部动作。

一双空目镶嵌在他稚嫩的脸上。

游戏机前的男女青年，疯狂摇动游戏把杆，撞击声不断，他们沉迷其间，漆黑空目空洞无光。

游戏声此起彼伏，嘈杂流动。

黑场出字幕。

字幕 1：《2022 青少年网瘾调查报告》显示，我国城市青少年网民中网瘾青少年约占 14.1%，人数约为 2404.2 万；在城市非网瘾青少年中，约有 12.7% 的青少年有网瘾倾向。

字幕 2：珍惜青春 戒除网瘾。

（剧终）

（四）《网戒》分镜头剧本

（21 场　106 镜）

1. 场内　客厅　夜

镜号	画面	内容描述	时长
1 - 1	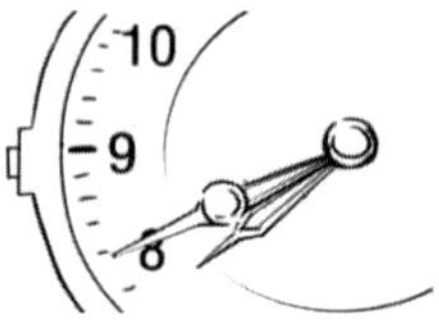	钟面灰尘蒙盖，指针滴答转动。	3S
1 - 2	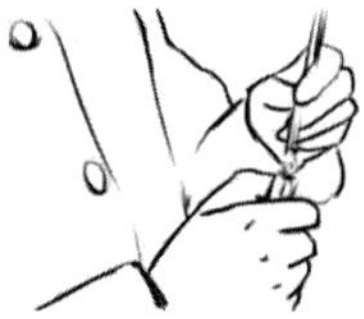	昏暗灯光下，一双枯如松皮的手点燃细香。	3S
1 - 3		香炉内插满燃尽的香杆，新上的香火烟灰高耸。	3S

2. 场内　卧室　夜

镜号	画面	内容描述	时长
2 - 1		房内逼仄凌乱，窗帘紧闭。陈弥头戴一副VR眼镜坐在书桌前。	5S
2 - 2		硕大的黑色矩形眼镜几乎覆盖住陈弥的全脸。	3S

镜号	画面	内容描述	时长
2－3		陈弥身体前倾，嘴中碎念，双手不断快速按压操控着手柄，全情投入在游戏的厮杀之中：nice，nice！打打打……	5S
2－4		烟灰缸盛满烟头，鼠标旁摆着一只白瓷大碗，冷却的油在面条上结下了一层皱皮。	3S
2－5		陈弥十分投入：一波一波……拆拆拆……nice、nice、nice……	3S
2－6		烟灰缸里满是烟头。	3S
2－7	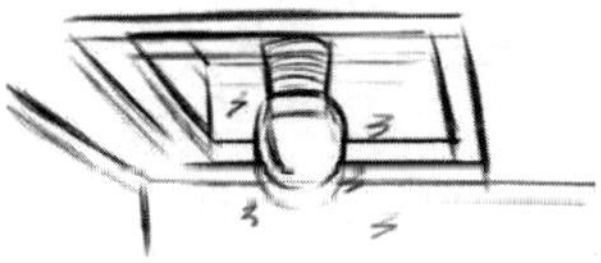	陡然间，电流声滋滋作响，灯光忽明忽暗。	4S
2－8		出片名：《网戒》。	5S

3. 场外　街道　日

镜号	画面	内容描述	时长
3－1		陈弥眼中的市井街道与光怪陆离的虚拟世界混溶一体。此起比邻的商铺由电子线条勾勒成形。	3S

镜号	画面	内容描述	时长
3－2		人群的喧嚣渐弱在夸张搞怪的游戏音效里。	3S
3－3		街边简陋的桌椅前坐着一个小男孩，他握着手机，眼睛死盯屏幕，鼻翼耸吸，双手快速按动。	5S
3－4		邻桌的女孩不断滑动着手机屏幕。	3S
3－5		一首电子音乐迅速覆盖住游戏音效，女孩摇头晃脑随着音律摆动，全然沉浸其中。	5S
3－6		陈弥疑惑于眼前的世界。	3S
3－7	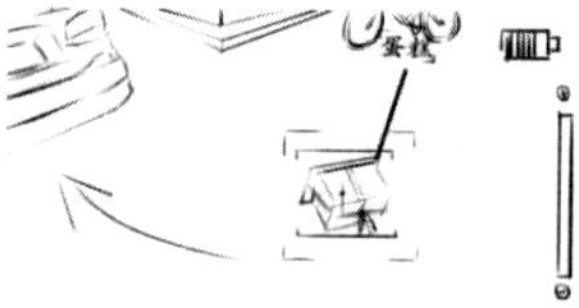	猛然间，陈弥感觉撞到了某人，屏幕显示跌落物体是一盒蛋糕。	6S
		陈弥环顾四周，却空无一人。	

4. 场内　饭馆　日

镜号	画面	内容描述	时长
4－1	 	饭馆内零星几桌吃客。 陈弥坐在一男一女对面。屏幕显示举杯的二人是好友黄述和孙敏，陈弥端杯迎上。 黄述、孙敏：生日快乐！	20S
		陈弥：额……那个，你们今天有……发现我有什么不同吗？ 黄述满脸疑惑。孙敏抬头一瞟：没有啊！哪里不同啊？	
		陈弥欲言又止。 黄述漫不经心地应答，举起手机转向身旁的孙敏，两人凑近屏幕。	
4－2		黄述跟孙敏细说着：诶，我跟你说，昨天这个游戏的 boss……	4S
4－3		二人讨论热烈，表情兴奋。	4S
4－4		陈弥抬手触碰到了脸上的硬物，一副 VR 眼镜紧架其上。	4S

5. 场外　街道　日

镜号	画面	内容描述	时长
5－1		车流涌动的街头，头戴 VR 眼镜的陈弥站立其间，四周的电子荧光闪烁着刺眼的光亮。	3S

6. 场内　公厕　日

镜号	画面	内容描述	时长
6－1		陈弥望着镜中的自己，不由得打了一个寒战。	5S
6－2		迟疑片刻，陈弥缓慢抬起双手。	2S
6－3		陈弥用尽全身力气拉扯眼镜，可黑色方框如同嵌入头部般纹丝不动。	5S
6－4		陈弥望着镜子中的 VR 眼镜，有些无可奈何。	3S

7. 场内　客厅　日

镜号	画面	内容描述	时长
7－1		陈弥推开家门，走了进来。	4S

镜号	画面	内容描述	时长
7－2		家中的摆设被或明或暗的线条包裹，系统提示饭桌上摆放着蛋糕和面条。	5S
7－3		陈弥侧头探望，家中无人。	3S
7－5		眼前的竹椅却被某种神秘的力量缓慢抽开。	2S
7－6		陈弥一惊。	3S
7－7		片刻，陈弥又像被人牵引般坐了上去。	3S
7－8		陈弥面前是一只白瓷大碗，碗里盛着面条。	3S
7－9		陈弥呆呆地看着眼前的这碗面。	3S
7－10		细长的面条上盖着青椒炒豆干，旁边的荷包蛋上点缀着火红的剁辣椒。	3S

8. 场内　厨房　日

镜号	画面	内容描述	时长
8－1		一只白瓷大碗，细长的面条上面盖着青椒炒豆干，旁边的荷包蛋上点缀着火红的剁辣椒。	6S
		一双苍老斑驳的手端举着，氤氲的热气从碗中升起。	
	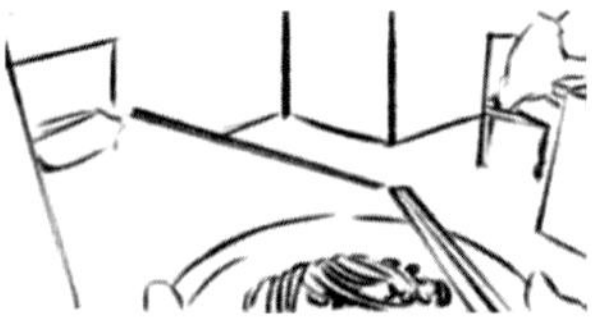	老人步履蹒跚地小心移动，朝陈弥的房间走去。	

9. 场内　厨房　日

镜号	画面	内容描述	时长
9－1		陈弥头戴 VR 眼镜，双手猛烈地击打着游戏键盘。	3S
9－2		老人将热气腾腾的面条轻放在桌面。	3S
9－3		奶奶：孙呐，我下了一碗面，趁热吃！	2S
9－4		陈弥屏息凝神，旁若无人地找寻着游戏的前进路线。	3S

镜号	画面	内容描述	时长
9－5		奶奶忧心忡忡地看着置若罔闻的孙子。	2S
9－6		奶奶拍了拍陈弥的肩膀。	2S
9－7		奶奶关切地说道：面冷了！	2S
9－8		陈弥受惊，恼怒吼道：怎么回事啊！我不吃啊！	4S
9－9		奶奶：真是急死人！奶奶无所适从，无奈叹气离开。	4S
9－10		身后的陈弥再次陷溺在游戏拼杀的感官刺激里。	5S

10. 场内　客厅　日

镜号	画面	内容描述	时长
10－1		陈弥看向桌面的白瓷大碗和已经变形的蛋糕，脸上浮现出一丝惭愧。	5S

镜号	画面	内容描述	时长
10－2		时间顷刻回转，陈弥脱离椅面，竹椅退回原位。	2S
10－3		陈弥站立起来。	2S
10－4		陈弥倒退出房间。	2S

11．场外　街道　日

镜号	画面	内容描述	时长
11－1		陈弥眼前的世界如同倒带般退回。	2S
11－2			2S
11－3			2S
11－4			2S
11－5			2S

12. 场外　街口　日

镜号	画面	内容描述	时长
12－1		虚拟的电子世界从熟悉的街道褪去。 头戴 VR 眼镜的陈弥好奇地扫视着四周。	4S
12－2	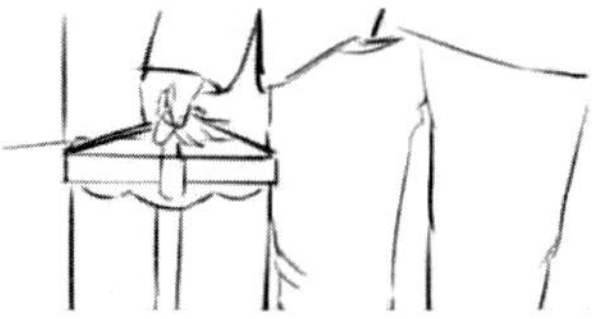	奶奶手提蛋糕站在街口，等待着而孙子。	2S
12－3		奶奶眯着老花的双眼。	4S
12－4		奶奶反复确认着迎面而来的青年。	4S
12－5		陈弥一边扫视着四周，一边向这边走来。	4S
12－6		陈弥越走越近，奶奶欣喜地伸出手。	3S
12－7		孙子却像穿越空气般撞向奶奶。奶奶一脸茫然。	2S
12－8		蛋糕掉落在地。	2S

镜号	画面	内容描述	时长
12－9		陈弥环顾四周，转身离去。	3S
12－10		奶奶瘫坐在地，陈弥渐行渐远。	5S

13. 场内　客厅　日

镜号	画面	内容描述	时长
13－1		高柜上置放着一张合影，奶奶和儿时的陈弥亲密相偎，笑容甜蜜。	4S

14. 场内　厨房　日

镜号	画面	内容描述	时长
14－1	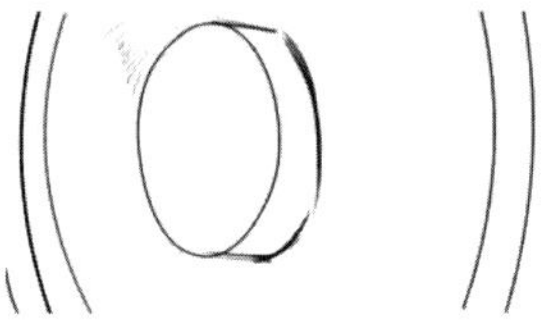	厨房里的排气扇一直转动着。	2S
14－2		严重的白内障让奶奶眼白呈现出荔枝肉般的色彩。她眯着眼从鸡蛋篮中摸索出最大的那个。	4S
14－3		锅里煮着面条，她磕破鸡蛋皮，小心翼翼地瞄准铁锅。	4S
	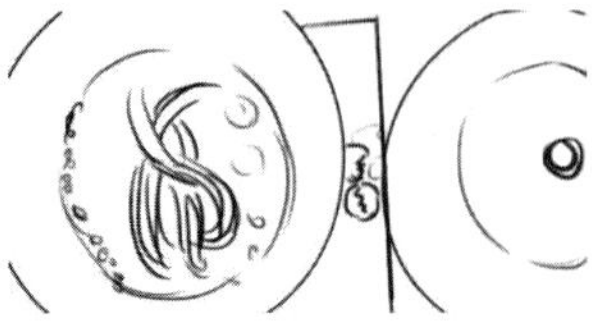	可鸡蛋依旧滑落在灶台。	

镜号	画面	内容描述	时长
14－4		奶奶满脸错愕。	2S
14－5		奶奶手忙脚乱地收拾着台面。	3S

15. 场内　厨房　日

镜号	画面	内容描述	时长
15－1	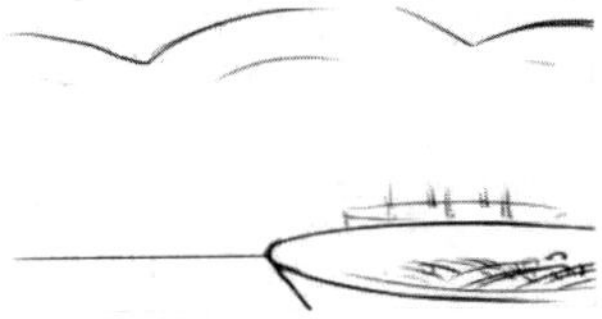	桌上摆着一碗热气腾腾的面。	2S
15－2		长久的等待让奶奶的神情愈发落寞。	4S
15－3		陈弥推门而入。	3S
15－4		奶奶欣喜地从座位上起身。	3S
15－5	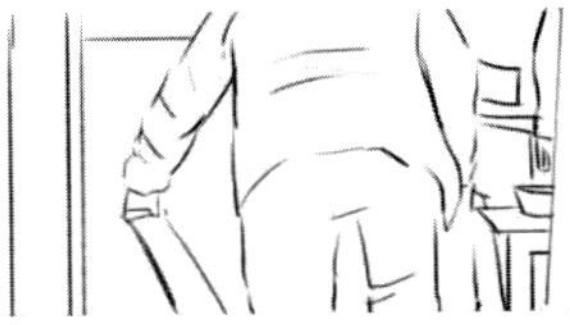	奶奶替陈弥抽开竹椅，牵他入座。	5S

镜号	画面	内容描述	时长
15－6		待陈弥坐好后，奶奶才回到自己座位上。	6S
		两人相对而坐，桌上摆放着一个白瓷大碗和已经变形的蛋糕。	
15－7		陈弥若有所思地看着桌上摆放的热腾腾面。	3S
15－8		奶奶满脸期待地看向陈弥。	3S
15－9		陈弥似乎有所触动，开始狼吞虎咽地吃起面来。	4S

16. 场内　客厅　日

镜号	画面	内容描述	时长
16－1		奶奶熟稔地点燃香火。	2S
16－2		奶奶虔诚地拜叩。	2S

镜号	画面	内容描述	时长
16－3		合影里年幼的陈弥依偎在奶奶肩头，笑得天真烂漫。奶奶用手轻抚着照片。	3S
16－4		奶奶眼眶渐渐泛红，嘴角流露着一丝苦涩的笑容。	4S

17．场内　客厅　日（闪回）

镜号	画面	内容描述	时长
17－1		陈弥（儿时）：奶奶。 奶奶：哎！ 儿时的陈弥欢快地奔向奶奶，奶奶宠溺地拥他入怀。	3S
17－2		饭桌前祖孙俩笑语不断，儿时陈弥大口吃着奶奶煮的面条：我最喜欢吃奶奶做的面了，长大以后我也要给奶奶做面吃！	6S

18．场内　客厅　日

镜号	画面	内容描述	时长
18－1		奶奶看着眼前的陈弥大口吃着面条。	3S
18－2		奶奶欣慰的笑容在脸上荡漾开来。	3S

镜号	画面	内容描述	时长
18－3		陈弥正吃得津津有味。乍然，尖锐刺耳的哔音拉长响起，VR 眼镜里的游戏音效在嘈杂的电流声里愈发清晰。	3S
18－4		陈弥一顿，渐渐放缓了吃面的动作。	5S
		陈弥脸上重现麻木表情，他甩开木筷，伸了伸懒腰。	
18－5		奶奶的笑容僵在脸上。	3S
18－6		陈弥玩世不恭地起身离开，径直走向那个昏暗狭小的房间。	3S
18－7		奶奶呆坐，一脸无奈，祈求的眼神追随着孙儿。	3S
18－8		奶奶缓慢起身收拾碗筷，朝厨房踉跄走去。	3S

19. 场内　房间　日

镜号	画面	内容描述	时长
19－1		陈弥头戴 VR 眼镜，快速击打着游戏键盘，嘴上念念有词。	6S
	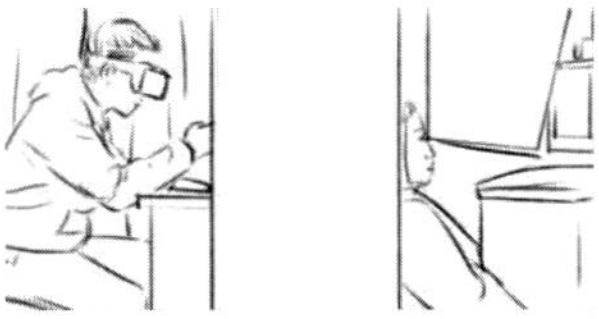	嘈杂的音效与狂热的吼叫穿透墙面。	
		一墙之隔的奶奶孤独倚坐，神情落寞而惆怅。	

20. 场内　客厅　日

镜号	画面	内容描述	时长
20－1		奶奶探头张望房内的孙子，VR 眼镜几乎覆盖住陈弥的整张脸庞，他凶猛且放肆地敲打着键盘，身体前后激烈移动。	5S
20－2		陈弥的状态几近癫狂。	3S
20－3		电流声滋滋作响，灯光忽明忽暗。	3S
20－4		哔的一声，陈弥眼前卒然一片漆黑：哎，怎么黑了？哎！ 他左顾右盼，用力拍打 VR 眼镜。	5S

镜号	画面	内容描述	时长
20－5		陈弥的世界依旧寂静漆黑，他继续敲打眼镜，动作愈发狂躁。暴怒下，他用力拉扯，电流声响起，眼镜瞬间摘除，	5S
20－6		陈弥抬头，眼中只剩下一双空洞黑目……	5S

21. 场外 街道 日

镜号	画面	内容描述	时长
21－1		街头的小男孩拿着手机，机械地重复着手部动作。一双空目镶嵌在他稚嫩的脸上。	3S
21－2		游戏机前的男女青年，疯狂摇动游戏把杆，撞击声不断。	3S
21－3		游戏机前的男女青年沉迷其间，漆黑空目空洞无光。	4S

（五）《我和我的老师》文学剧本

1. 外景　实训剧场　日

春日校园鸟语清脆，阳光明媚。

崭新的教学楼呈“凹”型排列，“凹”字中央郁葱树木镶嵌其间，精雕铜塑栩栩林立。

李娜老师头戴棒球帽，步履匆匆地走出实训剧场大门，手机紧贴耳边，神情焦灼不悦。

李娜老师：喂，周老师。我刚从排练场出来，对，我跟您说，今天学生状态特别不好，那段戏，没有一个同学演对了……

一株矮小灌木被周旁几排茂密大树包裹，孤零错落在草坪一端。

2. 内景　实训剧场　日（闪回）

台后土墙、木门置景齐整，两列学生身着军装，手握步枪，整齐划一。

唯有高台上的周琛一身素衣，低头不语。

李娜老师侧身而立，怒不可遏地看向舞台中央。

李娜老师：你不知道今天排练是吗？

周琛沉默如故。

李娜老师疾言厉色，举臂而起。

李娜老师：穿成这个样子，你来演什么戏？如果你态度不端正，你能演好这个戏吗？

周琛闷声听着李娜老师的训词，全然不作回应。

李娜老师：你演得是谁？精神领袖！

周琛缓缓抬头，一丝惭愧掠过脸庞。

李娜老师：好了，今天的排练就到这。

台上几个演员神情低落地放下步枪。

李娜老师手指周琛再三点醒。

李娜老师：你自己回家好好好好地反省一下！

话音刚落，李娜老师满眼失望地转身离去。（闪回完）

3．外景　教学楼　日

煦日和风，光影掠过红墙碧瓦，窗棂飘出朗朗书声。

4．内景　教室　日

学生们凝神静听，唯独周琛撑头走神，目光游离地飘向窗外。

周欣欣老师教仪大方站立讲台，蔼然可亲地向全班提出一个问题。

周欣欣老师：下面请同学们先来谈一谈你们眼中的中国精神是什么？

学生们回应热烈，教室里满是参差高举的手臂。

周欣欣老师：好，段誉同学。

段誉起身，脊背笔直，语调昂扬。

段誉：我觉得中国精神就是……社会主义核心价值观。

周欣欣老师：好，非常好，请坐！

周琛眉头微蹙，心神不宁，偷偷拿出课桌里的手机，低头看了起来。

讲台上的提问仍在延续，周欣欣老师热情鼓励同学们继续发表自己的看法。

周欣欣老师：还有没有同学谈谈你眼中的中国精神……好，张严同学。

张严：我觉得中国精神就是长征精神、是民族之魂。

张严神情庄重，周边学生点头道是。

周欣欣老师：好，请坐。

黑板上白色粉笔写着“弘扬中国精神”几个大字。

周欣欣老师欣然微笑，从讲台上走了下来，口中称赞着同学们的回答，目光随着脚步，注意到了台下形态鬼祟的周琛。

周欣欣老师：刚刚同学们谈得非常好，谈到了自己对中国精神的认识……

周琛没有察觉到老师临近的脚步，依旧低头看着手机。

周欣欣老师停步在他课桌前，轻叩桌面。

全班同学的视线齐刷刷投射在周琛身上。

周琛抬起头来，尴尬的眼神正好对上了老师的一双笑眼。

周欣欣老师讲课的话语并没有停顿，朝着周琛伸出了手。

周欣欣老师：还有没有同学想谈一谈，你们眼中的中国精神是什么？

周琛垂头耷脑地递上手机，手指不停抠弄着手心中的笔帽，头越埋越低，一头黑发遮住了脸上神色……

下课后，周欣欣老师在讲台上整理教具，学生已所剩无几。

周琛失落地从座位上起身，脸色低沉地离开教室。

周欣欣老师拿起周琛的手机，若有所思地走了出去。

5. 外景　食堂　日

校园里鲜绿成片，生机盎然，一座红砖斜瓦的中式食堂矗立中央。

6. 内景　食堂　日

食堂内人声嘈杂，周琛眼神忧虑地坐在过道边的座椅上，食不知味般将饭机械地送入口中。

周欣欣老师从后方走来，一眼就发现了周琛沮丧的背影，她停住脚步，转身去奶茶店买了两杯西瓜汁，继而走到了周琛面前。

一道阴影覆盖在周琛身上，周琛抬头一看，直愣起身。

周欣欣老师笑眼盈盈地递出了手中的西瓜汁。

二人相对而坐，周琛有些局促，手脚无处安放。

周欣欣老师拿起放置在思政课本上的手机，递还给他。

周欣欣老师：手机还你。

周琛双手接过手机，面露窘态地低下了头。

周琛：谢谢周老师。

周欣欣老师看出了周琛的局促，话题一转，指向了那杯他一口未喝的西瓜汁。

周欣欣老师：喝西瓜汁。

周琛慌忙拿起一旁的西瓜汁，低头喝了一口。

周欣欣老师放缓了语调。

周欣欣老师：平时上课挺认真的，这节课怎么玩手机了呢？

周琛缓缓放下了手中的西瓜汁，手不由地攥紧了餐盘的边沿，半迟疑着道出了原由。

周琛：我们……我们现在在演一个剧，可我不是特别能理解里面的角色。我们教表演的李老师也跟我说了很多，但是，我总觉得自己……

7. 外景　教学楼　日

教学楼修直卓立，后方云卷云舒。鸟雀在树梢上雀跃欢舞，喉间吟唱出自然的乐章。

周欣欣老师挎着单肩包行走在前方的林荫道上，迎面碰见从实训剧场方向走来的李娜老师。

周欣欣老师：李老师好。

李娜老师：周老师，下课啦？

周欣欣老师：是的。

李娜老师紧忙拉过周欣欣老师的手臂，将她带到一旁。

周欣欣老师：怎么了？

李娜老师眉眼惆怅地向其倾诉，周欣欣老师神情平和，双目关注。

李娜老师：我正好要给你打电话。最近啊，我排了一个长征题材的独幕剧，这个戏呢，是以英雄人物陈树湘烈士为原型来创作的，但是我们这些学生啊，就怎么都找不到感觉，所以呢，我就想请你看看我们的戏，给我们提供一些好的建议。

周欣欣老师：稍微晚点，我到剧场来，看你们排练演出。

李娜老师：那太好了，谢谢啊，那一会见。

二人挥手道别，满面愁容的李娜老师表情稍有松懈。

8. 外景　实训剧场　日

丛丛绿植卓然点缀，实训剧场里隐约传来周琛剧中人物的排演声。

9. 内景　实训剧场　日

宽敞明亮的舞台上，学生们身着演出服按台位或坐或立，周琛和对手演员站立中央。

周欣欣老师坐在观众席，聚精凝神地观看着台上的排演。

周琛：静静，你没事真是让我太高兴了！

对手演员：师长，我爸爸……他死了！

周琛情感软绵地接过战友的步枪，脸上挤出几丝痛苦的表情。

李娜老师站在舞台侧旁，眉头越发紧蹙，忍无可忍地走上前去，厉声打断。

李娜老师：停！你在演什么？

周琛一脸无措地抬起头。他紧抿嘴唇，忍受着李娜老师的责备，难堪与自责溢于言表，身前的李娜老师气在头上，胸口因情绪浮动而起伏，一手怒指侧方。

李娜老师：对敌人的恨，对战友的敬畏，你表现在哪？

周琛抹了抹眼角。

周欣欣老师不由起身，紧握椅背，忧心地望向前方。

停顿片刻，李娜老师似心如死灰般正言厉色道。

李娜老师：我跟你说了多少遍了！周琛，你到底能不能演？不能演，就换人！

周琛错愕地望向李娜老师，李娜老师似乎心意已决。

李娜老师：彭辉，你上！

一声低喝后，剧场里寂静无声。

周琛感觉到脑海有爆竹炸开，转头看向一旁的彭辉。

李娜老师：上啊！

周琛一把扯下了头上的帽子，别开了脸。

周琛：我不演了！

周琛羞愤地跑下了舞台。

对于始料未及的一幕，李娜老师有些措手不及。

李娜老师：周琛！周琛你给我回来！回来！

观众席上的周欣欣老师起身想拦，眼见周琛从过道上飞奔而去，一溜烟消失在剧场出口。

10．外景　校园草地　日

天幕阴沉，大雨如注，豆大雨珠砸在地面上哗哗作响，天空不时响起两声惊雷。

周琛奔跑在雨中，发泄般地拨开身前半人高的草丛，漫无目的地狂奔。

骤然一声惊雷，周琛跪倒在湿漉漉的草地上，俯面在地。手心攥紧了杂草，雨水与泥土交织的苦闷气味漫入鼻息，周琛陷入到崩溃的情绪中，拳头用力捶打着地面，痛哭起来。

11．内景　实训剧场　夜

老师和同学们来到实验剧场，发现舞台上留有水渍。

排练时未见周琛身影，李娜老师让学生反复拨打着他的电话，手机里却一直传来“嘟嘟嘟”的声响。

李娜老师难掩焦急，来回踱步。

周欣欣老师上前轻抚李娜老师的肩膀，思索片刻，她打开手机，和李娜老师一同编辑了一条信息发给了周琛。

短信：周琛，你在哪儿？大家都很担心你，请相信我们，老师和同学们一定会帮你渡过难关！

12．外景　教学楼　日

蔚蓝晴空，波属云委，教学楼岿然独立。

13．内景　放映厅　日

巨型荧幕上陈树湘头戴军帽，眉宇间英气逼人。

周欣欣老师站立一侧，表情肃穆郑重，抑扬顿挫地向学生介绍着陈树湘的英雄事迹。

周欣欣老师：下面，我们通过观看影片《血战湘江》，一起来感受陈树湘断肠明志的英雄故事。

学生们屏气凝神，专注的脸庞上光影浮动。

电影荧幕上陈树湘浴血奋战，布满鲜血的脸上目光坚毅而无畏。

电影《血战湘江》：三四十师七千多人，至今，我们看到几个幸存的战士。春伢子在枫树脚，被敌人打开了肠子，他们为苏维埃新中国流尽了最后一滴鲜血……

周琛坐在观众席上，眼眶含泪，他手紧握成拳，渐渐地真切感受到了战士们的英雄无畏与家国情怀。

14. 外景　校园　日

暮色下树影间，穹宇风移云涌。

校园内，碧瓦朱甍，人流疾驰，电光飞逝。

蓝天白云，红砖校舍，绿树成荫。

15. 内景　实训剧场　日

黑暗中，一只手拔开剧场开关。

舞台渐亮，周琛穿着军服伫立其间，他清脆地拍击两声示意开始，便一鼓作气般伸出手臂。

周琛：出发！

周琛把手收回，垂头沉思，用力拍打了下刚刚伸出的那只手。调整状态后，他再次挥舞出手臂，声音铿锵有力，气宇轩昂。

周琛：出发！

在一声声练习中，周琛愈发入戏，渐入佳境。

16. 内景　陈树湘故居　日

师生们驻足展板前认真学习着陈树湘烈士的英雄事迹。

一座镌刻有力的铜塑在光辉中矗立，陈树湘面容刚毅，眼神坚定。

周琛庄重地走到铜像前，轻抚烈士的面容。

周欣欣老师满含深情地向周琛讲述着陈树湘烈士的往事，周琛心有所触，郑重点头。

17. 外景　陈树湘故居广场　日

一群白衣学子跟随周欣欣老师在一幅幅红色画卷中追忆革命岁月，体悟中国精神。

学生们神情专注，为之动容。

周欣欣老师带领师生向烈士敬献鲜花，李娜老师在纪念碑前宣讲理想信念，众人在烈士丰碑下庄重宣誓。

师生驻足陈树湘石像前，眼含热泪，深深鞠躬。

18. 内景　实训剧场　日

排练多时的独幕剧正式开演。

舞台灯光昏暗，黑暗中红色光影勾勒出战士们奋勇杀敌的壮烈身姿。

周琛站在高台上，奋力挥舞着党旗，身后荧幕中一面五星红旗迎风招展，光辉夺目。

灯光渐亮，演出的全体演员站立台中，眼神坚毅，高呼明志，气荡山河。

全体演员：血战到底，决不投降！血战到底，决不投降！血战到底，决不投降……

周琛站在舞台中央，此刻的他化身为了一名真正的战士，血泪挥洒，全情投入。往事如一幕幕浮现。

19. 一组镜头（闪回）

李娜老师帮助周琛调整形体动作、情绪变化，让其迅速进入新的规定情境。

李娜老师帮助周琛理解人物角色，启发他探索不同的表演方式，以达到最好的表演状态。

李娜老师、周欣欣老师老师在周琛失落时，给予关切和引导。

周欣欣老师与周琛一同观摩红色电影，共同学习陈树湘烈士的英雄事迹。

周欣欣老师带领周琛参观陈树湘故居，深刻感悟陈树湘烈士的革命精神。（闪回完）

20. 外景　陈树湘故居　日

师生们在烈士纪念碑下许下的铮铮誓言。

周琛驻足陈树湘断肠明志的29岁纪念碑前，两代人的时光似乎在此刻汇聚，陈树湘将光亮投射给青年，青年坚定地朝着光亮前进，辉映在星河里如同他当时的坚定。

（剧终）

（六）《我和我的老师》分镜头剧本

（20 场　120 镜）

1. 场外　实训演艺厅　日

镜号	画面	内容描述	时长
1－1		春日校园鸟语清脆，阳光明媚。崭新的教学楼呈“凹”型排列，“凹”字中央郁葱树木镶嵌其间，精雕铜塑栩栩林立。	4S
1－2		李娜老师头戴棒球帽，步履匆匆地走出实训演艺厅大门，手机紧贴耳边：喂，周老师。我刚从排练场出来。	3S
1－3		李娜老师神情焦灼不悦：对，我跟您说，今天学生状态特别不好，那段戏，没有一个同学演对了……	6S
1－4		一株矮小灌木被周旁几排茂密大树包裹，孤零错落在草坪一端。	3S

2. 场外　实训演艺厅　日（闪回）

镜号	画面	内容描述	时长
2－1		李娜老师侧身而立，怒不可遏地看向舞台中央。	3S

镜号	画面	内容描述	时长
2－2	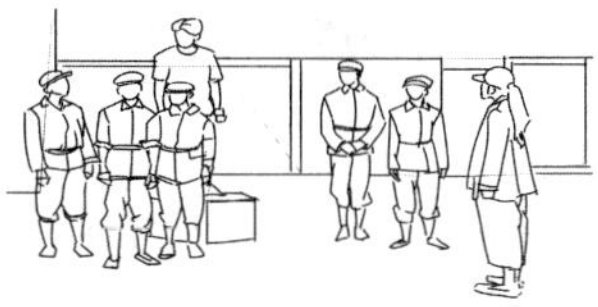	台后土墙、木门置景齐整，两列学生身着军装，手握步枪，整齐划一。唯有高台上的周琛一身素衣，低头不语。	3S
2－3		李娜老师严厉地对周琛说道：你不知道今天排练是吗？	3S
2－4		周琛沉默如故。	2S
2－5		李娜老师疾言厉色，举臂而起：穿成这个样子，你来演什么戏？如果你态度不端正，你能演好这个戏吗？	4S
2－6		周琛闷声听着李娜老师的训词，全然不作回应。	3S
2－7		李娜老师：你演得是谁？精神领袖！ 周琛缓缓抬头，一丝惭愧掠过脸庞。	4S
2－8		李娜老师手指周琛再三点醒：你自己回家好好地反省一下！好了，今天的排练就到这。 她满眼失望地转身离去。	5S

3. 场外　教学楼　日

镜号	画面	内容描述	时长
3－1	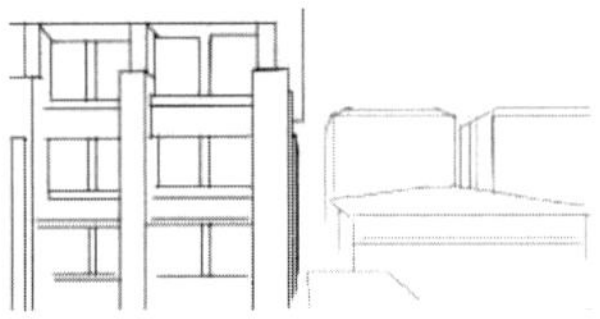	煦日和风，光影掠过红墙碧瓦，窗棂飘出朗朗书声。	3S

4. 场内　教室　日

镜号	画面	内容描述	时长
4－1		学生们凝神静听，唯独周琛撑头走神，目光游离地飘向窗外。	3S
4－2		周欣欣老师教仪大方站立讲台，蔼然可亲地向全班提出一个问题：请同学们先来谈一谈你们眼中的中国精神是什么？	5S
4－3		学生们回应热烈，教室里满是参差高举的手臂。 周欣欣老师：好，段誉同学。	3S
4－4		段誉起身，脊背笔直，语调昂扬：我觉得中国精神就是……社会主义核心价值观。	4S
4－5		周欣欣老师：好，非常好，请坐！	3S
4－6		周琛眉头微蹙，心神不宁，偷偷拿出课桌里的手机，低头看了起来。	3S

镜号	画面	内容描述	时长
4－7		讲台上的提问仍在延续，周欣欣老师热情鼓励同学们继续发表自己的看法：还有没有同学谈谈你眼中的中国精神。	3S
4－8		同学们踊跃举手，积极参与讨论。 周欣欣老师：好，张严同学。	2S
4－9		张严神情庄重：我觉得中国精神就是长征精神、是民族之魂。 周边学生点头道是。	5S
4－10		周欣欣老师欣然微笑：好，请坐。 黑板上白色粉笔写着“弘扬中国精神”几个大字。	3S
4－11		周欣欣口中称赞着同学们的回答，但同时也注意到了台下形态鬼祟的周琛。	5S
4－12		周琛无心听课，仍在低头看手机。	2S
4－13	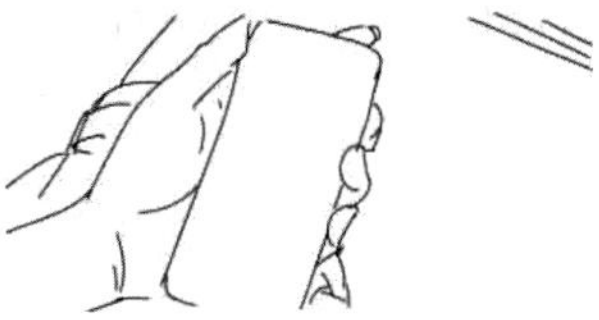	周琛正聚精会神地看手机。	2S
4－14		周欣欣停步在周琛课桌前轻叩桌面。周琛抬起头来尴尬的眼神正好对上了老师的一双笑眼。他垂头奄脑地递上了手机。	6S

镜号	画面	内容描述	时长
4－15		全班同学的视线齐刷刷投射在他身上。	3S
4－16		周琛手指不停抠弄着手心中的笔帽，头越埋越低。	3S
4－17		周琛低着头，一头黑发遮住了他脸上沮丧的神色。	3S
4－18		下课后，周欣欣老师在讲台上整理教具，学生已所剩无几。	3S
4－19		周琛失落地从座位上起身，脸色低沉地离开教室。	3S
4－20		周欣欣老师从讲台上拿起周琛的手机。	2S
4－21		周欣欣老师若有所思地走出了教室。	3S

5. 场外　食堂　日

镜号	画面	内容描述	时长
5－1		校园里鲜绿成片，生机盎然，一座红砖斜瓦的中式食堂矗立中央。	3S

6. 场内　食堂　日

镜号	画面	内容描述	时长
6－1		食堂内人声嘈杂，周琛眼神忧虑地坐在过道边的座椅上，食不知味般将饭机械地送入口中。	3S
6－2		此时，周欣欣老师正从后方走来，一眼就发现了周琛沮丧的背影。	3S
6－3		周欣欣老师停住脚步，转身去奶茶店买了两杯西瓜汁，继而走到了周琛面前。	3S
6－4		周琛抬头一看，直愣起身。 周欣欣老师笑眼盈盈地递出了手中的西瓜汁。	3S
6－5		二人相对而坐，周欣欣老师拿起放置在思政课本上的手机。	3S
6－6		周欣欣老师将手机递还给周琛：手机还你。	

镜号	画面	内容描述	时长
6－6		周琛双手接过手机，面露窘态地低下了头：谢谢周老师。	20S
		周欣欣老师向周琛具体询问了他上课时的情况。 周琛半迟疑着道出了原由。	

7. 场外　教学楼　日

镜号	画面	内容描述	时长
7－1		教学楼修直卓立，后方云卷云舒。鸟雀在树梢上雀跃欢舞，喉间吟唱出自然的乐章。	3S
7－2		周欣欣老师挎着单肩包行走在前方的林荫道上。	3S
7－3		周欣欣老师迎面碰见从实训厅方向走来的李娜：李老师好。	3S
7－4		李娜老师紧忙拉过周欣欣老师的手臂，将她带到一旁。	3S
7－5		李娜眉眼惆怅地向其倾诉，周欣欣神情平和，双目关注。	4S

镜号	画面	内容描述	时长
7－6		李娜老师想请周欣欣老师看看他们正在排演的戏，希望能给他们提供一些好的建议。	6S
7－7		周欣欣老师欣然答应。	3S
7－8		二人挥手道别，满面愁容的李娜老师表情稍有松懈。	4S

8．场外　实训剧场　日

镜号	画面	内容描述	时长
8－1		从从绿植卓然点缀，实训剧场里隐约传来周琛剧中人物的排演声。	3S

9．场内　实训剧场　日

镜号	画面	内容描述	时长
9－1		宽敞明亮的舞台上，学生们身着演出服按台位或坐或立，周琛和对手演员站立中央。	4S
9－2		周琛和对手演员正在搭戏。	6S

镜号	画面	内容描述	时长
9－3		周欣欣老师坐在观众席，聚精凝神地观看着台上的排演。	3S
9－4		周琛情感软绵地接过战友的步枪，脸上挤出几丝痛苦的表情。 李娜老师站在舞台侧旁认真观察着他们的表演。	6S
9－5		李娜老师眉头越发紧蹙，忍无可忍地走上前去，厉声打断：停！	3S
9－6		李娜老师质问道：你在演什么？ 周琛一脸无措地抬起头。	5S
9－7		观众席上周欣欣老师仔细注视着舞台上的一切。	2S
9－8		李娜老师气在头上，胸口因情绪浮动而起伏，一手怒指侧方：对敌人的恨，对战友的敬畏，你表现在哪？	6S
9－9		周琛紧抿嘴唇，忍受着李娜老师的责备，难堪与自责溢于言表，偷偷地抹了一下眼角。	4S
9－10		周欣欣老师不由起身，紧握椅背，忧心地望向前方。	3S

镜号	画面	内容描述	时长
9－11		停顿片刻，李娜老师似心如死灰般正言厉色道：我跟你说了多少遍了！周琛，你到底能不能演？不能演，就换人！	5S
9－12		周琛错愕地望向李娜老师，顿时感觉到脑海有爆竹炸开。他一把扯下了头上的帽子，别开了脸：我不演了！	4S
9－13		周琛羞愤地跑下了舞台。 对于始料未及的一幕，李娜老师有些措手不及。	3S
9－14		观众席上的周欣欣老师起身想拦住周琛。	2S
9－15		周欣欣老师眼见着周琛从过道上飞奔而去，一溜烟消失在剧场出口。	4S

10．场外　校园草地　日

镜号	画面	内容描述	时长
10－1		天幕阴沉，大雨如注，豆大雨珠砸在地面上哗哗作响，天空不时响起两声惊雷。	5S
		周琛奔跑在雨中，发泄般地拨开身前半人高的草丛，漫无目的地狂奔。	

镜号	画面	内容描述	时长
10－2		骤然一声惊雷，周琛跪倒在湿漉漉的草地上，俯面在地。	8S
		周琛手心攥紧了杂草，雨水与泥土交织的苦闷气味漫入鼻息。	
10－3		周琛陷入到崩溃的情绪中，拳头用力捶打着地面，痛哭起来。	8S

11．场内　实验剧场　日

镜号	画面	内容描述	时长
11－1		老师和同学们来到实验剧场，发现舞台上留有水渍。	3S
11－2		排练时未见周琛身影，李娜老师让学生反复拨打着他的电话，手机里却一直传来“嘟嘟嘟”的声响。	4S
11－3		李娜老师一脸焦急，来回踱步。	4S
11－4		周欣欣老师上前轻抚李娜老师的肩膀。	4S

镜号	画面	内容描述	时长
11－5		思索片刻，周欣欣老师打开手机，和李娜老师一起编辑了一条信息发给了周琛。	4S
11－6		短信：周琛，你在哪儿？大家都很担心你，请相信我们，老师和同学们一定会帮你渡过难关！	5S

12. 场外　教学楼　日

镜号	画面	内容描述	时长
12－1		蔚蓝晴空，波属云委，教学楼岿然独立。	3S

13. 场内　放映厅　日

镜号	画面	内容描述	时长
13－1		荧幕上陈树湘头戴军帽，眉宇间英气逼人。周欣欣老师站立一侧，表情肃穆郑重，抑扬顿挫地向学生介绍着陈树湘的英雄事迹。	6S
13－2		学生们聚精会神地听周欣欣老师讲述。	3S
13－3		周欣欣老师：下面，我们通过观看影片《血战湘江》，一起来感受陈树湘断肠明志的英雄故事。	5S
13－4		学生们屏气凝神，专注的脸庞上光影浮动。	3S

镜号	画面	内容描述	时长
13－5		电影荧幕上陈树湘浴血奋战，布满鲜血的脸上目光坚毅而无畏。	10S
13－6	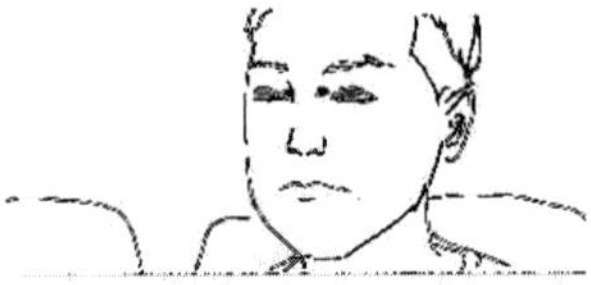	周琛坐在观众席上认真地观看电影。	4S
13－7		荧幕里正播放着电影《血战湘江》片段。	10S
13－8	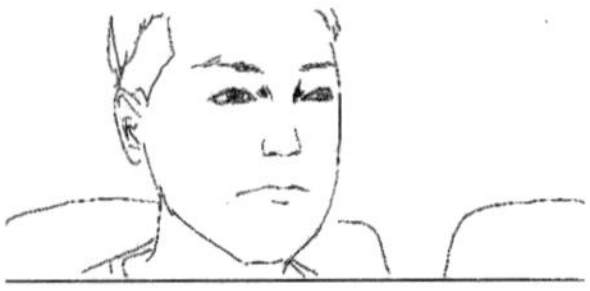	周琛眼眶含泪。	5S
13－9	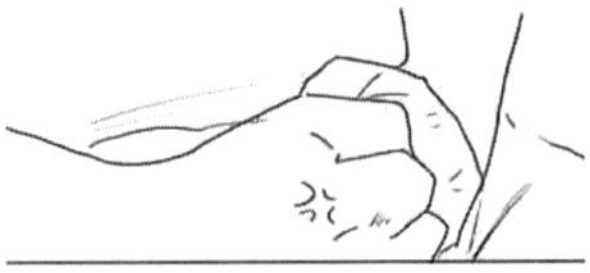	周琛手紧握成拳，渐渐地真切感受到了战士们的英雄无畏与家国情怀。	5S

14. 场外　校园　日

镜号	画面	内容描述	时长
14－1		暮色下树影间，穹宇风移云涌。	3S
14－2		蓝天白云，红砖校舍，绿树成荫。	3S

15. 场内　实验剧场　日

镜号	画面	内容描述	时长
15－1		黑暗中，周琛抬起手拔开剧场开关。	3S
15－2		舞台渐亮，周琛穿着军服伫立其间。	3S
15－3	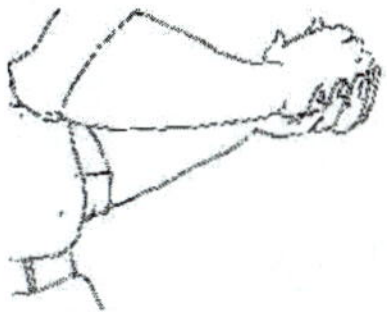	周琛清脆地拍击两声示意开始。	3S
15－4		周琛一鼓作气般伸出手臂：出发！	3S
15－5	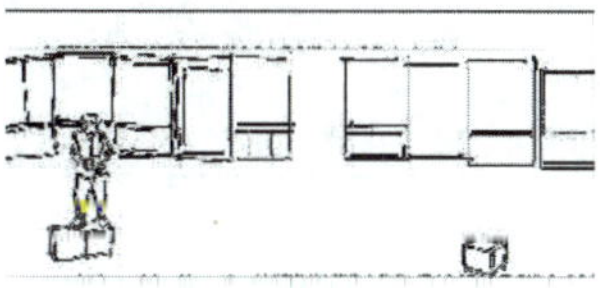 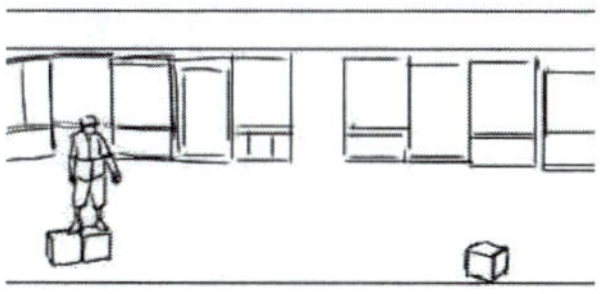	周琛把手收回，垂头沉思，用力拍打了下刚刚伸出的那只手。 周琛调整状态后，再次挥舞出手臂。	10S
15－6		周琛声音铿锵有力，气宇轩昂：出发！	3S
15－7	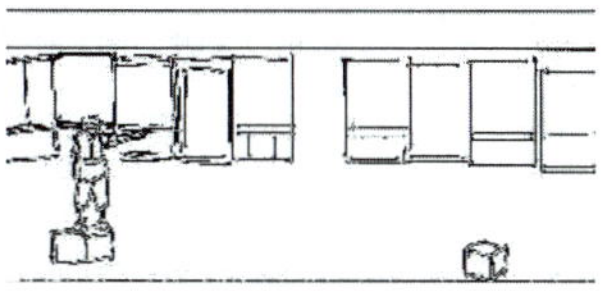	在一声声练习中，周琛愈发入戏，渐入佳境。	5S

16. 场内　陈树湘故居　日

镜号	画面	内容描述	时长
16－1		一座镌刻有力的铜塑在光辉中矗立，陈树湘面容刚毅，眼神坚定。	4S
16－2	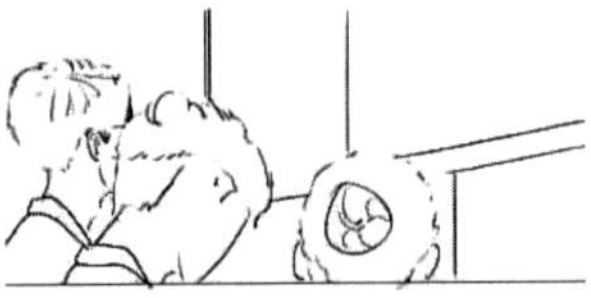	同学们驻足展板前认真了解着陈树湘烈士的生平事迹。	5S
16－3		同学们被墙上一段段珍贵文字、一幅幅老照片、一件件文物所感染。	5S
16－4	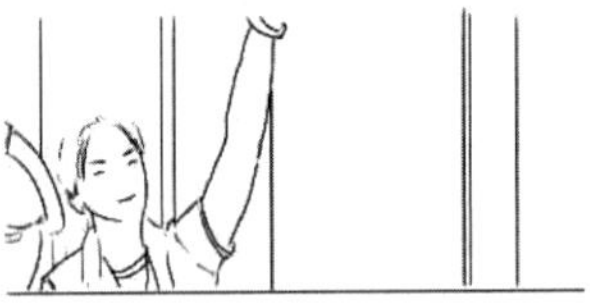	李娜老师给同学们细致讲解陈树湘烈士的英雄事迹。	8S
16－5		周琛满怀敬仰之情，庄重地走到铜像前。	3S
16－6	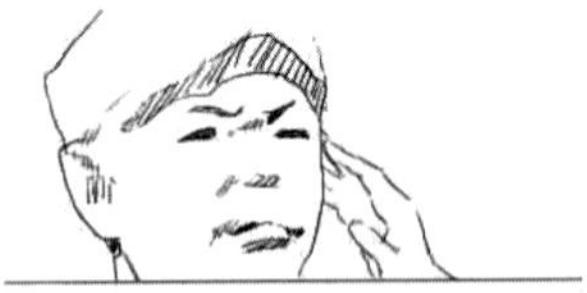	周琛轻抚烈士的面容，深切缅怀革命先烈。	5S
16－7		周欣欣老师满含深情地向周琛讲述着陈树湘烈士的往事。 周琛心有所触，郑重点头。	8S

17. 场外　陈树湘故居　日

镜号	画面	内容描述	时长
17－1		一群白衣学子跟随周欣欣老师在一幅幅红色画卷中追忆革命岁月，体悟中国精神。	3S
17－2		学生们神情专注，为之动容。	3S
17－3		周欣欣老师带领师生向烈士敬献鲜花。	4S
17－4		李娜老师在纪念碑前宣讲理想信念。	4S
17－5		周欣欣老师带领大家在烈士丰碑下庄重宣誓。	4S
17－6		周琛庄重宣誓。	3S
17－7	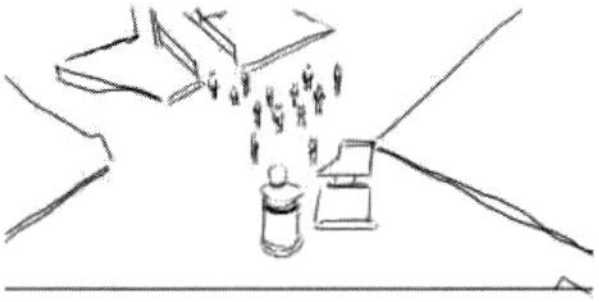	师生驻足陈树湘石像前，眼含热泪，深深鞠躬。	6S

18. 场内　实训剧场　日

镜号	画面	内容描述	时长
18－1		独幕剧正式开演。演出的全体演员站立台中，眼神坚毅，高呼明志，气荡山河。	6S
18－2		周琛站在高台上，奋力挥舞着党旗，身后荧幕中一面五星红旗迎风招展，光辉夺目。	4S
18－3		全体演员：血战到底，决不投降！……周琛站在舞台中央，此刻的他化身为了一名真正的战士，血泪挥洒，全情投入。	8S

19. 场　一组镜头（闪回）

镜号	画面	内容描述	时长
19－1	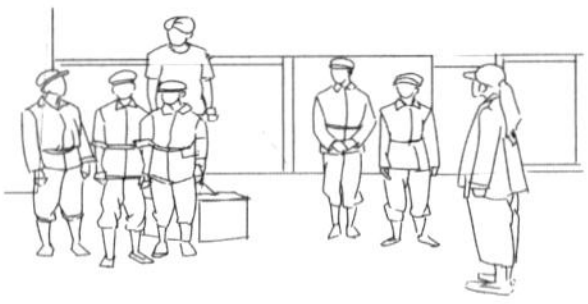	李娜老师帮助周琛调整形体动作、情绪变化，让其迅速进入新的规定情境。	3S
19－2		李娜老师帮助周琛理解人物角色，启发他探索不同的表演方式，以达到最好的表演状态。	3S
19－3	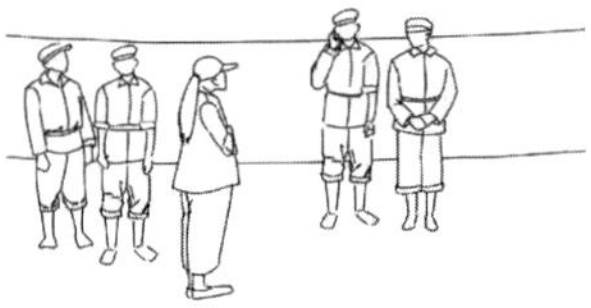	排练时未见周琛身影，李娜老师让学生反复拨打着他的电话。	3S
19－4	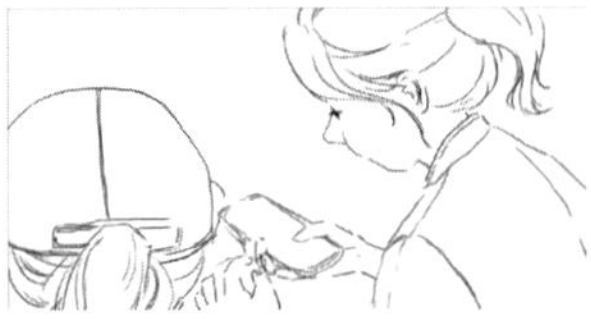	李娜老师和周欣欣老师在周琛失落时给予关切。	3S

镜号	画面	内容描述	时长
19－5		李娜和周欣欣老师发来短信：周琛，你在哪儿？大家都很担心你，请相信我们，老师和同学们一定会帮你渡过难关！	3S
19－6		周欣欣老师在周琛失落时，给予积极引导。	3S
19－7		周欣欣老师在思政课堂上宣讲理想信念。	3S
19－8		周欣欣老师与周琛一同观摩红色电影，共同学习陈树湘烈士的英雄事迹。	3S
19－9		周欣欣老师带领周琛参观陈树湘故居，深刻感悟陈树湘烈士的革命精神。	5S

20．场外　陈树湘故居　日

镜号	画面	内容描述	时长
20－1		周琛驻足陈树湘断肠明志的29岁纪念碑前，两代人的时光在此刻汇聚，陈树湘将光亮投射给青年，青年坚定地朝着光亮前进。	10S

（七）《时光胶囊》文学剧本

1. 外景　海边　日

波光粼粼的海面上，海风轻柔，海浪有节奏地拍打着海岸。

2. 外景　台北老人家院子　日

院子里铺满了各色的波斯菊，它们在破晓晨风的吹拂下摇曳着身姿。

3. 内景　台北老人家客厅　日

客厅里宽敞整洁，北面是门厅，南面是窗户，靠窗摆放着一个小餐桌和两把木凳。客厅中央有一张长方形茶几，茶几的后面有一套灰色的布艺沙发，沙发正前方有一台电视机。

电视机对面的墙上挂着一套军装，旁边挂着的有结婚照，家庭合照，还有爷爷年轻时的照片。

一张木质的边柜靠着这堵墙的正中央，柜子上供奉着一尊铜佛，正上方墙壁上挂着一副木质相框，里面装裱着一位慈祥和蔼老妇人的黑白照片。

4. 内景　台北老人家卧室　日

房间里传来轻微的呼吸声。

一阵急促的闹钟声响，昏黄的台灯被打开，一只褶皱苍老的手轻轻地按下闹铃开关。

老人缓缓地从被子里起身，只见他静静坐在床边，一语不发。

5. 内景　台北老人家客厅　日

老人从茶几上拿起遥控器打开了电视，电视里播放的新闻打破了房间里的寂静。

随后，老人弯着腰拄着拐杖，步履蹒跚地走进厨房。

6. 内景　台北老人家厨房　日

老人在厨房里正忙碌着，他打开冰箱从里面拿出来一个装满食材的盘子，食材是已经处理好了的。接着他打开火，倒油，放肉，丢一把辣椒，顿时锅里热油飞溅，滋滋作响，加点调料，锅铲再翻炒几下，在老人熟练地操作下，一盘辣椒炒肉很快就出锅了。

（画外音）孙女：人们常说食物是一个人对故乡最美好和直接的记忆。而我的记忆，是阿公每天早上都会为自己准备一盘辣椒炒肉。

7. 内景　台北老人家客厅　日

老人独自一人坐在客厅纱窗边的小餐桌旁，一口一口地吃着刚炒好的辣椒炒肉。

老人嘴里嚼着嚼着，叹息道。

老人：没味（长沙话）。

老人摇摇头，放下筷子，空气里弥漫着冷清与思念的味道。

8. 内景　台北老人家客厅　夜

昏暗的客厅里，只有电视散发着微弱的光。

老人倚靠在沙发上，小心地擦拭着那副老花眼镜。

忽然门被打开，儿子走进来朝客厅看了眼。

儿子：诶，爸，还没睡啊。

儿子将公文包随意扔在鞋柜上方，弯腰换了拖鞋，扯了扯领带，一脸疲惫地坐在父亲身边。

老人缓缓端起茶壶，一手摁住壶盖，往儿子茶杯里倒入半杯茶。

老人：明天有时间没？陪我去拜拜佛祖。

儿子疲倦地躺在沙发上，用手揉着眉心。

儿子：爸，对不起，最近工作太忙，要不下次啦。

老人边说边将茶杯递给儿子。

老人：你忙你的。明天我多烧两柱香，向佛祖赔罪。

老人说完便转过头去。

儿子见父亲有些失落，赶忙安慰说道。

儿子：好啦好啦，下次一定带你去。爸，那我先去睡啦。

儿子喝了一口茶后放下杯子，起身离开。

电视机里的节目依旧播放着，坐在沙发上的老人无心观看。他微蹙着眉头，一脸不悦。

9. 内景　台北老人家客厅　日

清晨，老人弯着腰站在边柜前用棉布轻轻拂去铜佛像表面的灰尘，铜佛像在他的精心呵护下依旧光亮如新。

此时，儿子拿着公文包手忙脚乱地从主卧走到客厅，一边用手系着领带，一边歪着头夹着手机通话。

儿子：好的，谢谢张医生，我们会注意的。

打完电话，儿子转头看见父亲正在边柜前小心翼翼地擦拭着香炉、烛台，脑子里回想起昨晚的事情，于是走过来抚慰道。

儿子：爸，你以后别一个人去了庙里了，等周末有时间我开车带你去，你腿脚本来就不方便啦！人家师傅也说了嘛，佛祖留心中，拜佛嘛，诚心就好。

老人转过头瞪了一眼儿子。

老人：你晓得个鬼（长沙话）。

看着执拗的父亲，儿子只好无奈地走开了。

说完，老人伸手从台面取了三支香，用打火机点燃。

正在厨房忙碌的儿媳端着菜从父亲身边经过，径直朝客厅走了过去。

此时，孙女也正好从房间出来，和阿公亲切地打了一声招呼。

孙女：阿公，早！

老人一边忙活着一边回应。

老人：早。

老人将点燃的三柱香整齐地插入香炉中，正对佛像，双手合十，虔诚地敬拜。

一缕缕青烟从香炉中冉冉升起，四处飘散，空气中弥漫着淡淡幽香。

老人缓缓抬头，静静地看着墙壁上挂着的那张老妇人黑白照片，万千思绪涌上心头。

客厅电视机里正播放着《海峡论坛》，一家人坐在餐桌前吃着早餐。

儿子与儿媳一边看着新闻，一边闲谈着。

儿子：诶，也可以哦，以后去大陆出差方便多了。

儿媳：可以什么，跟他们的身份证长一模一样，这样有好吗？

儿子：至少方便点嘛。

听着儿子和儿媳的交谈，老人面露不悦，放下碗筷，起身柱着拐杖离开了。

忽然手机铃声响起，儿子赶忙起身一边接通电话，一边离开客厅。

儿子：喂，张医生……

正在吃饭的孙女抬头看向父亲，神情有些紧张。

（画外音）孙女：小雨哗哗泻过，一切乱象与现实被狂风挟持，爸爸经常接到张医生原本打给阿公的电话。

10. 内景　台北老人家门厅　日

孙女满头大汗地跑进家，拿起落在鞋柜上的书包正准备走，忽然听见厨房里传来声响，她推开厨房门，看见阿公正在里面炒菜，疑惑地问道。

孙女：阿公，妈不是把中午的菜炒好了放冰箱了吗？

老人看着孙女撇撇嘴，笑着说。

老人：炒肉不放辣椒像什么样子。

孙女：阿公，这个给你。

孙女笑了笑，随即从书包里拿出了一个信封丢在鞋柜上，背起书包就匆匆忙忙地走了。

老人一脸茫然，他走到鞋柜前拿起信封，好奇地打开一看，发现里面竟是一沓明信片和邮票，上面印有中国高铁、湖南长沙岳麓山、橘子洲头等图片和字样。老人用他苍老的手一张张翻看着，仿佛家乡的一幕幕就浮现在眼前一般。

11．外景　台北老人家院子　日

天空灰蒙蒙的，偶尔飘着些雨丝。

院子里种植着的波斯菊在老人精心照顾下枝繁叶茂，一片生机勃勃的景象。

老人身着毛衣和棉裤，站在院子里握着把小剪刀，正细心地修剪着花枝，此时屋内传来一阵压低声音的争论。

儿媳：现在天气这么冷，爸爸的身体又不好。

儿子：爸想回去啊。

儿媳：难道一定要这个时候回去？

儿子：从小离开到现在，就回去这一次很过分吗？好啦好啦，不说了，我要去忙了。

儿子推门而出，点了根烟，忽然被院子里忙碌的父亲给唤住。

老人：儿子，有时间吗？

儿子走过来，欲言又止地看着父亲。

老人稍微往前挪了一步，充满期待地望向儿子。

老人：帮我修理一下花草。秋天到了，落叶要归根了。

儿子犹豫了一下，皱着眉说道。

儿子：爸，现在都已经冬天了……

老人听完脸上流露出失落的表情，默默地转身继续修剪院里的花草。

天气渐冷，天空开始下起了绵绵细雨，雨丝敲打在房屋上沙沙作响。

儿媳赶紧从屋内拿了件外套，径直来到父亲面前给他披上。

儿媳：爸，现在都十二月了……

正在修剪花草的老人突然转过身怔怔地看着儿媳，一脸迷惑。

（画外音）孙女：台北的冬天，一半是雨天，一半是阴天。爸爸又匆匆出门，阿公的花园比往日冷清了许多，波斯菊在雨中盛开，又在雨里枯萎。

12. 内景　台北老人家卧室　夜

台灯柔和的光芒照亮了整个书桌，老人穿着棉睡衣，戴着副老花眼镜，微微弓着背伏在桌前，不知画着什么，只见他拿着笔十分专注地在本子上涂画着。

孙女推开门走进来，望着阿公认真的样子，好奇地问。

孙女：阿公！你在干嘛啊？

老人头也不回地说道。

老人：今天这么早啊。

孙女靠近阿公瞟了一眼，嘟着嘴懒散地走至床尾趴着，若有所思地看着阿公的背影。

孙女：今天没课啦，同学们都在讨论课本删减古文的事情。

老人凝了凝眉，拿着笔的手突然停住了，接着轻叹了一口气。

老人：哦。

孙女双手撑在床上，无所事事地四下张望，目光掠过床头柜上余光中先生的一本书，便拿起随意地翻看着，忽然发现书页中夹着一张褶皱略微有些泛黄的纸张，拿出仔细一瞧，这纸上还画着一艘轮船。她将纸轻轻抚开，然后折成了一架纸飞机，对着它哈了一口气，开心地将手中的纸飞机朝阿公飞去。

纸飞机落在书桌上，老人被惊了一下，他看了一眼纸飞机，然后又转身看了一眼正在偷笑的孙女，无奈地摇了摇头。老人伸手拿起纸飞机，看见纸飞机边缘露出了模糊的铅笔线条，于是小心翼翼地将其拆开、抚平，当那一艘熟悉的轮船呈现在他眼前时，老人眼眸里露出了一抹渴望的神色。

一旁的孙女见阿公沉浸其中无心理睬自己，她又从书包里拿出笔记本电脑，登陆网站浏览新闻，无意中看到一个标题名为《九十七岁台湾抗战老兵回乡祭祖》的新闻视频，随即她点开视频。

新闻视频：12 月 10 日下午，97 岁抗战老兵跨越台湾海峡回到故乡，在父亲坟前声泪俱下，他未曾想到，这一离开便是 77 年……

老人听见新闻视频中传来老兵的哭声和主持人的解说，顿时眉头紧锁，坐立不安，他抬手示意孙女将笔记本电脑拿过来。

孙女将笔记本电脑摆放在桌上，新闻视频里正播放着那个老兵重归故里，跪在父亲坟头号啕大哭的情景。

新闻视频：爹，儿子回来看你了。不孝的儿子，现在回来给你上柱香……

老人热泪盈眶地看着笔记本里播放的新闻视频，情绪非常激动，身体止不住地颤抖。

孙女依偎在阿公身边，不停地轻抚着他的背。

13．内景　台北老人家客厅　日

清晨，一家人坐在餐桌前吃着早餐，餐桌上有清粥、油条、煎饼、青菜、白糖等，老人桌边还摆放着一瓶老干妈辣椒酱。

老人拿起勺子舀了一小勺老干妈辣酱放入碗里，和着清粥津津有味地吃着。

坐在对面的孙女，用勺子舀了一勺白糖搅拌着清粥，小口地吃着。

客厅电视机里正播放着早间新闻，主持人讲得慷慨激昂。

主持人：现在的厦门真的发展太快了，比以前更漂亮、更干净。厦门作为一个海上城市，还承办了金砖五国会议……

儿子和儿媳端着碗坐在了沙发上，边看边聊了起来。

儿子：诶，现在大陆发展不错哦，很多年轻人都去大陆工作了。

儿媳转头看着丈夫，试探性地发问。

儿媳：我觉得新闻是不是太夸张了，你相信哦？还是你也想去哦？

儿子微笑着点点头。

儿子：也不是不可以啊。

儿媳有些吃惊地看着丈夫，随后被电视机里余光中先生的声音给吸引。

余光中：黄栗留鸣桑椹美，紫樱桃熟麦风凉。朱轮昔愧无遗爱，白首重来似故乡……

主持人：今年10月，台湾中山大学师生为余光中先生庆祝九十大寿，这也是他最后一次公开露面。12月14日上午十点多，余光中因呼吸衰竭逝世，享年90岁……

正在吃饭的老人突然咳嗽起来，他抬起头看着电视屏幕，眉头紧锁，满脸惊愕。

一旁的孙女也放下勺子惊讶地转头望着电视屏幕。

余光中：比岸边的黑石更远更远的，是石外的晚潮。比翻白的晚潮更远，更远的是堤上的灯塔……

电视里正在念着余光中先生的诗，老人凝神倾听着，那熟悉的声音，熟悉的诗句，熟悉的乡愁，深深触动着老人，他一下子被戳中，不禁红了眼眶，有泪要滴落了……

14．内景　台北老人家卧室　日

窗外阴雨绵绵，屋内晦暗不明，弥漫着丝丝凉意。

昏黄的台灯下，只听见笔尖与稿纸发出的“嚓嚓”的声音。

老人微驼着背坐在书桌前，手不停地挪动着。

突然，桌上的手机响起来。老人停下手中的笔，拿起一旁的手机，发现是孙女打来的视频电话。

15. 外景　长沙岳麓山　日

岳麓山下，爱晚亭前，紫翠菁葱，古枫参天，游客们纷纷驻足欣赏拍照。

孙女背着小背包站在熙熙攘攘的人群中，举着手机正和阿公打着视频电话。

孙女：阿公，今天晚上我不回去吃饭啦。

孙女微笑地对着视频里的阿公，神秘兮兮地说道。

孙女：你猜猜看，我在哪里？

16. 内景　台北老人家卧室　日

手机里传来阵阵熟悉的乡音，老人激动地扶了扶眼镜，往屏幕上靠近了一点。

17. 外景　长沙岳麓山　日

孙女一边说着，一边举着手机摄像头环顾着四周，最后停步于爱晚亭前说道。

孙女：阿公，你去橱柜那里看看藏了什么……

18. 内景　台北老人家客厅　日

老人缓缓迈步走向客厅橱柜，看见台面放着一台笔记本电脑和一只折好的纸飞机，他一并拿起走进了卧室。

（画外音）孙女：今天下起了小雨，冬天的台北有些潮湿，院子里的花已经凋零。

19. 内景　台北老人家卧室　日

爷爷坐在书桌前，痴然凝视着笔记本电脑里播放的一帧帧画面，屏幕的微光在爷爷布满皱纹的脸上不停闪烁，但可看出他的眼眶里着实是湿润的。

忽然，老人抬起手，颤颤微微地将笔记本合上。他低头紧抿着嘴唇，面色略显感伤。

窗外，雨还在淅沥沥地下着。

老人用手抹了一下眼角，抬头注视着院子里那正在风雨中摇曳的花草。

（画外音）孙女：爷爷缓缓打开电脑，屏幕里是遥远的故乡。那一刻，或许是爷爷离家最近的时候了。

20. 内景　台北老人家客厅　夜

（画外音）主持人：春节长假大家都有自己的出行计划，在这里呢，我们就盛邀各位来到我们的家乡，欢迎来到锦绣潇湘，伟人故里——湖南省做客旅游……

客厅的电视机里正播放着湖南卫视春节联欢晚会，茶几上摆着一瓶药和一杯正冒热气的水。

老人穿着厚厚的睡衣独自一人靠在沙发上，双眼迷离地望着电视屏幕。

突然，老人身旁的手机里不断地传来“叮咚”的新消息提示音。老人回过神来，疲惫地拿起手机，眯着眼低头看了看，是儿子和儿媳发来的语音。

（画外音）儿子、儿媳：爸，我们到美国了，小年夜快乐，对不起啦，要工作没办法陪你过小年，你自己在家一切小心。

听罢，老人缓缓放下手机，孤独与失落之感瞬间涌了上来。

电视机里的欢声笑语与空荡荡的客厅总显得有些格格不入。

（画外音）主持人：过年有个习俗啊，就是小辈给长辈去拜年。给老人家拜年表达的是一个孝顺、爱亲、尊老、敬贤，给他们添福添寿，老人会觉得多幸福、多快乐……

老人轻咳了几声，随后渐渐坐起身，打开放在茶几上的药瓶，拿出几颗药丸放在手心，又顺手端起热水杯，喝了一口，将药丸吞咽下去。

忽然，身旁的手机又再次响起，老人赶忙拿起接通。

21．外景　长沙岳麓山顶　夜

远方传来麓山寺那悠扬的钟声。

夜幕降临，天空繁星万点。岳麓山下，灯火璀璨。

岳麓山顶，人山人海。孙女站在山顶上眺望，远处的橘子洲正在燃放烟花，她举起手机跟阿公发起了视频通话。

孙女：阿公，新年快乐！

孙女欢欣雀跃地对着镜头里的老人送去祝福，并与他一同分享夜空中绽放的璀璨烟火。

22．内景　台北老人家客厅　夜

手机那头传来孙女真诚的祝福和砰砰的烟花声，老人痴痴地看着屏幕，眼睛里泪花闪烁，嘴唇有些微微颤抖，欲语未语。

（画外音）孙女：小年夜下着冷雨，感受烟花绽放下，人的踌躇。

23．外景　长沙岳麓山顶　夜

伴随着欢呼声，灿烂夺目的烟花腾空而起，湘江上空刹那间万紫千红，漫天烟火化作一颗颗璀璨星辰。

孙女站在人群中，抬头凝望着绚烂的烟火，泪流满面。

（画外音）孙女：我想，时间与记忆的模糊，是因为思念的缘故，似乎是一场永远的期待，从没被谁知道，也没被谁遗忘。

24. 内景　台北老人家客厅　夜

老人孤零零地坐在沙发上，深情地望着电视机。

电视机里的歌者穿着大红色礼服站在舞台中央激情献歌，周围的舞者穿着鲜艳的裙子尽情舞蹈，满屏喜庆欢乐扑面而来。

歌曲《领航新时代》：一轮红日东方升起来，我们走进美好新时代，幸福写在脸上，自信漾在心海，合作共赢唱响世界舞台……

屋外烟花乍响，声声炮竹与荧幕中的热闹欢腾交织在一起，宣告着节日的到来。

老人侧目望向窗外，璀璨的烟火连绵不断，竞相绽放，两端纱帘光影浮动随夜风轻荡。

老人凝视着那簇簇火光，心间思乡，眉眼惆怅。

24. 外景　长沙橘子洲　夜

橘子洲上空的烟花流光溢彩，美轮美奂，时而像彩蝶飞舞，时而像金菊怒放，时而像巨龙腾飞，绽放得如此奔放，如此热烈，如此灿烂。

25. 内景　台北老人家客厅　夜

夜风透过纱帘吹进屋内，各色各样的纸飞机被散落在客厅每一个角落。

老人的腿上摆放着一个圆形的鱼缸，鱼缸里有一艘轮船模型和一堆数不清的邮票。老人低头看着鱼缸，刚想伸手去触摸轮船，轮船却开始缓缓地在鱼缸中绕圈行驶，邮票随着泛起的波浪在水中浮浮沉沉。

沙发的一角放着一张张字迹工整的手稿纸，手稿纸上面抄写的是余光中先生散文诗集：小时候，乡愁是一枚小小的邮票，我在这头，母亲在那头。长大后，乡愁是一张窄窄的船票，我在这头，新娘在那头。后来啊，乡愁是一方矮矮的坟墓，我在外头，母亲在里头。而现在，乡愁是一湾浅浅的海峡………

手机忽然响起，是一个未知号码的来电。老人拿起手机犹豫了片刻，接通后贴在耳边，手机里传来了轻柔的海浪声和悠远的船笛声。老人怔怔地看着前方，思念的泪水盈满眼眶……

26. 内景　台北老人家客厅　日

客厅橱柜上摆放的那樽铜佛像经岁月的侵蚀依然透着光泽，旁边的香炉正燃起淡青色的轻烟，若有若无地弥散着，带给人一种安宁与静谧之感。

上方白墙上挂着两个裱有黑白照片的木质相框，右侧是一位慈祥和蔼的老妇人，另一侧框内的老人精神矍铄，脸含笑意，凝视远方……

（画外音）歌曲《忘不了》：为何一转眼，时光飞逝如电，看不清的岁月，抹不去的从前，就像一阵风……

黑场出字幕：六十九年，你没忘记我，我也没忘记你，欢迎回家。

出片名：时光胶囊。

（剧终）

（八）《时光胶囊》分镜头剧本

（27 场　89 镜）

1. 场外　海边　日

镜号	画面	内容描述	时长
1－1	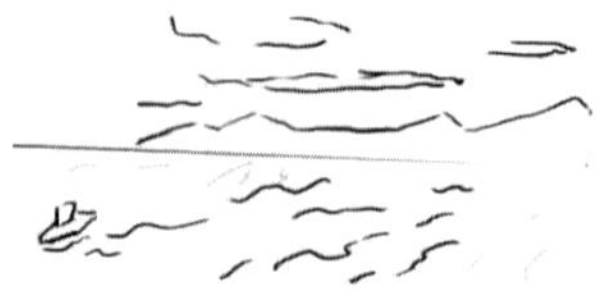	波光粼粼的海面上，海风轻柔，海浪有节奏地拍打着海岸。	3S

2. 场外　台北老人家　日

镜号	画面	内容描述	时长
2－1		院子里铺满了各色的波斯菊，它们在破晓晨风的吹拂下摇曳着身姿。	3S

3. 场内　台北老人家客厅　日

镜号	画面	内容描述	时长
3－1	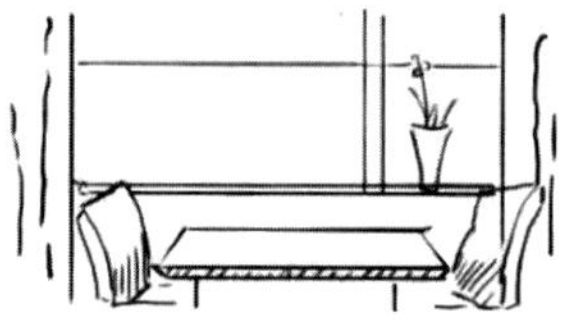	客厅里宽敞整洁，北面是门厅，南面是窗户，靠窗摆放着一个小餐桌和两把木凳。	2S
3－2		电视机对面的墙上挂着一套军装，旁边挂着的有结婚照，家庭合照，还有爷爷年轻时的照片。	2S

镜号	画面	内容描述	时长
3－3		客厅边柜上供奉着一尊铜佛，正上方墙壁上挂着一副木质相框，里面装裱着一位慈祥和蔼老妇人的黑白照片。	3S

4. 场内　台北老人家卧室　日

镜号	画面	内容描述	时长
4－1		房间里传来轻微的呼吸声。一阵急促的闹钟声响，昏黄的台灯被打开，一只褶皱苍老的手轻轻地按下闹铃开关。	3S
4－2	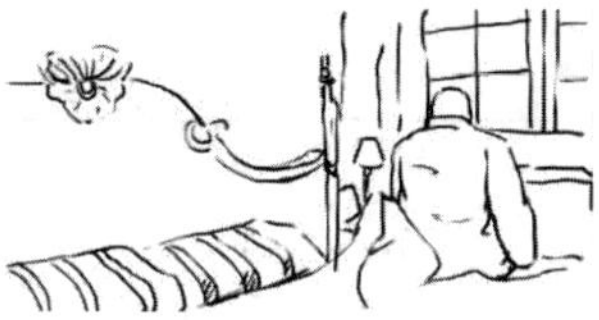	老人缓缓地从被子里起身，只见他静静坐在床边，一语不发。	3S

5. 场内　台北老人家客厅　日

镜号	画面	内容描述	时长
5－1		老人从茶几上拿起遥控器打开了电视，电视里播放的新闻打破了房间里的寂静。	2S
5－2		老人拿起挂在墙壁上的拐杖。	2S
5－3		随后，老人弯着腰拄着拐杖，步履蹒跚地走进厨房。	2S

6. 场内　台北老人家厨房　日

镜号	画面	内容描述	时长
6－1		老人打开了冰箱。	2S
6－2		老人从冰箱里面拿出来一个装满食材的盘子，食材是已经处理好了的。	2S
6－3		老人打开火，倒油，放肉，丢一把辣椒，顿时锅里热油飞溅，加点调料，锅铲再翻炒几下，在他熟练地操作下，一盘辣椒炒肉很快就出锅了。	6S

7. 场内　台北老人家客厅　日

镜号	画面	内容描述	时长
7－1		老人独自一人坐在客厅纱窗边的小餐桌旁，一口一口地吃着刚炒好的辣椒炒肉。老人嘴里嚼着嚼着，叹息道：没味。	6S

8. 场内　台北老人家客厅　夜

镜号	画面	内容描述	时长
8－1		昏暗的客厅里，只有电视散发着微弱的光。老人倚靠在沙发上。	3S
8－2		忽然门被打开，儿子走进来，一脸疲惫地坐在父亲身边。老人问儿子：明天有时间没？陪我去拜拜佛祖。	8S

镜号	画面	内容描述	时长
8－3		儿子因工作太忙婉拒了父亲的请求。老人有些失落，儿子见状赶忙安慰。儿子喝了一口茶后放下杯子，起身离开。	8S
8－4		电视机里的节目依旧播放着，坐在沙发上的老人无心观看。他微蹙着眉头，一脸不悦。	3S

9. 场内　台北老人家客厅　日

镜号	画面	内容描述	时长
9－1		清晨，老人弯着腰站在边柜前用棉布轻轻拂去铜佛像表面的灰尘，铜佛像在他的精心呵护下依旧光亮如新。	90S
		儿子看见父亲正在擦拭着香炉、烛台，走过来抚慰父亲。老人转头瞪了一眼儿子。看着执拗的父亲，儿子只好无奈地走开了。	
		正在厨房忙碌的儿媳端着菜从父亲身边经过，径直朝客厅走了过去。	
		此时，孙女也正好从房间出来，和阿公亲切地打了一声招呼。	
		老人将点燃的三柱香整齐地插入香炉中，正对佛像，双手合十，虔诚地敬拜。	

镜号	画面	内容描述	时长
9-2		老人缓缓抬头，静静地看着墙壁上挂着的那张老妇人黑白照片，万千思绪涌上心头。	5S
9-3		客厅电视机里正播放着《海峡论坛》，一家人坐在餐桌前吃着早餐。	5S
9-4		儿子与儿媳一边看着新闻，一边闲谈着。	8S
9-5		听着儿子和儿媳的交谈，老人面露不悦，放下碗筷。	3S
9-6		老人起身柱着拐杖离开了。	5S
9-7		忽然手机铃声响起，儿子赶忙起身一边接通电话，一边离开客厅。	3S
9-8		正在吃饭的孙女抬头看向父亲，神情有些紧张。	3S

10. 场内　台北老人家客厅　日

镜号	画面	内容描述	时长
10－1	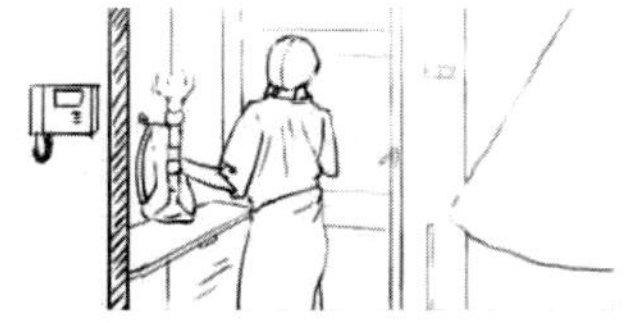	孙女满头大汗地跑进家，拿起落在鞋柜上的书包正准备走，忽然听见厨房里传来声响，她推开了厨房门。	60S
		孙女看见阿公正在里面炒菜，疑惑地问道：阿公，妈不是把中午的菜炒好了放冰箱了吗？	
		老人看着孙女撇撇嘴，笑着说：炒肉不放辣椒像什么样子。孙女笑了笑。	
		孙女随即从书包里拿出了一个信封丢在鞋柜上，背起书包就匆匆忙忙地走了。老人一脸茫然。	
		老人走到鞋柜前拿起信封。	
10－2	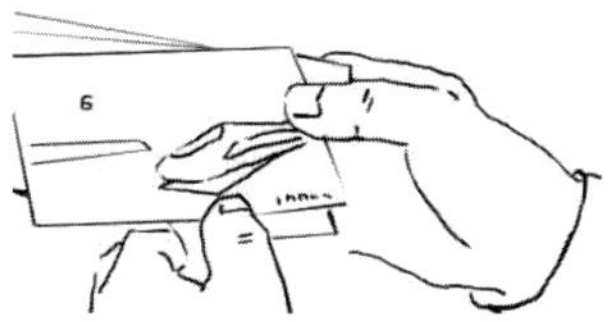	老人好奇地打开一看，发现里面竟是一沓明信片和邮票，上面印有中国高铁、湖南长沙岳麓山、橘子洲头等图片和字样。	20S
	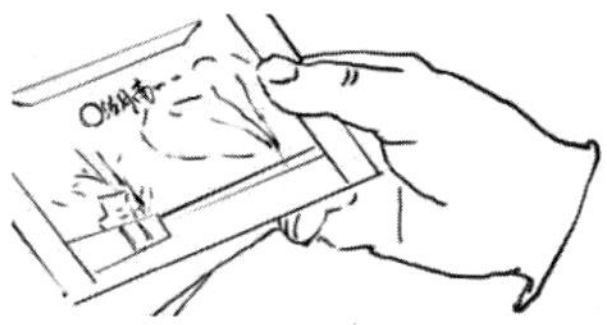	老人用他苍老的手一张张翻看着，仿佛家乡的一幕幕就浮现在眼前一般。	

11. 场内　台北老人家院子　日

镜号	画面	内容描述	时长
11－1		天空灰蒙蒙的，偶尔飘着些雨丝。院子里种植着的波斯菊在老人精心照顾下枝繁叶茂，一片生机勃勃的景象。	3S
11－2		老人身着毛衣和棉裤，站在院子里握着把小剪刀，正细心地修剪着花枝，此时屋内传来一阵压低声音的争论。	10S
11－3		儿子推门而出，点了根烟，忽然被院子里忙碌的父亲给唤住。	3S
11－4		儿子走过来，老人稍微往前挪了一步，充满期待地望向儿子：帮我修理一下花草。秋天到了，落叶要归根了。	6S
11－5	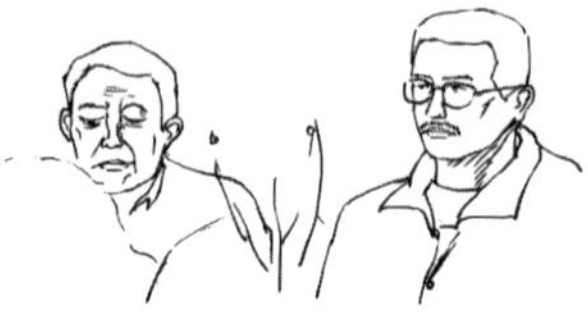	儿子犹豫了一下，皱着眉说道：爸，现在都已经冬天了……	5S
11－6	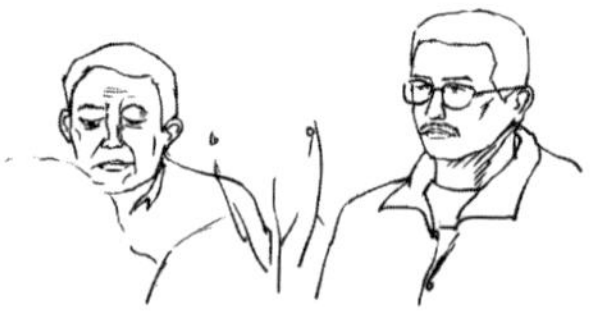	老人听完脸上流露出失落的表情，默默地转身继续修剪院里的花草。	5S
11－7	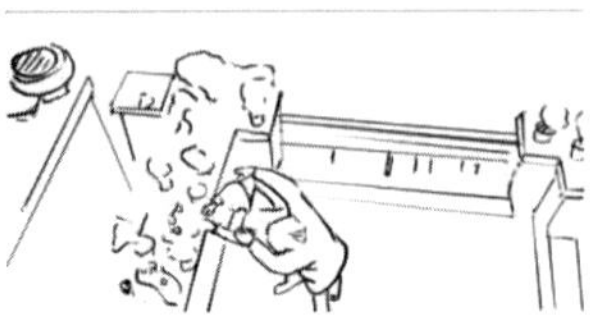	天气渐冷，天空开始下起了绵绵细雨。儿媳赶紧从屋内拿了件外套，径直来到父亲面前给他披上：爸，现在都十二月了……	8S
11－8		正在修剪花草的老人突然转过身怔怔地看着儿媳，一脸迷惑。	5S

12. 场内　台北老人家卧室　夜

镜号	画面	内容描述	时长
12－1	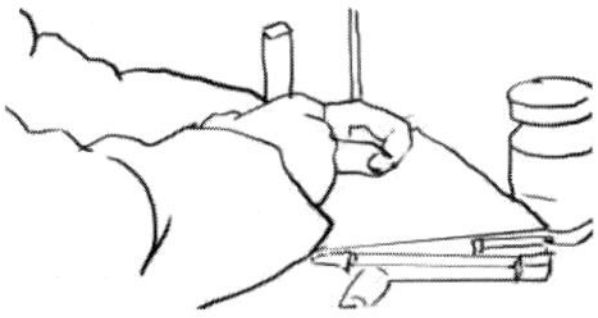	老人穿着棉睡衣，微微弓着背伏在桌前，不知画着什么，只见他拿着笔十分专注地在本子上涂画着。	3S
12－2		孙女推开门走进来，望着阿公认真的样子，靠近瞟了一眼，嘟着嘴懒散地走至床尾趴着，好奇地问阿公在干嘛。	6S
12－3	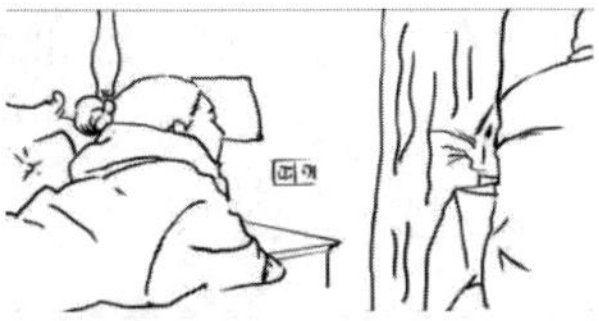	阿公却不怎么理睬自己，孙女若有所思地看着阿公的背影：今天同学们都在讨论课本删减古文的事情。	4S
12－4		老人凝了凝眉，拿着笔的手突然停住了，轻叹道：哦。 孙女无所事事地四下张望，目光掠过床头柜上余光中先生的一本书。	6S
12－5		孙女便拿起随意地翻看着，忽然发现书页中夹着一张褶皱略微有些泛黄的纸张，拿出仔细一瞧，这纸上还画着一艘轮船。	6S
12－6		孙女将纸轻轻抚开，然后折成了一架纸飞机。	6S
12－7		孙女对着它哈了一口气，开心地将手中的纸飞机朝阿公飞去。	3S
12－8		纸飞机落在书桌上，老人被惊了一下，他看了一眼纸飞机，然后又转身看了一眼正在偷笑的孙女，无奈地摇了摇头。	6S

镜号	画面	内容描述	时长
12－9		老人看见纸飞机边缘露出了模糊的铅笔线条，将其拆开、抚平，当那一艘熟悉的轮船出现时，老人眼眸里露出了一抹渴望的神色。	8S
12－10		一旁的孙女见阿公沉浸其中无心理睬自己，她又从书包里拿出笔记本电脑，登陆网站浏览新闻视频。	10S
		老人听见新闻视频中传来老兵的哭声和主持人的解说，顿时眉头紧锁，坐立不安，他抬手示意孙女将电脑拿过来。	
12－11		孙女将笔记本电脑摆放在桌上，新闻视频里正播放着那个老兵重归故里，跪在父亲坟头号啕大哭的情景。	10S
12－12		老人热泪盈眶地看着新闻视频，情绪非常激动，身体止不住地颤抖。孙女依偎在阿公身边，不停地轻抚着他的背。	8S

13. 场内　台北老人家客厅　日

镜号	画面	内容描述	时长
13－1		清晨，一家人坐在餐桌前吃着早餐，餐桌上有清粥、油条、煎饼、青菜、白糖等，老人桌边摆放着一瓶老干妈辣椒酱。	5S
13－2		客厅电视机里正播放着早间新闻，主持人讲得慷慨激昂：现在的厦门真的发展太快了，比以前更漂亮、更干净……	6S

镜号	画面	内容描述	时长
13－3		儿子和儿媳坐在沙发上，边看边聊了起来。 电视机里突然播报余光中先生逝世的新闻，大家都很震惊。	10S
13－4		正在吃饭的老人突然咳嗽起来，孙女赶忙走过来关心阿公。	3S
13－5		老人抬起头看着电视屏幕，眉头紧锁，满脸惊愕。	8S
13－6	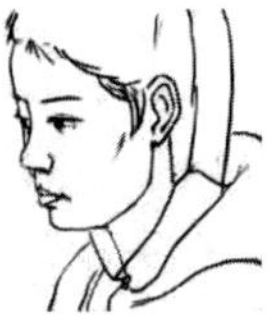	一旁的孙女也惊讶地转头望着电视屏幕。	3S
13－7		电视里正在念着余光中先生的诗，老人凝神倾听着，那熟悉的诗句，熟悉的乡愁，深深触动着老人，不禁红了眼眶……	12S

14．场内　台北老人家卧室　日

镜号	画面	内容描述	时长
14－1	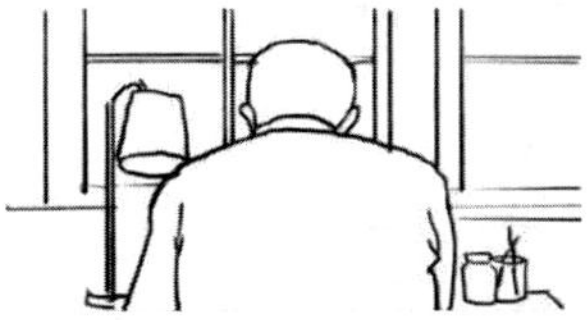	窗外阴雨绵绵，屋内昏黄的台灯下，只听见笔尖与稿纸发出的“嚓嚓”的声音。老人微驼着背坐在书桌前，手不停地挪动着。	6S
14－2		突然，桌上的手机响起来。老人停下手中的笔，拿起一旁的手机，发现是孙女打来的视频电话。	4S

15. 场外　长沙岳麓山　日

镜号	画面	内容描述	时长
15－1		岳麓山下，爱晚亭前，紫翠菁葱，古枫参天。孙女站在熙熙攘攘的人群中，举着手机正和阿公打视频电话。	6S
15－2		孙女微笑地对着视频里的阿公，神秘兮兮地说道：你猜猜看，我在哪里？	4S

16. 场内　台北老人家卧室　日

镜号	画面	内容描述	时长
16－1		手机里传来阵阵熟悉的乡音，老人激动地扶了扶眼镜，往屏幕上靠近了一点。	4S

17. 场外　长沙岳麓山　日

镜号	画面	内容描述	时长
17－1		孙女一边说着，一边举着手机摄像头环顾着四周，最后停步于爱晚亭前说道：阿公，你去橱柜那里看看藏了什么……	8S

18. 场内　台北老人家客厅　日

镜号	画面	内容描述	时长
18－1	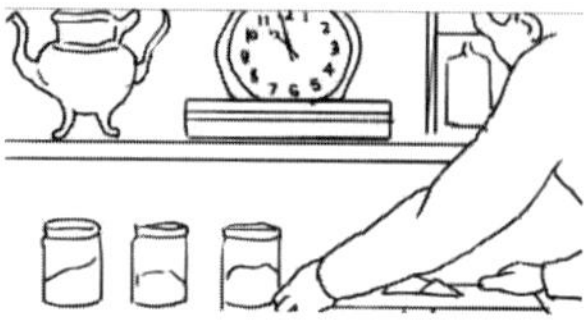	老人缓缓迈步走向客厅橱柜，看见台面放着一台笔记本电脑和一只折好的纸飞机，他一并拿起走进了卧室。	5S

19. 场内　台北老人家卧室　日

镜号	画面	内容描述	时长
19－1		爷爷坐在书桌前，痴然凝视着笔记本电脑里播放的一帧帧画面。	5S
19－2		屏幕的微光在爷爷布满皱纹的脸上不停闪烁，但可看出他的眼眶里着实是湿润的。	5S
19－3		忽然，老人抬起手，颤颤微微地将笔记本合上。他低头紧抿着嘴唇，面色略显感伤。	6S
19－4		窗外，雨还在淅沥沥地下着。 老人缓缓抬头注视着院子里那正在风雨中摇曳的花草。	5S

20. 场内　台北老人家客厅　夜

镜号	画面	内容描述	时长
20－1		电视里正播放着湖南卫视春节晚会，茶几上摆着一瓶药和一杯正冒热气的水。老人靠在沙发上，双眼迷离地望着电视。	10S
20－2		突然老人身旁的手机里传来新消息提示音。老人回过神来，疲惫地拿起手机看了看，是儿子和儿媳发来的语音。	6S
20－3		儿子、儿媳因工作在国外出差，未能回家陪伴老人过节。 老人缓缓放下手机，孤独与失落之感瞬间涌了上来。	8S

镜号	画面	内容描述	时长
20－4		老人轻咳了几声，随后渐渐坐起身，打开茶几上的药瓶，拿出几颗药丸，又顺手端起热水杯喝了一口，将药丸吞咽下去。	12S
		忽然，身旁的手机又再次响起，老人赶忙拿起接通。	

21. 场外　长沙岳麓山顶　夜

镜号	画面	内容描述	时长
21－1		岳麓山顶，人山人海。孙女站在山顶上眺望，远处的橘子洲正在燃放烟花，她举起手机跟阿公发起了视频通话。	5S
21－2		孙女欢欣雀跃地对着镜头里的老人送去祝福：阿公，新年快乐!，并与他一同分享夜空中绽放的璀璨烟火。	6S

22. 场内　台北老人家客厅　夜

镜号	画面	内容描述	时长
22－1		手机那头传来孙女真诚的祝福和砰砰的烟花声，老人痴痴地看着屏幕，眼睛里泪花闪烁，嘴唇有些微微颤抖，欲语未语。	10S

23. 场外　长沙岳麓山顶　夜

镜号	画面	内容描述	时长
23－1		伴随着欢呼声，灿烂夺目的烟花腾空而起，湘江上空刹那间万紫千红，漫天烟火化作一颗颗璀璨星辰。	6S

镜号	画面	内容描述	时长
23－2		孙女站在人群中，抬头凝望着绚烂的烟火，泪流满面。	8S

24. 场内　台北老人家客厅　夜

镜号	画面	内容描述	时长
24－1		老人孤零零地坐在沙发上，深情地望着电视机。	6S
24－2		电视机里的歌者穿着大红色礼服站在舞台中央激情献歌，周围的舞者穿着鲜艳的裙子尽情舞蹈，满屏喜庆欢乐扑面而来。	6S
24－3		屋外烟花乍响，声声炮竹与荧幕中的热闹欢腾交织在一起，宣告着节日的到来。	4S
24－4		老人侧目望向窗外，璀璨的烟火连绵不断，竞相绽放。老人凝视着那簇簇火光，心间思乡，眉眼惆怅。	6S

25. 场外　长沙橘子洲　夜

镜号	画面	内容描述	时长
25－1		橘子洲上空的烟花流光溢彩，美轮美奂，时而像彩蝶飞舞，时而像金菊怒放，时而像巨龙腾飞，绽放得如此奔放、热烈、灿烂。	8S

26. 场内　台北老人家客厅　夜

镜号	画面	内容描述	时长
26 - 1		各色各样的纸飞机被散落在客厅每一个角落。 老人的腿上摆放着一个圆形的鱼缸。	6S
26 - 2		鱼缸里有一艘轮船模型和一堆数不清的邮票。老人低头看着鱼缸，刚想伸手去触摸轮船，轮船却开始缓缓地在鱼缸中绕圈行驶。	8S
26 - 3		邮票随着泛起的波浪在水中浮浮沉沉。	5S
26 - 4		沙发的一角放着一张张字迹工整的手稿纸，上面抄写的是余光中先生散文诗集：小时候，乡愁是一枚小小的邮票……	6S
26 - 5		手机忽然响起，是一个未知号码的来电。老人拿起手机犹豫了片刻，接通后贴在耳边。	8S
26 - 6		手机里传来了轻柔的海浪声和悠远的船笛声。老人怔怔地看着前方，思念的泪水盈满眼眶……	12S

27. 场内　台北老人家客厅　日

镜号	画面	内容描述	时长
27 - 1		客厅橱柜上摆放的那樽铜佛像经岁月的侵蚀依然透着光泽，旁边的香炉正燃起淡青色的轻烟，若有若无地弥散着。	3S

镜号	画面	内容描述	时长
27－2		上方挂着两个裱有黑白照片的木质相框，右侧是一位慈祥和蔼的老妇人，另一侧框内的老人精神矍铄，脸含笑意，凝视远方……	12S
27－3		黑场出字幕：六十九年，你没忘记我，我也没忘记你，欢迎回家。	6S
27－4		出片名：时光胶囊。	6S

后　记

这是一个伟大的时代，中国不乏生动的故事，湖湘大地也不乏生动的故事，关键要有讲好中国故事和湖湘故事的能力和魄力。作为青年导演，要善于把过去的故事讲给现代人听，把革命的故事讲给年轻人听，把湖湘的故事讲给全世界听，努力构筑中华民族伟大复兴的新时代文艺高峰，而这一切的一切，都离不开“一剧之本”的支撑。本书便是以此为契机，着眼媒体深度融合，找准微切口、形成微表达、进行微传播，合力创作了一批反映实现中华民族伟大复兴中国梦、彰显湖湘文化精神内涵、书写湖湘人民伟大实践、记录时代进步的微剧作精品，生动汇聚成了“中国梦·湖湘情”的华彩篇章。统观这些作品，不仅仅是停留于文字之上的思想碰撞，而是均已完成了拍摄、制作、展映与推广的视听表达，有的调整修订后公开发表于全国中文核心期刊，如《浮沉》中对革命年代湖湘女性思想觉醒的重点关照，《归途》中对湖湘人文风情真善美的遥观近问，《寻找张明》中对疫情期间湖湘基层人员的赞歌咏叹……这些作品的取材、构思、立意，或许并不完全尽如人意，但“湘影湘声工作室”教师团队始终拥抱希望、怀揣梦想、坚定信心，朝着讲好湖湘故事，推动湖湘文化创造性转化与创新性发展的目标勇敢迈进。